读写宝鉴

红楼梦笔法六十种

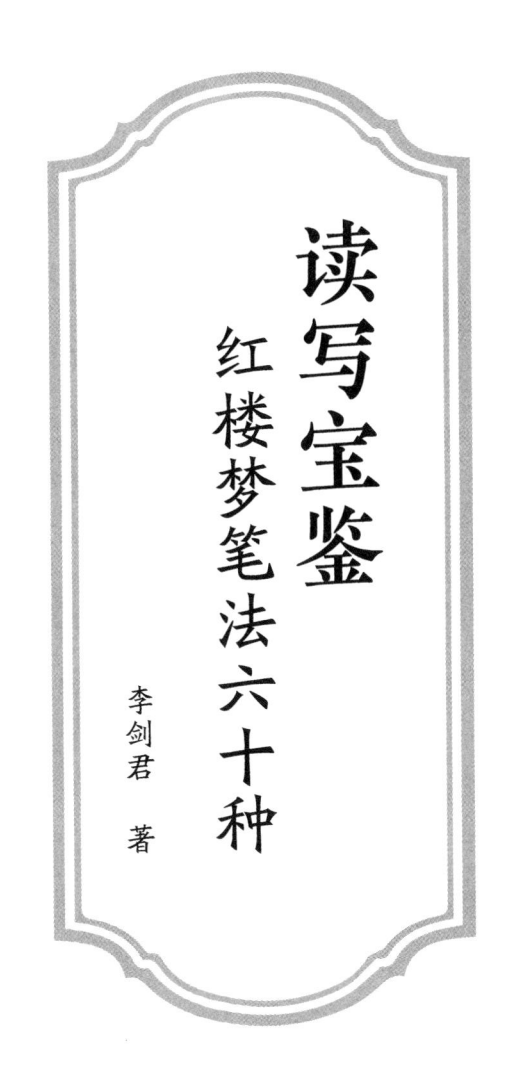

李剑君 著

陕西新华出版
陕西人民出版社

图书在版编目(CIP)数据

读写宝鉴：红楼梦笔法六十种／李剑君著. —西安：陕西人民出版社，2023.9
ISBN 978-7-224-15022-3

Ⅰ.①读… Ⅱ.①李… Ⅲ.①《红楼梦》研究 Ⅳ.①I207.411

中国国家版本馆 CIP 数据核字（2023）第 144216 号

策划编辑：张孔明
责任编辑：姜一慧　黄　莺
整体设计：赵文君

读写宝鉴：红楼梦笔法六十种
DUXIE BAOJIAN：HONGLOUMENGBIFA LIUSHI ZHONG

作　　者	李剑君
出版发行	陕西人民出版社
	（西安市北大街 147 号　邮编：710003）
印　　刷	西安市建明工贸有限责任公司
开　　本	787 毫米×1092 毫米　1/16
印　　张	22
字　　数	290 千字
版　　次	2023 年 9 月第 1 版
印　　次	2023 年 9 月第 1 次印刷
书　　号	ISBN 978-7-224-15022-3
定　　价	68.00 元

如有印装质量问题，请与本社联系调换。电话：029-87205094

自 序

"开谈不说《红楼梦》,读尽诗书也枉然。"

《红楼梦》是中国几千年文化孕、养出的"衔玉而生"的"宁馨儿";是中国小说史上一座不可企及、难以逾越的高峰;是世界文学、文化史上公认的文学名著。文化人称它"幽奇圆妙之作""百读不厌之文",《中国大百科全书》言其价值"怎么估计都不为过"。

20世纪70年代中期,我始读《红楼梦》,从此与之结缘,且此缘与时俱进、与日俱增,以致嗜"红"成瘾、迷"红"成痴、爱"红"成癖,似乎不触"红"、不涉"红","生命就没劲、生活就没趣、呼吸就不顺畅、心思就不安宁"。《红楼梦》俨然成了我生命的一个组成部分。

涉"红"经年,粗粗算来,自己读过《红楼梦》十余遍(包括杨宪益先生翻译的英文版)、《红楼梦》续书十余种以及近二百本《红楼梦》相关书评、诗评、人物评专著。俗言:熟读唐诗三百首,不会作诗也会吟。同样,读了若许《红楼梦》"家族",我虽慧根不敏,却也每每心生涟漪、时时浮想联翩,禁不住想动笔写点什么。写什么呢？我为此煞费心机、久被煎熬。曹学、版本学、索隐派、探佚派、人物评、结构评、诗词评等,之后横空出世的王国维、胡适、蔡元培、鲁迅、俞平伯、周汝昌等一个个红学大师让我"对景止步""望峰息心"。

然转而又想,与《红楼梦》结缘,我受益多多——收获了语汇辞藻、爱上了诗词曲赋、掌握了书法琴操、领略了风俗世情、探究了儒墨释道、参悟了人生真谛、感知了天地情怀。《红楼梦》教了我那么多,给了我那么多,我理应积极互动、感恩回报：或谈谈心得感受,或与众同道探讨其中幽微,或分享就里妙谛、为其精彩不吝点赞,凡此种种,如是思想驱使,加之一个偶然事因,促我"初生牛犊不怕虎",立意选定《红楼梦》书评鼻祖脂砚斋率先破题的《红楼梦》"笔法"来开题。因为,人们喜读《红楼梦》、推崇《红楼梦》、折服《红楼梦》最主要的原因乃是作者在书中娴熟巧妙地运用了多种独到的文字、文学表现笔法。正如前人所言：《红楼梦》之书,多有得于经旨处。其美刺学《诗》,其参互错综学《周易》、淋漓痛快学《孟子》,得《国风》《小雅》《离骚》遗意,参以庄列寓言,间有《春秋》微词,默操史家曲笔,穷尽作文之道,搜遍诸奇书之秘法,其"立意新,布局巧,词藻美,头绪清,起结奇,穿插妙,描摹肖,铺序工,见事真,言情挚,命名切,用笔周"(《红楼梦抉隐·总评》),因而成就了它"天下第一奇书"之美誉而成为千古独步之巨著。

那么作者在《红楼梦》中主要创造、应用了哪些笔法？笔者在吸收、继承前人研究成果的基础上,自2005年起,边读边思、笔录笔耕、且添且删、时断时继,历时十余载,删改五六遍,探珠骊颔,乱麻抽丝,尽作归纳、整理,并援例佐证(主要依据庚辰本),辅以浅评,最终写就近30万言的《读写宝鉴：红楼梦笔法六十种》呈现于读者。

我深知，作为一名草根文化研究者，研究《红楼梦》，确有"狂妄逾矩""附庸风雅"之嫌。然"研红无类"，"我在故我思"，亦闻"萝卜青菜各有所爱"，譬若贾母有贾母的雅趣，刘姥姥亦有刘姥姥的俗乐。故不揣冒昧，援笔搜求，缀成"韦编"——权作刘姥姥进回大观园吧！

不过，虽谓之"笔法"，但实在称算不上是一本探究文艺作品写作技法的学术专著（固然有不少相关内容），而是接脉脂砚斋别致评论体例，因袭其具象式书评风格来拢总《红楼梦》笔趣、把玩《红楼梦》情趣、抉发《红楼梦》意趣，以期更多初涉者捧读《红楼梦》便生兴趣，看"曹雪芹的生花妙笔都是怎么运用施展的，把它的警策和神采超妙和精深，都抉示出来"（周汝昌语），进而打开一扇"天窗"，由是去领略、欣赏这一文学浩瀚天宇中的神奇曼妙、日月星辰。亦期冀有那聪慧者，假楫奔海，添翼排空，去圆"文学梦""大师梦"。或如我辈顽愚者移目搭眼于兹，也不无神益，正如雪芹公所言："于那酒足饭饱之时，避世去愁之际，把此一玩，岂不省了些寿命筋力？就比那谋虚逐妄，却也省口舌是非之害，腿脚奔忙之苦。"

是为自序。

2023 年 9 月

目 录
CONTENTS

一　微词曲笔法　　　　　　　　　／ 001

二　草蛇灰线法　　　　　　　　　／ 005

三　暗中抨击法　　　　　　　　　／ 009

四　宾主之法　　　　　　　　　　／ 017

五　乱麻抽丝法　　　　　　　　　／ 021

六　特犯不犯法　　　　　　　　　／ 025

七　神话法　　　　　　　　　　　／ 031

八　烘染法　　　　　　　　　　　／ 035

九　罗汉众相法　　　　　　　　　／ 041

十　不写之写法　　　　　　　　　／ 046

十一　浓淡点苔法　　　　　　　　／ 051

十二　烘云托月法　　　　　　　　／ 055

十三　横云断岭法　　　　　　　　／ 060

十四	由远渐近法	/ 065
十五	重作轻抹法	/ 068
十六	分叙单传法	/ 073
十七	反挑法	/ 078
十八	陈列法	/ 083
十九	避讳法	/ 088
二十	讥讽法	/ 091
二十一	步步紧法	/ 098
二十二	谐音寓意法	/ 102
二十三	村言俗语法	/ 106
二十四	打草惊蛇法	/ 112
二十五	诗化法	/ 117
二十六	哲思法	/ 123
二十七	自难自法	/ 132
二十八	避实就虚法	/ 138
二十九	棋格法	/ 145

三十	工笔法	/ 153
三十一	教授法	/ 157
三十二	多色幽默法	/ 169
三十三	谶纬法	/ 180
三十四	疑误法	/ 186
三十五	拆字——谜令法	/ 190
三十六	错综法	/ 197
三十七	梦幻法	/ 203
三十八	妆美法	/ 207
三十九	影子法	/ 215
四十	复笔法	/ 222
四十一	缩句法	/ 229
四十二	体态语法	/ 235
四十三	象征——比喻法	/ 241
四十四	键锁法	/ 245
四十五	民俗通演法	/ 248

四十六	物具法	/ 254
四十七	帘中显花影法	/ 262
四十八	侧写法	/ 268
四十九	客看客评客议法	/ 273
五十	意识流心理描写法	/ 279
五十一	状情法	/ 286
五十二	以戏点题法	/ 292
五十三	巧言巧做乞讨法	/ 297
五十四	鸡争鹅斗法	/ 304
五十五	正传法	/ 312
五十六	狮子戏球法	/ 316
五十七	僧道接度法	/ 320
五十八	明贬实褒法	/ 324
五十九	借古法	/ 330
六十	大开展法	/ 337
后　记		/ 342

微词曲笔法

微词曲笔法,亦称史家笔法,又谓春秋笔法。

何谓"春秋笔法"?《春秋》是孔子根据鲁史撰修的编年体史书。经学家认为它每用一字,必寓褒贬(寄寓价值判断)。后因以称曲折而意含褒贬的文字为"春秋笔法"。刘熙载《艺概·文概》进一步说:"《春秋》文见于此,起义在彼。左氏窥此秘,故其文虚实互藏,两在不测。"就是说,作者"以文延意",令阅者"望文度意",一字寓褒贬,微言演大义。即"明明剑也,而匣之;明明灯也,而帷之。令观之者见匣不见剑,见帷不见灯……笔下但写匣与帷,更不示人以剑与灯"(洪秋蕃语[1])。

此文法是一种技法,更是因朝局所迫不得已而为之法,故为历代众多文人所偏擅。如王安石所写的《本朝百年无事札子》一文。——这是应谋求改革新皇帝宋神宗要求,

---

[1] 洪秋蕃,名锡绶,字秋蕃,浙江昌化人,曾任耒阳知县,特授湘潭县、清泉县等知县。生卒年代不详,著《红楼梦抉隐》,有民国十四年(1925)上海图书馆初版。

来分析百年来宋朝积弱、积贫、积弊原因及现状的一篇应制奏章。但指责前任诸皇乃是大不敬，甚至是要杀头的；然不说或曲议又不免"枉任渎职"，也难辞祸咎。于是王安石以史家笔法写道："盖累圣相继，仰畏天、俯畏人，宽仁恭俭，未尝妄兴一役，未尝妄杀一人……宁屈己财于夷狄，而终不忍加兵，故虽简约而民不富，虽忧勤而国不强（实诉病太祖、太宗后诸帝于内纵恶、于外负辱的苟民、苟且政策）。"

最后，作者一针见血指出："赖非夷狄昌炽之时，又无尧、汤水旱之变（敌国不强、天灾不逢），故天下无事，过于百年。虽曰人事，亦天助也……（然）天助之不可常恃，人事之不可怠终，则大有为之时，正在今日。"文词宛曲，揭示深刻！难怪梁启超称它"宋朝第一札""可永为世模范者也"。

《红楼梦》虽小说，然曲而达，微而显，颇得史家法语。"此书为一部小《春秋》，有褒，有贬，有贬中之褒，有褒中之贬，谨严微显，绝妙史笔。"（一粟《红楼梦资料汇编》）正如薛宝钗通俗释义表白："更有颦儿这促狭嘴，他用'春秋'的法子，将市俗的粗话，撮其要，删其繁，再加润色比方出来，一句是一句。"（第四十二回）

贾蓉向凤姐借玻璃炕屏时，贾蓉出去，又被凤姐叫回，出神了半日，忽然把脸一红笑道："罢了，你且去吧，晚饭后，你再来吧，这会子有人（指刘姥姥），我也没精神了。"（第六回）这里，并没有具体交代什么，而年龄相差不大的婶子和侄子相契一段静默，后凤姐又"神情闪烁飘荡"，不免让慧眼人从伦理身份之外又觑出些什么。

第十二回，凤姐（对贾瑞）笑道："果然你是个明白人，比贾蓉两个强远了。我看他那样清秀，只当他们心里明白，谁知竟是两个糊涂虫，一点不知人心。"继有第六十八回，凤姐指着贾蓉道："今日我才知道你了。"说着，把脸却一红，似有多少委屈的光景。——这些文字，隐隐约约，"暗藏无限情事"（护花主人[1]评语）。"私情如画，含蓄不尽，如此妙笔，从来小说有之否？"（黄小田[2]评语）其实，作者写凤姐"毒设相思局"，表面上是"张本"凤姐的"正经"，而真义是表现她的"风流"。

再如书中作者始终没有非难过秦可卿，也无一言污墨秽笔，但从"造衅开端实在宁"的判词、她的"性感"十足的房间布置以及她病逝后众人"无不纳罕，都有些疑心"、其丫鬟瑞珠不合常情的触柱身亡、公公贾珍"哭得泪人儿一般"且出格举丧、哀礼过当的描写，作者已将公公贾珍与儿媳秦可卿之间的暧昧、隐私抖搂出来，昭揭于读者（脂批也点出有"秦可卿淫丧天香楼"一事）。正是手写此事，眼注彼事。如"金鼓震天时，忽有莺啼燕语；一片黑云中，微露金龙鳞爪"，内乱情形，悉跃然纸上。

第二十回，众女儿放风筝、遣"晦气"，写道：宝玉放的是"美人风筝"，而且是"林大娘送的"（暗指林黛玉），但这"美人怎么也放不起来"，其原因是"顶线不好"。作者用这一通曲音暗语写明宝、黛"心系魂牵"，但因强势"顶线"（元妃、王夫人等）干预，终不能成眷属。同样，王夫人问凤姐道："上次我们跟了老太太进园逛去，有一个水蛇腰，削肩膀，眉眼又有些象你林妹妹的，正在那里骂小丫头。我的心里很看不上那狂样子……今日对了坎儿，这丫头想必就是他了（指晴雯）。"（第七十四回）作者借说晴雯，流露出王夫人对黛玉的看法。王夫人如此认知颦儿，可知黛玉不复有好结果！另外，题轩名以蜂逗，不言花而花香馥馥；颜馆额以凤仪，不言羽而竹翠森森。如此笔法，曷胜枚举？

另外，第十六回赵嬷嬷说："如今江南的甄家，嗳哟哟，好气派，独他家

---

[1] 护花主人即王希廉，字雪香，江苏吴县人，大约生活在嘉庆、道光、咸丰年间。他是评点派红学家中著名人物之一，著《新评绣像红楼梦全传》，是红学史上研究红楼梦艺术结构的第一人。
[2] 黄小田（1795—1867），名富民，字小田，自号萍叟，安徽当涂人，道光五年（1825）拔贡，官礼部侍郎。黄小田的评点包括眉批、侧批和回末总评，总共有三千多条。过录在同治元年宝文堂翻印东观阁本的《新增批评绣像红楼梦》。

接驾四次。"第四十五回赖嬷嬷一段"奴才忆旧"——此分明是借"甄家"、借"赖家"对曹家自身家史的写照和辛酸吐露，是《春秋》史笔之应用。

总之，《红楼梦》对读书人来讲，可总括为：易览（即泛览）不易读，易读不易究，易究不易悟。一部文字并不晦涩的小说所以有这样的奇效，正在于："第观其蕴于心而抒于手也，写此而注彼，目送而手挥；似谲似正，似则而淫；如《春秋》之有微词，史家之多曲笔。……写闺户则极其雍肃也，而艳冶已满纸矣。状阀阅则极其丰整也，而式微已盈睫矣。写宝玉之淫而痴也，而多情善悟，不减历下琅琊。写黛玉之妒而尖也，而笃爱深怜，不啻桑娥、石女。"（清《红楼梦》评论家戚蓼生）这种"旁通曲喻，词微旨远"微词曲笔法在故事情节中比比皆是。故脂批曰："一部书全是老婆舌头，全是讽刺世事，反面春秋也。"

草蛇灰线法

陈其泰曾谓：名手行文，多在闲处埋根。到得临时，方天然凑泊，不费经营。譬诸草木有根，逢春自发。此乃"草蛇灰线，千里伏脉"。

台湾大学中文系欧丽娟教授[1]更明确"草蛇灰线法"定义："是指作者重复运用关键的形象或象征，而达到一种统一的、或其他某种效果，宛如重复出现的主旋律在交响乐中所起的作用；而有时指把不引人注目的线索精心插入描述中，将来再作发展。"正如明末文学批评大家金圣叹评《水浒》曰："景阳冈勤叙许多'哨棒'，紫石街连写若干'帘子'等，骤看之，有如无物；及至细寻，其中便有一条线索，拽之通体俱动。"

雪芹于前半部书中埋伏下许多暗线，并延脉于后半部中显"形"结"果"。这种处处设伏、踪踪有脉、左右映

---

[1] 欧丽娟，女，1963年出生于台湾，台湾大学中国文学系教授。除了"大观红楼"系列之外，代表作还包括《诗论红楼梦》《红楼梦的人物立体论》等，因台大"红楼梦"公开课获得"全球开放式课程联盟"2015年杰出教学奖。

带、前后相顾的写法正可谓"草蛇灰线，伏脉千里"。

从大篇章的伏线看，第二回的上半篇是前四十回的引线，作者借冷子兴之口，把贾氏一门悉数抖出，似一出大剧，设定了演员，分派了角色，拉开了大幕，叫响了乐板，演员便先后登场，剧情遂次第展开。其下半篇，以贾雨村一番"天地生人、大仁大恶、忠奸君臣、才逸情痴"至论之结果，因应前"剧"，可作全书的结纽。

从具体事体看，《红楼梦》中第一个登场的富家女英莲（被卖后改名香菱），遇到一僧一道前来度她出家，对怀抱她的甄士隐说道："施主，你把这有命无运、累及爹娘之物，抱在怀内作甚？"又口内念了四句言词道：惯养娇生笑你痴，菱花空对雪澌澌。好防佳节元宵后，便是烟消火灭时。——"这有命无运，累及爹娘"以及四句言词，后来则完全在薄命女香菱身上兑现。故脂评曰："看他所写开卷之第一个女子便用此二语以定终身。"

第二十二回，宝钗为讨贾母喜欢，点了《醉打山门》，因宝玉央求，念了《寄生草》。宝玉听得兴意发作，又因席上吵嘴弄得意灰心死，大叹"我是赤条条来去无牵挂"。细究其叹，则日后的出家，实已萌于此时。

李嬷嬷（宝玉奶妈）因输钱发左性，便迁怒于袭人（第二十回），骂道："忘了本的小娼妇！我抬举起你来，这会子我来了，你大模大样的躺在炕上，见我来也不理一理。一心只想妆狐媚子哄宝玉，哄的宝玉不理我，听你们的话。你不过是几两臭银子买来的毛丫头，这屋里你就作耗，如何使得！好不好拉出去配一个小子，看你还妖精似的哄宝玉不哄！"袭人后来的结局正蹈此言。

第七十回，当林之孝回来通报："雨村降了。"贾琏说："他那官儿也未必保得长，将来有事，咱们宁可疏远着他好。"林之孝道："何尝不是，只是一时难以疏远。如今东府大爷和他更好，老爷又喜欢他，时常来往，哪个不知？"这一段对话叙说把将来雨村事发而殃及贾珍暴露种种不端以致累及元妃并抄没宁国府的伏笔埋了下来。

书中还有更多其他小伏线。

元妃赐端午节的赏礼，偏是宝玉、宝钗一样（非是黛玉）；宝玉把袭人的汗巾给了琪官蒋玉菡，后又把琪官的汗巾系于袭人。看似不经意地叙写，则"千里姻缘一线牵"，日后宝钗、袭人之终身已定也。

刘姥姥给凤姐女儿取名"巧姐"，说今后"逢凶化吉""遇难呈祥"（第四十二回），对此，看过后文的靖本眉批人批道："应了这话固好，批书人焉能不心伤。狱庙相逢之日，始知'遇难呈祥''逢凶化吉'实伏脉千里。"而且我们从此前写了巧姐、板儿两个出身不同的孩子互换柚子、佛手，以及巧姐的判词也不难得出推论——两人由是结机缘，并在贾府败落时走到一起，成为夫妻（高鹗续书略偏此线）。

第六十九回，"且说尤氏一径来至园中，只见园中正门与各处角门仍未关，犹吊着各色彩灯，因回头命小丫头叫该班的女人。那丫鬟走入班房中，竟没一个人影。"此淡淡几句，亦并非闲文，它隐伏出后文司棋与表兄如何能入园中苟且相会、不雅信物如何遗落府内之因端。故有蒙回前总批：司棋一事在七十一回叙明，暗用山石伏线，七十三回用绣春囊在山石上一逗便住，至此回可直叙去，又用无数曲折渐渐逼来，及至司棋，忽然顿住，接到入画，文气如黄河出昆仑，横流数万里，九曲至龙门，又有孟门、吕梁峡束，不得入海。是何等奇险怪特文字，令我拜服！

现代京剧《红灯记》有唱词"栽什么树苗结什么果，撒什么种子开什么花"。小说中，埋下事"种"，终得其"果"，从一定意义上讲，也是一种"伏脉"。第四十八回，贾赦嗜好收藏古扇，偏巧"一个不知死的冤家"、诨号儿叫石呆子的就有二十几把题有古人写画真迹的宝扇，贾赦意欲图之，但凭他出什么高价，石呆子只是不卖。懊恼无奈之际，善于投机钻营、趋炎附势的贾雨村，假权济私，讹石呆子拖欠官银，以抄家赔补欠银为由，把这些扇子弄来，奉送给贾赦，致使石呆子家破人亡。接后虽无下文，但却为后来贾府遭抄检，贾赦、雨村获罪撒播了罪"种"、植埋了祸根。正如王希廉所评："晴雯撕扇，是恃宠撒娇。雨村讹扇，是倚势害良。而晴雯之被逐、贾赦之获罪，皆种于此。"

另外，故事开头始于英莲，完结时又终于英莲（香菱）。真真"草蛇灰线，因缘直结"。

岂唯文章有"因缘之道"，万物亦皆由因缘创成——没有事物是没有原因就发生的。大自然中，白云苍狗，那是瞬息风流所致；沧海桑田，则是远古造山运动的杰作。即便社会动荡、剧变也不脱"天人合一"因应，殆亦"草蛇灰线，伏脉千里"。有历史学家研究发现：放眼几千年历史，若干次的北方游牧民族南侵竟与塞内气候骤冷有关，当中原地区冬季气温较平常低 2—3 摄氏度时，塞外大约降温 10 摄氏度左右。如此极端寒冷天气下已属人类生存极限，因此北方游牧民族便冒险南下争锋，以图生存。这种"因缘"时空跨度大，人们不易立时窥见、顿感"直结"。一个人的人生机缘、福祸因果也是如此：现在的你，是由十年前的你决定的；十年后的你，是由现在的你决定的。没有人会无缘无故地出现在你生命里，每一个出现在你生命里的人都有深深的因缘。无论你遇见谁，他（她）都是你本来就应该遇见的人。有缘才会相遇，缘深才会相伴！得到了是因为缘分到了，失去了是因为缘分尽了。故要珍惜每一次相逢，也要尊重每一次离开。聚散皆是缘，离合总关情！

英国小说家福斯特指出："一本组织紧密的小说，必然具有事事相关因果互系的性质，即使是能力最强的读者，也得等到小说结束后，才能居高临下分辨出书中的千头万绪。这种奇诡或神秘因素在布局中极为重要。……如果布局好的话，结局不再是线索或环节，而是作者明明白白交代清楚的艺术整体。"——《红楼梦》正是出色地践行了这一理论。

暗中抨击法

简单地说，就是不于字面上明言，而是隐晦地严厉批评的方法。据称"暗中抨击法"是清朝哈斯宝[1]针对《红楼梦》人物塑造艺术提出的"一家之言"。

黛玉、宝钗孰优孰劣？历来是读《红楼梦》者争论的一个焦点，堪称"诸世纪之辩"，由此产生了"拥黛派"和"拥钗派"。两大阵营各执戈矛，互相攻讦，聚讼不休，甚至到了"一言不合，遂相龃龉，几挥老拳"（《三借庐笔谈》）的地步。也算是红学界一大"景观"了。究其由，怕是雪芹"暗中抨击法"惹的祸。尤以写宝钗、袭人，大抵全用此法。正如前人评道：读此书，看那许多人的故事都容易，唯独看她俩的故事最难。

特别是宝钗，看出"好的宝钗"个别瑕疵还算容易，但看出"全好的"宝钗"全坏"就甚困难。更难者，是把

---

[1] 哈斯宝，蒙古族人，号耽墨子，又号施乐斋主人，《新译红楼梦》（《小红楼梦》）的译者。他于道光二十七年（1847）为自己的译书写了序言，用蒙古文翻译《红楼梦》，把120回节译成40回，每回之后都写了批语。

"全坏"的宝钗写得"全好"最是不易（清·哈斯宝）。此说虽有过焉，但也不无一些道理。

如第三十二回，当听到金钏儿因受王夫人一掴而跳井身亡，有心的宝钗"忙向王夫人处来慰问"。见王夫人正深感懊悔和自责不已地称"罪过"，宝钗虽明知底里，却公然"唱歪理"道："姨娘是慈善人，固然这么想。据我看来，他并不是赌气投井。多半他下去住着，或是在井跟前憨顽，失了脚掉下去的。他在上头拘束惯了，这一出去，自然要到各处去顽顽逛逛，岂有这样大气的理！"——这样，一个本该让肇事者心灵恐惧和不安的人命关天大事遂让宝姑娘一番"委蛇虚言"化为一抹轻烟而消散了。当王夫人拟把黛玉做生日的两套新衣服拿给死者作妆裹又怕黛玉忌讳而犯难时，宝钗忙讨巧附会道："我前儿倒做了两套，拿来给她岂不省事。况且她活着的时候也穿过我的旧衣服，身量又相对。"王夫人道："虽然这样，难道你不忌讳？"宝钗笑道："姨娘放心，我从来不计较这些。"（吕启祥[1]云：此处作者对宝钗之贬斥，真是到了入骨剔髓的程度。）——这些事中，宝钗漠视"一个生命比地球还重"（日·上田耕一朗），闻"死"不惊（闻尤三姐自刎时亦有此番"情怀"，言"这也是他们前生命定""如今已经死的死了，走的走了，依我说，也只好由他罢了"），稀有恻隐，绝少同情，忘却、抛弃"尊重人不应该胜于尊重真理"（柏拉图语）的信条，又以谎语慰王夫人，献衣媚上、伺机取悦，犹如马瑞芳教授所评："薛宝钗安慰王夫人这短短一段文字，既污蔑了无辜死者，又安慰了杀人凶手，还顺手刺了林黛玉一枪"，足见其机心之深、城府之厚、情怀至冷也！但表面上却是"正能量"表现。故"凤之辣，人所易见；钗之谲，

---

[1] 吕启祥（1936— ），女，汉族，祖籍浙江余姚。有《红楼梦开卷录》《红楼梦会心录》等多部论著。曾任中国红楼梦学会常务理事。参与《红楼梦大辞典》的编写工作。

人所不觉"(姚燮[1]《红楼梦》总评)。

第三十四回，宝玉挨打致伤，宝钗送来了药，还说了一番疼惜宝玉、谴责哥哥薛蟠的话，后面还有积极为宝玉缝肚兜、主动领认袭人做宝玉的针线活之事。依表面来看，宝钗不愧明理、心慈、殷情，但延而想之，她却有"僭越、悖理、逾矩"之嫌。试问，率先送药，难道她比宝玉之迎、探、惜春诸姐妹还亲？比黛玉还近？妄信袭人之辈姑妄之辞，贬斥自己的胞兄，这岂是手足之情？一个闺教少女，在明知宝玉属意黛玉的情况下，插一"杠子"，缝人家大小子的贴身肚兜，岂是大家闺秀所为？还有，宝钗水亭扑蝶，使黛玉结怨于下；赠新衣于金钏，使黛玉失爱于上。这种"林以刚，钗以柔，林以显、钗以暗"的钗黛争玉之法自然令读者产生判断上的迷茫。所谓"大盗不盗，大奸不奸"最能瞒住阅者也。

宝钗的"不妥""不当"还不止这些。

第五十五回，凤姐染恙，面对繁杂事务，王夫人独身难撑，便着请李纨、探春、宝钗三人协理。这里，李纨、探春作为主家成员，在荣府急窘之时为之"主动担当""挺身而出"，乃无可厚非，当在情理之中。但作为一个寄居别梓的"客身"薛宝钗，且又是"不干己事不开口，一问摇头三不知"的闺教闺秀，竟"受命不推""毫无婉拒"，的确令人匪夷所思。前辈点评家洪秋蕃一语道破天机："夫以作客之身，摄他人家庭之政，是即庖人不善治庖，尸祝越樽俎而代之也。自好者不为。……宝钗略一推辞，王夫人决不相强。而乃欣然应命，不知引嫌，其故何哉？盖有深意焉：一可悦王夫人之意；二可显己之能；三可形黛玉之拙；四可籍著微劳，以图异日当家之地。"宝钗机深谋远，不亦昭昭也？

---

[1] 姚燮（1805—1864），字梅伯，一字复庄，号大某山民，又号古楳山民，浙江镇海人。道光十四年（1834）举人，是评点派红学家之一。他的红学著作为《读红楼梦纲领》（抄本），以品评人物为主，时多好评。

但无论如何，宝钗之"奸"也大都趋人伦、近人情。众人不可罪"无罪"也！

如"自奇缘识锁，宫赏两同，遂有儿女之私。虽务为持重，而送丸药显露情言，绣鸳鸯难云无意"（话石主人[1]语）。的确，青春男女，互相倾慕，天理人道！即使在这方面"动些小心思、使些小伎俩"，也只是一位青春女性受荷尔蒙影响而勇敢地追求异性、追求爱情，乃是无可非议、应予理解的。何况在这场婚殇中，宝钗又何尝不是殉葬品？她毋庸置疑拥有爱一个自己心仪的人的权利，甚或爱一个不爱自己的人都不是什么大过错。倒是外力的强行"婚姻绑架"才酿成他们最终吞食苦果。

再焉，与黛玉健康欠佳、性格孤冷、爱使小性、不善于处理人际关系、缺乏管理才干相比，宝钗则显见优长。她身体健朗、为人宽容、会关心人、与人为善、处事练达——这些都是男子择偶必定会优先考虑的因素。况且，世上这样的人本就不多，焉能再作苛求，更期完备？

明白了这一点，刻意求出钗、黛孰优孰劣的答案就显得幼稚。大体上讲，黛玉是最理想的谈情对象，宝钗是最不二的持家主妇；宝钗在做人，黛玉在作诗；黛玉可仙之，宝钗可妻之，她们分别对榫厅堂贵妇、厨房贤妻。林的精神投射在于个体生命、在于自然、在于追求自由（追求性灵的自主的人格）；薛的情怀关照着眼于维护秩序、依遵伦理、奉随传统（追求理智社会的人格）；"林黛玉属于神缘而非俗缘，是圣爱而不是可以在肉体上结合的性爱；相反，薛宝钗却属于俗缘而非神缘，是可以在肉体上结合——结婚，但却不是圣爱"（梅新林：《红楼梦哲学精神》[2]）。

---

[1] 话石主人是清后期的一位著名的《红楼梦》评点者，主要著作有《痴说四种》和《红楼梦本义约编》，生平无法详考。他的评点不是严格意义上的评点形式，其主要方式是逐回评。他的评点对人名的寓意、小说结构、前五回的作用的分析很有价值。
[2]《红楼梦哲学精神》一书是一部红学史上以文本分析为基础，以儒、佛、道三重哲理为基准，通过思凡、悟道、游仙的线路分析而写就的哲学著作。作者梅新林教授为中国红楼梦学会常务理事。

倒是林语堂先生讲得恳切。他认为正如文章有典雅的、休闲式的一样，做人处事也有规矩的、认真的和天真的、飘逸的之分。阮籍、嵇康之辈，必喜欢黛玉；叔孙通、二程之流，必喜欢宝钗。讲究礼法，待人接物，宝钗得之；任性孤行，归真返璞，黛玉得之。钗、黛身上正体现了这两种不同的处世风格、价值取向。飘逸与世故，闲适与紧张，自在与约束，守礼与放逸，本是生活的两面，亦是儒、道二教要点不同所在。人生也本应有此二者的调剂——恰如曹雪芹在书中多次表达的"钗黛合一"的"兼美"愿望。

正像刘盼遂先生曾说："在日常生活中，我们喜欢薛宝钗，因为她能干、识大体，是个好主妇。但是，在精神上，我们都不愿有个打算盘、挂钥匙的爱人。"

即便在今天，接触的机会多了，挑选的范围广了，但男人们在择"红"上仍然心旌摇荡，身坠迷茫。岂不闻爷们儿总是无奈地咏叹："这年头女人漂亮的不下厨房，下厨房的不温柔，温柔的没主见，有主见的没女人味，有女人味的乱花钱，不乱花钱的不时尚，时尚的不放心，放心的没法看。"这种无尽的"伤逝"说到底，其实就是理想与现实、精神与物质"永恒有差距"的问题。就像一首禅诗发出的叩问：曾虑多情损梵行，入山又恐别倾城。世间安得双全法，不负如来不负卿？

这大概因应了叔本华曾经的断言："人在各种欲望得不到满足时处于痛苦的一端，得到满足时便处于无聊的一端。人的一生就像钟摆一样不停地在这两端之间摆动。"

"天上神仙伴侣，人间柴米夫妻。"

爱情再浓烈、再真挚，还须能经得起油盐酱醋的烹制。"爱情，生活，不是林黛玉，不会因为忧伤而风情万种。"（徐志摩）期望理想，却不得不在现实中生活；委身现实，却从未泯灭对未来美好的憧憬。天长日月久，此事古难全。它们的"不齐正划一"，也是人类不断发展、不止求进的动力。不谙此理，则会让自己永远陷入"猫咬尾巴"的追逐中。

写被称为"夫人中的宋江"——袭人，也大抵用此法。

袭人"严于律人"，告诫宝玉不要吃人嘴上的胭脂，勿犯那爱红的毛病；及至宝玉要"吃她嘴上的胭脂，爱她身上的红"时却"宽以待己"，甚而同领警幻所训之事。袭人又教导宝玉读书时："真喜读书也罢，假喜也罢，只在老爷跟前或在别人跟前，你别只管批驳诮谤，只做出个喜读书的样子来，也叫老爷少生些气，在人前也好说嘴！"——活现出"心伪情虚""大不地道"的十足庸俗之态。

开门时，不期被躲雨赶回的宝玉重重踢了一脚，并呕了血（第三十回）。宝玉为此懊悔，袭人竟说："我是个起头儿的人，不论事大事小，事好事歹，自然也该从我起。"——讨打也要争先？挨踹也冠冕堂皇？大有讨巧、讨好"奴相"之嫌！

特别在宝玉出家后，内心一番忖度："若是老爷太太打发我出去，我若死守着，又叫人笑话，若是我出去，心想宝玉待我的情分，实在不忍。"读来易让人想起"矫揉造作""虚情假意"成语而喟叹她"若使当年身便死，一生真伪有谁知？"。

涂瀛[1]亦云："奸而不近人情，此不难辨，所难辨若近人情耳。袭人者，奸之近人情者也，以近人情者制人，人忘其制；以近人情者谄人，人忘其谄。约计平生，死黛玉，死晴雯，逐芳官、蕙香，间秋纹、麝月，其虐肆矣，而王夫人却视之为顾命，宝钗倚之为元臣。"（《红楼梦论赞·袭人赞》）

但香港学者宋淇则有"独见"，他认为：在四大丫鬟中，袭人虽然也能言善道，可是尖锐比不上晴雯，厉害比不上麝月，有时急起来，为了顾全大局，

---

[1] 涂瀛字铁纶，号香雨，又号读花人，生卒年代及事迹不详，他生活的年代，大约主要在嘉庆、道光两朝。红学著作《红楼梦论赞》，有道光二十二年（1842）养余精舍刊本，另一红学著作《红楼梦问答》，作为附录，刊在它的后面。

往往占下风。她的出发点是为人，不是为己，所以说话很得体。……如果说宝玉是怡红院的小皇帝，袭人是他的好宰相，并不算过分。

真是"公说公有理，婆说婆有理"！

冯其庸[1]先生点评袭人一段最是恳恰：袭人是宝钗的影子，一如宝钗一样，善于拢心、用屈、施柔、做面子、藏行止，这些，虽说无甚大妨，但为《春秋》所不许也——人贵坦适而已，彼却故深之。

类此还有许多，不再絮列。

应当说这些评论分析，确有一定道理。但在宝钗、袭人定评中，也多有"有罪假定""先入为主"之似而产生"偏颇观点"，甚至"过度臆想"。这些都给读者确恰认知她们产生不小的误导。如第四十二回，黛玉讥称刘姥姥"母蝗虫"，宝钗称黛玉"这'母蝗虫'三字，把昨儿那些形景都现出来了。亏他（指黛玉）想的倒也快"。太平闲人评之："黛以口舌伤人，（宝钗）今且推而扬之，益令得意自鸣，不成独立之势不止，此第一服毒药也。"及后薛蟠因经济之事离家远行后，宝钗便央求母亲："妈妈既有（其他）这些人作伴，不如叫（香）菱姐姐和我作伴去。我们（大观）园里又空，夜长了，我每夜作活，越多一个人岂不越好？"就此，太平闲人[2]又评道："今蟠既行，则钗必宜归依母处矣，而转索兄妾，使其伴己，而令其母块然独处，谈忠说孝、讲礼明义者，固如此乎？"——以是吹毛求疵，臆想罔断，则宝钗形象何得光彩？同样，对袭人也是如此。大评家王沆伯看到"袭人自幼见宝玉性格异常，其淘气憨顽自是出于众小儿之外，更有几件千奇百怪口不能言的毛病

---

[1] 冯其庸（1924—2017），江苏无锡人。曾先后任中国红学会会长、《红楼梦》学刊主编等职。为著名红学家、文学史和文化史研究家。著作有《曹雪芹家世新考》《曹雪芹家世·红楼梦文物图录》《春草集》等。主编《红楼梦》新校注本，《脂砚斋重评石头记汇校》《红楼梦大辞典》《八家评批红楼梦》《中华艺术百科大辞典》等书。

[2] 太平闲人，又名"张新之"，"太平闲人"是其号，他还有另外一个号，叫作"妙复轩"。一生热爱《红楼梦》，留下了30多万字的《红楼梦》评语。但他的身世，现在还不是完全清楚。据称为山西平陆人，嘉庆辛未进士。

儿。近来仗着祖母溺爱,父母亦不能十分严紧拘管,更觉放荡弛纵,任性恣情"时,便由"千奇百怪口不能言的毛病儿""放荡弛纵,任性恣情"之词,臆想评批道:"竟不知是何等狎亵了。大约常要摸牝,并常要人撮卵,亦在其中了。"(第十九回)如是,则袭人品性岂能高尚和弃绝陋暗?俗语道:站着说话不腰疼!不妨设问一句:倘以我们居宝钗、袭人之位,则所作所为又能如何?

吾侪不免为宝卿、袭人一哭。

之所以产生这些"臆想""歪想",从心理上分析,乃是清朝赵之谦《章安杂说》中所讲:人们"左钗右黛"除了体恤孤幼、同情弱者(林黛玉)外,的确不排除有包藏"因历世事之艰辛而歆羡宝玉游手处闲、饱暖无虞,又能常常出没于娉婷慧丽若干闺阁中"的私怀情愫,故常以宝玉假想,更以宝玉自居。于是渐迷心窍,遂失公判,爱颦儿即缺点也爱,拒宝钗丝毫不容,并穷追猛打,不依不饶,甚至一言一动,都是"杀机"(周汝昌[1]语)!正如六祖所云:不是风动、幡动,实是仁者心动。

但无论怎样,把一个性品如此极端对立的人纤毫不露、水波不惊地深植在寻常一般的故事中,让它们"冰炭相容",实非圣手难能。就像古希腊大哲学家、演讲家苏格拉底前后两天阐述尖锐对立的两种观点,让听众都十分信服、认肯。

故诸君谨记:"读《红楼梦》,第一不可有意辨钗、黛二人优劣……作是说者,便非真能读《红楼梦》。"(清·野鹤《读红楼梦札记》)——我们还是就此打住,不论钗、黛优劣,姑且留给后人去评判吧!

---

[1] 周汝昌(1918—2012),天津人。毕业于燕京大学,著名红学家和古典文学研究家,曾任中国红楼梦学会顾问、《红楼梦学刊》编委等。《红楼梦新证》为其最重要、影响最大的著作,所撰《曹雪芹》《曹雪芹小传》《恭王府考》等,亦为"红学"和"曹学"的重要著作。其他还有《红楼梦散论》《曹雪芹与红楼梦》等多种。

四

宾主之法

写作中,不混淆"轻、重、主、次",便可说懂得了"宾主之法"。但灵活、娴熟运用之,绝非易事。

著名红学前辈张锦池[1]先生说:一部《水浒传》,以宋江为"主",其余好汉为"宾",状若绿叶红花;写好汉们之上梁山,各有各的道路。时早时晚,莫不与宋江挂钩。一部《红楼梦》,以贾宝玉为"主",其他风流冤家是"宾",情同众星拱月;写"通部情案",各有各稿,皆必从石兄挂号。故"以人为干,以事为支"是《红楼梦》对史传文学的借鉴与超越。

《红楼梦》展现太虚幻境、大观园、贾府三个"舞台",一个舞台有一个舞台的中心人物:太虚幻境是警幻仙姑,大观园是贾宝玉,贾府(荣府)是王熙凤;写大观园,一处有一处的中心人物:怡红院是贾宝玉,潇湘馆是林黛

---

[1] 张锦池(1937—),江苏靖江人。哈尔滨师范大学中文系教授,中国红楼梦学会副会长,《红楼梦学刊》编委,中国红楼梦学会发起人之一,1980年哈尔滨全国《红楼梦》学术讨论会组织者之一。专著有《红楼十二论》。

玉，蘅芜苑是薛宝钗，秋爽斋是贾探春，她们的侍从下人自然都作配角。且写三个舞台以大观园为中心；写大观园以怡红院为中心。若就贾、薛两家而论，贾府为主，薛家为宾。若就荣、宁二府而论，荣府为主，宁府为宾。纵观整部《红楼梦》，立意以贾家为主，甄氏为宾。

叙事也是如此。《石头记》虽是说贾府盛衰情事，然以宝玉、黛玉、宝钗三人演情为著；若就宝玉、黛玉、宝钗三人而论，宝玉为主，钗、黛为宾。若就钗、黛二人而论，则黛玉却是主中主，宝钗却是主中宾。故写黛玉入贾府极详细，写宝钗入贾府极轻略。

同样，在同一章节里又主宾分明，有主有宾，且有宾中之主、宾中之宾，甚或以宾演主、"反宾为主"。这些笔法在《红楼梦》中连环迭套，交错使用。

如第三回专写黛玉形貌神情，是此回之主。中间带有王熙凤、迎春、探春、惜春；因主及宾，故亦写宾之装束仪容，又带出王夫人、邢夫人、李纨及宁荣二府房屋家人；小使丫鬟，即点出袭人、鹦哥、王嬷嬷等人，末后带起薛宝钗家。出落次第，详略各别，宾主分明。

第十四回，以"写秦可卿之丧"树帜，又加进了王熙凤协理宁国府一段，虽谓"加演"，但"写凤姐之金贵；写凤姐之英气；写凤姐之声势；写凤姐之心机；写凤姐之骄大"。最是精致、精彩，已是"喧宾夺主"，反宾为主。

第十九回，正如回目标题，情切切良宵花解语——是说袭人；意绵绵静日玉生香——盖讲黛玉。作者将袭人和黛玉对着写。但写袭人，笔细墨多：写袭人之家况，写袭人之周微，写袭人之娇嗔，写袭人之心机；写黛玉则笔淡墨少。显见前者是主，后者是宾。即令在前者"主"节里，亦还有宾主之分：自然写袭人部分是主，而"却说宝玉自出了门……偏奶母李嬷嬷拄拐进来请安"。接着，老嬷嬷逞威使性，教训大家，抢吃酥酪，为宝玉回家后发怒埋下引子。——这又是"宾"部分。

王熙凤借剑杀人暗算尤二姐（第六十九回），虽凤姐简笔寡墨而重在多写秋桐、平儿、丫头等，但"凤姐为主，其他为宾"不易，乃是以宾"演"主，即着笔从不同的侧面烘托凤姐"花言巧语，外作贤良，内藏奸诈"——写秋桐的淫邪，正写凤姐的淫邪；写平儿的极义气，乃写凤姐极不义气；写使女欺压二姐，实写凤姐欺压二姐。

第七十四回，前半部集中写抄检大观园，像电影"分镜头"，详写了"七处的抄检"。但这七处"抄检"各不雷同、情景迥异，且有详有略、有映带有侧重，有宾"情"（如对李纨房中的搜检）、有主"剧"（如对晴雯和探春的搜检），后半部则堪称是"惜春正传"。是回里，"作者把聚光灯完全打照到这个角色上，使其成为此回里的主角，而宝玉、凤姐、黛、钗、湘、探却都一时淡退作跑'龙套'的配角"（刘心武语）。

岂非事独有宾主，文亦有宾主份定。如在七十八回，同一回中宝玉先后作了两篇辞章，一篇是因晴雯所写充满悲悼之情的《芙蓉诔》，一篇是为林四娘所写富有赞颂之意的《姽婳词》，俱彰用情，都称佳作，但显然以前者为主，后者为宾。前者是真情之作，后者是应命之文。前者相契林黛玉唯一的知音，后者见赏于贾政及清客们隔膜的心灵；诗作者三人，又以宝玉古诗为主，以贾兰贾环诗绝为宾。

纵观《红楼梦》中的主宾呈映、替换，可谓偃仰多式，纵横多变。其中有宾主分明、主宾晦暗、宾中有主、退主作宾、反宾为主等，这多么类似我们的人生！"宾无常宾，主无常主，因时随况，且格其宜。"如谈恋爱追女友时，你是宾，她是主；结婚后，蜗居在家的她是宾，你是主。孩子面前你是主，来到父母家则又退居为宾。乘公交遇见下属，他给你让座；碰到孕妇、老人，你又须给他们腾位。一个人生活中宾、主角色，一时三变，一天多变，这当然与"两面派""多面人"和"虚伪""做作"迥然不同，而是一种随分从时的"中庸"智慧，是一种"立世、生存、求活"的本领和技巧，莫要

"想不开""悟不透""看不惯""做不得"。曾听有人抱怨不愿到某一单位就职，原因是"那里的一把手原来是自己的下属"，忍不得"宾主互易"。其实这是自寻烦恼，大可不必。今天，长辈教育、规约甚至呵斥小字辈，但正像高尔基《苏联游记》所讲："今日的儿童将是明天生活的建设者。明天，他们将要检查父辈的工作，将会无情揭露他们的全部错误，揭露他们的口是心非、懦怯、贪婪和懒惰。"唯要做的是学会认真分辨、准确把握，及时调整（心态），果断更变（角色）。不过在处理"人与自然"主宾问题上要格外谨慎小心。有曰"人能胜天""人定胜天""人是自然的主宰""人是万物的尺度"，这怕是夸大了人的主观能动性。要懂得，"人只不过是一根（能思想的）苇草，是自然界最脆弱的东西。用不着整个宇宙都拿起武器来才能毁灭他，一口气、一滴水就足以致他死命了"（帕斯卡尔）。人不能狂妄自负地听从自己，要使自己经常保持沉默，以便去倾听一个更高和更真的声音。今天，我们"征服自然""改造自然"所引起的生态失衡、温室效应、疫情肆虐、地摇水漫等"自然的报复"不是已令我们有些招架不迭了吗？尤其在宇宙与人的关系中，这种主宾位置笔者以为压根不容撼动、毋庸改变——因为当人类消亡湮殁时，她依然在那里！

乱麻抽丝法

《红楼梦》人物、事迹、场面、情境……穿凿交叉，编排缜密，用一般的结构法，敷陈头尾，平铺直叙，可说是绝无可能。在此情况下，作者被"逼出"一个妙招来，就是得空便入使用"乱麻抽丝法"。

贾府中荣宁二府是《红楼梦》故事演绎的主要"背景构件"，家世背景不可不作交代；又因其踪迹脉根盘根错杂，更不能不交代清楚。如何交代，怎样浑然不觉、饶有趣味地交代，则是"费思量""见功底"的事。否则，极易坠入"庸常、呆板、乏味"之泥淖。且看雪芹于此不自述，不专讲，亦毋请族内人"说家史"，而是借"外路人"冷子兴在村肆中闲谈触及，进而切入展叙，先说完贾宗，后又"将林、甄、王、史各亲戚参差点出，既有根蒂，又毫无痕迹"（王希廉评语）。如是，你又不觉得悖理，盖因四大家族声名显赫，村肆悉闻，世人皆知。相反，对诸多下人、丫鬟的介绍就不能"如法炮制"了（她们躲在深闺，大门不出、二门不迈），故第二十九回，只借贾母率众人去清虚观打醮祈福时才把她们顺便拽出:"少时贾母等出来。贾母坐一乘八人大轿,李氏、凤姐、薛姨妈每人一乘四人大轿,宝钗、黛玉二人共坐一辆翠盖珠缨八宝车,迎春、探春、惜春三人共坐一辆朱轮华盖车,然后贾母的丫头鸳鸯、鹦鹉、琥珀、珍珠,黛玉的丫头紫鹃、雪雁、鹦哥,宝钗的丫头莺儿、文杏,迎春的丫头司棋、绣橘,探春的丫头侍书、翠缕,惜春的丫头入画、彩屏,薛姨妈的丫头同喜、同贵,外带香菱,香菱的丫头臻儿,李氏的丫头素云、碧月,凤姐儿的丫头平儿、丰儿、小红,并王夫人的两个丫头金钏、彩云,也跟了凤姐儿来。"试看,贾府的主要丫鬟此处几乎悉数一一介绍出来,且又那么自然、那么"不兴波澜"、那么"水到渠成",使阅者如久识其人,"深忘其于何时因何事而出者",真乃"文章之化工"!

再者,宝钗在贾府的初始"登台亮相"也非设"专局特场",只是在宝玉来到梨香院看望薛姨妈、拜访薛蟠时"偶遇巧逢":"掀帘一步进去,先就看见宝钗坐在炕上作针线,头上挽着黑漆油光的簪儿,蜜合色的棉袄,玫瑰紫二色金银线的坎肩儿,葱黄绫子棉裙,一色儿半新不旧的,看去不见奢华,惟觉雅淡。罕言寡语,人谓装愚;安分随时,自云守拙。"(第八回)

第十七回,又有林之孝家的来回:"采访聘买的十个小尼姑、小道姑都有了,……外有一个带发修行的,本是苏州人氏,祖上也是读书仕宦之家。……今年才十八岁,法名妙玉。如今父母俱已亡故,身边只有两个老嬷嬷,一个小丫头伏侍。文墨也极通,经文也不用学了,模样儿又极好。因听见长安都中有观音遗迹并贝叶遗文,去岁随了师父上来,现在西门外牟尼院住着。"王夫人不等回完,便命林之孝家的着人写请帖去请妙玉。

这一段,不必另起炉灶,搂草打兔子——借采办小尼,巧引妙玉入局,间为后事留地步。

作者更见用心、乱麻抽丝、妙起话匣的是第六回"刘姥姥一进荣国府"。

宁、荣两府合计少说有三四百口人丁,每天诸事至少也在几十件。那么作者如何于繁乱如麻的冗事中牵出头绪、铺展故事？且看第六回曹公执简驭繁，妙手操笔道："正寻思从哪一件事、自哪一个人写起方妙，恰好忽从千里之外、芥豆之微，小小一个人家，因与贾府略有些瓜葛，这日正往贾府中来，因此便就此一家说来，倒还是个头绪。你道这一家姓甚名谁？又与荣府有甚瓜葛？且听细讲。"这种"得空便入""乱麻抽丝"，既让阅者有"山重水复疑无路，柳暗花明又一村"之感，又有情节"切入"自然、"切点"宽泛之便优，更为后面故事铺开抽"丝"埋"线"。恰如太平闲人张新之所评：（作者）突然一按，按的离奇。殊不知得头绪、挈纲领都在此，作者断不肯顺笔逆出，故特作大提掇、郑重语。

后来的事实也证明，刘姥姥是大观园里最理想的牵线和"视镜"，作者通过刘姥姥眼中看大观园和大观园中的每个人物，比作家惯常使用夹叙、旁白、演说、介绍等方法，都高明得多（因富贵人对"高堂华屋"见之不奇，而贫人见之则奇。故于千里之外、芥子之微从一寻常民妪刘姥姥楔入，方能得观贾家富贵气帘），她以特殊身份目睹贾府兴衰，是亦谓"借客形主"。

"乱麻抽丝"是一种写作方法，也无疑是我们日常生活或生命运度的必临"命题"、必课"作业"。面对纷繁复杂、多变不居的大千世界，我们如身置一座迷宫，找不到路口；如手握一团乱麻，寻不着头绪。什么事情最重要？如何在万千的职业中找到自己的席位？焉能利用好既富裕又珍稀的时间？怎样在多味多式兴趣中选准自己的"雅爱""嗜好"？——这都是不易之事。

生活、生命中如何"乱麻抽丝"且能抽得"准"呢？想必不外如斯：一是遵循"时序先后"原则，就像女士穿衣那样——"衣柜衣服千千万，只有新的最好看"。二是寻主络、抓关键。这当然很好、很给力，但"孰为主要""何者关键"往往令人焦灼、茫然。三是不急功近利，持怀平常心，先"得到了一件合理的事情去做，从此你的工作和生活都会有点奇异的色彩"（爱因斯坦）。即先干好眼前、手头的事，等待机会、寻求机缘、积蕴"成因"，徐图大造。因为，每一个人降生到这个世界上来，一定有一个对于他最适宜的位置，只等他有一天来认领。

"人是自己行动的结果"！人在行动的过程中就形成了自身；人生就是由若干个"现在"构成的生命之流，如果它在每一个点上都不能发光，这条河流就是暗淡的，寻找光明、抵达辉煌也就徒成虚缈（故我们要远离那些麻烦的交际和无谓的成功。一个人没必要把有限的精力浪费在对我们人生一点也不加分的事情上）。人只有在"意志、工作、等待"这三个基础上才能建立成功的金字塔！

作者信笔如游，看景拾景，同一时间、同一时空，一有机会就写一笔凤姐的精明能干、恶毒泼辣，一有机会就写一笔黛玉的口舌尖刻、情意绵绵，一有机会就写一笔宝玉对于水做的女儿们之体贴入微、爱护备至。可以说，全书有名有姓的四百多人物中，有一大部分就是在这种"得空便入""乱麻抽丝"介绍中加深加浓，终于在读者印象中活生生地"立"了起来。

另外，《红楼梦》在写宝、钗、黛恋爱主题、主线下，还依此法写了宝黛相会、可卿之死、黛玉葬花、宝玉挨打、鸳鸯抗婚、探春改革、小红遗帕、宝玉祝寿、红楼二尤、晴雯之死……正如无名氏《读红楼梦随笔》[1] 所评："红楼妙处又莫妙乎穿插之妙。全传百余人，琐事百余件，其中穿插阘笋如无缝天衣，蝉曳残声过。"作者把这些"生活琐事"一一写出，并把各色、各类人物与这些事件结合起来、联系起来、激荡起来，予以从容生动地表现。这——，正是一般作者所难以匹敌的。

---

[1]《读红楼梦随笔》，清·无名氏著。全书共 8 册，十五万字左右。第一册为总评《红楼梦》的思想、艺术及作者，其他 7 册分回评述至 67 回。是清代红学研究论著中一部比较重要的作品。经考证，本书与洪秋蕃的《红楼梦抉隐》是同一作者的早年稿本和定稿本的关系。

特犯不犯法

所谓"犯",作"抵触""冒犯""侵犯"意解。在小说评点中,指相类似的事件和人物。"特犯",即故意"重复、雷同"。"特犯不犯"即是指作者在故意的时间、人物"雷同"中,写出实际的不同或变化。

如金圣叹评赞《水浒》:"武松打虎后,又写李逵杀虎,又写二解争虎;江州城劫法场后,又写大名府劫法场;何涛捕盗后,又写黄安捕盗;林冲起解后,又写卢俊义起解;朱仝、雷横放晁盖后,又写朱仝、雷横放宋江等,正是要故意把题目犯了,却有本事出落得无一点一画相借。"

《红楼梦》摄《水浒》魂魄,且"青出于蓝而胜于蓝"。如脂批云:"《红楼梦》惯用特犯不犯之笔,真是令人惊心骇目读之!"且"重不见重,犯不见犯""写一次有一次的新样文法"。

即以过"生日"而言,先写了宝钗生日(第二十二回),接后,又详写了凤姐生日(第四十三回)、宝玉的生日(第六十二回)及贾母的生日。这四人的"华诞"叙写,均蘸重墨,却各有特色:"薛宝钗过生日,那主要写贾母喜欢她,她也讨好贾母,林黛玉有不平之气,后来又生贾宝玉的气,使他感到痴情的苦恼。凤姐过生日,贾母倡议'学小家子,大家凑份子',这写法已和第一次很不同了。结果在凤姐意满酒醉之余,却碰到贾琏在和别的女人私通。贾宝玉过生日,那是他和薛宝琴、平儿、邢岫烟四人同在一天,而且白天过了晚上又过(演成繁华已极的'怡红夜宴')。最后贾母过生日,关于宴会的正面描写是很简单的,主要却是写到了这个大家庭的许多矛盾、苦恼和破绽。"(何其芳[1]《论红楼梦》)此外,还写了黛玉、平儿、宝琴、岫烟、贾母、薛姨妈等诸人的生日,这些人生日,或丰或简,或详或略,各处妙景,各有妙文,合情夺理,"砌成文章无重数"。

元妃省亲、荣府打醮均写到看戏,但在"如何看上"却殊不相同。前者是各人随性择选——显然贾家运势处于"盛场";后者则是由天意定夺(拈戏)——兆示荣府濒临"窘境"。

再有贾府延医看病,往往复复、来来回回十多次,雷同岂可避免?但在雪芹笔下,却把"极相同的事写得各不相同"。如对秦可卿诊病极细、诊语极玄、各方关注,格外重视,甚至"破格"重视,意在暗示"淫丧"隐情,揭示"家事消亡首罪宁";贾母每病则宫中王太医必临,医、患双方纡尊、富贵、讲究、气派、宗脉等总是"一气逼来";晴雯罹病时,缘于是下人和地位卑下,自然无望"太医"关照,请来的是"胡庸医"、服用的竟是"虎狼药";给尤二姐看病的妇科医生讵料是个"好色之徒",一看见二姐的容貌先就"魂魄飞散""通身麻木"——如此医家,莫说给二姐疗疾祛疴,虚弱的她未遭狎亵已属万幸!

第五十一回,袭人因母病回家,麝月便代替袭人近侍在暖阁外边照顾宝

---

[1] 何其芳(1912—1977),四川万县(今重庆万州)人。著名作家诗人、文艺理论家。《红楼梦》研究论著有《论红楼梦》《曹雪芹的贡献》等。这些文章在红学界产生了广泛的影响。

玉。"至三更已后,宝玉睡梦之中便叫'袭人'。叫了两声无人答应,自己醒了,方想起袭人不在家。"至第七十七回,晴雯被逐回家,沉疴卧床,宝玉探望后回到怡红院。当晚,袭人侍寝宝玉床外,替代晴雯担任起"一应茶水起坐呼唤"之任。谁知宝玉三更后于睡梦中又叫"晴雯"讨吃茶。香港红学家宋淇[1]称:这两段相似描写"设计精巧",是"神来之笔"。"宝玉对晴雯和袭人的依赖和眷恋之深,都在这两声呼唤之中表达出来。前后相隔26回,呼应紧凑,叫唤的习惯如旧,而应诺的声音已非,人事沧桑的对比画在这寥寥几笔中,在读者胸意中产生动荡,令人不能自已。"脂批于此也有肯评:"前回叙袭人奔丧时,宝玉夜来吃茶先呼袭人,此又夜来吃茶先呼晴雯。字字龙跳天门,虎卧凤阙;语语婴儿恋母,稚乌寻巢。"

写刘姥姥三进荣国府,各有目的、各有"噱头"、各有所获:第一回是"打抽丰"、因困顿告借;第二回是送"野味"知恩感恩,装"女篾"、充"傻愣",乘机游芳地、享口福;最后一回是入险地、行大义、救巧姐。

再如写贾府的三次丧事(先可卿、次贾敬、后贾母),体现了在亲疏上由远及近、尊显上由卑及贵、规格上由奢及俭、规模上由隆至衰、情感上由真渐伪的特点——恰恰是贾家的一幅全景盛衰曲线图。

三次隔窗通话:第一次是在贾琏的卧室内外,大白天贾琏欲搂平儿求欢,平儿夺手跑出来,平儿在外,贾琏在内,隔窗对答(第二十一回);第二次是在薛蝌的卧室内外,入夜,宝蟾替夏金桂来勾引薛蝌,宝蟾在外,薛蝌在内,宝蟾一再挑逗,薛蝌不答(第九十一回);第三次是在紫鹃的卧室内外,"负心"的宝玉要进屋向紫鹃解释自己并非对黛玉负心,紫鹃不肯开门,宝玉在外哀恳倾诉,紫鹃在内负气拒绝(第一百十三回)。——"情景"虽一,"撰

---

[1] 宋淇(1919—1996),浙江吴兴人。1949年移居香港。论著有《新红学的发展方向》《论大观园》《论贾宝玉为诸艳之冠》《怡红院总一园之首》《论冷月葬花魂》等。后人掇拾其遗文编成《宋淇红学论文集——红楼梦识要》。

理"不同。

《水浒》写人粗鲁，便有许多写法——鲁达粗鲁是性急，史进粗鲁是少年任气，李逵粗鲁是蛮，武松粗鲁是豪杰不受羁绊，阮小七粗鲁是悲愤无处说，焦挺粗鲁是气质不好；《红楼》同演"无情"，亦复"一龙九种"——凤姐为"利"而无情，探春则为"理"而无情，惜春因"耿介"而无情，王夫人因"私爱"（为宝玉）而无情，妙玉因"藏情"而无情，尤三姐因"痴情"而无情，赵姨娘因"妒、怨"而无情，鲍二家的因"滥情"而无情，贾雨村因"忘情"而无情。

又如书中描写过的迥然各异的"酒餍醉态"：焦大醉骂遭填粪，倪二醉而行豪侠，湘云醉眠芍药茵，刘姥姥醉卧怡红院，凤姐醉后泼醋，芳官醉后忘羞。

再看宝玉、薛蟠、贾琏三人"吃打"，打法、形态也不尽相同：宝玉是被按伏凳子上受棒笞；薛蟠是身陷泥淖遭拳擂；贾琏是站着，"不知拿了什么混打了一顿"——皆无一笔相重、一事"合掌"，亦属"特犯不犯"。

有关争讼断案的情节，《红楼梦》前八十回写了好几个：第四回贾雨村的葫芦僧乱判葫芦案；第六十八回，凤姐让王信拿了三百两，去都察院打点，督察院"深知原委，收了赃银"后枉判；第六十一回小厨房风波中，平儿奉凤姐之命，断案处理此事。但给人总的印象是："公人"处事不公，平儿理事甚"平"！作者借此寓意：不论任何阶段、任何社会，"公平"都是人们所期盼和孜孜追求的。倘"公人"不公、处事枉正，尤会给社会带来致命伤害。因为"一旦法律丧失了力量，一切就都告绝望了；只要法律不再有力量，一切合法的东西也都不会再有力量"（卢梭）。

尤蔚为大观的是写"死"，从寿终夭折、暴亡病故、丹戕药误直到自刎被杀、投江跳井、悬梁受逼、吞金脱毒、撞阶走精等等不一而足，件件俱有，煞是"丰富、热闹"。如：林如海以病死，秦氏以阻经不通水亏火旺犯色死，瑞珠以触柱殉秦氏死，冯渊被薛蟠殴打死，张金哥自缢死，守备之子以投江死，秦邦业因秦钟智能事发老病气死，秦钟以劳怯死，金钏以投井死，鲍二家以上吊死，贾敬以吞金、服沙烧胀死，多浑虫以酒劳死，尤三姐以姻亲不遂携鸳鸯剑自刎死，尤二姐被凌逼吞金死，鸳鸯之姊害血山崩死，黛玉以忧郁急痛绝粒死，晴雯以被撵气郁害女儿痨死，司棋以撞墙死，潘又安以小刀自刎死，元妃以痰厥死，吴贵媳妇被妖怪吸精死，贾瑞为凤姐梦遗脱精死，石呆子以古扇一案自尽死，当槽儿被薛蟠以碗砸伤脑门死，何三被包勇木棍打死，夏金桂以砒霜自药死，湘云之夫以弱症夭死，迎春被孙家揉搓欺凌死，鸳鸯殉贾母自缢死，赵姨娘被阴司拷打在铁槛寺中死，凤姐以劳弱气盛被冤魂索命死，香菱以难产死，贾母以寿终正寝老死……（姚燮《读红楼梦纲领》）。叹叹！一部小说中，死人之多，死法之奇异，殆古今小说之鲜见！

更见绝妙的是，死者死法各异，令读者感受也不同：如可卿之死使人思；金钏儿之死使人惜；尤三姐之死使人愤；尤二姐之死使人恨；晴雯之死使人惨；司棋之死使人骇；香菱之死使人哀；黛玉之死使人伤；元春之死使人惊；金桂之死使人爽；鲍二家之死使人噍；迎春之死使人恼；贾母之死使人羡；鸳鸯之死使人敬；赵姨娘之死使人快；凤姐之死使人欢；妙玉之死使人疑；秦钟之死使人怜；贾瑞之死使人鄙；贾敬之死使人讥；冯渊之死使人忿；林如海之死使人痛；等等。

余外，还有三次过元宵节（归省庆元宵、元宵开夜宴、元宵节惊闻贾妃薨）、三次过中秋节，两次起诗社、（贾政对宝玉）二次试才，二次被抄检（一次是府内自抄）、多次看戏点戏，宝玉（作诗）每社落第、数不清的晨昏定省等等，均系"特犯不犯"。

综上，不难看出：此笔法是曹公的一个"偏向"、一个"强项"。他似乎刻意自寻这种"趋同"难题，故意要与前文相犯，可写来却又各有特色，各有精意，虽似有同，实又有异。他也的确"挑战成功"——此无它，"盖因其经营图度，先有成竹藏之在胸，夫而后随笔迅扫，极妍尽致，只觉干同是干，节同是节，叶同是叶，枝同是枝，而其间偃仰斜正，各自入妙，风痕露迹，变化无穷也……夫其胸中预定成竹，既已有如是之各各差别。既已各别，意思不觉都换。此虽悬千金以求一笔之犯，切不可得。"（金圣叹语）

神话法

神话是反映古代人们对世界起源、自然现象及社会生活的原始理解。是通过超自然的形象和幻想的形式来表现的故事和传说。它也是自古以来人们口耳相传慢慢形成的，一定程度上是人类对自己一定阶段所处真实世界的投射。它是"合乎实际的保障、证书，而且常是向导"（波兰·马林诺夫斯基）。

中国古代神话源远流长，它是产生道德规律、社会组合、仪式或风俗的真正原因。它不仅给中国历史留下了一笔宝贵的精神财富，而且也成为中国文学创作的"绩优"素材，且硕果累累，璀璨夺目。

一般认为，在中国文学史上艺术成就最高的神话小说是《西游记》。但笔者认为：《红楼梦》作为一部摹写现实的小说，它以神话缘起、借用神话导入、间用神话插入缝缀，让小说始终游离于现实和超现实之间，呈现出的新、奇、巧、特之功效是其他同类文学作品所难以匹敌的。它虽然在"神话数量"上不及《西游记》或其他志怪小说，但在"神话效能"上独步领先、"色压群芳"。其中多处闪烁着浓郁的神话色彩,全书也自始至终笼罩着一种神奇、空灵、虚幻的神话氛围,体现了作者超迈的浪漫主义写作手法。它脱胎在《西游记》,但其"张力"(指与现实结合和挂钩的"多、紧")和"弹力"(指神境与真境间往复转换的时间"短、快")又超越于《西游记》。

作者借体"女娲炼石补天"的神话,由斯写起,一下子把《红楼梦》的时空背景拉大了,给人以悠远感、神秘感、命运感、轮回感、梦幻感和诗意美感。在设置了这种笼罩全局的神话前提下,自然、巧妙地楔入了述作者和(神瑛侍者、绛珠仙草)金玉良缘的产生:女娲炼石补天,剩下一块顽石,后自经锻炼,已通灵性,被警幻仙姑安排下凡,随神瑛侍者投胎入世。遂叙开自己亲自经历的一段陈迹故事;赤瑕宫里的神瑛侍者向往人间,思慕下凡,被他每天用甘露灌溉的绛珠仙草闻后,意欲追随,并愿用一生的眼泪报他灌溉之恩。他们两位下凡后,就成了贾宝玉和林黛玉。"在这个神话世界里,贾宝玉、林黛玉携手共行,上天入地,完成了由木石而神、由神而人、又由人而神的生命历程。由此,神话与现实共同构筑起一个不可分割的叙事艺术整体,实现了写实与写意交相辉映的写作壮举。"(王雄《〈红楼梦〉叙事结构》)高源在《〈红楼梦〉哲学》研究更是指出:"《石头记》'炼情补天'的主题直契中国哲学之'道—器'思维,在形下和形上的双重维度上呈现出'理''情'的冲突和圆融。将'情'提高至形上的高度,为人性根据和世俗价值重新确立了根基。"由此,我们也深叹作者的这种艺术想象、构思直是"擅领天巧,独具匠心,奇妙之至":一是增强了新颖别致的叙事效果;二是扩充和加强了宝玉的形象塑造。它是"全书故事实体的一重虚幻陪衬与接应,宛如一条幽邃蜿蜒的地下暗河,与地表水系脉派关通、若隐若连,从而造成了小说主体内涵的奥昧深永,耐人寻味无比,从而大大增强了小说的思想魅力"(贺信民[1]《红深几许》)。

周思源[2]先生更深刻、更精辟地论道:《红楼梦》小说的全部情节、主题都建立在一个改造了的神话和一个虚构的拟神话的基础上。女娲炼石补天,从而使那石通了灵性,暗寓着具有高尚情操的女性对人类的伟大贡献与无比创造力,竟使无生命之物有了生命的深刻思想,体现了小说的"颂红"主旨,它是表层的"女儿崇拜"的真正核心。在宋明理学一统天下、封建礼教愈演愈烈的清代,这个灌溉意象对"情"的象征意义具有极大的进步性。还泪神话还为小说主题的深层意蕴之一"怡红"提供了基因,并暗示了"悼红"的必然性。而这两个神话的一个共同点则是暗寓着人天生就有权"受享"物质、情感和心灵自由并做出相应的回报,还情便是其中之一。

特别,这种写法还有一个"出奇"之处,即打破了我国的古典小说,尤其是长篇小说,多用第三人称或第一人称叙事(石头自叙)的"旧模",而创造出一种把第一人称与第三人称巧妙结合起来讲故事的"新式",既能体现叙事"亲观实感性",又能突破"我观局限性"。

在故事演绎中,亦常常键入类似一些"神话"或"灵异事件"。

第七十七回,宝玉认为晴雯夭亡春天就有兆头,因那"阶下好好的一株海棠花,竟无故死了半边"。袭人哂其愚呆,宝玉便"丘壑层层,气象浩浩"地阐述了一番理论:"你们那里知道,不但草木,凡天下之物,皆是有情有理的,也和人一样,得了知己,便极有灵验的。若用大题目比,就有孔子庙前之桧,坟前之蓍,诸葛祠前之柏,岳武穆坟前之松。这都是堂堂正大之正气,千古不磨之物。世乱则萎,世治则荣,几千百年了,枯而复生者几次。这岂

---

[1] 贺信民(1946—),陕西蓝田人。西安文理学院教授,陕西师范大学硕士研究生导师,中国红楼梦学会理事。主要红学著述有:《红楼梦导读》《红楼拾翠》《红情绿意——〈红楼梦〉点面论》;发表红学论文四十余篇。

[2] 周思源(1938—),浙江杭州人。毕业于复旦大学中文系文学专业。北京语言大学汉语学院教授,中国红楼梦学会常务理事。红学著作有《红楼梦魅力探秘》《红楼梦创作方法论》;发表红学论文三十余篇。

不是兆应？若是小题目比，就有杨太真沉香亭之木芍药，端正楼之相思树，王昭君冢上之草，岂不也有灵验？所以这海棠亦应其人欲亡，故先就死了半边。"

另外，书中屡屡还提到"茫茫大士、空空道人、警幻仙子、太虚幻境"，俱是凭空杜撰、"梦巡天河"。但这种神话的神秘氛围却又并不把读者引向神魔的天地，于间借助写实的笔法，将神秘因素与写实天地交融在一起，次第展开，有效地实现了小说内容中神与人、幻想与现实的过渡。奏出了"写实"与"造虚"的和谐交响重奏！诚如柳岳梅在《红楼梦与中国传统文化》中所言："《红楼梦》首尾相应，用一个神话的大托盘，把要叙述的故事放置在它里面托呈于世人面前，那作用就像看一幅书画，最好连外面的框子合在一起来观赏一样，否则这些现实故事也就没有办法传达它全面的意义，而必须和外面的那个神话框子融合在一起。从女娲神话、绛珠神话到太虚警幻，曹雪芹将'情'视为生命之源，是生命之母女娲传递给子孙后代的第一能量，是人的自然本性。这种纯洁的、慈悲的、充满温情的自然人性，不争、不有、不居，比儒家'德性'、道家'空性'、释家'佛性'更自然，更贴近人的本真，更具有独特的人性价值。"

再则，这些近乎魔幻或荒诞的手法和20世纪拉丁美洲的超现实作家所追求的"离奇想象、梦幻和梦呓"十分接近。但诸侪莫要忘记，这乃是290年前一位拖着长辫子的中国人的"笔法创造"！

烘染法

该法源于绘画，是用水墨或色彩涂抹画面，使"阴阳相衬，浓淡得宜"而达到加强画面效果的一种方法，是在物象轮廓外所做的一种效果的补充。后在其他方面多被"借""使"。如看戏剧、歌舞，值关键处，舞台上常常会辅以"激光四射""烟雾漫腾""鼓乐急奏"的烘染，以达到烘托、升华、强化所表现主题的效果与作用。

读《红楼梦》，我们也时常会遇到这种神秘朦胧的情景、氛围和气场，小说中不少的场景、人物和情节"神踪仙迹、闪闪灿灿"，既荒诞迷离，又似乎合该份定。如贾宝玉生下来口里便衔着一块玉，这块玉"统魂摄魄"，对他一生有着不可思议的影响；太虚幻境仿佛是大观园，但两者又绝不相对榫，似乎是"大观园"的衍进、超迈，是开辟的超越现实的一处新天地。

诸如这种"烘染"的应用，充分体现了作者的"文心之妙"：不需第三者另加说明，由之就能把人物性格、物事运脉甚或当事人的快意愁思、欢乐悲凉或爱憎怨恨等自然流露出来，让你感觉、感知，并深受感染和感动。——这实质就是写作中的"景与情"的问题。传统理论认为，"情景名为二，而实不可离。神于诗者，妙合无垠。巧者则有情中景，景中情""不能作景语，又何能作情语邪？"（王船山）故"情与景"在文学作品中，应该达到"妙合无垠"的境界，即"景以情合，情以景生"的美学理想。无疑，《红楼梦》借"烘染法"出色地达到了这一点。

故事细节中，此法应用随处可见。借用音乐大、小调的概念，行文中一般有"大调烘染"（奔放、明快之感）和"小调烘染"（阴郁、暗淡之感）的不同应用。

秦可卿可说是贾府第一"妩媚娘"，但作者对这位"乱世佳人"言行身姿的"妩媚"描写"少之又少"，而其"轻薄浪性"全然由她淑房中的布置摆设尽情烘托出来：

说着大家来至秦氏房中。刚至房门，便有一股细细的甜香袭人而来。宝玉觉得眼饧骨软，连说："好香！"入房向壁上看时，有唐伯虎画的《海棠春睡图》，两边有宋学士秦太虚写的一副对联，其联云：嫩寒锁梦因春冷；芳气袭人是酒香。案上设着武则天当日镜室中设的宝镜，一边摆着飞燕立着舞过的金盘，盘内盛着安禄山掷过伤了太乳的木瓜。上面设着寿昌公主于含章殿下卧的宝榻，悬的是同昌公主制的联珠帐。宝玉含笑连说："这里好！"秦氏笑道："我这屋子大约神仙也可以住得了。"说着亲自展开了西子浣过的纱衾，移了红娘抱过的鸳枕。

——此乃营造环境，以"静物"进行"大调烘染"，是状可卿"艳极！淫极！"正如护花主人评："秦氏房中画联陈设，俱着意描写，其人可知，非专侈华丽也。"不过，那些陈情器物当属"设譬调侃"耳，阅者不可当真"被瞒过"。同时，也借此使不成熟的少年宝玉在这种氛围下，做一次青春期性生理的"潜意识启蒙"。

相反，对探春居室的描写，则完全是一种"超凡脱俗""傲骨铁肩"的气象："探春素喜阔朗，这三间屋子并不曾隔断。当地放着一张花梨大理石大案，案上磊着各种名人法帖，并数十方宝砚，各色笔筒，笔海内插的笔如树林一般。那一边设着斗大的一个汝窑花囊，插着满满的一囊水晶球儿的白菊。西墙上当中挂着一大幅米襄阳《烟雨图》，左右挂着一副对联，乃是颜鲁公墨迹，其词云：

烟霞闲骨格　泉石野生涯

案上设着大鼎。左边紫檀架上放着一个大观窑的大盘，盘内盛着数十个娇黄玲珑大佛手。右边洋漆架上悬着一个白玉比目磬，旁边挂着小锤。"

睹此"阵仗"，让人不由联想到她那句"孰谓莲社之雄才，独许须眉；直以东山之雅会，让余脂粉！"的豪言。

值得一提的是那种"设譬调侃"的"大调烘染"，武侠小说大家金庸也袭其"神妙"，他在《鹿鼎记》四十二回中写道：那伯爵大人的亲随"在一方王羲之当年所用的蟠龙紫石古砚中加上清水，取过一锭褚遂良用剩的唐朝松烟香墨，安腕用指，屏息凝气，磨了一砚浓墨，再从笔筒取出一支赵孟頫定造的湖州斑竹极品羊毫笔，铺开了一张宋徽宗敕制的金花玉版笺，点起了一炉宋付人写字时所焚的龙脑温麝香，恭候伯爵大人挥毫"。

诚乃：偷来梨蕊三分白，借得梅花一缕香。

第十一回，凤姐探病完秦可卿，心情沉重、悒悒寡欢地带领跟从的众媳妇婆子们绕进园子便门。但只见：

"黄花满地，白柳横坡。小桥通若耶之溪，曲径接天台之路。石中清流激湍，篱落飘香，树头红叶翩翩，疏林如画。西风乍紧，初罢莺啼，暖日当暄，又添蛩语。遥望东南，建几处依山之榭，纵观西北，结三间临水之轩。笙簧盈耳。别有幽情，罗绮穿林，倍添韵致。"

一段语语浓艳、字字葩流、颇为美好怡情的文字，既是对沿路园中景致的描写，也是对此时凤姐的心境、心情的烘托、渲染，即"人物特定心境下的景物透视，间接披露了人物当时的内心世界"。其作用：一是说明她心情转换得快（能拿得起放得下，既有儿女柔肠，又兼枭雄烈胆——这恰是凤姐！）；二则，正是有这种"好景致"才导致凤姐接下来有"好兴致"：对陡然出现眼前、放胆调情于她的贾瑞不说不亮明态度，如胡姬对待冯子都那样"人生有新旧，贵贱不相逾。多谢金吾子，私爱徒区区"（汉·辛延年《羽林郎》）或如罗敷女"使君一何愚！使君自有妇，罗敷自有夫"怎般的表白，坦言说不或婉言拒绝，反而以"怨不得你哥哥时常提你，说你很好，是个明白人，比贾蓉两个（不知人心的）强远了""等闲了咱们再说话儿罢。你快入席去罢，仔细他们拿住。"——这些"下井纵绳""入黑透亮"的言语挑逗、诱惑，最终把一个天赋软肋的男人送上绝途（当然，对贾瑞来讲遇到凤姐这种人，"情欲一动即死机也"）。从这一点讲，是凤姐调戏了贾瑞、戕害了后生；是伊不啻老作手，不仅不正色闲邪，却故作媚态以导淫，步步设套，诱人犯法，置之死地而后快。

黛玉病了，歪在床上，"不想日未落时天就变了，淅淅沥沥下起雨来。秋霖霢霢，阴晴不定，那天渐渐的黄昏，且阴的沉黑，兼着那雨滴竹梢，更觉凄凉"。在这种"凄凉助凄凉"下，黛玉心有所感，情有所发，援笔写下被称作葬花词第二的《秋窗风雨夕》。

还有潇湘馆旁那凤尾森森、龙吟细细的绿竹乃是林黛玉"情幽意远""孤标傲世"品格的象征；栊翠庵前那傲霜斗雪、含苞怒放的红梅又是妙玉"空而未空""脱俗还俗"，对宗教束羁反叛的写照！

以上可谓"景物小调烘染"。

写凤姐"大观园月夜警幽魂"时（第一百零一回），在可卿"鬼魂"出现前，先以风现凄惨：只听唿的一声风过，吹得那树枝上落叶满园中唰啦啦地作响，枝梢上吱喽喽发哨，将那些寒鸦宿鸟都惊飞起来；继以狗厉惊惶：

凤姐刚举步走了不远,只觉身后吽吽哧哧,似有闻嗅之声,不觉头发森然竖了起来。由不得回头一看,只见黑油油一个东西在后面伸着鼻子闻她呢,那两只眼睛恰似灯光一般。——遂让我们感觉到凤姐的"恶报"应期不远了!

第二十六回,"原来这林黛玉秉绝代姿容,具希世俊美,不期这一哭,那附近柳枝花朵上的宿鸟栖鸦一闻此声,俱忒楞楞飞起远避,不忍再听"。

——这段描写殊有"沉鱼落雁"之谓,但正如台湾欧丽娟教授所讲:"小说家变化出之,避免了熟滥成语的陈腐,再加上哭泣的楚楚可怜,创造出前所未见的凄美动人——连宿鸟栖鸦都为之感动不忍。"

再有黛玉寄人篱下、常感孤凄,年年荷锄葬花,每每吁嗟独吟。岂料一日进门,那鹦鹉竟学舌吟唱道:"侬今葬花人笑痴,他年葬侬知是谁?试看春尽花渐落,便是红颜老死时。一朝春尽红颜老,花落人亡两不知!"——颦儿内心凄苦悉以鸟儿倒出!阅罢这些,我们愈加赞叹作者"巧思雨集,隽句云来;笔墨风韵,濯濯能新"的绝擅本领。

以上是"动物"小调烘染。

再有以"音律(小调)"烘染。如第七十六回,系贾府破败前的最后一次中秋赏月。与往昔比,没了歌舞助兴,少了行令赋诗,贾母只令"用吹笛的远远吹起来就够了"。当那呜呜咽咽、悠悠扬扬的笛声趁明月清风、天空地净之际从桂花树下传来时,贾母仍道:"这还不大好,须得拣那曲谱越慢的吹来越好。"移时,"只听桂花阴里,呜呜咽咽,袅袅悠悠,又发出一缕笛音来,果真比先越发凄凉。大家都寂然而坐。夜静月明,且笛声悲怨,贾母年老带酒之人,听此声音,不免有触于心,禁不住堕下泪来。众人彼此都不禁有凄凉寂寞之意"。斯情斯景,大有"霸王别姬闻楚歌"之悲壮!继之,赏月到四更天时,众人因"病的病、弱的弱"都散了去,只剩黛玉与湘云来到凹晶馆联起了诗,两人联诗"渐次哀伤、颓败凄楚",竟吟出"寒塘渡鹤影,冷月葬花魂"这样的哀音。以致"妙玉不忍再听",现身将其打断。——以此来层层烘染，让贾府悲剧倍加耸动，哀哀幽幽、缓缓渐次走来。

无怪乎红学大家俞平伯老先生赞评，"作者尤擅长描写环境，渲染空气"甚或"有透过人物的心理而（让）境界变化的"。（《红楼梦八十回校本》序言）

称作者"灵心慧性、墨彩笔花、笔能泣鬼，才足掞天"，不为过誉也！

罗汉众相法

叔本华说过:"人的面孔要比人的嘴巴说出来的东西更多,更有趣,因为嘴巴说出的只是人的思想,而面孔说出的是思想的本质。"

大凡去过罗汉堂的人都不难知道,展目那刻在壁墙上的八百罗汉:喜怒哀乐、睚眦吐纳,各具神态、互不相同,虽不言语,但都道述着他们内心的独白和对世间的看法。《红楼梦》中所述一笑一颦、一嗔一怒也是这样:罗汉众相,各有"道白"。

第四十回,刘姥姥受捉弄拿一双老年四楞象牙镶金的筷子夹鸽子蛋吃,颇有心计的"老顽童"倚"傻"卖"傻",斑衣戏彩,先是以"这叉爬子比俺那里铁锨还沉,那里犟的过他"一句话说得众人都笑起来,然后自我作贱道:"老刘,老刘,食量大似牛,吃一个老母猪不抬头。"引得大家哈哈大笑。且看那笑状:史湘云撑不住,一口饭都喷了出来;林黛玉笑岔了气,伏着桌子哎哟;宝玉早滚到了贾母的怀里,贾母笑得搂着宝玉叫"心肝";王夫人笑得用手指着凤姐儿，只说不出话来；薛姨妈也撑不住，口里茶喷了探春一裙子；探春手里的饭碗都合在迎春身上；惜春离了座位，拉着她奶母叫揉一揉肠子。地下的无一个不弯腰曲背，也有躲出去蹲着笑去的，也有忍着笑来替她姊妹换衣裳的，贾母笑得眼泪出来，琥珀在后捶着。——真如"天女散花，缤纷五色"，活脱一幅"百笑图"！更贵在"描摹精准""生动活泼"，殆可绝杀世间所有一流小说家！试想，黛玉以其所受教育、所秉性格、所处境地（寄居）只能是笑得"不胜娇喘"，决不能类若湘云那样"口里喷出饭来"；宝玉这个大众宝贝、祖母"心肝"若不滚到贾母怀里就再说不过去；惜春序齿最小，其"拉着她奶母叫揉一揉肠子"的娇态也非他人能取代；下人们不敢在主人前放浪形骸便只能"躲出去蹲着笑"。尤其"王夫人笑得用手指着凤姐儿，只说不出话来"的笑法、笑态，既维护"家长"尊仪，又不乏"凌下"霸态。他们个个描摹毕俏，传神至极，概属我们日常生活中每每厮见却毋能"说来""道出"那般，恰如韩愈所言"欢愉之词难工，愁苦之言易好"。

蔡义江[1]先生评此："最神奇的文字，每种笑态都合其人的特点。你可以去翻检世界上任何伟大作家的作品，无论是塞万提斯、狄更斯、福楼拜、巴尔扎克、雨果、莫泊桑、托尔斯泰、契诃夫、陀斯妥耶夫斯基、杰克·伦敦、海明威……总之，任何一位巨匠的杰作，你可曾见到过这样写笑的文字，或者写别种情态写得足可媲美的文字也行。我想你是找不到的。曹雪芹绝对是独一无二的。"

此外，斯场景还别有"形而上"的意义。

台湾大学中国文学系欧丽娟教授锐赞道："这真是刘姥姥非常成功的一次

---

[1] 蔡义江（1934— ），浙江宁波人。曾为清华大学中文系教授、杭州大学中文系兼职教授、中国红楼梦学会副会长，《红楼梦学刊》编委。1979年出版《红楼梦诗词曲赋评注》。另有《红楼梦佚稿和曹雪芹思想》《"警幻情榜"与"金陵十二钗"》《刘姥姥与贾巧姐》以及《对批判"新红学派"的再认识》等论文、著作。

演出,让大家一块儿来点疯狂,连优雅矜持的千金小姐也平生第一次、很可能也是唯一的一次出现这么脱序失控的身体语言,而全场便出现了一种较平等自由、无分贵贱的开放气息,具备一种突破富贵簪缨之家繁文缛节的'反规范性';这种反规范性、脱离体制随机促进了热烈欢快的气氛,以及集体情绪的昂扬高张,可以说是贾府空前绝后的一次'嘉年华会'。"

不过,在大家一致称"笑"、赞"笑"中,美学大家王朝闻[1]却读出另一种味道:"当我读第二遍时,却不再笑得起来。这不是因为发现艺术上有什么破绽,而是因为有一种不那么舒服的感觉排除不开。我曾设想:不知刘姥姥带来的小外孙板儿此刻在什么地方,他要是目睹亲姥姥这些不寻常的表演,是感到得意还是感到羞耻?他回到村里,是否会把这种经历当成有趣的新闻来传播?或者相反,在他的小伙伴面前,一想起这一经历就不舒服?总之一句话:板儿究竟是把她姥姥的遭遇当着光荣,还是当作耻辱?"(《论凤姐》)——应该承认,从关注、涵养儿童成长心理健康计,他的发问值得深思,他的担忧不无道理。要知道,儿童幼小的心灵早早感遭屈尊、冷酷,会把他们的心灵扭曲成奇形怪状,让其受伤害的心萎缩成似若核桃一样,既坚硬又布满深沟。而儿童善良的本性一旦受创,便容易走向邪恶。

刘姥姥所历所演,就像一个玻璃柜中绝食若干天的挑战者,最后赢得比赛,取得冠军。当记者采访他为何如此?答曰:"无非是为了混口饭吃!"——那荣誉奖章里饱含着酸涩的泪水和难言的卑辱。

不仅写"笑"写得丰富(《红楼梦》写笑的描写共计两千四百八十次),写哭也是"泪腺涟涟哭相多,愧煞三国刘皇叔"。当黛玉看到宝玉受父严厉笞责、伤痕郯郯的残状后,哭得"满面泪光""两个眼睛肿得桃儿一般",虽不

---

[1] 王朝闻(1909—2004),四川合江人,著名雕塑家、美学家和文艺评论家。《论凤姐》一书,以王熙凤这个人物为中心,多侧面、多层次地论述了《红楼梦》这部古典文学名著的思想艺术上的伟大成就,开辟了从美学、文艺学角度进行红学研究的新途径,具体地体现了论者现实主义的美学思想。

敢号啕大哭，然越是这等无声之泣，气噎喉堵更觉厉害。当她听李妈妈说"宝玉已死了大半个""不中用了"，便"哇的一声，将腹中之药一概呛出，抖肠搜肺，炽胃扇肝的痛声大嗽了几阵，一时面红发乱，目肿筋浮，喘的抬不起头来"。故有"黛玉之哭，只哭残自己；宝玉之恸，直恸倒一家"之说。

写凤姐之哭则是"泼"的哭法。第六十六回，只见"凤姐儿滚到尤氏的怀里，嚎天动地，大放悲声。……说了又哭，哭了又骂，后来放声大哭起祖宗爹妈来，又要寻死撞头。把个尤氏揉搓成一个面团，衣服上全是眼泪鼻涕"。

而写晴雯死时的哭，又较上迥异不同，但酸楚味更浓："有什么说的?"晴雯呜咽道："不过挨一刻是一刻，挨一日是一日……"说到这里，气往上咽，便说不出来。

更可把玩的是第二十九回写哭，由两人到三人，由三人到四人。且四人虽为一事而哭，但各怀心事，各有痛楚，譬如"孩子死了娘——姥姥哀女，祖母惜孙"，虽心设祭桩，却一个安鬼，一个祷神：黛玉哭的是有口难言心中语，宝玉哭的是有话说不到心坎上，袭人哭的是宝玉如此倾心黛玉，自己终将如何？如果落在黛玉之下，便权势皆休，日子难捱；紫鹃哭的是黛玉若为宝玉这般劳心，病怎能好？要是病得不可收拾，自己又将靠谁？所以，黛玉的哭是苦的，宝玉的哭是涩的，袭人的哭是酸的，紫鹃的哭是辣的。其他比若贾母的慈哭、宝钗的娇哭、迎春的冤哭、元春的闷哭、傻大姐的呆哭也都各呈异态，各具千秋。正可谓："千红异哭"，"万艳同悲"。

笑、哭呈百态，忿、怒亦多"姿"。

第四十四回，凤姐因贾琏滥淫鲍二家的而忿然呈怒，"打"发淫威："回身把平儿先打两下""一脚踢开了门进去""抓着鲍二家的厮打一顿""堵门骂后又赶上来打"，遂后又一头撞在贾琏怀里；平儿是抱屈而怒：气得干哭，厮打反招踢骂，遂找刀寻死；贾琏则先惭惧而后激怒，虽激怒而仍惭惧，故拔剑逞势佯怒；鲍二家的则真的惭惧而不敢怒。各人各抱其势、各行其怒。

不单是在有极端情绪时各人有上乘的"罗汉扮相",即便在寻常活动中,许多人物也"千姿百相""各呈仪态",给读者留下不可磨灭的印象。正像六十二回脂评（回前总批）："探春围棋理事,气象严厉。香菱斗草善谑,姿态俊逸。湘云喜饮酒,何等疏爽。黛玉怕吃茶,何等妩媚。晴雯刺芳官,语极尖利。袭人给裙子,意极醇良。"

凡此种种,都谓"罗汉众相",都不脱于作者妙笔"描画"!

不写之写法

老子《道德经》有"无为而为""不有而有"之至论,小说中亦有"不写之写"法。

"不写之写"是指在描述表现对象时,既生动而逼真地写出其要写的部分,给读者以形象具体的感受,又留下某些空白不写,以激发读者的想象来弥补作者笔触未到之处。形为"不写",实则已"写"。

如张恨水《〈水浒〉人物论赞·扈三娘》道:以一丈青(扈三娘绰号)大名,挥刀跃马,驰骋战场,当其直扑宋江,生擒王英,何其勇也。及既被俘,全然忘却"灭门""杀夫"之仇,一屈而为宋太公之女,再屈而为王英之妻,……扈三娘有万夫之勇,而披坚执刃,随征四战,复仇脱险之机会甚多,乃观其屡次建功,绝无二意,作《水浒》者对之不作一语之贬,正极力贬之也。

这里,不写也是一种写!"不写"是手段,"写"是目的。用清人江提的一首诗作解:"柳枝西出叶向东,此非画柳实画风。风无本质不上笔,巧借柳枝相形容。"

《红楼梦》亦颇见此"手段"。

第十三回,凤姐梦中听可卿诲教时,忽听人回:"东府蓉大奶奶没了。"遂吓一身冷汗,忙忙地穿衣往王夫人处来。彼时合家皆知,"无不纳罕,都有些疑心。"——寥寥九字,虽未言他,却隐揭天香楼翁(贾珍)媳(可卿)苟且事。

王夫人恶晴雯、逐晴雯,极大可能与袭人进谗言有关。但文中对此从不明写,仅以宝玉指出"为何王夫人独不提袭人、麝月、秋纹之过"来暗示。

妙玉是一个离却凡尘、委身空门之人,然而却"俗根未断、情缘不了",深深暗恋着宝玉,并频送"秋波"(赠梅瓶、递贺笺等),真真"云空未必空"。或许,最初的"空"正是为了爱才悄悄躲开。然而躲开的是身影,躲不开的却是那份默默的情怀。但作者却以暗晦的"不写之写"来表现这一点。如她招待黛玉、宝钗喝茶时(第四十一回),断然把自己的日常茶杯给宝玉使用。这一举动看似平常,然殊非平常。《礼记》曰:"男女不杂坐,不同椸枷,不同巾栉,不亲授。"也就是说,依那时的传统礼规,连衣架、布巾、梳子之类的贴身用品都不能共用,何况是口唇相接、唾液交换的杯子?且又由自己亲授?这与她的极度"过洁"实不相符、相容!显然,妙玉斯举,已公然违逆了礼法严界、逾越了礼教(包括宗教)大防、忤拗了自己素习信条,乃是"欲洁何曾洁"。而从另一方面看,恰恰这样的述写正是对她(对宝玉)芳心跃动、情矢暗放、不可自已的赫然刻画!但只拉钗、黛入她房吃茶,及宝玉跟来,又矫称:"独你来了,我是不肯给你吃的。"——仍属"羞答答的玫瑰"!

《红楼梦》中,元妃、贾母、王夫人"爱钗嫌黛"倾向也惯用此法。

第二十八回,袭人将元妃所赐上等宫扇、红麝香珠、凤尾罗、芙蓉簟等物拿将宝玉,宝玉见了喜不自胜,问:"别人的也都是这个?"袭人道:"老太太的多着一个香如意,一个玛瑙枕。太太、老爷、姨太太的,只多着一个如意。你的同宝姑娘的一样。林姑姑同二姑娘、三姑娘、四姑娘只单有扇子同数珠儿。别人都没了。"宝玉听了，笑道："这是怎么样原故？怎么林姑娘的倒不同我的一样，倒是宝姐姐的同我一样，别是传错了罢！"再如第二十二回，宝钗过"十五岁"生日，老祖宗慨然蠲银二十两，置酒、设戏给宝钗过生日，但对自己的亲外孙女——黛玉的"及笄之年"却不闻不问。

小说中，薛宝琴"横空出世"，一到贾府，即博得了贾母的异常喜爱，立逼王夫人认作干女儿，又意欲为宝玉求婚配。

以上，说明黛玉业已在当权者心中"失重"，"林"姓已然不在婚姻选项中，而应在薛姓女子里。正如清·哈斯宝指出："自宝琴而宝钗，还有多远？"

书中从来没有写王夫人对黛玉的嫌恶冷待，但第七十四回这个姑母却问凤姐道："上次我们跟了老太太进园逛去，有一个水蛇腰，削肩膀，眉眼又有些像你林妹妹的，正在那里骂小丫头。我的心里很看不上那狂样子，因同老太太走，我不曾说得。后来要问是谁，又偏忘了。今日对了坎儿（认定是晴雯）。"

有道"爱乌及屋"，相反也有"恨酸厌醋"——王夫人对颦儿的"深心不悦"不语亦明，谁都能感觉到。难怪黛玉吟出"一年三百六十日，风刀霜剑严相逼"的心语诗句！

构叙其他故事，也间用之。

第四十五回，黛玉作完《秋窗风雨夕》后，宝钗差遣一个婆子送来上等燕窝、洁粉梅片、雪花洋糖等，黛玉言谢，命她外头坐了吃茶。婆子笑道："不吃茶了，我还有事呢。"黛玉笑道："我也知道你们忙。如今天又凉，夜又长，越发该会个夜局，痛赌两场。"婆子笑道："不瞒姑娘说，今年我大沾光了。横竖每夜各处有几个上夜的人，误了更也不好，不如会个夜局，又坐了更，又解闷。今儿又是我的头家，如今园门关了，就该上场了。"——几句闲话，却将深府大宅夜间所有之事描写一尽。正如脂批云："偌大一园，且值秋冬之夜，本当寥落，今用老妪数语，写得每夜深人定之后，各处光明灿烂，人烟簇集。"众读者更能想象：柳陌曲巷之中，或提灯同酒，或寒月烹茶，牌声哝哝，斗嘴频频，大喜大悲，亦惊亦乍，虽更深夜阑，不但不见寥落，且觉更胜于日间繁华矣。

此种效果，诚得益于"不写之写"也。

行笔至此，笔者不无感慨：吾国人抹牌（斯时为"牌九"，现为"麻将"）赌博堪称"源远流长"。男女咸嗜，老幼俱爱，推称"国技"，实不谬也。有人总结其特点：一是随叫随到，从不拖拖拉拉；二是不在乎工作环境，专心致志；三是不抱怨，经常反省自己"唉，又打错了！"；四是永不言败，这局输了推倒再来；五是牌好牌坏，都努力往好的方向去整；六是从不嫌弃工作时间长短，永远不会觉得累。故有谓：用打麻将的精神去干事业，就没有什么干不成的事！思及此，遂悲极生乐，起兴赋诗《打牌》一首歌之：

　　不称玩仙不聚头，阴晴昏晓共淹留。
　　伸张十指夸偏巧，敛蹙双眉斗险谋。
　　摧耗健肌难胜马，消磨皮骨比同猴。
　　千迎万娶青蚨女，离去阿堵又共俦。

但切记："天下之倾家者莫速于博，天下之败德者亦莫甚于博。入其中者如沉迷海，将不知所底矣。"更毋言"左觑人而右顾己，望穿鬼子之睛；阳示弱而阴用强，费尽魍魉之技。忘餐废寝，则久入成迷；舌敝唇焦，则相看似鬼。迨夫全军尽没，热眼空窥。既而鬻子质田，冀珠还于合浦；不意火灼毛尽，终捞月于沧江。甚而枵腹难堪，遂栖身于暴客；搔头莫度，至仰给于香奁。呜呼，败德丧行，倾财亡身，孰非博之一途致之哉！"（《聊斋·赌赋》）

不难理会，曹雪芹此法，省却了大量文字，又留埋或微露所述事体的一鳞半爪，促人遐想，引人搜趣。"这类神龙首、尾、身、爪只是各露一点的'不写之写'，使我们看到《老子》关于'有生于无''大音希声''大象无形'的著名论断和《淮南子》关于'实出于虚'的名言的影响。它的好处绝非仅仅大量节约了文字，而主要是大大拓宽了读者的审美范围，使读者由被动接受作者提供的既成事实变成取得了相当的参与主动权，成为二度创作的一员"（《周思源说红楼梦》）。

十一

浓淡点苔法

点苔，是山水画一种必要技法：画家主要构图完成后，均以闲笔、闲心，或浓墨、或淡笔在主要构图上下、里外，缀些草苔蕊叶，斑石滴露，便使画面血肉丰富，鲜活生动；使画境更趋于悠远、意长，浑然一体；也使画家自己在这个过程中得到身心舒缓和放松。斯为斯做，"在画师为浓淡相间，在墨客为骨肉停匀，在乐工为笙歌间作，在文坛为养局、为别调"（脂评语）。这里"养局""别调"意指它有"衬助"作用，系不同于正文的一种"闲文"。这种点苔般的"闲文"，叙述的人物事件与小说主题没有直接关系，主要是让小说的节奏放慢，以达到"减压、舒缓"效用，为小说情节接引、过渡，为主题蓄势养气，铺排"生动"。

《红楼梦》于此领会透悟、把握精到、运用恰宜，"总于没要紧处闲三二笔，写正文筋骨"。但"闲文"不闲，文字看似琐碎，却含无限烟波；随笔写来，便有流丽生动之妙。以至清人在《红楼梦本义约编》赞曰："《红楼梦》高人处在实事翻空,空处闲文,却是实事针对,故一百二十回无一死笔。"

薛家母子投亲贾府后便在梨香院住下。这梨香院西南有一角门,通一夹道,出夹道便是王夫人正房的东边了。"每日或饭后,或晚间,薛姨妈便过来,或与贾母闲谈,或与王夫人相叙。宝钗日与黛玉迎春姊妹等一处,或看书下棋,或作针黹,倒也十分乐业。"(第四回)——为密实烦劳的生活舒压、透气!

元妃省亲,题匾额后又命作五律"章句题咏",宝玉因思塞急得"拭汗",宝钗细心指点他用"绿腊"代替"绿玉"。宝玉笑道:"从此后我只叫你师父,再不叫姐姐了。"宝钗亦悄悄地笑道:"谁是你姐姐,那上头穿黄袍的才是你姐姐,你又认我这姐姐来了。"宝钗的这一戏谑、调侃,让沉闷的场面立刻活跃起来。正如己卯本夹批曰:"一段忙中闲文,已是好看之极,出人意料。"

第二十四回,黛玉遇香菱,两人携手回到潇湘馆,见几个小丫鬟正在闲嗑漫聊:"不过说些这一个绣得好,那一个刺得精,又下一回棋,看两句书。"这里,棋不论盘,书不论章,寥寥几句,淡淡几抹,却把众娇憨女儿的神理、闲适,写得不即不离,似有若无。

与此相仿的还有前回,写首次宝玉搬入大观园后的"喜悦"和"情致":"且说宝玉自进花园以来,心满意足,再无别项可生贪求之心。每日只和姊妹丫头们一处,或读书,或写字,或弹琴下棋,作画吟诗,以至描鸾刺凤,斗草簪花,低吟悄唱,拆字猜枚,无所不至,倒也十分快乐。"

再看有情景描写的第三十八回,拟行菊花诗会,间设螃蟹宴,其中写道:"湘云便取了诗题,用针绾在墙上……林黛玉因不大吃酒,又不吃螃蟹,自令人掇了一个锈墩倚栏杆坐看,拿着钓竿钓鱼。宝钗手里拿着一枝桂花玩了一回,俯在窗槛上招了桂蕊掷向水面,引得游鱼浮上来唼喋。湘云出一回神,又让一回袭人等,又招呼山坡下的众人只管放量吃。探春和李纨、惜春立在重柳阴中看鸥鹭。迎春又独在花阴下拿着花针穿茉莉花。"——看此各人各式，直是一幅"百美图"。似此"妙极""好看"之处，俱用"浓淡点苔法"。不禁让我们想起了明代黄峨的《南吕·骂玉郎带过感皇恩采茶歌·仕女图》所云："一个绿写芭蕉，一个红摘樱桃。一个背湖山，一个临盆沼，一个步亭皋。一个管吹凤箫，一个弦抚鸾胶。一个倚阑凭，一个登楼眺，一个隔帘瞧。一个弄青梅攀折短墙梢，一个蹴起秋千出林杪，一个折回罗袖把作扇儿摇。"

然最能"放飞心情、寻闲趁乐"的是"怡红夜宴"（六十二回），大家"对点的对点，划拳的划拳。这些人因贾母王夫人不在家，没了管束，便任意取乐，呼三喝四，喊七叫八。满厅中红飞翠舞，玉动珠摇，真是十分热闹"。——好一派和谐生活景致，直是让人羡慕！

另外，在大的回目安排布局中，亦间或多次穿插使用此法。如第十八、十九回，叙过元妃省亲大事、宁府演戏热闹，接下（二十回）便叙些奶妈争闲气、贾环赖赌钱、黛湘互斗舌等琐碎细事；第七十二回，在前面叙写贾母铺排生日、司棋放胆偷情几个"猛料"后，此回似着意似不着意、似接续似不接续地闲写了"王熙凤恃强羞说病　来旺妇依势霸成亲"的"闲章"，权作一种节奏的调整，让紧张得以舒缓，让高潮复归平淡。

其他还有诸多。姚燮《读红楼梦纲领》中将这些拢总，以园中韵事记之，约略有：梨香院隔墙听曲，芒种日饯花神，宝玉替麝月篦头，怡红院丫头在回廊上看画眉洗澡，蔷薇花架下龄官画蔷，堵院中沟水戏水鸟，湘云与翠缕说阴阳，潇湘馆下纱屉看大燕子回来，袭人烦湘云打蝴蝶结子，黛玉教鹦鹉念诗，山石边招凤仙花，绣鸳鸯肚兜，翠墨传笺邀社，碧月捧大荷叶翡翠盘养各色折枝菊花，颦并蒂秋蕙为平儿簪发，鸳鸯坐枫树下与平、袭谈心，晴雯在薰笼上围坐，宝琴披凫靥裘、丫鬟抱红梅瓶站雪山上，看驾娘夹泥种藕，袭人取花露油、鸡蛋香皂、头绳为芳官添妆，紫鹃坐回廊上做针线，藕官于杏子阴吊药官，莺儿过杏叶渚以嫩柳条编玲珑果篮子送颦卿，麝月在海棠下晾手巾，蕊官以蔷薇硝送芳宫，芳官掰手中糕逗雀儿玩，湘云醉后卧芍药裀，探春和宝琴下棋岫烟观局，小螺、香菱、芳、蕊、藕、荳等斗草，荳官辨夫妻蕙，宝玉为香菱换石榴裙，以树枝挖地坑埋并蒂菱、夫妻蕙，佩凤、偕鸳作秋千戏，建桃花社，柳絮词唱和，傻大姐掏促织拾绣香囊，凸碧堂赏月以桂花传鼓，听月夜品笛，凹晶馆倚阑联句，紫鹃招花儿，潇湘馆听琴，等等，不一而足。正如《红楼梦》总批者云：叙一番灯火未息、门户未关，叙一番赵姨失体、贾婆瘪气，叙一番林家托大、周家献勤，叙一番凤姐回心、鸳鸯传信，……非为本文渲染，全为下文引逗良苦用心，可谓惨淡经营。

其实"浓淡点苔""参差相宜"，不唯是作画、作文技论要法。想想我们的人生，怕在"不辍打拼、一路泥泞"之下，亦需"浓淡点苔"而"驻足回望"或"倚石小憩"。因为毕竟，对每一种物欲的追求都是会有厌足的，并且严格地遵循着过犹不足的法则：殷纣王"酒池肉林"，但他只有一只普通的胃；秦始皇筑阿房宫，东西五百步，南北五十丈，但只是夜眠一席。忙累了，歇一歇，随清风漫舞，看绿枝摇曳；心烦了，静一静，与花草凝眸，与山水对视；走急了，缓一缓，冲自然对话，和自己微笑。以自然之道，养自然之身。动动笔墨，听听音乐，展展歌喉，握清欢在手，掬淡泊于心，这浓淡相宜间，会带给你灵魂的默契、呼吸的自由、身心的通达！当然，其中也存在一个"当点、会点"而莫"乱点、滥点"的问题。须知：人生能够适当游戏，但不能够游戏人生。

总之，曹雪芹善画、《红楼梦》多"画"，书评者（脂砚斋、畸笏叟等）也惯借"画论"来论书。就《红楼梦》讲，曹公实在是一位小说"丹青"高手，他银钩铁笔，简练出手，非颊上三毫，则睛中一画，墨汁少许，留白几停，都无不安所用也！

烘云托月法

烘云托月，也是中国画中一种艺术表现手法，即画月亮并不涂白色或勾勒，而是用较淡或极淡的水墨去烘染月亮周围的云朵，烘染云朵而衬托出月亮来。

借用到文学作品中称为"烘托"或"衬托"（一般多为正衬，而"反衬"亦当属其列），即为了突出某一主题（或人、事、物），着意用与这一主题同类或相近的人、事、物、景等来烘托衬垫，使之愈显愈彰。

清人哈斯宝于此曾有过精论："亦赏观于烘云托月之法乎？欲画月而不画月，只画云。画云意不在云而实在月，……于云轻重均停，又无纤痕渍如微尘，望之如有，视之如真，吸之如来，吹之如去。……云之与月，正是一副神理。合之固不可得而合，而分之乃决不可得而分。"

《红楼梦》中的"烘云托月"，依据故事情节发展，寻机应用，巧妙嵌入，多方围，侧面击破，借此甄微趋妙地表达、突出了主题。

书中开篇不久，即叙林黛玉之父林如海：系前科探花，今陛兰台寺大夫、世系列侯。虽系世禄之家，却是书香之族。如是"扑粉着彩"，无非为黛玉设色（言黛玉自幼进学，诚书香子弟）。

第四十九回，大观园众女儿凑份子筹定芦雪庵赏雪、作诗。宝玉一大早穿戴毕，便"忙忙的往芦雪庵来。出了院门，四顾一望，并无二色，远远的是青松翠竹，自己却如装在玻璃盒内一般。于是走至山坡之下，顺着山脚刚转过去，已闻得一股寒香拂鼻。回头一看，恰是妙玉门前栊翠庵中有十数株红梅如胭脂一般，映着雪色，分外显得精神，好不有趣！宝玉便立住，细细的赏玩一回方走"。——这一段情致逸怡、文辞优美的描写，看似笔逮宝玉，实则墨擒妙玉，烘衬尼卿——"既是妙玉念旧之心的再次流露，也是尘间感性之美的遗留，那如胭脂、如鲜血的红艳梅花本就世间罕见，却盛开于清寂偏僻的栊翠庵中，犹如令人惊艳的空谷佳人，可见栊翠庵实质上并不单调枯槁，在院中原本就花木繁盛，'比别处越发好看'的一片生机洋溢里，白雪中的胭脂红梅更泄露出妙龄女尼的一缕芳心。"（欧丽娟《妙玉论》）

正谓："芳洁情怀入定中，浓春色相未全空。本来人较梅花淡，一着东风便染红。"

第五十七回，以紫鹃作"烘云"来"托月"黛玉。宝玉嘘寒紫鹃，在她身上摸了一摸，紫鹃板起面孔讲："从此咱们只可说话，别动手动脚的。一年大二年小的，叫人看着不尊重。打紧的那起混帐行子们背地里说你，你总不留心，还只管和小时一般行为，如何使得。"又说："近来我们姑娘（黛玉）远着你还恐不及呢？"此话虽出紫鹃之口，毋宁是为颦儿代言。虽谓"躲远"，实属"套近"，这便是"望之如有"；试探宝玉时，先从燕窝事问起，越说越切近，越说越有头尾，致使宝玉"呆死"，这便是"视之如真"；宝玉病愈，紫鹃以"你如今也大了，连亲也定下了"，巧妙从宝玉处探得实底，赚到真情，这就是"吸之如来"；离开宝玉回到黛玉身边，又向她讲了一席自己的肺腑之言，见颦卿故不作一点反应，只好长叹一声作罢，这就是"吹之如去"。

阅此，令读者不由得赞叹：紫鹃真是个聪明俊气的女儿！这其实也就是赞颦卿。黛玉、紫鹃二人，犹如云月，固不能合，更不可分。今以"烘云"，端为"托月"也。

"中秋品悠笛"一回，可说是对全书整体的"烘托"，满布的"凄清、寂寥"为不久即将"树倒猢狲散"的贾府布下了一片惨淡愁云（第七十六回）。正如蔡义江先生所评："举杯消愁愁更愁"是本回述说情节的基调。贾母赶走贾赦、贾政、贾珍等一批男的，本以为只留妇人、姊妹们在一起赏月饮酒，没有拘束，反会愉快得多，可事实并非如此。爱热闹的贾母见人少冷清，"不觉长叹一声"。大家因夜深体乏，"未免都有些倦意，无奈贾母兴犹未阑，只得陪饮"。这不是写贾母兴致高，而是写她对冷落少欢的局面的不甘心、不服气，必要强寻欢笑。

——贾府的"穷途窘境""艰难末世"便也从中"云散月来"了！

自然，与之对应的还有"反衬"。

所谓反衬，乃是将相反或相对立的人物、事物放在一起对照的一种写作方法。如《三国》中写鲁肃老实，乃反衬孔明之机巧；写周瑜量小，乃衬诸葛之智能也（毛宗岗语评）；如要衬宋江奸诈，不觉写作李逵真率；要衬石秀尖利，不觉写作杨雄糊涂是也（金圣叹评说《水浒传》）。

《红楼梦》中运用此法让我们尽领其妙。就像第五十九回有正本总批："苏堤柳暖，阆苑春浓，兼之晨妆初罢，疏雨梧桐，正可借软草以慰佳人，采奇花以寄公子。不意莺嗔燕怒逗起波涛，婆子之舌，丫鬟碎语，群相聚讼，又是一样烘云托月法。"这里的烘云托月法即反衬法，柳暖春浓之际，正当写佳人公子，却偏写婆子丫鬟的长舌碎语，以此反衬或"托月"出佳人公子当另有一番情思。

第三十七回，探春拟启诗社，仿李朝书启所拟花笺，辞清意婉、韵幽气正地写道："前夕新霁，月色如洗；因惜清景难逢，不忍就卧，漏已三转，犹徘徊于桐槛之下，竟为风露所欺，致获采薪之患。……今因伏几处默，忽思历来古人，处名攻利敌之场，犹置些山滴水之区，远招近揖，投辖攀辕，务结二三同志盘桓于其中，或竖词坛，或开吟社，虽一时之偶兴，遂成千古之佳谈。……孰谓雄才莲社，独许须眉；不教雅会东山，让余脂粉耶？若蒙棹雪而来，敢请扫花以俟。谨奉。"宝玉看了，连称"三妹妹高雅"。

紧接着，又有贾芸遗笺，宝玉打开看时，有道："男思自蒙天恩，认于膝下，日夜思一孝顺，竟无可孝顺之处。前因买办花草，上托大人金福，竟认得许多花儿匠，并认得许多名园。因忽见有白海棠一种，不可多得。故变尽方法，只弄得两盆。大人若视男是亲男一般，便留下赏玩。"

这两封信，前者词秀调雅、意新理惬，文笔干净利落，措辞藻丽多彩，开出无限文情诗思。且"这一纸小小的邀请函里有年轻人的偶像和文化上的向往……她所向往的东西，不只是修辞，也包括品位，包括了文化传承的巨大力量"（蒋勋先生评）。后者则极俗，且满篇充满谄媚阿谀，又兼村夫俗语，语病连连，殆不可卒读。贾芸与探春的文野高下、正邪两赋、不同风貌也便在这种反衬对比中底里互见了，曹公于字里行间神似而又形似地绘描出贾芸的市井俗态。

类此还有：有宝玉的一篇词句焕采、情感凄绝的祭奠祝词——《芙蓉女儿诔》（第七十八回），便又有焙茗代宝玉唱诵的谐趣十足的祝词（第四十三回）。王伯沆批评此道："焙茗所祝，语语写的恰好，在不贵不贱不亲不疏之间。""祝词若解若不解，而语语入妙。不啻若自其（宝玉）口出……焙茗真乃二爷第一个得用的人，不谓小厮中乃有此灵隽之才。"

若云以探春之笺来衬贾芸之笺的"俗"，则焙茗此篇毋宁说以其"俗"反证其"雅"！

贾环暗中算计宝玉，故意推翻蜡灯，烫伤了宝玉的脸。可是，心地善良的宝玉，却毫不计较。为了瞒过贾母，不使赵姨娘、贾环挨骂受责，宝玉竟然说是自己烫的（第二十五回）。宝玉如此表现，"以黑计白"，恰反衬出贾环的卑琐邪恶、心里灰暗，则兄弟俩的思想性格、胸襟格调便泾渭分明、高下昭然、善恶自见了。

刘姥姥游大观园，以刘姥姥闹"噱头"、出"洋相"，处处"现世活宝""为老不尊"来反衬贾母的"高贵""雍容""尊显""乐善好施"，让人们感到他们虽是同龄人，却一个在天上，一个在地上；极为尊贵的元妃，曹雪芹却把她归入"薄命司"。让人们不由得发出对命运的"嘘叹"、对人生的"无奈"和屈原般的"天问"。

第八十三回，夏金桂与宝蟾因争风吃醋互殴对骂，宝钗过来劝解，金桂又热嘲冷讽回怼宝钗，薛姨妈听后气得急欲与金桂争辩。宝钗忙劝道："妈妈，你老人家不用动气。咱们既来劝他，自己生气，倒多了层气。不如且出去，等嫂子歇歇儿再说。"——这里，宝钗的涵养、德性在与金桂的"混闹""怠懒"比较、反衬中，更见显拔。

再有，写宝玉赴荒郊野外祭奠金钏儿的"冷清"来反衬王熙凤过生日的"热闹"；贾芸的舅舅、舅母，虽亲实疏（外甥困顿时，不但不赊香料给他，竟联袂唱双簧，"撺"他吃不得一顿饭）。而街上的泼皮倪二，虽疏实亲（慷慨行义、无约无息借给他十几两银子）；从甄家过来的包勇，一直被贾府小看、冷落，却在贾府遭劫难时挺身而出、忠勇无二，力退群盗，义利担当。更让人不可逆料的是，引来强盗、祸及贾家的竟是王夫人的陪房、荣府管家之义子——何三！同时，最喜洁净的妙玉却被一群猪狗强盗玷污；最放荡淫性的灯姑娘（又称多姑娘）听到晴雯临终时与宝玉倾衷肠、诉肺腑，竟大受感动，甘愿为他俩的贞洁、清白做证，为他们今后"筑情"助力。

举凡种种，如此多的"反差""错落""不意""逆料"，都属反衬之写，都有反衬之效，既加深我们对特定人物的理解，使主体得到强调与突出，也让我们同时领略"世事之复杂、风云之多变、人性之难测"！

十二

横云断岭法

横云断岭，同样为中国山水画中常用的一种艺术表现手法，如宋代李澄叟《画山水诀》："高山烟锁其腰，长岭云翳其脚。远山萦迂而来，还用烟云以断其脉。"

横云断岭法，也是叙事性文章作品借用的一种重要而常见的笔法，是作者在安排较长情节时，为避免行文的呆板，追求叙事的节奏和波澜，有意插入表面似乎是阻止情节发展的某些"情料"，即在叙述一件事情时并不一口气把它讲完，而是在讲述的中间忽插进一小段似乎无关紧要的，乃至题外之话，"半腰间闪出，以间隔之"，然后再接着把事情讲完或另开"话匣"。使叙述和文风显得多变、跳脱、灵动和深远。就像绘画中用云雾横抹山岭、把山隔断却尽显"景致曼妙""山色有无"一样。脂评于此亦有"断法""截法""岔法""隔法"之称，实属相同。

此法在我国优秀小说中多有运用，如《水浒》两打祝家庄后忽插出解珍、解宝争虎越狱事；又正打大名城时，忽插出截江鬼、油里鳅谋财倾命事等。《三国演义》《西游记》以及各类话本中的"欲知后事,且听下回分解"(章节断法);"××如何,且按下不表(事断)";"不在话下";等等。

《红楼梦》中,除继承沿用了此法外,还有其他一些"断"法。

第一,最常见的一种是来自当事人以外的"外阻外断"。如第一回写甄士隐请贾雨村到家中来,"方谈得三五句话,忽家人飞报,严老爷来拜"。于是,兴谈戛然而止,会客场景别移。

第二十六回"潇湘馆春困发幽情"中,宝玉似有意无意对黛玉的丫鬟紫鹃吟出《西厢记》里的一句话——"若共你多情小姐同鸳帐,怎舍得叠被铺床",黛玉认为宝玉寻巧占便宜、欺负自己,便哭着要去告诉贾政。宝玉正忙着求恕于黛玉,忽听袭人来说贾政叫他过去,"宝玉听了,不觉打了个雷的一般,也顾不得别的,疾忙回来穿衣服"。这样的截法也非泛作,一是避免黛玉一哭再哭、宝玉死乞白赖的俗套;二是"用险句结住,使二玉心中不得不将现事抛却。各怀一惊心意,再作下文"。

第二,因当事人自身原因发生的"事迁、事移、事继"。

凤姐协理宁国府点卯时,有迎送亲客上的人姗姗来迟。凤姐正要处罚她,却"行而未行"——因看到有其他"事紧事急",待把王兴媳妇领牌取线、荣国府四个执事人要支取东西、张材家的领取裁缝工银两这三件事处理完后,凤姐"复扯头绪""再销前账"——又回头处罚迟到者:"打二十板子,革他一月银米。"

同样第十七回,贾政领众人验视大观园工程、拟补匾额对联等。进行中,忽又想起园中院落几案桌椅、帐幔帘子及陈设玩器古董之事,粗问贾珍,又命叫来贾琏细审,俟后继续行验视、题额事。"文章有此一曲,便不显平板。"

第三,因一事的结局不好说、不便说而有意"陈因避果"。第三十九回,涉世、积古颇深的刘姥姥为讨贾母心欢,"便没话也编出些话"给她们讲了一个"小姑娘抽柴"的故事,讲至兴头时,即用马棚起火截住。护花主人评曰:

"妙极！若向贾母细说，万一贾母亦信以为真，遣人寻庙，其事难于收拾。"

第四，以"且食蛤蜊"[1]句式来截住、作了。如冷子兴演说荣国府，洋洋洒洒、宏谈阔论一通，最后以一句"正也罢、邪也罢，只顾算别家的账，你也吃一杯酒才好"收结全场。

第五，一类"特事特人"的脱卸、化简。

第十八回，贾妃省亲入园，"只见园中香烟缭绕，花彩缤纷，处处灯光相映，时时细乐声喧，说不尽这太平气象、富贵风流。——此时自己回想当初在大荒山中，青埂峰下，那等凄凉寂寞（作者自称石兄、系顽石所化）；若不亏癞僧、跛道二人携来到此，又安得见这般世面？本欲作一篇《灯月赋》《省亲颂》，以志今日之事，但又恐入了别书的俗套。按此时之景，即便作一赋一赞，也不能形容得尽其妙；即便不作赋赞，其豪华富丽，观者诸公亦可想而知矣。所以倒是省了这功夫纸墨，且说正经的为是"。诚如脂评：真是千奇百怪之文。如此繁华盛极、花团锦簇之文忽用石兄自语截住，是何笔力！令人安得不拍案叫绝。试阅历来诸小说中，有如此章法乎？

赵姨娘、马道婆作祟，致宝玉、凤姐疯乱，便"冲进坟园不怕鬼"——拿刀弄杖，杀鸡打狗，寻死觅活（第二十五回）。贾府一干上上下下，里里外外都来到园内，夺刀的夺刀，抬人的抬人，顾了这里丢不下那里。登时园内忙乱如麻。值此"热闹"愈演愈烈，阅者心忧如何收场时，书中接写道："别人慌张自不必讲，独有薛蟠更比诸人忙到十分去。又恐薛姨妈被人挤倒（亦颇见呆郎孝心），又恐薛宝钗被人瞧见（彼时有"闺秀"不能外现之箴规），又恐香菱（自己的妾）被人臊皮——知道贾珍等是在女人身上做工夫的，因此忙的不堪。忽一眼瞥见了林黛玉风流婉转（忙中写闲也），已酥倒在那里。"

---

[1] 系成语，典出《南史·王融传》："（融）诣王僧佑，因遇沈昭略，未相识。昭略屡顾盼，谓主人曰：'是何年少？'融殊不平，谓曰：'仆出于扶桑，入于汤谷，照耀天下，谁云不知，而卿此问？'昭略云：'不知许事，且食蛤蜊。'"意思为姑且置之不问。

在此，作者既写了薛蟠身忙、心忙、情忙的"超忙"外，又避繁趋简，让先前的"忙景"收了场，谢了幕。过渡自然贴切，又诙谐、戏谑，令人忍俊不禁。

不过，在对待"美人"问题上，薛蟠"守着碗里的，看着锅里的，瞧着案板上的"（他娶了金桂，忘了香菱，又眼杵着宝蟾）之心、身反应和表现并非"个症"，而是相当男人的"通病"——那就是"远香近臭"或"食桃不废杏"，即相处多年的爱人，满身的缺点；陌生的异性，总是看着比自己的爱人顺眼，于是蠢蠢欲动，见异思迁。因之跌跤铸错甚或走上不归路的实不在少数。故在这方面，"泥人"们要不断"铸炼"、注入"定力"，真正使自己修成"金刚不坏之身"。须知：美人固属可爱，绝非都能施爱；假如见到一个就痴情颠倒，这颗心就乱了，永远定不下来。因为美人多得数不尽，且人的情感是变幻无常、变动不居的，任何人都不可能成为你"最后的唯一"，你有限的心胸不仅装不下，还会被"堵塞、撑破"。——那其实是对责任的淡忘，是一种"温柔的自戕"！易挑锦妇机中字，难得玉人心下事；糟糠之妻是个宝，情人再好喂不饱。切记：最亮的那根蜡烛永远是在你眼前的那一根！

正谓："满目山河空念远，落花风雨更伤春。不如怜取眼前人。"（晏殊《浣溪沙》）

当然，也须提醒"水清冰洁"女儿们，莫做"东食西宿"客：传说齐国有一个年轻貌美的女子，东西两家公子同时来求婚，东家公子很富有但相貌丑陋，西家公子是一个英俊的穷书生，姑娘的父母很为难，叫姑娘自己定夺。她说两个都愿意嫁，无如白天在东家吃饭，晚上去西家睡觉。（应劭《风俗通》）

值芒种节，姑娘们尚古风俗，意欲摆设各色礼物祭饯花神（第二十七回）。所以这日"大观园中之人，都早起来了。那些女孩子们，或用花瓣柳枝编成轿马的，或用绫绵纱罗叠成千旄旌幢的，都用彩综系了。每一棵树上，每一枝花上，都系了这些事物，满园里绣带飘飘，花枝招展。更兼这些人打扮的桃羞柳让，燕妒莺惭，一时也道不尽"。这里，以"绣带飘飘，花枝招展""桃羞柳让、燕妒莺惭"状园，不啻抵省亲一回文字；以"道不尽"作"断"，实尽"道"也！

第五十三回，在大观园亲戚云集、复起诗社、袭人奔丧、晴雯撵坠儿、病补雀金裘等一段"柔腔慢板"后，作者将繁改简地写道："当下已是腊月，离年日近，王夫人与凤姐治办年事，王子腾升了九省都检点，贾雨村补授了大司马，协理军机参赞朝政，不题。"

总之，这种当断即断、似断非断、断后又继、断后另继、删繁趋简的写法，使《红楼梦》的情节有疏有密、有张有弛，将一部小说"大氅"缝制得严严密密、齐齐整整、有松有紧、有开有合，不唯让人有"登山寄亭"的舒缓之感，更领略小说节奏与旋律的"流畅之美"，实现了"文章尽境"的目标。

十四

由远渐近法

由远渐近法，即把故事"将来时"由远及近地先叙在当下。

譬如《水浒》刻画人物时，很多就应用了此法。茅盾[1]先生曾对此做过精辟分析：如林冲、鲁达、杨志这三个人物均是在其他偶然事件中间骤然出场。鲁达的出场在史进寻找王教头的事件中，林冲的出场在鲁达演习武艺的时候，而杨志的出场则在林冲觅取投名状的当儿。这三个人物出场之时，除了简短的容貌描写而外，别无一言介绍他们的身世，自然更无一言叙述他们的品性了；所有他们的身世和品性都是在他们后来的行动中逐渐点明，直到他们的主要故事完了的时候，这才让我们全部认清了他们的身世和性格。这就好比一人远远而来，最初我们只看到他穿的是长

---

[1] 茅盾（1896—1981），原名沈德鸿，笔名茅盾，字雁冰，浙江省嘉兴市桐乡市人。中国现代作家、文学评论家、文化活动家以及社会活动家。他还是新文化运动的先驱者，中国革命文艺的奠基人之一。代表作有小说《子夜》《春蚕》和文学评论《夜读偶记》。

衣或短褂，然后又看清了他是肥是瘦，然后又看清了他是方脸或圆脸，最后，这才看清了他的眉目乃至笑貌：这时候，我们算把他全部看清了。《水浒》写人物，用的就是这样的由远渐近的方法，故能引人入胜，非常生动。（茅盾《谈'水浒'的人物和结构》）

《红楼梦》亦复如此。甚至更为显明！

如第二回，作者"从小至大、从远抵近、从外及内"，未着贾府正题，先从士隐、雨村拓笔，"不出荣国大族，先写乡宦小家（脂批语）"；未写荣府正人，先从外戚（林如海）入手；及详演荣国府，更未从作者笔下端端叙出，而是借冷子兴之口一一道来。演说时，对贾府一脉先从东汉贾复溯起，首谈宁荣二公，再贾代化、贾代善；再宁府、荣府；再贾赦、贾政；再子辈、孙辈，最后集中到宝玉、黛玉身上详加叙述。这样，由远及近，由淡而浓，好比拍景摄像，将远景拉近，再定格、特写，让人感到自然、清晰，渐入佳景，而避免让"精华"若放闸之水、燃信之爆一泄无余。特别是将宁、荣二府家世现状，借冷子兴闲谈叙及，将林、甄、王、史各亲戚参差点出，既有根蒂，又毫无痕迹（后又以"护官符"补叙）。尤为妙绝的是，薛家入贾府非是一般平叙，乃是以宝钗"待选"、薛蟠"惹祸"斜刺里"杀入"的。

如是行文犹如写字"八面出锋"，使文章不拮据呆板、不落陈俗旧套，让故事更现波澜曲折、更能引人入胜。同时，亦为后文织锦做丝茧。诚如金圣叹一段肯语："文章最妙，是目注此处，却不便写，却去远远处发来。迤逦写到将至时便且住。却重去远远处更端再发来，再迤逦又写到将至时，便又且住。如是更端数番，皆去远远处发来，迤逦写到将至时，即便住，更不复写出目所注处，使人自于文外瞥然亲见。"（《读〈西厢〉法》）故该回有回前批称曰："以百回之大文，先以此回作两大笔帽之，诚是大观。世态人情尽盘旋于其间，而一丝不乱，非具龙象力者其孰能哉。"

尤其其起结之奇，独树一帜，先盛后衰，大迥异于以往小说、传奇"先衰后盛"之套路。更妙在故事进展不久的第五回（"游幻境指迷十二钗　饮鲜醪曲演红楼梦"），即以魔幻场景、梦幻之觉、神秘之册，将《红楼梦》部分人物命运结局、贾府归途下场倒摄题前，尤创古今小说未有之路。——"这又是小说的预示、故事的预告，是对人物归宿的设计，是新片子的片花，是逗着你往下看的妙法"（《王蒙的红楼梦》）。

同样，亦有与此相反的"由近渐远法"，即把故事"现在时"由近及远地写到"将来时"。

贾雨村送黛玉入贾府，拿了"宗侄"的名帖，至荣府门上投了。贾政最喜的是读书人，况又系妹丈致意，"便极力帮助，题奏之日，谋了一个复职，不上两月，便选了金陵应天府，辞了贾政，择日到任去了，不在话下"。（第三回）

三言两语，把雨村打发"远去"，再回过头来"且说（当下）黛玉"。

第五十五回，凤姐因年事繁忙致小产，不能理事。"王夫人便命探春合同李纨裁处。只说过了一月，凤姐将息好了，仍交与她，谁知凤姐禀赋气血不足，兼年幼不知保养，平生争强斗智，内心更亏，故虽系小月，竟着实亏虚下来。一月之后，复添了下红之症。她虽不肯说出来，众人看她面目黄瘦，便知失于调养。王夫人只令她好生服养，不令她操心。她自己也怕成了大症，贻笑于人，便想偷空调养，恨不得一时复旧如常（重享那种"颐指气使""高高在上"的辉煌。凤姐业已成为权力欲望的囚徒。所以说人生的大骗子除名、利两个外，还有第三个——权。而"人类所能犯的最大的错误就是拿健康来换取其他身外之物"）。谁知一直服药调养到八九月间，才渐渐地起复过来，下红也渐渐止了。此是后话。"

正应了苏子瞻诗句："横看成岭侧成峰，远近高低各不同""试观烟雨三分外，都在灵仙一掌间"。

十五 重作轻抹法

重作轻抹,简言之就是"重重作事来,轻轻抹将去"。

有一谑事:一男子辗转反侧、长吁短叹不能入睡。妻询之,言:"借对门老王一笔钱,明日还期,迄今无分文筹措,焉得眠?"妻闻,嗤鼻一笑,遂下床排闼而出,径到老王窗下扯喉喊道:"老王听言:我夫借汝钱明天还不了,后天乃至后天的后天也还不了。"遂归房告曰:"尔息神,烦恼业已转移,值他睡不着了!"赵匡胤称帝前做殿前都点检,闻京师有他被拥立天子的传言惊恐不已,回家问正在厨房的姐姐:"这当如何?"姊以擀杖击之,凛然一句:"丈夫临事可不当自决,乃来家恐怖妇女耶!"让他意决志坚,遂演"陈桥兵变,黄袍加身"。的确,现实生活中,每每遇到"事体很大,势态严峻"之境况,却出人意料有高手、真人接招、应招,因势利导、"四两拨千金",以纤纤太极之柔化雷霆万钧之重,令事态平复,让矛盾化解。尤其女人往往较男人胜——每临大事,时有"举重若轻",似马良有"神来之笔"。无怪乎著名作家林语堂深有感触讲:"女人有一种较男人优越的常识，因此在任何意外发生的时候，我总是宁可信赖女人的判断。她们有一种能顾虑事情整体性而不为其他小节所困惑的能力。"不过，也有"嚼齿穿龈"说漏嘴的：丈夫抱怨妻子久婚不生子，妻曰："这你就要检讨了，俺在娘家就生过两个。"——这是以"晦"证"明"，自招麻烦不自知也！更有赋诗吟句"忘乎所以"的。宋·范正敏《遁斋闲览》载：一男子外出一年多，留妻在家独处。夫归，询妻："余在外时，伊可常在亲邻家走动？又何赖别寄情趣？"女答："不曾走动，只是独守空房。偶写小诗以遣寂寥。"并示君诗卷。夫喜甚，翻页欲赏，讵料不看不知道，一看吓一跳——但见开卷第一首诗题为《月夜招邻僧闲话》（笔者批语：莫若以《无题》《有感》冠之为好）。

重作轻抹法又为古典小说结构技法之一。是指浓浓笔触着力描写非中心情节的生活画面时，却以情理中的小事轻巧收束，从而自然地转换到中心情节上来。

《红楼梦》多处应用重作轻抹法——将前边描写的重要内容，只用了一两句话就收住了，又并无纤毫牵强。这种艺术手法，以"来如雷霆，去如剩烟"笔阀文式实现情节"浪生潮落、轻快利落、面无痕迹"的转换。犹如"千岩万壑，崔嵬突兀之后，必有平莽连延数十里，以舒其磅礴之气；水出三峡，倒冲滪㵎，可谓怒矣，必有数十里迤逦东去，以杀其奔腾之势"。实则表现了作者写作功力之深，对每个人物性格把握之准，犹如重力轻举。

如第四回，薛冯两家为争买一婢，各不相让，大打出手，殴出人命，实属事态不小。但遇门子提醒，贾雨村"葫芦僧乱判葫芦案"，以"详加审问，果见冯家人口稀疏，不过赖此欲多得些烧埋之费"作了。亦见弄臣贪官趋炎附势、草菅人命而"举重若轻"。

第二十回，李嬷嬷输了钱，无端迁怒于袭人，骂袭人是："忘了本的小娼妇！一心只想妆狐媚子哄宝玉！"因为是小辈，袭人不敢分辩；因为是自己的奶妈，宝玉也不好弹压。无奈之际，可巧凤姐赶来，拉了李嬷嬷笑道："好妈妈，别生气。大节下老太太才喜欢了一日，你是个老人家，别人高声，你还要管他们呢，难道你反不知道规矩，在这里嚷起来，叫老太太生气不成？你只说谁不好，我替你打他。我家里烧的滚热的野鸡，快来跟我吃酒去。"一面说，一面拉着走，又叫："丰儿，替你李奶奶拿着拐棍子，擦眼泪的手帕子。"那李嬷嬷脚不沾地跟了凤姐走了——果真应了"四川猴还须中原人牵"的俗语。（大家）见凤姐儿这般，都拍手笑道："亏这一阵风来，把个老婆子撮了去了。"此处，"撮"字又俾用最妙，毕现凤姐"纤纤手段"！

菊花诗会，乃是展现众女儿性情、才气之章，是一出"大戏"（第三十八回）。但作者未直入正题，乃先写了邀贾母赏花、螃蟹盛宴。于间，凤姐诙谐调侃不失体，鸳鸯、平儿、宠婢中多有放肆，有迎合取乐的，有弄水看鱼的。正当"好戏欢场"酣盛之际，由王夫人一句"这里风大，才又吃了螃蟹，老太太还是回房去歇歇罢了"而收了场，顺便切换"画面"直入诗会主题，让人感到无纤毫牵强。

第七十五回，数用"重作轻抹法"。

先是尤氏欲往王夫人处，听跟随的老嬷嬷道："才来了几个女人，气色不成气色，慌慌张张的，想必有什么瞒人的事。"尤氏听了，联想"（昨日）看邸报，甄家犯了罪，现今抄没家私，调取进京治罪"之事，便不往前去，仍往李氏这边来了。——接下再未提及此。

甄家事发，事态非轻，甄贾一体，城门失火必殃及池鱼（此亦贾府破败之兆端）。但这里作者只是淡淡一笔，轻轻抹过。

接着，原本失宠、耿耿于怀的受歧视一族贾赦、贾环等在讲笑话、竞诗中借机对贾母、贾政等进行攻击：先是贾赦讲一个针医偏心母亲的笑话相机泄愤和挑战贾母，贾母则以"看来，我也得这个婆子针一针就好了"一句话，四两拨千斤般折了回去；其次，贾环与宝玉竞诗，贾政直言"不好"，贾赦则称道:"我爱他这诗,竟不失咱们侯门的气概。"继而,又拍着贾环的头笑道:"以后就这么做去,方是咱们的口气,将来这世袭的前程定跑不了你袭呢。"——乖乖,话题竟言及贾府大统继承之事,此乃封建贵胄家庭之大事,非一般庄重场所、关键之人不可提及。这其实是贾赦因管家权旁落发泄不满,又因未来世职继承权"风雨飘摇难继"(现在的世职是贾赦,按正常情况,该是贾琏"接班"才合正理。但一如"管家权"旁落一样,由于元春的关系,朝廷确定世职肯定要落到宝玉身上)而心里无奈、愤懑,于是指称完全不可能袭职,也根本不靠谱的贾环来"混搅""扰局"(其实也是一种"奋起抗争"表现)。但仍旧以贾政轻描淡写一句话"不过他胡诌(指贾环写诗)如此,那里就论到后事了"而了然。

真真重作轻抹也!

至此,我们也从中得一些启示:面对复杂,要以简单化之;每临险难,要以坦淡处之。不要跟自己过不去,没必要纠结于别人的评说,不要给选择赋予太多的牵强意义。因为"当选择变为一种抉择的时候,自由对人来说无异于刑罚"(海德格尔)。不要为了试图奢望得到最理智最正确的答案而犹豫不决,因为这个"最"的答案你根本得不到,而且根本不存在。有时刹那间你本能的认为应该的,那就是正确的。就像一位农民的村庄被洪水冲没了,他从水中救出了他的妻子,而孩子和母亲都被水冲走。事后大家七嘴八舌,有的说救对了,有的说救错了。记者问农民当时怎么想的?答曰:"我什么也没想,洪水来的时候,妻子正在我身边,我抓住她就往高处游,当我返回时,母亲和孩子都被冲跑了。"

"心有自己的道理,是理智所不知的。"(马丁·杜·加尔)

很多时候,最优的选择只是依凭本能,顺其自然。如是,你反而能轻松破局、实现突围、取得成功。畏首畏尾、忧天忧地都不足取。"最艰难的时候/别老想着太远的将来/只要鼓励自己熬过今天就好/这世界有太多的猝不及防/有些东西根本不配占据你的情绪/人生就是一场体验/请你尽心。"（余秀华）想想吧，世间除死无大事。佛教甚至还认为死是生的另一种转换："生灭相继，始终相成，生死死生，生生死死，如旋火轮，未有休息。"（《大佛顶首楞严经》）最不济，时间的长河会冲走一切、销蚀所有。

把心放平，生活就是一泓平静的水；把心放轻，人生就是一朵自在的云。

十六

分叙单传法

分叙单传法，是把一个整体分成若干，或把头绪纷繁复杂的事拆解分理，再行一一叙述，以便让事体眉目清楚，让读者了然不混。

它近似明清小说"花开两朵，各表一枝"写作手法，却又并不完全一样。后者几乎是在同一时间、同一空间、同一大事件背景下"各道其端""略叙其详"。而"分叙单传"则有明显的"时间错位""空间转移"和"各自独立"等特点，且事体少而"详"而"专"。

故事如此构写下来，包容量大、委婉生动，且能使行文开合自如，变中有序，活而不乱。让人们有"一山复一山，一景再一景"之感觉。

斯法于第十五回应用最为突出。

此回的主干（大背景）是大队人马前往铁槛寺寄灵。但一路上又别开"生面"，屡屡"翻新"：

先写宝玉随可卿灵队路上，首先遇到路祭的北静王水溶，被王爷赏赞并馈赠念珠。又嘱"吾辈后生甚不宜钟溺；

钟溺则未免荒失学业"等一番碎语。

次写凤姐独领宝玉、秦钟到一农庄"打尖"歇息。其间，初见纺车、农具等，甚觉新鲜；又偶遇"二丫头"，并感此卿"大有意趣"。

接着，在馒头庵又发生了几桩事，作者同样进行了"分叙单传"。

一是秦钟遇到了渐知风月的智能儿，宝玉趁机插科打诨，在他们间调笑取乐：

且说秦钟、宝玉二人正在殿上玩耍，因见智能过来，宝玉笑道："能儿来了。"秦钟道："理那东西作什么？"（口气大，男人通常的"好作派"，只是无外人时便"可怜见的"。想来也忒无趣！）宝玉笑道："你别弄鬼！那一日在老太太屋里，一个人没有，你搂着她作什么？这会子还哄我。"秦钟笑道："这可是没有的话。"宝玉笑道："有没有，也不管你。你只叫住她倒碗茶来我吃，就丢开手。"秦钟笑道："这又奇了，你叫她倒去，还怕她不倒？何必要我说呢？"宝玉道："我叫她倒得，是无情无意的；不及你叫她倒，是有情意的。"秦钟只得说道："能儿，倒碗茶来给我。"……智能见了秦钟，心眼俱开，走去倒了茶来。秦钟笑说："给我。"宝玉叫："给我。"智能儿抿嘴笑道："一碗茶也争，我难道手里有蜜？"

——以上这段得"趣"描写中，我们不难窥见两个"少年维特"的青春骚动、不安和情窦初开少女的矜持、羞涩。特别是智能儿的妙诘，"一语逼肖，如闻其语，观者已自酥倒"（脂砚语）。尤值嘉许的是智能儿追求爱情，像彩云心仪贾环而淡泊宝玉一样，深知"齐大非偶"，与其燕婉以求，莫若降格以就；与其合偷牛，孰若独偷狗。不啻聪明姑娘！其实，在我们生活的诸多追求中，都应该采取这种"聪明"态度。固然我们不妨去追求生活中的最好（包括职业、婚姻、住房、友谊等），但若行不通、达不到，则退而求其次、次又次，也不失是一种"优选"，应予坦然地接受。"如果我们不能拥有灿烂，那便潇洒地选择平凡！"平凡并不意味着庸庸碌碌。平凡是一种锻炼，一种燃烧，一种奉献，同样，也是一种闪光！人生中原本有缺憾，需要抗争、也需要妥协。不知妥协、不肯妥协、"咬定目标不放松"有时几就是"痴愚""冥顽"的代名词！

"衡门之下，可以栖迟。泌之洋洋，可以乐饥。岂其食鱼，必河之鲂？岂其取妻，必齐之姜？"（《诗经·衡门》）人生如水，我们应该多一点韧性，能够在必要的时候弯一弯，转一转。唯有那些不只是坚硬，而且更多一些柔韧和弹性的人，才可以克服更多的困难，战胜更多的挫折，拥有一个成功而有意义的人生。

二是庵中老尼遇见凤姐，用"激将"和"行贿"方法让凤姐为张金哥一身许两家引起官司事从中插手。"钱到公事办，火到猪头烂。"之后，详写凤姐如何收贿银、如何修书给节度使云光枉法徇私等。使该回故事一波三折，再归"主干"，回路去踪各自分明。

这里应指出，以"补遗"写法来"分叙单传"，是作者的一个偏擅，一个强项，其在书中应用之多巧、之便宜，亦足让我们"瞠目"。

《红楼梦》一开始就树起"补遗"大纛，在第一回就"开门见山"，让我们一睹"风采"。开卷写道："列位看官，你道此书何来？说起根由虽近荒唐，细按则深有趣味……原来女娲氏炼石补天之时，于大荒山无稽崖炼成顽石三万六千五百零一块。娲皇氏只用了三万六千五百块，只单单的剩了一块未用，便弃在此山青埂峰下。谁知此石自经锻炼之后，灵性已通……"由是"补遗"，便开启了我们的阅《红楼梦》之旅。

第三回写道："宝玉之乳母李嬷嬷并大丫鬟名唤袭人者，陪侍在外大床上。原来这袭人亦是贾母之婢，本名珍珠。贾母因……"——一段补叙，道出袭人本来。落后还有第十九回，袭人告诉宝玉，自己翌年就要被赎、离开贾府了。宝玉百费口舌，想改变她念头，却不能奏效，便赌气上床睡觉去了。行文至此，作者笔锋一转，写道："原来袭人在家，听见她母兄要赎她回去……"此一段话，补明袭人幼时艰辛苦状以及她对"赎身"所持态度和母兄态度的转变。

前面所写为秦可卿寄灵，送殡队又到了铁槛寺，借机为之单传："原来这铁槛寺原是宁、荣二公当日修造，现今还是有香火地亩布施，以备京中老了人口，在此便宜寄放。其中阴阳两宅，俱已预备妥贴。好为送灵人口寄居……"

当凤姐因图"方便"，独到馒头庵时，作者又对其作了单传："原来这馒头庵和水月寺一势，因他庙里做的馒头好，就起了这个诨号；离铁槛寺不远。"

再有平儿借找棒疮药遇见宝钗时，事无巨细地将贾赦如何喜好收藏宝扇、贾琏受遣索扇如何无功而返、贾雨村如何霸王硬上弓替贾赦巧取豪夺石呆子，以及琏二爷最终获答受伤——道明补出（第四十八回）。

以上"单补"，妙在补得自然、浑然，补得及时、得体，不似以专章、特篇道出那样郑重、生硬而显拙，且又为眼前行止做出阐释、为以后情节发展留下地步。

有的则属"复补"。第二十七回，探春拜托宝玉出门时给自己带回些"好字画、好轻巧玩意儿"，并承诺下功夫做一双更好的鞋来谢赠。宝玉笑道："你提起鞋来，我想起个故事。那一回我穿着……"——此一补也；探春接后说："还有笑话呢，就是上回……"——此二补也。

——不难看出，曹公于"补笔"运用出神入化、层出不穷，可谓"正入万山圈子里，一山放过一山拦"。

另外行文中还有"一句话"的简约版"小补遗"，亦如女士身上之"胸花""手袋""项链"等，虽属"小弄"，但颇有"添彩、提神"作用。第二十一回，写宝玉用湘云用过的剩水洗脸，湘云的丫鬟翠缕便撇嘴笑道："还是这个毛病儿。"一个"还"字，就补叙了此类"嗜红""吃红"事情早有、多有。紧接着又写宝玉苦央湘云为他梳头，湘云不肯，宝玉笑道："好妹妹，你先时候儿怎么替我梳头了呢？"又补叙了湘云曩昔常为宝玉梳头，他们"亲密无间、两小无猜"殆不逊让于宝、黛。第三十一回，写晴雯不慎跌折了扇骨子，宝玉嗔怪她，晴雯不服，便说："就是跌了扇子，也算不的什么大事；先时候儿什么玻璃缸，玛瑙碗，不知弄坏了多少，也没见个大气儿。这会子一把扇子就这么着。"——一幅往昔"主仆平等、无论贵贱、相互嬉戏、格外淘气"的画面依此"寥寥文字"推送到我们眼前！而这种让人不经意的"补叙"，又为展示矛盾、突现人物性格发挥着作用。

蔚为大观的是第九回，连用五个"原来"进行多重补遗。

——"原来这贾家之义学，离此也不甚远，不过一里之遥。原系始祖所立……

——"原来这学中虽都是本族人丁与些亲戚的子弟，……未免人多了，就有龙蛇混杂下流人物在内……

——"原来薛蟠自来王夫人处住后，便知有一家学，学中广有青年子弟，不免偶动了龙阳之兴，因此也假来上学读书……

——"原来这贾瑞最是个图便宜没行止的人，每在学中以公报私，勒索子弟们请他……

——"原来这一个名唤贾蔷，亦系宁府中正派玄孙，父母早亡，从小跟着贾珍过活……"

笔者禁不住再补一笔：

——原来曹公如此偏爱"补遗"！

可以看出，作者娴熟应运此法，或"倒拔垂柳"、或钩沉往事、或追踪蹑迹，使故事如"深窟掘井，汩汩不断"；似"蜘蛛结网，愈扯愈多"。

太平闲人就此赞评："能掉臂游行，毫无阻滞，穿插映带，头绪如麻中，一一随案随断。"终教文章如行云流水，随机化成，焕泛的别有洞天、别开生面。

十七 反挑法

宋代学者严有翼在其《艺苑雌黄》中讲道："直用其事，人皆能之；反其意而用之者，非是学素高，超越寻常拘挛之见，不规规然蹈袭前人陈迹者，何以臻此？"其中所讲到的就是"反挑法"及"为其不易"。

它犹如太极拳"借力打力"，貌似对你的行动、观点赞同、附和，但却在紧要处一折（反挑），即"死中求活"，形成"从批判中得赞扬""以否定来求肯定"的效果。

韩信做了刘邦的俘虏，刘邦审之："你与我谁将（领）兵本领大？"韩信毫不客气地回答是自己。刘邦进一步问："那为何被我所擒？"韩信坦言："陛下不能将兵，而善将将，此乃信之所以为陛下擒也。且陛下所谓天授，非人力也。"

韩信在与刘邦的对话中，以先肯定自己、否定刘邦达到最后既肯定自己，更肯定刘邦——不仅本领强（善将将），且天定神授，不可挑战，不能撼动！进而惹得刘邦高兴而很快释放了他，也为自己以后发达升拔"筑了基，铺了路"。真是设言尽妙，"反挑"得力！

国事、大事被妙用，家事、琐事亦复如此。

《西京杂记》载：汉武帝欲杀乳母，乳母急求东方朔。东方朔说："皇帝性格暴戾任性，谁说情都无用，只会促尔速亡。既然求到我这里，到时只须频频顾望我，自有妙招救你。"那天乳母照实做了。视之，东方朔故意在武帝旁高声道："汝宜速去，帝今已大，岂念汝乳哺时恩邪！"（皇帝已经长大成人，岂能再顾念小时受你哺乳之恩）一句话警醒帝君，唤回良知。皇帝赧然追悔，遂改变敕命，乳母得活命！

清朝还有个"反挑"笑话。说有一个京官将出任外省，老师叮嘱他说："外官难做，要格外谨慎。"回答说："我准备了一百顶高帽子，逢人送一顶，就不至和人合不来的。"老师愀然道："我们为人正直，何须这样？"学生（反挑）回答说："天下不爱戴高帽子如吾师者，能有几人？"老师听后点点头："这话也不为无见地。"学生出来即对人说："一百顶高帽子，只有九十九顶了。"（意老师业已挑戴一顶）。此亦谓"反挑"得力！不过，做学生的不承"术业正统"，学些"旁门左道"，又"挖坑"陷老师于不义，且倖倖然视之"入彀"，诚属不地道也！反观为师者，既不能洞观明灭，又不免常人之俗，为学生误导而不自知，受门生讥弹而不有觉，盖也非有真才实学，只唯徒享师尊罢了。

《红楼梦》中，作者多处采取"反挑"落墨（有"意折"），以贬行褒、先抑后扬，令我们颇觉心意欣畅、身临"新场"。

如开头"石头"神话中，说它是"顽石"，是"蠢物"，"无才补天"，但其结果乃"灵性已通"，是"通灵宝玉"，至为尊贵；第二回冷子兴和贾雨村谈论贾宝玉，先以世俗之见极贬，后又用"高论"阐释驳斥，进而极力加以赞扬。

第十六回，值贾琏远赴苏州办理丧事，凤姐忙里忙外，兼又协理宁国府，其作亦劳，其功亦大。俟丈夫回来询问别后家中诸况，她便以"反挑法"言

表："我那里照管得这些事！见识又浅，口角又笨，心肠又直率，人家给个棒槌，我就认作'针'。脸又软，搁不住人给两句好话，心里就慈悲了（意折）。况且又没经历过大事，胆子又小，太太略有些不自在，就吓的我连觉也睡不着了。我苦辞了几回，太太又不容辞，倒反说我图受用，不肯习学了。……更可笑那府里忽然蓉儿媳妇死了，珍大哥又再三再四的在太太跟前跪着讨情，只要请我帮他几日，我是再四推辞，太太断不依，只得从命。依旧被我闹了个马仰人翻（意折），更不成个体统，至今珍大哥哥还抱怨后悔呢。你这一来了，明儿你见了他，好歹描补描补，就说我年纪小，原没见过世面，谁叫大爷错委他的。"——谁都明晓看出：这全是反话，是正言反挑，是"美髯公哈气——自我吹嘘（须）"！

太平闲人评凤姐这段说辞：凤姐备酒接风，戏语趣话，描尽美俊口吻。其自谦处，正是自发才能。且她"拉拉杂杂，如花如火，弄贾琏于股掌之上，读之令人心旷神怡"。

第十七回，遵父命宝玉跟随入园拟题匾额，展示不俗，尽显才华。乃父内心称意但却外表不露。出了园方喝道："你还不去！难道还逛不足！也不想逛了这半日，老太太必悬挂着。快进去，疼你也白疼了！"——分明好意放他回去，却用反言嗔他不去。文章徒生几分生动！

第十九回，袭人"情切切良宵花解语"，为进一步"俘获"宝玉、妥安余生，也用"反挑法"以骗词探其情、将其心。袭人道："我今儿听见我妈和哥哥商议，叫我再耐烦一年，明年他们上来，就赎我出去的呢……一家子都在别处，独我一个人在这里，怎么是个了局？"当宝玉托言老太太不放，袭人又道："为什么不放？我果然是个最难得的，或者感动了老太太，老太太必不放我出去的，设或多给我们家几两银子，留下我，然或有之，其实我也不过是个平常的人，比我强的多而且多。……不叫我去，断然没有的事。那伏侍的好，是分内应当的，不是什么奇功。我去了，仍旧有好的来了，不是没了我就不成事……"——这里，袭人说自己"平常"，实矜夸自己"独殊"；似着意要离去，其实委实想扎根永驻下去。她"以静制动""欲擒故纵"。或恐有郢书燕说之微嫌，终不碍探骊得珠之巨功！

第二十一回，宝玉读《南华经》外篇《胠箧》，情绪遂起、意渐盎然，不禁提笔续曰："焚花散麝，而闺阁始人含其劝矣，戕宝钗之仙姿，灰黛玉之灵窍，丧减情意，而闺阁之美恶始相类矣。彼含其劝，则无参商之虞矣，戕其仙姿，无恋爱之心矣，灰其灵窍，无才思之情矣。彼钗、玉、花、麝者，皆张其罗而穴其隧，所以迷眩缠陷天下者也。"

这里，以"戕、灰、焚、散"四个毁灭性的动词来惩戒"迷眩缠陷天下"之钗、黛乃至袭人、麝月，看似"恨极"，实乃"爱极"，是爱而生"恨"。

第四十三回，贾母埋怨众人都瞒着她把鸳鸯从自己身边"夺"走，凤姐接言道："谁教老太太会调理人，调理的水葱儿似的，怎么怨得人要？我幸亏是孙子媳妇，若是孙子，我早要了，还等到这会子呢。"贾母笑道："这倒是我的不是了？"凤姐儿笑道："自然是老太太的不是了。"——表面说贾母不是，实是谀赞贾母。

宝玉要看宝钗腕上的红麝串子，"看着雪白的一段酥臂，不觉动了羡慕之心，暗暗想到'这个膀子要是长在林妹妹身上，或者还得摸一摸，偏生长在她身上'"。——这里赞宝钗，更嘉黛玉。慕羡姐姐，更偏私妹妹。正月里贾母兴盎，邀大家制灯谜。贾政也来承欢取乐，但他的在席，反令大家见拘束。于是贾母便欲撵贾政"去歇息"。贾政亦知贾母之意，忙赔笑道："今日原听见老太太这里大设春灯雅谜，故也备了彩礼酒席，特来入会。何疼孙子孙女之心，便不略赐以儿子半点？"（第二十二回）——此处，贾政一副"老莱子撒娇卖萌"相，"埋怨"己母，却怨怪出无比的"母慈子孝"。赵姨娘看着奄奄一息的宝玉说："把哥儿的衣服穿好，让他早些回去也免些苦。"（第二十五回）斯貌似"慈善"，其实包藏祸心，亦"和尚卖肉——费力不讨好"而被贾母叱骂一顿。王熙凤与尤二姐共勉要"爱下怜小、宏慈垂恩、妻妾携手、同侍夫君"，实欲早点除之而后快。

更有"征伐被伐""说嘴打嘴"的事态逆转和"反挑"，如第十回，璜大奶奶挟怒欲找秦可卿理论"讨个说法"，但听了尤氏一番话后，把她那一腔"盛气"早吓得都丢在爪哇国去了；第七十四回，王善保家的欲找碴报复晴雯，"不想反拿住了他外孙女儿"司棋；薛蟠欲狎昵柳湘莲，却遭遇冷二郎一顿暴打；尤三姐真情相爱，却最终为爱殒命；夏金桂投药戕人，孰料"饮鸩止渴"……

由此不难看出，这些笔触的反挑既是一种高超技法，有些也"潜含着对人格的质疑和对人性的批判"。但无论怎样，都更见作者善用"反挑"笔法。

十八

陈列法

　　一般来讲，看多样商品，进大超市；览历史遗物，入博物馆。盖因那里都是堆积和陈列物品、展品的地方。然进入《红楼梦》，不妨说也让我们恍若步入了一座琳琅满目、物什齐全的"万国博览园"，让人朗开眼界、大饱眼福、洗尽俗肠。更钦羡作者才堪八面、口吐无穷，取精用宏、信手拈来！

　　贾府属簪缨巨族、阀阅大家和乔木世臣，自然整日价过着钟鸣鼎食、富贵轩昂、穷奢极欲的生活。单是吃一顿螃蟹宴，就使刘姥姥惊叹："这一顿的银子，够咱们庄稼人过一年了！"及若其他吃穿用度、古玩珍宝、上乘器物，更是琳琅满目，不一而足。但作者对这些"物什"并非刻意呆板地介绍、展现，而是不显山露水地在故事中娓娓道来，自然"流"出。

　　如"荣国府元宵开夜宴"叙写贾母夜宴花厅上的灯："两边大梁上挂着联三聚五玻璃彩穗灯，每席前竖着倒垂荷叶一柄，柄上有彩烛插着。这荷叶乃是洋錾珐琅活信，可以扭转向外，将灯影逼住，照着看戏，分外真切。窗隔门户，一齐摘下，全挂彩穗各种宫灯。廊沿内外，及两边游廊罩棚，将羊角、玻璃、戳纱、料丝，或绣、或画、或绢、或纸诸灯挂满。"（第五十三回）——这段写灯，细腻、有序、别致，将灯类品种、各自功用、不同外饰"壶中天地"般道出，让读者"好增见识"！

特别该回详写姑苏女子慧娘所绣的"慧绣"（大概属于"苏绣"的一种）："一色皆是紫槽透雕，嵌着大红纱透绣花卉并草字诗词的璎珞。……凡这屏上所绣之花卉，皆仿的是唐、宋、元、明各名家的折枝花卉，故其格式配色皆从雅本来，非一味浓艳匠工可比。每一枝花侧，皆用古人题此花之旧句，或诗或歌不一，皆用黑绒绣出草字来，且字迹勾踢、转折、轻重、连断，皆与笔草无异，亦不比市绣字迹，板强可恨。她不仗此技获利，所以天下虽知，得之甚少。"

以上所述"慧绣"，其"精工、精美、精致"真令我们神驰心动、大开眼界！

类此，在故事娓娓道来中"流"出的珍品宝物不为少数，如："平儿站在炕沿边，捧着一个填漆茶盘"（第六回）、乌银梅花自斟壶、煎药银吊子、"每一榻前两张雕漆几，也有海棠式的，也有梅花式的，也有荷叶式的……"（第四十一回）。

有人做过统计，《红楼梦》中出现的工艺品计有：玉器、石刻类 33 种，60 件；漆器、雕漆器类 17 种，39 件；瓷器类 13 种，71 件；珐琅器类 4 种，4 件；青铜器 7 种，7 件；金银器类 42 种，373 件；风筝类 8 种，8 件；木雕器类 13 种，30 件；竹雕、竹器类 7 种，214 件；象牙雕刻类 3 种，7 件；扇子类 24 种，29 件；玻璃器皿类 9 种，12 件；宫灯类 10 余种，无法计数；毡、毯类 3 种，20 件；首饰器皿类 30 种，204 件；屏风类 6 种，24 件；文房四宝类 23 种，146 件；绣品、织品类 50 种，1949 件；民间手工艺品类 16 种，20

件。作者似乎开了一陈列馆，让我们洋洋大观，广增见识。

进一步搜列，《红楼梦》中写贾府收藏的名画有：隋朝墨龙大画（第三回）、《燃藜图》、唐伯虎的《海棠春睡图》（第五回），米襄阳的《烟雨图》（第四十五回），仇十洲的《艳雪图》（第五十回）、仿李龙眠笔意的《斗寒图》（第八十九回）；

点题的各种茶茗、酒饮有：枫露茶、六安茶、老君眉、普洱茶、女儿茶、杏仁茶、金谷酒、绍酒、黄酒、屠苏酒、惠泉酒、合欢花浸的酒、葡萄酒等；

提到的饰品有戒指、耳环、耳坠、金簪、银钗、手镯、戒指、项圈、金锁、念珠、拂尘、香囊、荷包、扇套、玉佩、勒子、绦子、汗巾、披风、抹额、头巾、手帕、方胜、连环、双衡比目玫瑰佩、一炷香、朝天凳、象眼块、如意绦、观音兜等；

服式有窄裉袄、银鼠褂、洋绉裙、背心、水朝靴、大袄、花绫裤、袜、霞帔、披风、皮裙、棉袄、棉裙、斗篷、对衿褂、蟒袍、王帽、貂裘、芒鞋、折裙、破衲、绫子袄、肚兜、羊皮褂子、鹤氅、歙褶子、鹰膀褂、大裘、袷裤、水紧身以及斗笠、蓑衣、雪帽、沙棠屐、撒鞋、红睡鞋、羊皮小靴、大貂鼠卧兔儿帽、水毛儿衣服、水田小夹袄、秋板貂昭君套等；

涉及的布料品种有缎、绸、纱、罗、绢、锦、呢，而每类中又有若干细分。

书中各类什物，国产货居多，舶来品也不少，显见的有：

1. 洋漆梅花式洋漆小几（王夫人房内陈设）；小连环洋漆茶盘（袭人端茶用）；

2. 猩红洋毯（王夫人房内陈设）；

3. 洋绉，翡翠撒花洋绉裙（凤姐衣着）；

4. 倭锻，石青起花八团倭缎排穗褂（宝玉衣着）；

5. 茜香罗汗巾，茜香国女王贡（蒋玉菡用以赠宝玉）；

6. 玻璃炕屏（贾蓉向凤姐借用）；

7. 钟（刘姥姥初进大观园在凤姐房中目睹，怡红院及西府上房亦有之）；

8. 表（怡红院物，跟凤姐办事诸人亦随身有之）；

9. 香皂（湘云洗脸、芳官洗头曾用）；

10. 茶叶（暹罗贡，凤姐用以分赠诸姊妹）；

11. 灵柏香熏猪（暹罗贡，薛蟠请宝玉共享）；

12. 木樨及玫瑰清露（宝玉挨打后服用，未表明出处，但玻璃瓶装，上有螺丝银盖，应系外货）；

13. 西洋布手巾（两宴大观园包筷子用）；

14. 乌银洋錾自斟壶（两宴大观园用）；

15. 西洋画（刘姥姥入怡红院见）；

16. 镜子（怡红院物，言原是西洋机栝，可以开合）；

17. 花样线（宝钗所着鹤氅上物）；

18. 铁丝蒙（宝玉、湘云烤鹿肉用）；

19. 凫靥裘（贾母赠宝琴）；

20. 雀金裘（俄罗斯织造，宝玉着，与凫靥裘为一对）；

21. 豪子药，又名"依弗哪"（凤姐头痛贴用）；

22. 汪恰洋烟（鼻烟）及鼻烟壶（晴雯打喷嚏用，瓶作仙女形，肢间有肉翅，似为小天使）；

23. 西洋鸭（庄头乌进孝供）；

24. 洋錾珐琅灯罩，形如荷叶，能旋转（贾母照着看戏用）；

25. 金西洋自行船（怡红院陈设，宝玉病中指系林家接眷船）；

26. 波斯国玩器（宝玉生日凤姐送礼）；

27. 西洋葡萄酒（宝玉吃）；

以上 27 种见前八十回，后四十回中还有硝子石围屏、鲛绡帐、自鸣钟、子母珠（冯紫英向贾府兜售）、洋灰皮、洋呢、哔叽、姑绒、天鹅绒等。

　　书中提及的外国地名有西洋、暹罗、俄罗斯、波斯、爪哇国、女儿国、茜香国、真真国、西天大树国（有些疑为作者杜撰）以及园林"构件"亭、台、楼、阁、榭、馆、洲、渚、坊、院、坞、庵、寺、庙、斋、堂等，不再逐列。

十九 避讳法

避讳，是中国封建社会特有的"文化"历史现象。它源于周，至秦汉渐臻完备；到唐宋时，已成极盛；值清雍、乾之际，可谓登峰造极。大致分为两类，一是"笔讳"（包含"国讳"和"家讳"），即对当代君主以及所尊者、长辈不得直称其名，须以"改字、空字、缺笔"等来避讳。司马迁父名谈，故《史记》无"谈"字；杜甫父名闲，故诗中无"闲"字。更有甚者，"凡进士入试，遇题目有家讳，即托疾，出试院将息（不考）"（宋·钱易《南部新书》）。二是"口讳"，即"语言避讳"——对犹如"死亡""性事""着火"等物事或尊者，不直言，而以"别言另辞"道出。不过有时也会避出"噱头"：五代时大臣冯道的门客讲读《道德经》的头一章，有"道，可道，非常道"的句子。但"道"是冯道的名字，门客遇"道"字，为避讳便改成"不敢说"，于是那句话便读成了："不敢说，可不敢说，非常不敢说。"（宋·无名氏《籍川笑林》）

作为文艺作品，则主要采用"虚写、代写、隐写和转写"等文字手法进行"避讳",以达到"让体裁内容不受具体所限,从而更宽泛、更包容"的目的。但更多的情况,乃是作者惮于"文字狱"、染上文字官司而不得已为之。

《红楼梦》中"应用"益见普遍,对不便言明或较敏感的朝代、时间、地点和讳莫如深的人及事均采用"避讳法"叙述。由此看来,"临笔不讳"也不过是一种虚说。

为避"官家讳",第一回中写道:"其中(指《红楼梦》故事)家庭闺阁琐事,以及闲情诗词,倒还全备,或可适趣解闷,然朝代年纪、地舆邦国却反落无考。"故只能携石头"到那昌隆明盛之邦(伏长安大都),诗礼簪缨之族(伏荣国府),花柳繁华之地(伏大观园),温柔富贵之乡(伏绛芸轩),去安身乐业"。

《芙蓉女儿诔》中的时日表述写道:"维太平不易之元,蓉桂竞芳之月,无可奈何之日……"另有"奉天洪建兆年不易之朝"(第十四回)、"又不知历几何时"(第十七回)——时间、朝代无不"虚虚实实"闪闪灿灿,参差不对榫。

书中凡写到皇帝,均隐其名,而以"当今""圣上"代之。如"荣国府归省庆元宵"(第十八回)中,贾政嘱元妃用心"侍上",方"庶不负上"。

有学者认为:作者创造"大观园"正是一个大"避讳",因"清代康熙、雍正、乾隆时期,在文化上是一极专制的时代,因而《红楼梦》作者才虚拟一个大观园,让十三四岁的小儿女钩心斗角、谈情说爱,还尽可能地掺杂着对君臣大伦以及圣贤经典的揶揄排击之论"。"预先打掩护,寓童言无忌之意。"(刘梦溪《陈寅恪与〈红楼梦〉》)

为避"长(尊)者讳",贾雨村说黛玉写字凡遇"敏"时,都故意缺漏一笔,那是为避讳亡母意(其母谓贾敏);第五十二回中,当时间正值"下半夜寅时",作者即去简就繁地写道:"一时,只听自鸣钟已敲了四下"而巧妙自然地避去"寅"时（作者祖父讳名"曹寅"）；宝钗丫鬟金莺为避"金"字改叫莺儿，芸香避"芸"字改作蕙香（犯贾芸），小红"原叫红玉的，因为重了宝二爷，如今只叫红儿了"。最可悲怜的是香菱改名，夏金桂为了弹压宝钗、展露霸气，以香菱作伐、开刀，对宝钗所取"香菱"名百般挑剔："若说菱角香了，正经那些香（桂）花放在哪里？……我想这个'香'字到底不妥。"于是，武断地换了一个多少有些含辱的名字——秋菱。

第六十五回则有避"道者讳"：柳湘莲似梦非梦中来到一座破庙，便起身稽首问旁边一个瘸腿道士："此系何方？仙师仙名法号？"道士笑道："连我也不知道此系何方，我系何人，不过暂来歇足而已。"贾敬一心修道，食"丹"中毒毙命，报丧者忌提道家讳字"死"，而以道家语言说"老爷宾天了""老爷天天修炼，定是功行圆满，升仙去了"。

言及尤三姐自刎时，不提半个"死"字，亦无血腥可怖场面，以"一面泪如雨下，左手将剑并鞘送与湘莲，右手回肘只往项上一横。可怜：揉碎桃花红满地，玉山倾倒再难扶！"——很"壮美"地为三姐生命画上句号！

贾府失火，言说"走了水"；凤姐流产，称作"小月"。另外，所拟回目"林如海捐馆扬州城""秦鲸卿夭逝黄泉路""俏丫鬟抱屈夭风流""苦绛珠魂归离恨天""王熙凤历幻返金陵"既有文学意义上的"工对"，也同时避用忌讳的"死"字。

特别是对有关性事的描写，书中摒弃以往艳情小说中的白描写实，而多托之梦寐荒唐或采取暗写、隐写的方法，终不肯坐实。可谓"处脂膏而不润也"。

总之，曹雪芹创作这样一部伟大的作品，也并非能恣情任性去写，而是有很多顾忌和避讳，一如文坛他的前辈们一样，只能"世事含糊八九件，人情遮盖两三分"。

二十 讥讽法

明·冯梦龙《笑府》写道：一吏饭于家，欲往邻家借桌，妻曰："自己所有，何用去借？"吏笑曰："我的脚伸在别人桌子底下吃惯了。"——这是对官场的典型讥讽。

此法在许多历史典籍作品中被广泛应用，尤其在大兴文字狱的背景下，最称"利器"。如蒲松龄《聊斋志异·盗户》写道：一地世风不古，民多为盗，后受招抚，籍称"盗户"。凡遇"盗户"与他人发生争讼，判官往往有意偏袒前者，盖怕他们复"弃善从恶""逞凶报复"。结果导致堂审时，当事人都争先称自己是"盗户"。彼时当地狐狸成精为害，请术士施法将狐精捉将来，以火灼之，该狐竟也大喊"我盗户也！"——蒲翁借鬼狐语讥讽官宰曲公失判，导致民风以恶争荣、是非倒错，真辛辣之极也！

曹家因官而富、因官而败。作者对官场黑暗的指斥痛骂、嫉忿詈怨自然堆垒于胸，但他的"泄愤"却不露穿凿，以"扯淡之极"的独特调侃方式来表现，的确与蒲翁有异曲同工之妙！

第十六回，秦钟沉疴残喘，魂魄离体，遭阴府众多鬼判追拿，秦钟挣逃、求恕，鬼判却说："亏你还是读过书的人。岂不知俗语说的：'阎王叫你三更死，谁敢留人到五更？'我们阴间上下都是铁面无私的；不比你们阳间瞻情顾意，有许多的关碍处。"秦钟又央烦放自己回去和好朋友——荣国公的孙子宝玉做个交代。都判官听了，先就唬慌起来，忙喝骂鬼使道："我说你们放了他（秦钟）回去走走罢，你们断不依我的话；如今只等他请出个运旺时盛的人来才罢。"众鬼见都判如此，也都忙了手脚，一面又抱怨："你老人家先是那等雷霆电雹，原来见不得'宝玉'二字（指权贵）。依我们愚见，他是阳间，我们是阴间，怕他也无益于我们。"都判道："放屁！俗语说得好：'天下官管天下事。'自古人鬼之道都是一般，阴阳本无二理。别管他阴也罢，阳也罢，敬着点没错了的。"众鬼听说，只得将秦魂放回。

此一番阴阳说论，堪称"愈不通愈妙，愈错会意愈奇"，以游戏笔墨，借阴间"戏"，调侃阳世"情"，事赝而理真，可谓"隔山打炮"，以极玄极幻、荒唐不经之写骂尽攒炎附势之辈、讥尽世态。"真可压倒古今小说"（脂砚语）。

不过有时"隔山打炮"还会"轰"到自己，犹如投手榴弹没甩出去。

第七十五回，贾赦因贾母素来偏袒次子（贾政）而耿耿于怀、久存芥蒂，但对母亲又能奈之何？然这次机会来了。家聚时，贾母令每人讲一笑话，贾赦把握机会，趁便讲一笑话来讥讽泄愤。说：有一家，母亲心火过旺生病，儿子请一医婆针灸，却担心医婆扎心会死。婆子道："不用针心，只针肋条就是了。"儿子道："肋条离心远着呢，怎么就好了呢？"婆子道："不妨事。你不知天下做父母的，偏心的多着呢！"

贾母立即听出弦外之音，便波澜不惊、绵里藏针、推太极应道："看来，我也得这婆子针一针就好了。"遂使贾赦从主动出击陷入被动尴尬之地而只好借故抽身开溜。

贾赦"戏蛇被蛇咬、玩鹰遭鹰啄",自是倒霉背晦、尽显拙劣。倒是明朝江盈科《雪涛小说》中所述一善谀"说客",乃真"善应对者"。故事讲道:一日说客谒县令,谀云:"公善政,不但百姓感恩,闻境内群虎亦皆远徙。"言未毕,有告状者泣言昨夜被虎伤人,又损羊畜。县令目说客曰:"公谓虎皆远徙,非欺我乎?"答曰:"这是过山虎,他讨些吃的,也就要去。"众晏。——看来,贾赦破窘局、化危机实不逮彼,殆应拜说客为师矣!

讥讽,亦是泄愤的一种"雅"法。

女人但凡"讥讽",多是因嫉妒而起。缘于"妒心",便惯常使用此"武器"。

曹雪芹最擅长从讥讽入手来描写女人的嫉妒心理。

《红楼梦》中,黛、钗、湘、凤以至下人晴雯、秋纹、碧痕、小红等都是异常活跃的"嫉妒因子"。日常生活中,她们或彼此互妒、或嫉妒"群殴",均表现出十足的"醋性"。一如二知道人所评:"大观园,醋海也。醋中之尖刻者,黛玉也;醋中之浑含者,宝钗也;醋中之活泼者,湘云也;醋中之爽利者,晴雯也;醋中之乖觉者,袭人也;迎春、探春、惜春,醋之隐逸者也;至于王熙凤,诡谲以行其毒计,醋化鸩汤矣。"

嫉妒是爱情的附属品,与爱情如影随形,是情感上的"不治之症"。黛玉情情,深爱宝玉,又深陷被夺情的四面危机中,故因情生妒"弹讥讽",或准确讲,"吃醋起讥"是她司空见惯的"拿手好戏",也极确恰地印证了她不愧为"醋中之尖刻者"。

第八回,当闻听宝玉顺从宝钗劝告、不喝冷酒时,黛玉便心有不爽。碰巧雪雁依紫鹃命前来给黛玉送手炉,黛玉便借机一语双敲讥讽道:"我平日和你说的全当耳旁风,怎么她说了,你就依得比圣旨还快些。"当黛玉看见宝玉从宝钗家里走来,她心添醋意:"我说呢,亏在那里绊住,不然早就飞来了。"(第二十回)这里,黛玉一箭三雕:一是讥讽宝钗机心把宝玉"绊"住;二是讥讽宝玉有意甘心被"绊"住；三是讥讽湘云有让宝玉"飞来"的魅力（若知道湘云来，宝钗也"绊"不住）。第三十一回，湘云来到贾府，和大家甫一见面，黛玉就醋意十足地说："你哥哥得了好东西（指金麒麟），等着你呢。"宝玉夸赞湘云"还是这么会说话"，黛玉又进一步"甩腔"道："她不会说话，她的金麒麟会说话。"当宝玉解释自己"说话忘了情，不觉动了手，也就顾不得死活"时，黛玉道："你死了倒不值什么，只是丢下什么金（指宝钗），又是什么麒麟（指湘云），可怎么样呢。"

第二十二回值看戏时，贾母命宝钗点戏，宝钗点了一出《鲁智深醉闹五台山》，并向宝玉称其"排场又好，词藻更妙"，进而又将另一出《寄生草》妙词，向宝玉炫说。宝玉听了，"喜得拍膝画圈，称赏不已，又赞宝钗无书不知"。黛玉睹此，醋意顿生，随口抛一句："安静看戏吧，还没唱《山门》，你倒《妆疯》了。"——这一段说辞，宝玉心中晓然，宝钗似晓不晓，贾母全然不晓。四人身置一境，心各异场。

合家为凤姐过生日，然宝玉一大早便"遍体纯素"、不打招呼、悄没声息地带着茗烟乘马出北门，远行到了水仙庵，痛演"不了情"，含泪在井台上施祭拜——原来今天也是跳井死去的金钏儿的祭日（第四十三回）。

有谑意的是，宝玉的"诡行"终未瞒过黛玉，而被颦儿猜中，故下来黛玉谈观戏感想时以"不经意中着意"的典型"林氏表白"佛头着粪般地讥刺了一下玉兄："这王十朋（《男祭》戏中人物）也不通的很，不管在哪里祭一祭罢了，必定要跑到江边子上来作什么？俗语说，'睹物思人'，天下的水总归一源，不拘哪里的水舀一碗，看着哭去，也就尽情了。"黛玉是如何猜着的？又怎般讥讽得巧？真令人费思，又令人捧腹一笑！

黛玉因情生妒好"讥讽"，但我们并不因之获反感。何焉？一是她的"讥讽"总是信手拈来、恰到好处，而且机敏锋利、即景而发又不露痕渍，表现出较高的"用武"水准。二是犹如少女脸上的"美人痣"，恰恰因此"瑕疵"

便惹弄出她的千般可爱、万种风情。的确:"乞丐何曾有二妻?邻家焉得许多鸡?"自古及今愈是尤物,其猜忌生妒愈甚。固然,嫉妒是一种叫人痛苦的感情,可是如果一个人毫无这种感情,爱情的温柔亲密就不能保持它的全部力量和热烈。"若一味深厚、大量涵养,则有何可令人怜爱护惜哉!"(庚辰本第二十回夹注)

黛玉——,好一个伶牙俐齿、不留情面的颦儿,真不愧"醋中之尖刻者"!与你共侍谁不感心累?然而这就是爱情:在乎才会胡思乱想,深爱才会醋意十足!不是不信任,而是爱一个人爱到身不由己!

宝钗素以隐忍曲承、随分从时见称,她的"讥讽"非到仄逼无退路时而不发。故寻常中,我们很难见到她对谁、对何事漂"凉"话、弹"讽"意。但有一次(第三十回),宝玉无意间把她比作杨贵妃,便引起这个冷美人的勃然大怒(看来那时的少女也忌讳问年龄、说胖瘦),她便冷笑了两声,毫不迟疑、信手拈来相讥说:"我倒像杨贵妃,只是没有一个好哥哥好兄弟可以做得杨国忠的。"

民谚"兔子急了也咬人",庶几可证也!

继而,当黛玉悻然问宝钗:"宝姐姐,你听了两出什么戏?"宝钗因见林黛玉面上有得意之态,一定是听了宝玉方才"杨贵妃"奚落之言,遂了她的心愿,忽又见问自己这话,便巧讥道:"我看的是李逵骂了宋江,后来又赔不是。"憨呆的宝玉不明底里,笑道:"姐姐通今博古,色色都知道,怎么连这一出戏的名字也不知道,就说了这么一串子。这叫《负荆请罪》。"宝钗接道:"原来这叫作《负荆请罪》!你们(指宝玉、黛玉)通今博古,才知道'负荆请罪',我不知道什么是'负荆请罪'!"一句话还未说完,宝玉、黛玉二人心里有病,听了这话脸并羞红(因宝、黛两人恼后,宝玉才向黛玉赔罪和好)。凤姐见他三人形景,悉知其意,便也"添酸加醋"笑问道:"你们大暑天,谁还吃生姜呢?……既没人吃生姜,怎么这么辣辣的?"宝玉、黛玉二人听见这话,越发不好意思了。

——钗、黛、凤三人灵心慧舌,各斗机锋,不啻当今版京剧《沙家浜》那场"智斗"!正谓:一坛酽醋,大众争尝;万缕心香,痴情共抱。

第二十一回,贾琏在屋内向平儿诉积怨,说凤姐是个醋坛子,只许她和男人说话,不许自己和女人说话,防他像防贼似的。平儿道:"她醋你使得,你醋她使不得。……你行动便有坏心,连我也不放心,别说她了。"正说着,凤姐走进院来,见平儿在窗外,便问道:"要说话两个人不在屋里说,怎么跑出一个来,隔着窗子,是什么意思?"平儿道:"屋里一个人没有,我在他跟前作什么?"凤姐儿笑道:"正是没人才好呢。"平儿听后便道:"这话是说我呢?"凤姐笑道:"不说你说谁?"平儿道:"别叫我说出好话来了。"——此处夫、妻、妾三人各怀醋意、暗握把柄、唇枪舌剑、皮里阳秋、互相讥讽、迥不相让,又似见《沙家浜》另一场"智斗"。

凤姐因"醋"借刀杀人,以妾制妾(第六十九回),故意让秋桐甘处下风,劝说:"你暂且别处去躲几个月再来。"秋桐便无所不用"讥讽"其极地哭骂道:"理那起瞎肏的混咬舌根!我和她'井水不犯河水',怎么就冲了她!好个爱八哥儿,在外头什么人不见,偏来了就有人冲了。白眉赤脸,那里来的孩子(指尤二姐怀孕)?她不过指着哄我们那个棉花耳朵的爷(指贾琏)罢了。纵有孩子,也不知姓张姓王。奶奶希罕那杂种羔子,我不喜欢!老了谁不成?谁不会养!一年半载养一个,倒还是一点搀杂没有的呢!"——秋桐真乃:半缘蓄意半酬劳,受命潜来肆叫号。到底狡奴原自戆,又为人使代操刀。她如此荼毒言语,二姐听来,犹似"尿盆里炒出来的鸡蛋——不是味儿";继而思之、想之,便"裁缝补袜子——没得活了",则二姐黄泉路近也!正谓:"雨零金谷,缀为藉客之祸;露冷华林,去作沾泥之絮。减春光于旦夕,万点正飘愁;觅残红于西东,五更非错恨。翩跹薄幸女,弓鞋误踏春园;

寂寞玉楼人，珠勒徒嘶芳草。"[1] "春索寞，楼上晚来风恶。午醉初醒罗袖薄。护寒添翠幕，愁里花时过却。闲处泪珠偷落，憔悴只羞人问著。"[2] 令我们为伊深深鸣不平、寄同情、诚担忧，也让我们想起了法国作家普鲁斯特所说的一句话："嫉妒这个东西，有它自己独立的生命，自私心很强，对一切足以滋养它的东西全都贪而毁之，直至吞食嫉妒者本身也在所不惜。"

看来，嫉妒——古今无异，中外一理！同时，也让我们真切感到："一切美丽都是和谐的，因此总是浑然天成，典雅含蓄。反之，一切丑陋都是狞厉的，因此总是耀武扬威，嚣张霸道。如果没有审美公德的佑护，美永远战胜不了丑。"（余秋雨语）但不因嫉妒而失态乃至报复终归是一个人应有的修养。我们无法不生嫉妒，但却没有理由不做到有教养：做一个圣人，或是特殊情形；做一个正直的人，却是为人的正轨。

由王善保家的挑头搜检大观园，不想反拿住了她外孙女儿司棋与其表哥私通的证据，凤姐便揶揄道："这倒也好。不用你们作老娘的操一点儿心，他鸦雀不闻的给你们弄了一个好女婿来，大家倒省心。"——凤姐这阴腔阳调、半酸半醋的话甚是味"辣"力"猛"，臊得王善保家的下不了台，便自己回手打着自己的脸，骂道："老不死的娼妇，怎么造下孽了！说嘴打嘴，现世现报在人眼里。"——这就是凤姐！在轻松中施"狠毒"，于谑言中放"利箭"。她大概信奉了西汉名将陈汤的名言——犯我者，必"诛"！

此外，全书所写皇家选妃靡费、官场贪赃枉法以及值父丧期间，贾珍调戏尤氏姐妹；在圣洁的宗教场所（铁槛寺、馒头庵），老尼静虚拉托谋利、小尼智能苟且偷情等，都是从不同角度对当时社会现实的嘲讽、讥刺。

---

[1]《聊斋·绛妃》
[2] 宋词《谒金门·春索寞》，作者袁去华，字宣卿，江西奉新人。生卒年均不详，约宋高宗绍兴末前后在世。绍兴十五年进士，官至知县。善为歌词，著有《适斋类稿》《袁宣卿词》等。

二十一 步步紧法

有句俗语：麻鞋着水——步步紧。在故事叙事中，采用倔处加楔，使情节"紧处愈紧，密处愈密"，以达到"波澜迭起，引人入胜"效果，便谓"步步紧法"。

《红楼梦》中有多处"麻鞋着水"。

第十二回，贾瑞"花心"，硬闯"桃花岛"，被凤姐算计，让贾蓉、贾蔷着实戏弄了一番，偷鸡不成反蚀把米。回至家中，仍"满心想着凤姐，只不敢往荣府去了"。值此烦躁时刻，作者"步步紧"地写道："贾蓉两个常常来索银子，他又怕祖父知道。正是：相思尚且难禁，更又添了债务；日间功课又紧，他二十来岁人，尚未娶亲，迩来想着凤姐，未免有那指头告了消乏等事；更兼两回冻恼风波，因此，三五下里夹攻，不觉就得了一病：内心发膨胀，口中无滋味；脚下如绵，眼中似醋，黑夜作烧，白昼常倦；下溺连精，嗽痰带血。……于是不能支持，一头睡倒。"正应了那句民谚：儿殇妻死贼上房，祸不单至结伴行！

贾政发狠痛笞宝玉，也并非一时"怒起"，而是逐步升级、渐渐"入港"(第三十三回)。先时见雨村,"(宝玉)半天才出来。既出来了,全无一点慷慨挥洒谈吐,仍是葳葳蕤蕤"。惹贾政不满。后又见宝玉"脸上一团思欲愁闷气色",且"嗐声叹气""似嫌不足"的神态又令贾政"生了三分气"。接着,又逢遇忠顺府上门索人,更使贾政又惊且恐上了"气"。末了,又碰到贾环"火上浇油"、诬陷宝玉"强奸不遂致金钏儿跳井",至此,环环相扣、波波相迭、浪浪相推,让贾政"怒潮心涌""肝火腾升",再也按捺不住了,宝玉亦若"肥猪跑进屠户家——死运难逃",只好认倒霉而领受皮肉之苦了。

第五十七回,紫鹃故作诳语,情辞试宝玉,可谓步步升温、层层加压,使事态环环趋紧,迭迭生变,几近不可收拾地步:先是紫鹃煞有介事地答疑宝玉"林妹妹苏州原籍没了人,回去找谁"的质问,言"林家虽贫到没饭吃,也是世代书宦之家,断不肯将他家的人丢在亲戚家,落人的耻笑。所以早则明年春天,迟则秋天。这里纵不送去,林家亦必有人来接的"。其次进一步"添火"道:"前日夜里姑娘和我说了,叫我告诉你:将从前小时顽的东西,有她送你的,叫你都打点出来还她。她也将你送她的打叠了在那里呢。"

再看宝玉反应:先是"宝玉听了,便如头顶上响了一个焦雷一般";继之"呆呆的,一头热汗,满脸紫胀,……更觉两个眼珠儿直直的起来,口角边津液流出,皆不知觉。给他个枕头,他便睡下,扶他起来,他便坐着,倒了茶来,他便吃茶"。及至李嬷嬷来了,用手摸他、掐他,竟也不觉疼。遂搂着放声大哭起来,捶床捣枕说:"这可不中用了!我白操了一世心了!"黛玉见上下忙乱,问怎么了。袭人哭道:"不知紫鹃姑奶奶说了些什么话,那个呆子眼也直了,手脚也冷了,话也不说了,……只怕这会子都死了!"黛玉一听此言,"哇的一声,将腹中之药一概呛出"。

最后惊动了贾母,一见了紫鹃,眼内出火,骂道:"你这小蹄子,和他说了什么?"……拉紫鹃命他打。谁知宝玉一把拉住紫鹃,死也不放,说:"要去连我也带了去。"众人不解,细问起来,方知紫鹃说"要回苏州去!"一句顽话引出来的。——众人至此方都放下心来,一场"步步紧"掀起的轰轰闹剧才算谢了幕!

写凤姐计赚尤二姐入大观园后,又一步紧似一步,屡屡"借剑"将尤二姐尺逼至绝境(第六十九回):先是调唆张华索要原妻,败坏名节,让贾母等对尤二姐生厌恶;其次,又遇到了贾赦赏赐给贾琏又为凤姐做枪的悍妾——秋桐的排揎、作践;继之,怀孕得病后竟又请得一庸医,擅用虎狼药;最后病辱交加,吞金而死。及至死后,又蒙凤姐断银简丧、贾母禁入家庙,只好葬身荒土野冈。可怜尤物二姐——,她憧憬个人幸福,期冀身心有托,生活安定,但却在曙光中(怀了孩子、获得丈夫真爱)折身于黑暗。诚乃"望见了海岸才溺死,是死的双倍凄惨"。

第七十回,凤姐因忙乱,加之受了些闲气,在已患虚症的基础上又发展成可怕的"血山崩"(一紧)。这当儿,假公银放私债的事又被王夫人等知晓(二紧),贾琏也起疑心向她追问蜡油冻佛手下落(三紧);在她前几日为贾母过生日,把卖金、银首饰的几千两银子都使完了的情况下,孰料又有"给南安府送礼、预备娘娘的重阳节礼、几家红白大礼"等大开销逼来(四紧),令凤姐这个管家陷入"巧妇难为无米之炊"的境地;正当她向人讲述先天晚上梦见"娘娘打发人来要一百匹锦"(五紧)时,又噩梦成真——夏太监差人来贾府借要二百两银子(六紧),凤姐只好叫人把自己的金项圈拿去"暂且押四百两银子"来解眼前之急。落后她无奈地叹道:"这会子再发个三二百万的财就好了。"

这一段叙写,事端迭出,步步趋紧,不免让人有"当家难"之感而多少对凤姐凭生几分怜悯、同情来。但试想,让凤姐果得"邓氏铜山""郭家金穴"就能周急解难、让她免除所有烦恼吗?想必答案读者都清楚:财富(包括名誉)犹若海水,喝得越多,越是口渴。

即便一段丫头下人口角之文,亦遵循"步步紧法"而精彩纷呈。

第五十二回，晴雯因坠儿偷虾须镯暴扁侄女一顿后，便让将其撵走赶出，坠儿母亲以晴雯擅呼宝玉之名来争辩，麝月指斥道："这个地方岂有你叫喊讲礼的？你见谁和我们讲过礼？别说嫂子你，就是赖奶奶林大娘，也得担待我们三分（一紧）。便是叫名字，从小儿直到如今，都是老太太吩咐过的（为的是好养活）……偏嫂子又来挑这个了（二紧）！……嫂子原也不得在老太太，太太跟前当些体统差事，成年家只在三门外头混，怪不得不知我们里头的规矩（三紧）。这里不是嫂子久站的，……家里上千的人，你也跑来，我也跑来，我们认人问姓，还认不清呢（四紧）！"说着，便叫小丫头子："拿了擦地的布来擦地！"（下了逐客令，五紧）那媳妇听了，无言可对，亦不敢久立，赌气带了坠儿就走。

类此，还有第五十八回麝月责备芳官干娘的一段话，以"谁在主子屋里教导过女儿"立说，以"都这样管，又要叫他们跟着我们学什么"反诘，以"眼睛里没了我们，越老越没规矩"定性，以"等两日消闲了，咱们痛回一回，大家把威风煞一煞"为恫吓，最后，以一句世俗无赖语"他不要你这干娘，怕粪草埋了他不成？"作结，可谓"思脉清楚、句句夺理、紧处愈紧、愈唱愈高、其锋射人"。冯其庸评道："麝月批驳之话，实头头是道，条条有理，且愈扣愈紧，至其母无立足之地，实是一大段绝妙文章。"

也让我们实实感到：娉婷嘴里有舌"剑"，怡红院里无庸才！

二十二 谐音寓意法

诗文大家苏东坡《艾子杂说》中说：艾子好饮，很少醒日，学生们计议道，此不可以谏止，唯有以险事吓他才可戒。一日，大饮而吐，学生们密取猪脾置吐物中，持以告他道："凡人要具五脏方能活，今老师因饮而吐出一脏，止剩四脏了，怎能生呢？"艾子熟视而笑道："唐三藏（脏）犹可活，况有四脏？"这里，以"藏"代"脏"，故意曲解，就是"谐音寓意"，即利用汉字同音或近音字来代替本字，使之产生别致辞趣的一种修辞法。

《红楼梦》中充分利用了我国方块字可以"谐音影射""连琐寓意"的特点，作者"既将真事隐去，而为假语村言"，故书中各人姓名及各地各物之名非漫然着笔，各有关合，多有寓意，殆有所指，"弦外"放音：或暗示人物的命运，或暗示人物的性格，或暗示作者对其褒贬爱憎。如《水浒》各人物之诨名，或取义于其行为，或取义于其职务，或取义于其形状，或取义于其技艺，悉遵说道，各有深意，绝非风马牛之不相及。

故清朝周春在《阅红楼梦随笔·红楼梦约评》[1] 中写道："此书每于姓氏上着意，作者又长于隐语廋词，各处变换，极其巧妙，不可不知。"同时代的洪秋蕃在《红楼梦抉隐》中亦讲："《红楼》妙处，又莫如命名之切。他书姓名皆随笔杂凑，兼有一二有意义者，非失之浅率，即不能周详，岂若《红楼》一姓一名皆具精意，惟囫囵读之，则不觉耳。"

如书中开头写甄士隐，谐"真事隐"；其岳父封肃，谐"风俗"；所住"仁清"巷，谐"人情"。士隐之女乃书中出场的第一个女子，名作甄英莲，谐音"真应怜"。

何为宝玉？宝黛玉也。谓惟黛玉是宝，非黛玉不娶也。

何为黛玉？待宝玉也。谓惟宝玉是待，非宝玉不嫁也。

宝有名惟黛名之，黛无字惟宝字，正是"我不卿卿、谁复卿卿"之意。

赦者，有罪之辞，然贾赦之罪犹可赦，故后获遣亦遇赦。珍与殄相似，贾珍自取灭亡，有类乎殄。贾琏有祸殃连累之意。蓉小子庸劣不堪，环小子顽梗实甚。珠号夜光，故贾珠早逝；兰香远袭，卜贾兰亢宗。

再如贾府四钗元春、迎春、探春、惜春的名字分别隐含着"原、应、叹、惜"之谐音。其丫鬟们的名字抱琴、司棋、侍书、入画也分别暗镶了"琴、棋、书、画"四物，盖因为贾府的四位小姐都通文墨、有修养，她们的丫鬟自然要用这些斯文雅致的名字。更加妙然的是，这些丫鬟们的名字不仅有情趣，还要同其主子的特点相符。如入画的名字，与其主子惜春善画相一致，愈显得有意味；莺儿取意《西厢记》之崔莺莺，寄寓主子（宝钗）与"张生"（宝玉）有情戏；紫鹃取意杜鹃，借用了"望帝"国王失国隐居，死后化为杜鹃啼血的动人故事，隐绘主子黛玉情丧气绝凄恻命运画图；凤姐尽管

---

[1]《阅红楼梦随笔》，清朝周春著。本书是目前所知《红楼梦》研究史上最早的一部专著，有写于乾隆五十九年（1794）的自序，本书首先提出《红楼梦》是"叙金陵张侯（勇）家事"说，开了索隐派的先河；同时提出他已见到120回和80回两种《红楼梦》，提供了重要的版本线索。全书内容包括《红楼梦评例》《红楼梦约评》等，评述了书中主要故事情节和人物。

聪明能干，但文化程度低，是个"准文盲"，她的丫鬟就只好叫平儿、半儿；薛姨妈也没有多少文化，与商人共侪，不乏"铜臭"味，则她的丫鬟叫同喜、同贵，实扣薛姨妈身份；贾母在贾府位尊势盛，浑身"珠光宝气"、生活"穷奢极侈"，因此她的丫鬟取名珍珠、翡翠、琥珀、琉璃，以此陪衬她的身份，再无不妥。

其他赋名亦别有缀意。如娇杏，侥幸也；李纨者，守礼完人也；卜世人，不是人也；霍启，祸起也；张如圭，如鬼、如龟也；王熙凤，希王凤也；吴新登者，无星戥也；单聘仁者，善骗人也；乌进孝者，不尽孝也；甄应嘉，真应假也；余信者，逾信（不守信用）也；吴贵、吴良，无贵、无良也；尤氏者，尤物也；冯渊者，逢冤也；秦业也，情孽也；平儿，平其所不平也；贾蔷，假墙也，不牢固、不足靠恃也；詹光也，沾光也；王仁也，忘仁也；包勇，褒勇也；卜固羞者，不顾羞也；新获人犯鲍音者，报应也；青埂峰者，情根峰也；湖洲者，胡诌也；孙绍祖，即孙臊祖，给祖宗丢人也；钗则言其差也，黛则言其代也，晴雯言其情文相生也，袭人则言其充美也，鸳鸯言其不得双飞也，司棋言其厮奇也。香菱不在园中，言与香为邻也；岫烟同于就烟，言其无也；还有千红一窟（哭），万艳同杯（悲），等等。

就连大观园各处的名字也都"谐音隐寓"：潇湘馆隐喻"消香馆"；梨香苑隐喻"离乡怨"；怡红院隐语"遗红怨"；群芳髓隐语"群芳碎"。薛宝钗冠戴贾宝玉"无事忙"和"富贵闲人"两个别号，显然挑明宝玉与自己关心"仕途经济"的价值观南辕北辙、大相径庭，则情爱上自然就没有缘分了。所以薛宝钗所住蘅芜苑谐音为"恨无缘"！

叙事中，更是随文生意、随事命名，一丝不漏。

袭人打点齐备红菱、鸡头和鲜果等东西，"叫过本处一个老宋妈妈，令给史姑娘送去"。此处，"宋"者，"送"也，专司跑腿之务者；王熙凤把尤二姐赚入大观园，故意派了一个名叫善姐的丫头来服侍，"谁知三日之后，丫头善姐便有些不服使唤起来"。斯谓"善姐",诚不善也;还有管竹子的"老祝(竹)妈",管花草的"老叶妈"。

较有意韵的是第七十七回,值"晴雯生死之顷,怡红凄恻之时",晴雯之嫂灯姑娘认定了宝玉、晴雯两人自是清白而得出"谁知你两个竟还是各不相扰。可知天下委屈事也不少"结论。故这里"灯姑娘"乃是"以人比灯、以灯取明、以明作证"来为晴雯表贞洁。

其他譬如"离恨天""灌愁海""放春山""遣香洞""绛芸轩"等,亦都"信手拈来无不是",洵是语语浓艳、节节葩流、句句配合、字字粘撚。正如清太平闲人张新之在《石头记读法》中说:"是书名姓,无大无小,无巨无细,皆有寓意。甄士隐、贾雨村自揭出矣,其余则令读者自得之。有正用,有反用,有庄言,有戏言;有照应全部,有隐括本回,有即此一事,而信手拈来,从无有随口杂凑者。可谓妙手灵心,指麾如意。"

二十三

村言俗语法

　　村言俗语是人们在日常生活中口头流传的一种通俗语言，呈现通俗性、适应性和地域性特点。它比喻形象、鲜明、生动，有很强的语言表现力，且言简意赅、寓意深刻，不啻晨钟暮鼓。

　　曹雪芹实实继承、发扬了这种语言风格。他懂得文学的第一要素是语言，语言的妙蒂贵在生动。故在《红楼梦》中大量、恰当并创造性地使用了诸多的村言、俗语（《红楼梦》中共写俗语、歇后语二百零七句，象声词八十一句，比较修辞一百九十三句）。正如俞平伯评赞："《红楼》一书荟萃中国文字的传统优异，举凡经史诗文词曲小说种种笔法几无不具，既涉众妙于一家，乃出以圆转自在之口语，发挥京话特长，可摹声画影，尽态极妍矣。"（《俞平伯讲红楼梦》）

　　这些多有优长、裨于教化的"村言俗语"，一经运用，罔不入妙——让故事情节和对话更显生动、活泼，更有张力和磁性，令人通俗易懂、平添爱赏。

如表现人"体态"的用语："不当家花拉的（不应该、不敢当）""斜签着坐了（身歪体倾）""没事人一大堆（即丝毫没有关系）""不如借势儿弄些大家吃，托赖连我也上个俊儿（沾个光）""只是脸软怕人恼人""（颜值）虽比不上晴雯一半，却有几分水秀""横竖礼体不错就罢，没得到叫他从神儿似的（慌张状）""你这么个响快（利落爽朗）人，怎么又这样积粘（磨叽）起来"。

富有特色的叠词运用和形象比喻："真真把人琐碎死了""色色想得周到""直直哭了一夜""特特的请我吃""我巴巴的唱戏摆酒，为他们不成"；"毛脚鸭""挺折腰""垫踹窝""借势儿""一嘟噜""打磨璇儿""下作黄子""溜湫着眼儿""人是地行仙"。

潜心创造的炼辞和成语："宾住""越性""揪採""累挣""待见""丧谤""撕掳""牙碜""狼犺"；"扯蓬拉纤""老天拔地""馋痨饿眼""酸文假醋""巴高望上""倚娇作媚""烈火烹油""鲜花着锦""眼馋肚饱"。

海量风趣幽默的歇后语、俚语："耗子尾巴上长疮——多少脓血儿""顶梁骨走了真魂——吓得要命""焦了尾巴梢子——绝后""宋徽宗的鹰，赵子昂的马——都是好画（话）儿""状元痘儿灌的浆儿——又满是喜事""黄柏木作磐槌子——外头体面里头苦""聋子放炮仗——散了"；"癞狗扶不上墙""打墙也是动土""姻缘棒打不回""一子出家，七祖升天""千红万紫，终让梅花为魁""卖油的娘子水洗头""金子还是金子换""大萝卜还用屎浇""羊群里跑出个骆驼""山高遮不住太阳""哪个耗子不偷油""苍蝇不抱没缝儿的鸡蛋""拿草棍儿戳猛虎的鼻子眼儿""打老鼠伤了玉瓶儿""三人抬不过一个'理'字""摇车儿里的爷爷，拄拐棍儿的孙子""老健春寒秋后热""吃着碗里瞧着锅里""有酒胆无饭力""糊涂油蒙了心""含着骨头露着肉""将皮裹肉的打发出去""宁撞金钟一下，不打破鼓三千""（唬的）顶梁骨走了真魂""（脸上）登时便开了果子铺"等。

特别是，全书中各人有各人的"村言"和对俗语、成语的引法，各句有各句的妙处，并恰如其人，适匹其性，让我们能听言知人，闻声辨影。充分体现了"人物身份决定语言，语言表现人物身份"的小说表现、处置原则！

如冷子兴演说荣宁两府，称它都已萧条，虽有葱蔚洇润之气，无非是"百足之虫，死而不僵"。这正是他这种走得多、信息灵、见识广、看得彻之人所必有、应有之"答"；宝玉形容晴雯被撵回家"如同一盆才抽出嫩箭来的兰花送到猪窝里去一般"，也是宝玉这位"护花使者"对女孩爱怜惋惜的专属语言；麝月形容芳官被干娘所打哭成泪人是"把个莺莺小姐反弄成才拷打完的红娘了"；赖大妈妈说她的孙子是"奴才秧子"；鲍二媳妇置"自我曝污"于不顾，竟骂自己丈夫是"胡涂混呛了的忘八"；刘姥姥赴大观宴时说："这里的鸡儿也俊，下的这蛋也小巧，怪俊的"，"我且肏攮一个"，堪称"粗俗而恳切，夺理而幽默"。这些句辞、句法，富有变化，形象贴切，极具感受性。

第十六回，凤姐回答贾琏时说："你是知道的，咱们家所有的这些管家、奶奶们，哪一个是好缠的？错一点儿，他们就笑话打趣；偏一点儿，他们就指桑说槐的抱怨。'坐山观虎斗''借剑杀人''引风吹火''站干岸儿''推倒油瓶不扶'，都是全挂子的武艺。"贾母因贾赦欲强纳鸳鸯做妾之事对凤姐道："（将鸳鸯）给琏儿放在屋里，看你那没脸的公公还要不要了！"凤姐道："琏儿不配，就只配我和平儿这一对烧糊了的卷子和他混罢。"（第四十六回）

凤姐因尤氏与贾琏合谋撮合贾琏与尤二姐成配，便恼羞成怒，奔入宁府对尤氏骂道："你发昏了？你的嘴里难道有茄子塞着？不然他们给你嚼子衔上了？……自古说：'妻贤夫祸少，表壮不如里壮。'……你又没才干，又没口齿，锯了嘴子的葫芦，就只会一味瞎小心图贤良的名儿。"（第六十八回）

相反，丫鬟们的村言、俗语同上面的隽永、粗趣又风格迥异。如小红回答凤姐愿意不愿意跟她时说："愿意不愿意，我们也不敢说。只是跟着奶奶，我们也学些眉高眼低，出入上下，大小的事也得见识见识。"再有，嗔宝玉爱管闲事谓"专管九国贩骆驼的""便是听了，管谁（坠儿）筋疼"；袭人怼宝玉："你一天不挨她（指晴雯）两句硬话村你，你再过不去。"晴雯回击袭人："你如今也学坏了，专会架桥拨火儿。"晴雯怨怪宝玉："那里就唬死了她（麝月）？偏你惯会螯螯蝎蝎、老婆寒相的。"又詈言芳官："不省事，不知狂的什么也不是，会两出戏，倒象杀了贼王，擒了反叛来的。"麝月讶怨晴雯："你就这么'跑解马'似的，打扮的伶伶俐俐的出去了不成？……你死不拣好日子！"春燕反诘她姑妈"我又没烧糊了洗脸水"等。正是：喋喋闺中斗齿牙，粉台凤去玉钗斜。佳人自是无声木，妙舌全凭婢灿花。

作者还借书中人物之口创造出若干新奇有趣的"专词特语"来表现事物的特质或人物的秉性。

如称李纨为"大菩萨"，迎春为"二木头"，袭人为"哈巴狗"；宝玉骂那些世俗官僚为"禄蠹"；贾政说宝玉是"精致的淘气"；凤姐说黛玉是一个"美人灯儿"；李纨说凤姐"凤辣子""破落户"；贾琏称她是"夜叉婆""夜叉星""醋缸"；下人谓她是"有名的烈货""巡海夜叉""阎王老婆"；黛玉说刘姥姥是"母蝗虫"；兴儿说黛玉是"多病西施"、探春是"玫瑰花儿"等，都极精确、形象，且按头制"帽"，比足穿"靴"。真是涉笔成趣、码字有魂。益觉"文章之精妙，不出字句声色之间"（清·姚鼐《与石甫侄孙莹》）。

再者，《红楼梦》还有一种毫不掩饰、直白胸意，甚至土得掉渣、俗得透顶的"骂"，可谓尽情展现了民间骂人艺术，揭示了骂人"市井文化"，是其"村言俗语"的又一大特色。

如焦大醉骂贾蓉"若再说别的，咱们红刀子进去白刀子出来"。尤三姐詈言贾琏"你不用和我花马吊嘴的。'清水下杂面——你吃我看见'；'提着影戏人子上场——好歹别戳破这层纸儿'"。还有凤姐骂尤氏、李嬷嬷之骂袭人、呆霸王骂宝钗、秋桐骂尤二姐等都被称为经典之骂,"较陈孔璋讨曹操檄、骆宾王讨武氏檄,尤为隽快"(境遍佛声《读红楼札记》)。

而鲍二家的、芳官干娘出言吐语则极显市井味儿,甚至秽言浊语,直奔"下三路"。

鲍二家的骂鲍二道:"糊涂浑呛了的忘八!你撞丧那黄汤罢。撞丧醉了,夹着你那膝子挺你的尸去。叫不叫,与你×干!一应有我承当,风雨横竖洒不着你头上来。"真乃:妻有私情,恨夫彻骨!

芳官干娘骂她道:"不识抬举的东西!……也挑么挑六,咸×淡舌,咬群的骡子似的!"

即令像鸳鸯这样的第一大丫头也曾开口动粗,直言发狠。第四十六回,鸳鸯对她嫂子骂道:"你快夹着你那蹽嘴离了这里。"此处"蹽"在清《王伯沆红楼梦批语记录》中有释典:刘贡父尝乘一牝马,或言:"不虑有从群者致奔蹽之患耶?"贡父曰:"吾将市(买)青布作小襜(短衣、车帷子)系之马后。"由此,足见女性辱骂女性之"狠"了。

可以说,《红楼梦》的遣词用语精练、丰富、准确、传神、深刻、鲜明、生动,造句如行云流水,自然天成。尤其语言的个性化之美、浓郁生动的生活化气息不时向读者满面扑来,可谓"落花流水皆文章",以至当今由之生衍出许多鲜活实用的《红楼梦》用语:看《红楼梦》淌眼泪——同病相怜;贾宝玉看林妹妹——一见如故;贾宝玉的丫鬟——喜(袭)人;王熙凤的为人——两面三刀;刘姥姥进大观园——眼花缭乱;林黛玉葬花——自叹命薄;大观园里哭贾母——各有各的伤心处;等等。

总之,《红楼梦》中的村言俗语无论从量或质来讲,都是以往中国古典小说无可比拟的。这方面,《水浒》略能显其骨相,《三国》仅望其项背,旧小说中大概只有《金瓶梅》庶几与之相提并论,但也只能是江河眺之于大海。递而言之,"较之《三国演义》,它要通俗得多;比之《水浒传》,它要绚丽得多;较之《金瓶梅》,它要精细得多。《红楼梦》在语言上,达到了中国古典小说的高峰","扫清了中国语言的积秽,引进了新鲜活泼的语言,提炼了中国语言的精华,创造了现代中国的散文……它为现代中国的语言破了土,并奠了基"。(徐迟语)

曹雪芹——"中国文学史上伟大的语言大师",合该份定、毫不虚夸!

二十四 打草惊蛇法

打草惊蛇,语出段成式《酉阳杂俎》:南唐王鲁为当涂县令,搜刮民财,贪污受贿。有一次,县民控告他的部下主簿贪赃。他见到状子,十分惊骇,情不自禁地在状子上批了八个字:"汝虽打草,吾已惊蛇。"

打草惊蛇,亦为《孙子兵法》三十六计中之一计:"疑以叩实,察而后动;复者,阴之媒也。"

后多用以指做事不周密,行动不谨慎,而使对方有所觉察、惊骇。

《红楼梦》中,有不少通过语言或行动对对方产生惊吓和刺激,从而作出"汝虽打草,吾已惊蛇"之反应或激荡情节、章回继起波澜。

林黛玉初到贾府,拜见了老祖宗贾母以及邢夫人、王夫人等人后,奉贾母之命去拜见舅父贾赦。但贾赦虚与委蛇不愿见自己的外甥女,一则是对贾母所高兴的事一概烦厌,二则如他所说"见了姑娘彼此倒伤心"。脂砚斋对此评道:"这一句却是写贾赦,妙在全是指东击西的打草惊蛇之笔，若看其写一人即作此一人看，先生便呆了。"

第二十七回，坠儿受贾芸之托给红玉还遗帕，红玉有心攀附结缘，欣纳了其实并不是自己的"遗帕"，并以自己的另一帕让坠儿回赠贾芸。落后，俩人互嘱此事保密，不得告诉外人。闺情私密话说至正浓处，书中兀然笔锋一转，让红玉忽然惊道："哎呀！咱们只顾说话，看有人来悄悄在外头听见，不如把这木槅子都推开了，便是人见咱们在这里，他们只当我们说玩话呢。"

此段对话，把两个小丫头满含稚气、情窦初开又内心恐怖、极富敏感的情态活脱脱勾摹出来。她们的"惊恐""敏讶"正应了那句"贼起飞志""夜多梦魇"，实实在情理中。

红玉与坠儿俩人的对话，也适被宝钗听见，顿感吃惊，想到："怪道从古至今那些奸淫狗盗的人心机都不错。"于是便思量："今儿我听了她的短儿，一时人急造反，狗急跳墙，不但生事，而且我还没趣，如今便赶着躲了，料也躲不及，少不得要使个'金蝉脱壳'的法子。"——让人看出，红玉心机深，宝卿心机更深！

王夫人耳房里丢了几样东西，但却错拘了五儿。公正心善的平儿出面判冤决狱、行权处置此事（第六十一回）。经过一番调查核实，确认偷儿是彩云，且是受赵姨娘指使。这下她为难了，不如实判决，就会冤屈了他人；如实断案，又将伤及探春脸面。那么，究竟该如何继续呢？聪明的平儿便使用了"打草惊蛇"。她把彩云和玉钏儿叫来说："（五儿）现在二奶奶屋里，你问他什么应什么。我心里明知不是他偷的，……我待要说出来，但只是这做贼的素日又是和我好的一个姊妹（指彩云），窝主却是平常（指贾环），里面又伤着一个好人的体面（指探春），因此为难，少不得央求宝二爷应了，大家无事。如今反要问你们两个，还是怎样？若从此以后大家小心存体面，这便求宝二爷应了，若不然，我就回了二奶奶，别冤屈了好人。"

平儿这段"敲山震虎""打草惊蛇"的确凑了效。

彩云听罢，遂淡定地说："姐姐放心，也别冤了好人，也别带累了无辜之人伤体面。偷东西原是赵姨奶奶央告我再三，我拿了些与环哥是情真。连太太在家我们还拿过，各人去送人，也是常事。我原说嚷过两天就罢了。如今既冤屈了好人，我心也不忍。姐姐竟带了我回奶奶去，我一概应了完事。""我干的事为什么叫你（指宝玉"顶缸"）应，死活我该去受。"彩云不意"尼姑怀孕累众僧"、敢作敢为的一副做派倒让人有几分钦敬！因为"被人扯下面具是一种失败，但自己揭去面具则是一种胜利"（雨果《海上劳工》）。

结果，五儿无罪获释，平儿息事宁人。

第七十五回，尤氏从惜春处赌气出来，正欲往王夫人处去。跟从的老嬷嬷们因悄悄地回道："奶奶且别往上房去。才有甄家的几个人来，还有些东西，不知是作什么机密事。奶奶这一去恐不便。"——这正是甄家事发，"犯了罪，现今抄没家私，调取进京治罪"。

当王夫人向贾母奏了此事，作为贾府的最高权威者和饱经风雨世故的贾母，自然知其事端重大、祸灶不小——盖因甄、贾两家世为通好、过从甚密、唇齿相依。但历练老辣的"老祖宗"城府深藏，处变不惊。她懂得："人当变故之来，只宜静守，不宜躁动。即使万无解救，而志正守确，虽事不可为，而心终可白。"（弘一法师语）她知晓：在子女面前，父母要善于隐藏他们的一切快乐、烦恼和恐惧；她更深知自己这个支撑贾府的砥柱此刻不能折倒，作为"三军主帅"目下决不能乱了方寸和阵脚。因此她似不经意、故作镇静地说道："咱们别管人家的事，且商量咱们八月十五赏月是正经。"贾母——，心中有事，装作若无其事；心中有事，还能若无其事，且临事能坦然面对、淡然处之。这其实是一种境界、一种格局，是人生当中我们应该悉心培养、着意历练的一种宝贵素质、素养。须知：心小，任何事情都是大事；心大，任何事情都是小事。人生是一场自我挑战，提升格局才能绽放人生。格局决定结局，思路决定出路；世界是一处战场，在这个战场上只有胸襟宇气且当机立断者才能取得胜利。

尽管如此，我们从接下的情节描述中仍不难窥见贾母及合府上下"惊魂甫定"、风声鹤唳的悚氛，这完全不同于先前的赏月。

赏月夜宴中，贾母见摆放了较多的菜肴，便让"蠲些了罢！""如今比不得在先辐辏的时光了"。又吩咐将摆放的粥和菜分送给凤姐、颦儿、宝玉、兰儿等，大有曹阿瞒"分珠卖履"之光景，并让丫鬟、下人不囿规矩地和自己一块来吃。当贾母诧异尤氏到来竟无米饭而吃白粳饭时，鸳鸯便道："如今都是可着头做帽子，要一点儿富余也不能的。"可知，贾府家道艰难败落已显危象。这一次的八月十五的确"光明暗淡"，少了往昔的歌舞升平、喜乐融融的场面，且"笛音悠悠，声似哀鸿"，人人都郁郁寡欢。

与此同时，宁府亦有异兆：那天将有三更时分……忽听那边墙下有人长叹之声。大家明明听见，都悚然疑畏起来。贾珍忙厉声叱咤，问："谁在那里？"连问几声，没有人答应。尤氏道："必是墙外边家里人也未可知。"贾珍道："胡说。这墙四面皆无下人的房子，况且那边又紧靠着祠堂，焉得有人。""一语未了，只听得一阵风声，竟过墙去了。恍惚闻得祠堂内隔扇开阖之声。只觉得风气森森，比先更觉凉飒起来，月色惨淡，也不似先明朗，众人都觉毛发倒竖。贾珍酒已醒了一半，只比别人撑持得住些，心下也十分疑畏，便大没兴头起来。"

更妙者，作者还把镜头切换到了宁府贾珍邀了一干平常"斗鸡走狗、问柳评花"的"游侠纨绔"进行夜赌的场面（也是一种异兆）。这里，宁府的"热闹"实是一种"悲"状，是一种人之将亡前的"回光返照"。这让我们不禁想起南朝齐高帝第三子萧嶷在《戒子》书中的告诫："凡富贵少不骄奢，以约失者鲜矣。汉世以来，侯王子弟以骄恣之故，大者灭身丧族，小者削夺邑地，可不戒哉？吾之后当共相勉励，笃睦为先。才有优劣，位有通塞，运有富贫，此自然之理，无以相凌侮。勤学行，守基业，修闺庭，尚闲素，如此足无忧患。"

可以说萧嶷的话既指出了世家大族的通病要害,又开出了治家的良方。可惜,贾珍一干将这些"抛掷脑后、忘遗八荒",他们在履蹈着"大限将尽、且乐今日"的"最后晚餐"。此乃作者"异兆发悲音""打草惊蛇"技法之妙用。

诗化法

著名现代诗人、散文家、文学评论家何其芳说："那些最能激动人的作品常常是不仅描写了残酷的现实，而且同时也放射着诗的光辉。……我们说一个作品没有诗，几乎就是没有深刻的内容的同义语。"——这言白中不经意牵拽出"诗化小说"的概念。

诗化小说是一种追求诗美效果的小说。它具有诗的审美目标，整体构思或局部描写上寓于诗情、充满诗意；它凭借诗的隐喻、象征和主情性，让时间、心理变得交融浑然，让情节淡朴而富有哲理性的诗意美，让读者读时既有生活的具体实感、美感，又有引人思索的丰厚、博大的思想内涵。

以之裁判《红楼梦》，正入"彀"中。

《红楼梦》不仅有大量的"诗"，还有充分体现这一文格题材的抽象性"诗化"。这可从狭义和广义两个方面来看。

狭义上，就是以超量的诗、词、曲、赋等来铺排、楔入、熔融、擢拔小说中的人和事，即"继承了中国古典文学的抒情传统，取法诗赋来描写《红楼梦》的环境、故事、人物"（胡文彬[1]《红楼梦与中国文化论稿》）。

综观我国古代小说，诗、词、曲、赋诸体咸备的作品不少，但还没有一部能够像《红楼梦》诗、词、曲、赋内容这样丰富多彩、数量和质量绝擅领先的（《红楼梦》中共有各种诗、词、曲、赋、歌谣、联额、书启、诔文、灯谜、酒令、偈语等约170首）。这些文字优美、意境深远、寓意深刻、构思新巧的长短诗句可谓诗如其人，诗格其物，以诗写心，以诗唱情，让人犹如读一部激情澎湃的诗集。更难能可贵的是，这些诗句"天然雕饰、毫无斧凿"，无不是为小说中的人物和场合量身定做。

如第一回，贾雨村进京求取功名，客居甄士隐家。适逢中秋佳节，二人对饮，酒至兴处，雨村口占一绝对月寄怀："时逢三五便团圆，满把晴光护玉栏。天上一轮才捧出，人间万姓仰头看。"寥寥四句，把雨村离家孤行思亲、仰慕繁华富贵、追求功名心切的心境表现得淋漓尽致。此前所咏："蟾光如有意，先上玉人楼""玉在椟中求善价，钗于奁内待时飞"又直白道出雨村"迷恋风流""桀骜自负"的秉性。

作者以诗心察物、以诗笔化人、以诗境传神、以诗情写照，让诗句非是胶柱鼓瑟，而多有"不脱自己将来形景"："任是无情也动人""好风凭借力，送我上青天"全是自写身份，抵值多少刻画宝钗的语言！一首"也宜墙角也宜盆"的海棠诗，又不啻是史湘云的肖像描画。菊花诗赛中黛玉夺魁，正是以菊花"高雅、倨傲、孤独、悲秋"之特性来写照颦儿；螃蟹竞咏宝钗折桂，亦如她左右逢源、外达八方、内心积冷，却最终"皮里春秋空黑黄"（独守空

---

[1] 胡文彬（1939—2021），祖籍山东黄县，著名红学家。历任中国艺术研究院红楼梦研究所副所长、中国红楼梦学会副会长、《红楼梦学刊》常务编委等，是新时期红学发展最主要的推动者之一。有《红楼梦叙录》《红楼梦与中国文化论稿》等多部红学著作。

房）的自注。相信，任何读者读了她们的诗，都会产生"诗人与女性订有永久的盟约"的感觉（周国平语），尤其男性读者，都会以唐代诗人王建写给当时著名女诗人薛涛的诗句奉之："万里桥边女校书，琵琶花里闭门居。扫眉才子知多少，管领春风总不如。"

再如历来最为人们称道为"言言刳胸臆，声声沥热血"的黛玉所作《葬花吟》，是作者潜心构写的最成功诗篇之一。缪赛说"最美丽的诗歌是最绝望的诗歌，有些不朽的篇章是纯粹的眼泪"，黛玉的《葬花吟》亦是和泪而成，它和第七十八回的《芙蓉女儿诔》，一诗一文，堪称《红楼梦》中的巨制双璧。该诗形仿唐初的歌行体，名为咏花，实则写人。它抒情淋漓尽致，语言如泣如诉，声声悲音，字字杜宇，满篇无一字不是发自肺腑，无一字不是血泪凝成，把林黛玉对身世的遭遇和感叹以及自己凄凉的心境写得沉痛透达、入木三分，成了黛玉的符号及代表作。以致脂批道："余读《葬花吟》凡三阅，其凄楚感慨，令人人世两忘，举笔再四，不能加批。"也毋宁说，"雪芹是站在历史提供的一个最高的眺远瞻弘的立足点上，为几千年的封建社会的妇女而赋咏的一篇至为伟丽而沉痛的'葬花'之词！"（周汝昌《红楼小讲》）同时，"荷锄葬花，开千古未有之奇，亦深情者有托而然也"（二知道人[1]）。

同样，第七十回的《桃花诗》和《柳絮词》是林黛玉在烂漫春光中发出的悲音，是她"留得残荷听雨声"的独特感受："桃花帘外开仍旧，帘中人比桃花瘦"中流露出她的自怜；"憔悴花遮憔悴人，花飞人倦易黄昏"中流露出她的无奈；"叹今生谁舍谁收？嫁与东风春不管，凭尔去，忍淹留"流露出她的哀伤与悲苦。特别在《秋窗风雨夕》里，竟一连用了十五个"秋"字，凿

---

[1] 二知道人（1762—?）即蔡家琬，安徽合肥人。蔡氏为一学人，有红学著作《红楼梦说梦》嘉庆年刊本，对《红楼梦》的思想和艺术都做了比较细致的分析和评介，对《红楼梦》的认识意义和艺术价值做出了极高的评价。

画了她万分凄苦的心境。

黛玉钟情于秋天，敏感于秋天，她大概有这样的切肤认识："我爱春天，但是太年轻。我爱夏天，但是太傲气。所以我最爱秋天，因为秋天的叶子的颜色金黄、成熟、丰富。"但我们猜想，更多的怕是那"略带忧伤与死亡的氤氲"与黛玉"游丝命运"的十分相仿！

正如贺信民[1]教授在《红深几许》中分析的那样：《红楼梦》春风秋月总关情。它将"小说意向"充分诗意化，让它与中国文学上"伤春悲秋"的传统一脉相承。

所以，曹雪芹在《红楼梦》的创作中，着意打造诗、画、情的交融与统一是最堪称道的。可以这样认为：《红楼梦》的诗章之于原书，是一个健体中骨与肉的支撑和粘带；又似一幅织就锦幛上的花鸟鱼虫，若去掉，不但使这幅锦作减色，甚或会损毁了它的本质。

这里，我们不得不感谢伟大作家曹雪芹，不得不给这位伟大作家的项顶上再补戴一顶"杰出诗人"的桂冠——他的确诗作水平不凡！《红楼梦》中，他俨像一名武将，不仅能执坚披锐冲锋，更能兼用十八般兵器鏖战，且还能自制兵器（自创南曲），自布军阵（诗篇布局），诚罕有匹敌者。以至友人赞他"诗追李昌谷，词迈柳耆卿""知君诗胆昔如铁，堪与刀颖交寒光""君诗未曾等闲吟，破刹今游寄兴深"。故甲戌本第一回脂批有道："余谓雪芹撰此书，亦有传诗之意。"以现代红学家蔡义江先生所度，曹公诗才可直追李杜。惜乎其《红楼梦》外所留诗作太少，仅"白傅诗灵应喜甚，定教蛮素鬼排场"两句，我们难窥全豹，跟进领赏（周汝昌先生"好事"，曾续补完璧：唾壶崩剥慨当慷，月荻江枫满画堂。红粉真堪传栩栩，渌樽那靳感茫茫。西轩歌板心犹壮，北浦琵琶韵未荒。白傅诗灵应喜甚，定教蛮素鬼排场）。

---

[1] 贺信民（1946—　），陕西蓝田人。西安文理学院教授，陕西师范大学硕士研究生导师，中国红楼梦学会理事。主要红学著述有《红楼梦导读》《红楼拾翠》《红情绿意——〈红楼梦〉点面论》等。

广义上讲，就是以"真、善、美"为基本要素，以超现实、超想象的构景、造像、创氛，融入小说之中，让其漫衍、孵化、发酵、升华，形成特定形式、内容，借以实现作者理想化的目的、愿景。简言之，就是"行文往往有诗意，故事往往有诗情"。

如小说开始和中间多次提到的颇有"诗情、诗意"的"太虚幻境""警幻仙姑""神瑛侍者""绛珠仙草""芙蓉花神"等。尤其是作者在小说中构筑的大观园，无疑可说是一个"诗国"、一个青春"共和国"、一个曹氏"理想国"（也是保护女儿们免受污染、侵害的坚强堡垒）。这个国度里的青春女儿们似乎懂得"每一个不曾起舞的日子，都是对生命的辜负"的名言，在那里，她们生命的尊严与艺术的美受到了最高的礼赞，她们生命的活力和生活的美得到了充分的展现，她们生命的自由和个性的逍遥得到了极度的张扬。这也可以说是作者小说艺术创作中"诗化法"最典型、最成功的应用。

在这个诗话国度中，每一个子部旁阙也同样予以诗化，正像余秋雨先生所言："《红楼梦》中，不管是悲是喜、是俗是雅，全由诗情贯串。"

如黛玉的潇湘馆、李纨的稻香村、宝钗的蘅芜苑、探春的秋爽斋、宝玉的怡红院等无论是起名或是室内外的布置、设置，都极尽美尽妥、充满无限诗意。

再有，初启诗社，她们每个人所拥得的雅号，如黛玉的"潇湘妃子"、宝钗的"蘅芜君"、探春的"蕉下客"、宝玉的"绛洞花主"和"怡红公子"等都"且韵且雅，呼去觉满口生香"，有着满满的诗情画意。同时，也饱蕴着他们真实独立生命在"青春王国"里的恢复、张扬和向更高目标的追求、向往。即便给丫鬟取名也颇为讲究地进行了"诗化"，令其不但美且富有情趣。例如，贾府四位正牌主子姑娘丫鬟的名字分别是抱琴、司棋、侍书、入画，而琴、棋、书、画乃旧时秀才"四艺"，也是贵族闺阁中的"闲雅"艺术活动，以此给丫鬟冠名直有雅趣。特别是四个动词用得极妙，最堪玩味：琴用抱，丫鬟的姿势必优美；棋用司，丫鬟的神态必从容；书用侍，丫鬟的动作必可人；画用入，丫鬟的站容必姣好。读其名，相其人，品其性，顿感雅趣横生，一幅幅生动的闺中妙景跃然纸上。同时，大观园姑娘们恬意率性、风雅盎趣的诸类活动（竞诗、联句、簪花、放风筝等）更是他们诗意生活的写照——赋性为爱所唤起，并为知识所引导，无疑铸就一段美好的人生！

最后，需要特别指出的是，《红楼梦》在寻常行文部分也多是"诗句分化"，或总能让人"凝炼成诗"。如第二十五回述宝玉抬头看见"有一个人倚在那里，恨前面有一株海棠花遮着，看不真切"、述小红"便倚着房门出一会神"、述黛玉"看阶下新进出的新笋"，脂批分别以"隔花人远在天涯""闲倚绣房吹柳絮""笋根稚子无人见"论称。可见：此书之妙皆从诗词中泛出！

正如王雄《〈红楼梦〉写作之美》中所评："《红楼梦》是一部诗化了的小说杰作，处处浸透着诗情的芬芳。大量的诗词曲赋，犹如镶嵌在天穹里的星星，闪烁着耀眼的光芒。《红楼梦》就是一首婉约的诗，生命和美是它吟诵的主题，而意境则是它的灵魂。不难想象，如果没有如此诗意化的意象，《红楼梦》将会成为一场轻描淡写的红粉丽人秀。"

《红楼梦》展示了一个历史时代的整体风貌，又创造了一个诗意的国度，构建了诗意生命的意象系列。每每读之，我们也宛如被"诗意"、被同化，不由得走进和融入那些诗意生命体，与她们同处、共享、合乐，遂产生一种十分强烈、不可名状但令人身心俱爽且掺和着愉悦、幸福和幸运的情愫，并从中真切感受到作者行文的"曲折回转之深，波澜奔腾之壮，含英咀华之美"。

二十六 哲思法

明代杨绳武在他的《论文四则》里说:"大抵文章之道,未论妍媸,先别高下。果真根柢盘深,气骨厚重,笔力坚刚,虽有未醇,无伤大雅。若骨少而肉多,词丰而意弱,力量既薄,根柢亦浮,纵完好可观,不登上乘。"

《红楼梦》的"根柢""气骨""笔力"究竟如何?

晚清时的一位学者陈蜕[1]曾指出:《红楼梦》不是一部小说,而应当归入子、史、经、集中的"子部"(古代大思想家的论说集),认为"《石头记》一书,虽为小说,然其涵义,乃具有大政治家、大哲学家、大理想家之学说"(《列石头记于子部说》)。

张新之谓:"《石头记》乃演性理之书。祖《大学》而宗《中庸》……到处警醒处,如燃犀烛。"

事实上,"对哲理层面的探讨,恰恰是对曹雪芹生命中

---

[1] 陈蜕,生平事迹不详,其《列石头记于子部说》《梦雨楼石头记总评》和《忆梦楼石头记泛论》等,分别载于《陈蜕盦文集》和《陈蜕盦文续集》中,1914年和1915年先后出版。其中对《红楼梦》有许多新的看法。

的不能承受之径所进行的深层次冥索,因为真正伟大的作家无不关注人类的生存价值与意义,无不充盈着对人类命运的追问与思考"(赵建忠[1]语)。

因而,《红楼梦》的确不是传统观念中的野史或"闲书",而是一部深寓哲学思想的巨著小说。它"语语见大道,字字露机锋"。"若非多读书识事,加以致知格物之功,悟道参玄之力者,不能知也。"(贾雨村语)

《红楼梦》之所以能令各层各色的人着迷如痴,也正是书中自始至终蕴含了人生不同阶段、不同处境、不同目标的生活哲理,它除了让人们产生深刻的艺术感悟外,还令人有堂奥无限的人生解悟、生命体悟和哲学了悟,无时不佐助浚发着读者的慧心、灵智和新的、更高的价值追求。正像近代著名学者王国维[2]曾称,它"微尘之中观大千,刹那之间见终古",是宇宙之大著作,蕴藏和拥有着极丰富的哲学宝藏、思想宝藏、精神宝藏和人性宝藏。

笔者认为《红楼梦》于此给我们心智心灵主要有以下三个方面的抉发、启示。

(一) 开通生活

正像一首诗写道:"一生百论《红楼梦》,借问如何趣益浓?只为书中原有我,亲闻亲见更亲逢。"

置身于这五光十色、纷纷攘攘的大千世界,你可以像刘姥姥那样"裸身子撵狼——死羞浑不怕"地向高门衙户讨些施舍;你也可效林黛玉、尤三姐、秦可卿那般刹不住车地玩一把"感情游戏"(她们乃是"真玩");你还可像

---

[1] 赵建忠(1963—),天津市人。现为天津师范大学文学院教授。兼职中国红楼梦学会理事、天津红楼梦文化研究会秘书长、《中国当代教育杂志》(香港)副主编等。出版的专著有《红楼梦续书研究》《红学管窥》《红学流派批评史略》。
[2] 王国维所著《红楼梦评论》,是中国文学批评史上第一本运用西方哲学、美学的观点和方法研究中国文学作品的批评专著。

元春、宝钗那样拼将老底子"拿青春赌明天";也不妨像凤姐、赵姨娘那般与天斗、与人斗其乐无穷,甚或像贾珍、薛蟠那样醉生梦死,且图今日乐,花下也风流……在这种貌似人生生活模式可以自由选择的状态下,《红楼梦》却以一种"万涓归流"不自由之"结果"向我们昭示:善恶有缘、宇宙有道、人间有法、生活有则。顺之则通,悖之则塞。特别是对时时包围、诱惑我们的权贵、金钱、情色、仕道,《红楼梦》中都有证说和以反例向我们展示了人生生活的必然规律和逻辑。让我们吁叹:色欲名利,俱为颠弄英雄处!如贾雨村途经一座庙宇时看到门前一副"身后有余忘缩手,眼前无路想回头"的对联,便觉其文浅意深,想"其中必有个翻过筋头来的亦未可知"。——这对今天"未翻筋斗"或"想翻筋头"的人不啻是一种警敲。秦可卿一句"登高必跌重"也不失为一句人生箴言;王熙凤最后"哭向金陵事更哀"的结局为争强好胜斗狠的人提供了"殷鉴";妙玉"外洁内俗"终遭劫,让天下"美眉"们领悟:"物必先腐而后腐""人必自乱而遭乱";贾瑞恋栈"风月宝鉴"正面不可自救,推定出"玩(情)火者必自焚"的绎理;贾珍、贾蓉"枷锁杠"给玩世不恭者了一个"说法";一首《好了歌》透顶醒心,涵盖《红楼梦》全旨、参透千古人生。

甚至从书中平常人一句平常话里也会让人咀嚼出"人生百味、千端事理"。如:书中刘姥姥讲道:"老老诚诚的,守多大碗儿吃多大的饭""我们生来是受苦的人,老太太(指贾母)生来是享福的。若我们也这样,那些庄稼活也没人作了"。这话说得实在、朴实,有味道,又有哲理:前一句表明了她一种"不贪心、不妄求"的知足心态。后一句则说明:人生道路本来就不同,每一个人的命也不一样,各自有不同的方式和使命对世界做贡献,无须比较,更无须因为比较而失去心理平衡。

刘姥姥大概真正领会了:小草不和大树比高矮,清茶不和咖啡比品味,做人不和别人比生活。你有你疲惫的追求,我有我平常的快乐;虽生来受苦,也要精心耕耘好自己菜地，而不是看着别人的花园一味怨天尤人；富而好礼、穷而不酸，要懂得知足、感恩，要不懈努力去创造自己的幸福。

这大概就是真正健全的、快乐的人生吧？

同时，《红楼梦》也给我们树立、输送了许多可资借鉴学习的"榜样"或"正能量"。如学黛玉，真情真意不违心；学宝钗，为人处事少伤人；学湘云，举手投足真雅士；学妙玉，从清从和享素净；学迎春，木讷赢弱好心境；学探春，敏锐细腻透聪颖；学平儿，隐忍和善讲公平；学小红，敢爱敢恨寄衷情；学晴雯，智勇巧善呈高洁；学袭人，贤识聪慧求周全；学紫鹃，慧心解意最可人；学香菱，自重不亢真婢女；学宝琴，活泼灵巧惹人爱；学岫烟，艰涩生活能负重……

总之，《红楼梦》可说是中国文化人的精神家园，它也教会我们普通人如何生活！

（二）运度生命

第七十六回，贾府众人品月饼赏月，黛玉、湘云离开大家来到凹晶馆，看到天上一轮皓月，池中一轮水月，上下争辉，如置身于晶宫鲛室之内。湘云遂叹道："怎得这会子坐上船吃酒倒好。这要是我家里这样，我就立刻坐船了。"黛玉笑道："正是有人常说的好：'事若求全何所乐？'据我说，这也罢了，偏要坐船起来？"湘云笑道："得陇望蜀，人之常情。可知那些老人家说的不错。说贫穷之家自为富贵之家事事趁心，告诉他说竟不能遂心，他们不肯信的；必将亲历其境，他方知觉了。就如咱们两个，虽父母不在，然却也忝在富贵之乡，只你我竟有许多不遂心的事。"黛玉笑道："不但你我不能趁心，就连老太太、太太以至宝玉、探丫头等人，无论事大事小，有理无理，其不能各遂其心者，同一理也，何况你我旅居客寄之人了。"

此一段，正印证了但丁的"人生与忧患俱来"之至理。的确，"人生譬朝露，居世多屯蹇"，人生不如意事常十之八九。统治他人的人必定受劳累，受制于别人的人必定会忧心。就像一首哲诗所吟："新鸟啾啾旧鸟归，老羊羸瘦小羊肥。人生一世真难事，不及鸳鸯处处飞。"只有智浅的非人类生物和极少心胸高远、用心若镜、超然物外、不将不迎的圣者，才能享受那份天赋的淡然从容和忘我潇洒。

故无论贫富尊卑，原不存在"事事顺心遂意"，只能相对"幸福与满足"。正如卢梭说："人人都有幸福和痛苦，只不过程度不同而已。谁遭受的痛苦最少，谁就是最幸福的人；谁感受的快乐最少，谁就是最可怜的人。"（《爱弥儿》）人生不完美是常态，而圆满则是非常态，犹如"月圆为少月缺为多"一样。

同时，它也昭示我们：人生如河流，时而平缓，时而湍急。我们羡慕别人的快乐，总觉得自己笑声太少，你哪里知道别人的烦恼，或许别人的笑颜下，隐藏着比你更深的苦痛。再退一步讲，一定的忧愁、痛苦或烦恼，对每个人亦非全是坏事，有时甚至是特别需要的：一艘船如果没有压舱物，便不会稳定，不能朝着目的地一直前进。

那么，什么才是"人生幸福"？如何运度生命、攫获"幸福"？《红楼梦》虽未正面作答，却也以百态人生的集纳式展露对此隐阐暗揭了。

第七十回，宝玉清晨方醒，只听外间房内咭咭呱呱笑声不断，原来晴雯和麝月两个人按住温都里那（芳官，又称"耶律雄奴"）膈肢呢。宝玉忙上前笑说："两个大的欺负一个小的，等我助力。"说着，也上床来膈肢晴雯。晴雯触痒，笑得忙丢下雄奴，和宝玉对抓，雄奴趁势又将晴雯按倒，向他肋下抓动。——真乃"金刚厮打，佛也理不下"。

此情此景，恰被李纨派来寻帕的丫鬟碧月看到，她十分羡慕，笑道："倒是这里热闹，大清早起就咭咭呱呱的顽到一处。"

的确，碧月看到的无疑是一幅"怡红院美乐图"！观"图"启思，也令我们想起了波兰作家显克微支《你往何处去》中的一段话："尽管世界和人生是坏透了，其中却有一件东西永远是好的，那便是青春。"这里，青春做伴、调笑嬉闹、扶持照应、主奴和平谐处、各尽所能、各得其乐。它给我们完整呈现了"真实的人性内涵与怡红院全部的生活面貌"（欧丽娟语）。

从书中，我们不难感觉到：贾府孩子们衣食无忧、亲情呵护，他们是快乐幸福的；阳光灿烂，鲜花绽放的大观园里相互关爱，共同嬉戏、采花、点烟火、放风筝，姑娘们是快乐幸福的；宝玉远离俗务，不为功名、利禄所累，感觉是快乐幸福的；与黛玉亭下通西厢妙词戏语、情爱相浸、精神交融是快乐幸福的；香菱学诗入迷，观物通悟感觉是快乐幸福的；黛玉灯下诗稿、窗前操琴感觉是快乐幸福的。最令姑娘们身心俱爽、情怡趣浓的是兴诗社、拟题菊花诗、芦雪庵联诗会，她们从中获取的快乐和幸福不仅溢于言表，也令读者深受感染并得以分享。这种幸福感更是书中其他任何别事（包括元妃省亲）所不能生发出来的。——这让我们很容易联想到"幸福没有标准答案，快乐道路不止一条"的箴言；想到"诗意栖居"之词句；想到叶恭绰《漪澜雅集柬》"所愿帷灯初上，巾车偕临，十分激滟，共泛清樽；一醉沉冥，小抒雅兴。穷人天之乐事，浣襟袖之缁尘。将使京华冠盖，疑是神仙，上界笙歌，娱兹宾侣。此生此夕，传佳句于南楼；来日来年，续清游于北海"的表达；也想到周国平《人与永恒》中"幸福喜欢捉迷藏。我们年轻时，它躲藏在未来，引诱我们前去寻找它。曾几何时，我们发现自己已经把它错过，于是回过头来，又在记忆中寻找它"的隽言妙语。

从中，我们不难理会"人生幸福"是逐渐在三个层次上体现和展开：一是满足"生命力"而得的快乐幸福，如代表生命力的食、饮、消化、休息和睡眠；二是满足"体力"而得的快乐幸福，如游戏、垂钓、运动、娱乐等；三是满足"怡情"（精神满足，或谓灵魂）而得的快乐幸福，诸如观察、思考、读书、学习、发明和真挚的情爱等。这三个层次由低级到高级，表现度和持久性、稳定性也由弱到强。它是一个不断渴望的过程，是一点一滴在自己生命之中筑起来的，从一个目标到另一个目标，达到前者就开辟了通向后者的道路。

从《红楼梦》和这些哲语中，让我们不难懂得：幸福不是大悲大喜，幸福不需要轰轰烈烈，幸福是心灵的感受。就像一个故事所讲：一个忧伤的国王去寻找天底下最幸福的人，找遍了城市和乡村，没有一个人说自己是幸福的，终于他找到了一个自认为是幸福的人，是一位衣衫褴褛、坐于墙根，一边晒太阳、一边捉虱子、一边哼着小曲的乞丐。其实幸福真的就是这么简单，因留心而发现，因发现而愉悦，幸福就是每个人对现实环境的快乐感觉。真正的快乐更多地来源于心灵，而不是肉体；主要依赖的是心理，而不是生理。真正的、永恒的快乐只能到心灵中去寻找。心灵的快乐超越于肉体上的快乐。

但应当指出："（高尚）灵魂不是与生俱来，更不会不请自来，必须唤醒、激发、雕琢，因此只会降临在努力耕耘灵魂事业的人身上。"（欧丽娟语）因此，我们不能静观等待，要善于点燃心中的"火焰"，像产科医生那样把纯洁高尚的灵魂"接生"出来，因为它就在人的心中，只是被遮蔽或蒙垢了。

正确选择快乐，才能产生、增进丰实的快乐。

当我们抛开成见和狭隘，在内心的宁静中去对待人和事，你会发现：谁的握手都真挚，谁的微笑都充满善意。人生其实不苦，心纠结才苦；道路其实都在，不必计较那些泥泞。在某种意义上命运可以改变，但如果我们在精神上不够富有，我们的命运就不会有太大的改变。

《红楼梦》是人生的历史长卷，在这个长卷里，人们可以自由取舍，各有所悟，各有会心。进入《红楼梦》，便可把握生命的当下存在，并学会高质量的运度。

（三） 终极追问

宇宙本源究竟是什么？世界和生命的终极意义是什么？生何来，死何去？这些"形而上"的哲学问题，在《红楼梦》里都无不有涉及和透脱着作者大胆的探求和追问。

如《红楼梦》开篇一番"石头自经锻炼、灵性已通，尔后转生投胎、亲历人世"的遐想，从一定意义上探索了人类生命的起源。同时，它的开场也给人们一种哲学提示：人从大荒山来终究要回大荒山去，亦如黑格尔讲"人类是地球上的匆匆来客"。"玉带暂时华，金钗非久饰"（唐·寒山），把握这大来大往，才明白往来中见到的"有""色""空"。

宝玉道："只求你们同看着我、守着我，等我一日化成了灰——飞灰还不好，灰还有形迹，还有知识，等我化成一股轻风，风一吹便散了的时候，你们也管不得我，我也顾不得你们了。那时凭我去，我也凭你们爱那里去就去了"（第十九回）；"活着，咱们一处活着，不活着，咱们一处化灰、化烟，如何？"（第五十七回）；"比如我此时果有造化，该死于此时的，趁你们在，我就死了，再能够你们哭我的眼泪流成大河，把我的尸首漂起来，送到那鸦雀不到的幽僻之处，随风化了，自此再不托生为人，就是我死的得时了"（第三十六回）——这些关于未来、关于死亡的话语，一方面说明了宝玉对死亡有着充分的准备和强烈的自觉，另一方面也道出了有形和无形、生与死的转化。

"一朝春尽红颜老，花落人亡两不知！"又反映出有限的生命、有形的物质在无限的时间长河、无尽的虚涵宇宙面前是多么的脆弱、易逝和无奈！

"天尽头，何处有香丘"，则不啻是对人生终极意义的追问。让我们隐隐意识到"当钟声悠悠回响，我不禁悄悄思忖：我们全体都滚滚奔向永恒的故乡"。

"我最喜欢的作家必须让我能找到我的世界。"（歌德《少年维特的烦恼》）可以说，一部《红楼梦》让你不出门便可阅尽人事沧桑。那种饱含着强烈历史感受和人生体验的哲理，那种荣久必枯、兴久必衰以及荣辱祸福霎时易势而带来的往事不堪回首的失落感和穷通有命、浮生若梦的幻灭情绪，那种对韶华易逝、青春虚度的感叹，对旧欢星散、爱情失意的哀婉和对被撕碎的美的事物的痛惜与追怀，等等，都让我们产生深深的共鸣。

特别是，书中较多利用佛教义理和儒家学说中合而不尽合之处，开创了情悟双行的格局，以情悟道，因道演情，提出了宇宙、人类要以真、善、美为终极追求的"终极"答案（三者的统一即是"和谐"）。

尼采说："人类之所以伟大，正在于他是一座桥梁而非目的；人类之所以可爱，正是在于他是一个跨越的过程与完成。"罗素在他的《我为何而生》中更进一步说道："对爱情的不可遏制的探究，对真理的不可遏制的追求，对人类苦难的不可遏制的同情，是支配我一生的单纯而强烈的三种感情。"从中我们看到一个人人生的意义在于追求、在于升华，且是和真（知识）、善（同情）、美（爱情）密切联系在一起的。

从《红楼梦》和这些哲语中也让我们憬悟：人类的发展，宇宙的演进，不唯是为了繁衍和延续自身存在——事实上也做不到（更无须谈对物质的永久占有），它乃是一个创造"真、善、美"的过程，一个创造和谐的过程，一个创造和尽享自由的过程。

"红楼小天地，天地大红楼。"《红楼梦》虽称小说，实汛滥百家，贯穿三教。它乃用小说的方式传达着社会人生哲学，演绎出宇宙幻化生灭机栝，它完全称得上是一部出色的"哲学"文学大作，是一部真正少有的文化典籍——"夫典籍，天下之神物也，人日与之居，其性灵必有能自开发者。玉在山而草木润，渊生殊而崖不枯，书之所聚，当有如金宝之气，如卿云（祥云）轮囷（盘曲妆）覆护其上，被其润者不枯矣。"（归有光语）

二十七 自难自法

自难自法，又称"自难法"。通常指将小说的情节发展往难处写、用险笔，以增加戏剧冲突，逗人悬念、引人入胜。而这里，特言《红楼梦》作者在文本中有意或无意设障碍、出难题、留疑迹，造成诸多让读者感到"理不通""意不顺"之处。其中，有书中人物自己给自己"设难"，有时径直和作者本人"犯难"，但都凭有意趣，别开生面或深埋隐情。

如宝玉那句名言"女儿是水做的，见着便觉清爽；男人是泥做的，看到便生厌恶"，显见宝玉对同类是十分排斥的。然反观宝兄与"泥做的"秦钟、蒋玉菡何等的"昵亲"，便知是"自难自"地捆了自己一大嘴巴子，被人谑称为"泥水匠"。

刘姥姥带着板儿一进荣国府，见了凤姐道："我今日带了你侄儿，不为别的……"这里，依前面交代，王成之子狗儿乃为凤姐侄辈，今将板儿做凤姐侄儿，"是已乱其辈数，直越板儿而上之，挤凤姐而下之，是与狗儿等矣。作者寓意每在矛盾"(太平闲人语)。笔者以为，这种"矛盾"的寓意：一则缘于刘姥姥惶恐出错；二则也是老妪为拉近"施、受双方"距离、力图"告借"巨大成果而故意为之。须知，刘姥姥乃"洪泽湖的老麻雀——见过大浪的"。

贾政在对待亲子宝玉的态度上也多有"犯难"，表现出诸多的"矛盾""抵牾"之处。

第三十三回，因宝玉私藏忠顺亲王的"小蜜"琪官，又有"强奸丫头金钏儿不遂"等事，引起政老爷暴怒，叠声叫道："拿宝玉！拿大棍！拿索子捆上……立刻打死"，"我养了这个不肖的孽障，……不如趁今日一发勒死了，以绝将来之患！"真让人感到严父之"严"和政老爷的"薄情寡义"。然到第一百一十六回，当宝玉迷性从昏死中复得清醒时，则"严父"惊叹："没的痴儿你要唬死谁么！"说着，眼泪也不知不觉流下来了。又叹了几口气，仍出去叫人请医生诊脉服药。声音中有血泪、行藏中有深情，可谓"爱语生香，柔情欲滴"，道出了父对子的无限挚爱，殷殷亲情。前后抵牾，何也？正如他自己对贾母所言："老太太当初疼儿子(指自己)这么疼的，难道做儿子的就不疼自己的儿子(指宝玉)不成么。只为宝玉不上进，所以时常恨他，也不过是恨铁不成钢的意思。"(九十六回)

作者也有自己给自己"犯难"的时候。

第十三回，可卿病逝，贾珍欲尽自己所有料理儿媳丧事(恕"天香楼"之罪)。为使丧礼更风光而"死要面子"——花钱为儿子贾蓉捐了个"五品龙禁卫"的官阶，这样，灵堂内便以榜书豁然写道：世袭宁国公冢孙妇，防护内廷御前侍卫龙禁尉贾门秦氏恭人之丧。这让人想到《笑林》所记：一老妪死后，其子亦"死要面子"，请人书写灵牌"国朝文渊阁大学士间壁(隔壁)豆腐店王二奶之灵位"。然当我们注目本回回目时，发现"文不对题"的矛盾出来了，标题清清楚楚写到"秦可卿死封龙禁尉"，是秦氏得封，而非

贾蓉。俞平伯也质疑:"秦可卿的丈夫捐得龙禁尉,似乎也不该就说秦可卿死封龙禁尉呵。"(《红楼梦研究》)

是作者笔误还是有意为之?显然,曹公如此明显低级的"笔误"是不可想象的,但作者有意犯难自己又为哪般?有方家给出解释:为贾蓉补龙禁尉的缺,在皇帝那里,认为贾蓉尚不够格、不符合职位要求(如要能绝对信得过,武功要高强,或受阉),便亲自封赠贾蓉之妻秦氏为龙禁尉,以便让自己生前死后都有个绝代美人灵魂陪着自己。但皇帝封赠一个死了的女人为自己的贴身侍卫,对贾家并非什么光彩之事,也对皇室不无亵渎,作者便用狡猾之笔"犯难"自己,"犯难"读者。(祝秉权《百味红楼》)

第三十九回,螃蟹宴后,周瑞家的透述螃蟹市场行情:"早起我就看见那螃蟹了,一斤只好称了两个三个。这么三大篓,想是有七八十斤呢。"二进荣国府的刘姥姥听后忙接道:"这样螃蟹,今年就值五分一斤。十斤五钱,五五二十五,三五一十五,再搭上酒菜一共倒有二十多两银子。"此处,刘姥姥乘法口诀虽背得溜,但终不知"哪个对哪个""谁应谁",这真是(作者替刘姥姥算的)一笔糊涂账!但正应了回目——"村姥姥信口开河"。

赵姨娘逞威打了芳官,惹怒了芳官的戏伴,葵官、豆官、藕官、蕊官闻声前来助战(第六十回):"豆官先便一头,几乎不曾将赵姨娘撞了一跌。那三个也便拥上来,放声大哭,手撕头撞,把个赵姨娘裹住……蕊官藕官两个一边一个,抱住左右手;葵官豆官前后头顶住。"四人只说:"只打死我们四个就罢!"——这场"厮搏""混殴"看着热闹、解气,却大悖情理。试想,赵姨娘尽管是姨娘,可也是贾政的妾,毕竟算贾府里的半个主子,几个丫头敢是吃了豹子胆?贾政岂能听之任之,不施挞罚?即便作者自来解释,怕也嗫嚅期艾,托言"无非是一种写意"!

香菱在向宝玉介绍薛蟠所聘定的一门亲事时说:"这门亲原是老亲,且又和我们是同在户部挂名行商,也是数一数二的大门户。前日说起来,你们两府也都知道的。合长安城中，上至王侯，下至买卖人，都称他家是'桂花夏家'。"（第七十七回）作者是称，合有不通。试想，夏日何得有"桂花"？又桂花时节（秋天），桂花又焉能与雪（谐音"薛"）共存。作者如此写，看似自己和自己"犯难"，但寓意了夏金桂是个"理不通"之人。薛、夏婚姻是"冬夏参商""冰炭难容"。雪遇夏，未有不消亡者。不过尽管如此，金桂仍然坚信：会有一个男人是为受我的折磨而来到这世上的。而薛蟠盲目寻"花"，不幸"中标"，止让呆霸王如虎置樊笼，身陷囹圄，备尝婚姻之苦，悉领泼妇之害，且对她"说又不好，劝又不好，打又不好，央告又不好"。——看来，世上万事万物既有相生自己的"根"，又有相克自己的"主"，相克相生、终始循环，乃是哲学的"基本公理"，也是人生运度的"基本程式"。

从这个意义上讲，金桂与薛蟠比若《水浒传》中的一丈青配王矮虎（一高一低）、王定六追随郁保四（一肥一瘦），堪称一对绝配！

然从另一个方面来讲，也告诉我们一个重要认知即人生很重要的一步就是选择配偶。如果这一步选错了，那么往后余生都会是烦恼相随，痛苦相伴。找老公，帅气和有钱不是最重要的；找老婆，漂亮和身材也不是最重要的，重要的是这个人的人品、担当、责任和善良，以及他（她）家庭背后刻在骨子里的教养。

书中写了宝、黛读《牡丹亭》，互通款曲，说明整个故事只能发生在明代以后，然其中却使用了许多唯有明清以前，甚至只在唐朝方用的官制；言故事无"朝代年纪、地舆邦国可考"，"特避东南西北，不欲着迹方向"，却又信笔标明"金陵十二册"。无他也，苟全之笔也，躲避"文字狱"也！

当然，也有因作者思虑不周导致"穿帮"的。如护花主人摘误指出：三十六回袭人替宝玉绣兜肚，宝钗走来，爱其生活新鲜，于袭人出去时，无意中代绣两三瓣。文情固妩媚有致，但女工刺绣，大者上绷，小者手刺，均须绣完配里，方不漏反面针脚。今兜肚是白绫红里，则正里两面已经做成，断无连里刺绣之理，似于女工欠妥。——由此看来，护花主人不仅阅读恳心，于女红手工想必也是一把好手！

第二十九回描写贾母带着合家老小去清虚观打醮，其中有："奶子抱着大姐，带着巧姐儿，另在车。"一个"抱着"，一个"带着"；一个叫"大姐儿"，一个叫"巧姐儿"，非常明确，是两个女儿。但在后来的故事中却"丢了一个"。另外，也还不到四十回刘姥姥给巧姐起名字的时候，何来"巧姐"？

凤姐过生日"凑份子"，明明写彩霞是凑了份子的，后来尤氏体恤下人，又把份子分别退还各人，但却"债无主"地退的是彩云而非彩霞（第四十三回）；彩云业已跟王夫人外出送灵了，适逢宝玉生日，众芳们便趁王夫人等不在家热闹庆祝一番，然这些参与者中竟出现了彩云的名字（五十九、六十、六十一回）。之所以形成如是"穿帮"，据说是曹雪芹在创作过程中改变了原来的设计想法，他想把彩云、彩霞两个人的某一些故事集中合并或部分转移到一个人的身上（以为后面的情节铺垫），于是通过改名、去名（使两人在一些场合不同时出现）或修改情节等方法进行新的"布排"，但由于"思虑不周"，不免"谬存疏漏"。类似还有，书中有两个贾兰，一个是李纨之子，一个是族人；还有两个贾琮，其中一个为府内人（有版本称系贾赦之子），一个亦系族中人。这种"混乱"也是作者无意"所为"。

书中贾蓉并没有续娶，但清虚观打醮、除夕、老太妃丧事等大场面中都屡屡提起"贾蓉之妻"或"尤氏婆媳"。

作者最有"讲不通"的是对贾琏的"排行"与"称谓"。书中明明写"若问那赦公，也有二子。长名贾琏"，但又通书称其为"琏二爷"。或曰"是以荣宁二府大族排论"，但宝玉、贾环怎又不循此而是按荣府小族排论呢？还有，秦钟死在前（第十六回），柳湘莲出现在后，他俩根本无"交集"，缘何会有柳湘莲"去他坟上添了点土"。或曰，是宝玉委托代行"便宜"，但从宝玉问他"最近有没有给秦钟上坟?"的话句看,宝玉并未托"任"遣"责"。看来也是作者的一笔"糊涂账"!

在此应当特别说明,指出这些"穿帮""失误"和"文本矛盾"并非要"鸡蛋里挑骨头"或有意贬低作者,而是通过这些"蛛丝马迹""残痕遗渍"可窥探出《红楼梦》诸书叠加、几经合成、多次修改(甚至抄书者率意增添删减)的大致成书过程。故这些"账"不能尽算在曹雪芹身上。退一步来讲,纵使负些"账",也无可惊怪,因巴尔扎克讲"文学是庄严的谎言",它(把读者)唬住了就唬住了,唬不住就露马脚——而那些伟大作品总是能够感染人,是"不朽的谎言",伟大的作家有本事叫读者给他圆谎。

正如北京语言大学汉语学院教授沈治钧[1]先生的研究结论:"《红楼梦》是一稿多改的,曹雪芹的小说创作是一个不断扩充,逐渐完善,精益求精,惨淡经营的艰辛过程,可以说,这本书耗尽了他的心血。……在青藏高原发现海螺化石,青藏高原还是世界屋脊,早已经不是古地中海的海底世界了。同理,在《红楼梦》中发现文本矛盾,《红楼梦》还是一部伟大的小说,还是不朽的人类文化遗产,那丝毫也无损于它的神奇的艺术魅力。"

---

[1] 沈治钧(1960—),河北广平人,南开大学中文系、北京师范大学中文系毕业,获文学学士、文学硕士、文学博士学位。美国俄亥俄州立大学访问学者。北京语言大学汉语学院教授,中国红楼梦学会副会长,《红楼梦学刊》编委。著有《中国古代小说简史》《红楼梦成书研究》等。

二十八 避实就虚法

这是古典小说表现技法之一。一般多运用神话传说、假语村言、象征、谜窦等手段，隐去实事、真情、本意，影射现状或后文。特别在描写闺帏床笫、风流韵事时，"皆运实于虚，未忍昭然表出"。但不论是何侧重，只要运用得当，则有红楼隔雨、珠箔飘灯之妙，使文意、文脉穷境洞开，别有"一番天地"。

如名著《水浒》，据说作者施耐庵最先为这本书取名为《江湖豪客传》，后认为这样"太具象、太缺乏意境"，遂又避实就虚将其改名为含糊其词、烟云模糊的《水浒》。——这恰是作者的高明之处。因"水浒"本意指"水边"，最早出自《诗·大雅·绵》，其中写道："古公亶公，朝来走马，率西水浒，至于岐下。"意思是说周文王的祖父古公父在开创周王朝基业之前骑着马沿着西边的水滨来到了岐山脚下。在这样"典出"背景下，读者目触《水浒》二字，便会展开极大的想象，产生浓厚的兴趣。

《红楼梦》早先有名《风月宝鉴》《石头记》，最后定名《红楼梦》，亦是以无胜有，以虚胜实，以抽象胜具象，以"烟云模糊"胜"泾渭分明"——"比《石头记》更能吸引当时的读书人和旗家子弟"（周汝昌）。至于在《红楼梦》故事中的应用，更是"独领专擅""驾轻就熟"，庶几形成了《红楼梦》特有的模糊美学表达风格！

作者一开始就自云："曾经历过一番梦幻之后，故将真事隐去，而借通灵之说撰写《石头记》一书也""用梦用幻等字，是提醒阅者眼目，亦是此书立意本旨"。书里用姓"甄贾"二字，隐着"真假"的意思。太虚幻境里的一副对联更是将如何观此书说得明白，即"假作真时真亦假，无为有处有还无"。所以，慧心者阅《红楼梦》，定要把握"真即是假，假即是真；真中有假，假中有真；真不是真，假不是假"这种"避实就虚"的烟云模糊故事构、叙之法，方能入彀。

一是时空场景模糊

时间上为"多向段"。既有洪荒蛮始、石头炼成的宇宙时间，又有"石头无才补天"的女娲时间；既有贾府兴衰、人事枯荣的叙事衍进"文学时间"，又间杂古今穿越、人神互易（绛珠仙草、神瑛侍者之于黛玉、宝玉）、里外跳脱（作者与书中人物）的"魔幻时间"。这种对时间的多重性运用，让读者实实获得一种神秘感和沧桑感。

场景上为"多维度"。如书中多次提到的太虚幻境、青埂峰、繁华盛都、温柔之乡、兆年不易之朝、永治太平之国以及"相逢若问家何处，却在蓬莱弱水西""方请灵入先陵，地名曰孝慈县""（宝玉）明儿一早往天齐庙还愿去"和大如州、铁网山、平安州、太平县、李家店、急流津、女儿国、真真国、茜香国、西天大十树国等虚拟地名，这些都遵循半古半今、半有半无、半真半假"烟云模糊"原则。犹如甲戌本《石头记》"凡例"所说："书中凡写长安,在文人笔墨之间,则从古之称;凡愚夫妇儿女子长家常口角,则曰'中京',是不欲着迹于方向也。"

言及官制、装束,也非明非清,似满似汉,若古若今,烟云模糊,虚实不辨甚或子虚乌有。如"节度使",为唐设官制,后朝有沿用,至元废用。而书中"京营节度使"显属虚拟;"金陵省体仁院总裁",历代官职中均无此设,今日倒多见,兀显(作者)跨越时空之能;其他如"兰台寺大夫""都太尉统制"、镇海总制、镇国公、龙禁尉等说不确是哪朝哪代的官职官位名。

书中人物的服装也莫辨哪朝哪代。如县令贾化是"乌帽猩袍"(第一回)、贾蓉则是"美服华冠,轻裘宝带"(第六回)、荣宁二祖遗像,皆是"披莽腰玉"(第五十三回);贾母等女眷遇进宫或国丧时,只云"俱各按品大妆""按礼换凶服"。

这些与贾府、当朝和往代不断转换的时空场景、官制衣用,亦真亦幻,极玄极幻,令人真假莫辨,甚至荒诞不经,但却非"漫不精心"。它们不唯是一个简单的空间标记、借用符号。乃是作者悉心"艺术化"了的,大都具有一定的文化象征意义,是"寓怀而设"。触目之、咀嚼之,让人既有"美感",又得"遐思"。

二是人物事体模糊

书中写甄宝玉、贾宝玉,二人似同又异,虽二亦一。二者相互"遥照",相互"传影",真真假假,共同丰富、完善了《红楼梦》的第一男主角。即如一僧与一道,也都形影相随、烟映云遮、磷火明灭、互作映衬。

书中的一些主要人物的年龄都存在含混不清、自相矛盾的问题。宝玉、黛玉、宝钗等似乎一直都长不大,总停留在青少年时期(实是作者有意营造意境,留住时光,打造一个常驻"青春王国",以实现小说的深刻思想寄寓和表达)。而贾母、老嬷嬷这些老妇人却年龄增长特快。一些十分清楚的实际年龄，却时常变得很模糊，忽大忽小，或停止不前，或突然老去——都为满足情节需要。

宝钗言自己有一种"从胎里带来的一股热毒"，须吃一个秃头和尚特配的海上方——"冷香丸"来治（第七回）。对这种药的配法，宝钗神神秘秘、絮絮叨叨，言辞凿凿，一番论白。然真乎假乎，渺焉存焉？也属"虚实"模糊。故脂批谓："诸公且不必问其事之有无，只据此新奇妙文悦我等心目，便当浮一大白。"红学前辈李希凡于此分析得较透彻一些："胎里带来的热毒代表人与生俱来的天性和欲望，冷香丸代表封建礼教和正统观念，犯病时宝钗只能别无选择地用早就准备好的冷香丸来消除热毒。宝钗原本也是个活泼、健康的女孩，也读过不少'杂书'，内心自然也有着一份少女的情怀。可是，在封建礼教的熏陶下，她自觉地用自己所信奉的正统观念排除一切异端的杂念，自我克制，以保持贵族闺秀遵守纲常礼教的道德。"至于宝钗犯病时之症状表现，晚清学人王伯沆点道："观钗之热毒，益知医经论痘'淫火'二字之精，可以警也。"马瑞芳老师则示有医证医辨詈之"多系青春期不雅之举"所致。

究竟是否这样？大概也只能归入"未得亲见，不敢妄纂"之类列。

对"性事"描写，曹公深知"摹物不及状情，实描不逮虚写"，故多不予道明，只作心传神会之文。

如宝玉与可卿"弄"情，作者并未像第六回宝玉与袭人初试云雨情那样明写，而是在前回托梦与警幻仙姑之妹——兼美（即可卿），同"领警幻仙姑所训云雨之事"予以暗写，故护花主人曾点评："宝玉秦氏房中乃初试云雨，与袭人则是二赴巫山。读者勿被瞒过。"又如宝玉在宁府懒得看戏，便信步往一个小书房去看美人画。刚到窗前，即闻得房内有呻吟之声。宝玉乃乍着胆子，舔破窗纸一看，却是茗烟按着个女孩子，"也干那警幻所训之事"。写贾瑞暗恋王熙凤，用"指头儿告了消乏（指手淫）"（第十二回）。

第七回，写周瑞家的领命前往各处送宫花，"进入凤姐院中，走至堂屋，……只听那边一阵笑声，却有贾琏的声音，接着，房门响处，平儿拿着大铜盆出来，叫丰儿舀水进去"。这一段淡淡叙述，紧紧照应回目"送宫花贾琏戏熙凤"，把琏、凤不顾及场合、白日宣淫事尽作刻画。及至第二十三回，贾琏对王熙凤说："只是昨晚上我不过是要改个样儿，你就扭手捏脚的。"——不数十字而画春册全本，亦神工鬼斧。诚乃：风月之文，总不脱露；不著一字，尽得风流。

第三十一回，通过晴雯叙述宝玉同碧痕共同洗澡"足有两三个时辰，也不知道做什么呢，我们也不好进去的。后来洗完了，进去瞧瞧，地下的水淹着床腿子，连席子上都汪着水"以及她发出的嘲笑声，作者虚写了宝玉从澡缸里跳出来和丫鬟做爱的"背后故事"。

再如"贾府的屈原"——焦大，乘酒兴那一番"名骂"："生下这些畜牲（贾琏、贾蓉等）来，每日家偷狗戏鸡，爬灰的爬灰（贾珍与可卿），养小叔子的养小叔子，我什么不知道？咱们胳膊折了往袖子里藏。"这里"爬灰"，是乱伦的一种，特指公公与儿媳妇发生性关系。对"爬灰"一典则有几种解释版本。一说出自清王有光《北庄素史集》，"爬灰"亦即"扒灰"，详解为："翁私其媳，俗称'扒灰'。按昔有神庙，香火特盛，锡箔镪焚炉中。灰积日多，淘出其锡，市得厚利。庙邻知之，扒取其灰，盗淘锡以为常。扒灰，偷锡也。锡、媳同音，以为隐语。"另一种说法充满"戏说"味道，谓：王安石朝罢归来，明月之下，不小心看到儿媳妇刚洗完澡，纤毫不挂，一身清爽在院里乘凉，老王头不说权当"有眼无珠""事如春梦了无痕"地悄悄躲开，确偏犯上了文人酸文假醋、喜欢卖弄的毛病——遂在纸条上写了两句诗，走到儿媳妇天天都要焚香的香炉前，扒灰埋入。其诗曰："朝罢归来月西斜，隔帘瞧见玉琵琶。"佯作谴责媳妇不知尊重，有碍观瞻。翌日下朝归来，忍不住来到香炉边"扒（爬）灰"再看，岂料纸条上多了两句儿媳的续诗："何不抱来弹一弹，声音不到外人家"（或有作"愿借公公弹一曲，犹留风水在吾家"）。真是状元遇到了榜眼！媳妇也借机甩卖了才情，戏谑了阿翁，铸成"爬灰"一典。

然不管何种"版本"，凤姐和贾蓉对此俱已闻得，却佯装未听见。及宝玉问焦大所骂何意？凤姐连忙立眉瞋目断喝道："少胡说！那是醉汉嘴里混呛，……等我回去回了太太，仔细捶你不捶你。"这里，凤姐始"佯作罔闻"，继而"雷霆震怒"的表现，正是"虚枪发了颗实弹"——暗点了贾珍与秦氏、凤姐与贾蓉等诸事。诚如脂批所批："阿凤之为人岂有不着意于风月二字之理哉！若直以明笔写之，不但唐突凤姐声价，亦且无妙可赏。若不写之，又万万不可。故只用'柳藏鹦鹉语方知'之法，略一皴染，不独文字有隐微，亦且不至污渎阿凤之英风俊骨"。

"大盗不操干矛"！

《红楼梦》这种含蓄的描写，耐人寻味，给人以想象的空间，正合刘勰"夫隐之为体，意生文外，秘想傍通，伏采潜发……"（《文心雕龙·隐秀》），且使整部作品文字纯净，雅而不俗，人们知有"秽"事无"秽"感，始终在唯美的语境中徜徉。

不过，最大的"烟云模糊"当属《红楼梦》第一回中细说是书由来："从此空空道人因空见色，由色生情，传情入色，自色悟空，遂易名为情僧，改《石头记》为《情僧录》。东鲁孔梅溪则题曰《风月宝鉴》。后因曹雪芹于悼红轩中披阅十载，增删五次，纂成目录，分出章回，则题曰《金陵十二钗》。"由此，让后来许多人认为曹雪芹并非是书真正作者，而是"披阅、增删"者。最后当看到甲戌本[1]的眉批"若云雪芹披阅增删,然则开卷至此这一篇楔子又系谁撰?足见作者之笔狡猾之甚。后文如此者不少。这正是作者用画家烟云模糊处,观者万不可被作者瞒蔽了去,方是巨眼",我们才略有几分清醒。

"出浴时半遮半掩的女子最动人,悬念的镜头才吸引人,剧透了的电影没意思"。世界之于我们也是这样:我们对它的了解十分有限,无知甚至神秘的东西又是如此多,我们才保持着对它经久不衰的兴趣和探求。如果哪一天它全裸在我们眼前,被我们看透,则这个世界就变得十分无聊,我们的人生也就索然无味、难起激情了。犹如英国作家王尔德所陈:"人生有两种悲剧,第一种悲剧是你所要的东西得不着,因此你感到失望。但是另一种更大的悲剧是,你所要的东西你终于得到了,却感到绝望。"

正因为以上"避实就虚"的模糊特色,致使几百年来人们以极浓厚的兴趣,不可割舍地对该故事的地点、时间、事件等引起纷纷争议、猜测忖度,而笃定了"红学"一脉成为中华文化殿堂里的一门显学。

---

[1] 甲戌本,系"脂砚斋甲戌抄阅再评本"的简称。抄本,残存16回。此书第一页写"凡例"共5条。此"凡例"及诗为其他各本所无。诗后有"至脂砚斋甲戌抄阅再评,仍用石头记"一行为别本所无,故此本通称"甲戌本"。"甲戌"为乾隆十九年(1754),此纪年应是原底本之纪年,现存此本为据甲戌原本的过录本。据其中两段脂批,可以看出此书初稿尚有"秦可卿淫丧天香楼"等情节,说明它在《石头记》的早期抄本中占有重要地位。

二十九

棋格法

尔侪曾博弈乎？弈前，睇观那车、马、相、士、卒，各就其位，森森列列，蓄势待发；弈中，各守其规，各行其道，断不能逾矩越规、恣意妄行。如是，方成一局妙趣横生的"鏖战"。

一部涉写九百余人、千端事绪的《红楼梦》也谨遵此矩，恪守此道，让人各就其位，各表其言，各展其性、各呈其态。他们的面目、性格、身份、语言都不尽相同、不可互易，也（让读者）不会弄错。如无名氏在《读红楼梦随笔》中所评："一人有一人性情，一人有一人身份，彼此移置不得。至声吻尤为肖妙，不啻若自其口出。佛家谓菩萨现身说法，欲说何法，即现何身，作者真如菩萨乎？"

1. 各就其位

无论聚宴、议事、观戏、祭祖等，均依"尊卑有别、长幼有序、婆姑尊显、宾客理先"的原则，各就其位，各逐其行，毋能僭越。

赵姨娘为"大当家的"贾政之人，亦有传嗣之功——生了只有"半个主子"身份的一对儿、女，但因身份是奴是妾，就无权管教探春、贾环，份例也从婢从下人；难以上"台面"，不得到人前，历次的祭祖和家庭宴集，她都没有资格参加；比她辈分低的凤姐，甚至从自己"肠子里爬出来"的女儿也敢对她横加指斥、詈责。对此，她只有"立正听命""忍气吞声"。盖无它，命所定，行"锁"定。——此乃"血统至上、妾身卑微"。

贾母在贾氏家族内辈分最高，年龄最长，地位尊贵，其子孙后人都要早晚请安，吃饭时要上座；王熙凤在荣府内是大管家，威风八面，但在李纨面前不敢放肆——因李纨是大嫂子，年龄比她大，地位比她高。贾环顽劣，遇宝玉亦收敛、现恭敬。——这叫"长亲至尊，长幼有序"。

即便行坐静动都有规矩，不得马虎。

如第三回写林黛玉初入荣国府，即安排了一场饮食礼节的家宴："贾珠之妻李氏捧饭，熙凤安箸，王夫人进羹（尽"媳妇之职"）。贾母正面榻上独坐，两边四张空椅，熙凤忙拉了黛玉在左边第一张椅上坐了……贾母命王夫人坐了。迎春姊妹三个告了座方上来。迎春便坐右手第一，探春左第二，惜春右第二。旁边丫鬟执着拂尘、漱盂、巾帕。李、凤二人立于案旁布让。"——斯是"婆姑尊显，媳妇卑谦"。

第四十回，史太君宴游大观园，其落座情景是："东边是刘姥姥，刘姥姥之下便是王夫人；两边便是史湘云，第二便是宝钗，第三便是黛玉，第四迎春、探春、惜春挨次下去，宝玉在末。李纨、凤姐二人之几，设于三层槛内，二层纱厨之外。"——是谓"宾客理先，闺秀娇贵"。

当有众多老妈妈下人们参加的场合，其列坐又有讲究，与上迥有不同："贾府风俗，年高伏侍过父母的家人，比年轻主子还有体面，所以尤氏凤姐儿等只管地下站着。那赖大的母亲等三四个老妈妈告个罪（真是礼数毕致，礼

不厌多），都坐在小杌子上了。"（第四十三回）

何谓诗礼簪缨人家？斯可窥斑见豹——旧时中国家庭生活完全以礼为指南，中国文化全部都是从家庭观念做起，且"体现处处，讲究时时"。

然顾今日之左右，时过境迁、"风俗"不居，小辈成了"皇帝"，媳妇贵作"王母"，虽曰是一次颠覆性"革命"，良不知是吾族之悲、之喜？令人振乎、忧乎？

2. 各表其言

各闪其辞、各道其语，言溢其性、性骑其言，人人不相参。也就是说，贾母有贾母的话，凤姐有凤姐的说，黛玉有黛玉的言，宝钗有宝钗的语，刘姥姥有刘姥姥的"话唠"。"能使读者看了对话，便好像目睹了说话的那些人"（鲁迅语），达到了"只有一个词可以表现它"（莫泊桑语）的境地。

这是《红楼梦》在文字艺术上最精彩、最传神的部分。

如称谓贾母：在诸人口中则称老太太，凤姐口中则曰老祖宗，在僧尼口中则谓老菩萨，在刘姥姥口中则称老寿星……众口不一，却各尽其妙。

黛玉对宝玉赠送给她的鹡鸰香串（北静王得皇帝赠物又转赠宝玉），却说"什么臭男人拿过的，我不要它"，遂掷地不取（十六回）。——黛玉对皇帝赏赐之物竟漠然如是，认若秽物，并视他们一概为"臭男人"，其清高、自负、任性不言自昭！又剖白了她感情不二，情"情"一焉，犹如庖丁解牛：始之所见无非全牛，方今未尝见全牛，只唯宝玉一牛郎也！

湘云无心说了"演戏的一女孩扮相极似林妹妹"。宝玉听了，忙使眼色制止，令湘云顿感愠怒（第二十二回），摔手道："我也原不如你林妹妹，别人说她，拿她取笑都使得，只我说了就有不是？我原不配说她。她是小姐主子，我是奴才丫头，得罪了她，使不得！……这些没要紧的恶誓，散话，歪话，说给那些小性儿、行动爱恼的人，会辖治你的人听去（指黛玉）！别叫我啐你。"——真是口无遮拦，一吐为快。不负她是个率性开朗之人：遇事沉不住气，藏不得假，地道的"辣妹子"，十足"脂粉冷娃"！然而，她也正因这一点夺人："湘云出而颦儿失其辨，宝姐失其妍，非韵胜人，气爽人也⋯⋯至烧鹿大嚼，茵药酣眠，尤有千仞振衣、万里濯足之慨，更觉豪之豪也。"（涂瀛《红楼梦论赞》）

第六十八回，凤姐闻听张华不敢依计状告琏二爷"仗财依强、停妻再娶（尤二姐）"，便大骂张华"癞狗扶不上墙的种子！⋯⋯你细细的说给他（张华），便告我们家谋反也没事的。若告大了，我这里自然能够平息的"。又"我从来不信什么阴司地狱报应的，凭什么事，我说行就行"。于是，一个狠毒、狡黠、自负、刁蛮的凤姐向我们走来。这让我们不由想起《金瓶梅》中西门庆的狂言："（俺）就是强奸了嫦娥、掳了许飞琼、盗了王母的女儿，也不减我泼天富贵。"于此，不难见凤姐身上的确遗传了西门大官人的一些基因。

呆霸王"薛大爷"的言谈更是"话如其人""非他莫属"。

第二十六回，一无所知、腹内草莽的薛蟠把春宫画落款"唐寅"认作"庚黄"；生日时要请宝玉吃古董行程日兴送来的"这么粗这么长粉脆的鲜藕，这么大的大西瓜，这么长一尾新鲜的鲟鱼，这么大的一个暹罗国进贡的灵柏香熏的暹猪"。薛呆子平时厌学厌读，词汇贫乏，此刻欲精确描述实乃"蒋干过江——差事难办"，只好用几个"这么大""这么长"来描述这么几个东西。但"这是薛蟠的贫乏，却绝不是《红楼梦》的贫乏⋯⋯这样的语言出于薛蟠之口，给人以强烈的真实感，准确地写出了这位草包公子鲜明的个性特征"（林冠夫[1]《红楼梦纵横谈》）。于间更见作者"写谁像谁，谁说是谁"

---

[1] 林冠夫（1936—2016），浙江永嘉人。中国艺术研究院红楼梦研究所研究员，中国红楼梦学会副会长。曾参加《红楼梦》新校本的校订和红学史的编写。红学著作有《红楼梦纵横谈》《红楼梦版本论》，以及有关红学论文若干篇。

非凡功力而绝不现"斗牛举尾"之瑕（旧时一富豪藏名家戴嵩《斗牛图》，暇日于厅前晾晒。有交租农民见而窃笑曰："农非知画，乃识真牛。方其斗，夹尾于髀间，虽壮夫膂力不能出之。此图皆举其尾，似不类矣。"）。

此外，一群帮闲在"大观园试才题对额"中的阿谀热捧、拍马骑巧的清客语言亦可谓"磬声绝响、梵音入妙、格物嘴脸"！

3. 各展其性

人物行为、做事都辙合其性，一人有一人口气，一事有一事光景。不能它类，无可替代。就像《水浒传》中一提上战场便"兴奋不自已""抡斧抢杀人"的黑旋风李逵，像"见酒便忘戒""饮酒不知醉"的花和尚鲁智深，他们的性格特点如此鲜明，读者谙熟于胸，莫不能辨。——这端赖于作者对他们性格的摄神描写和刻画。

《红楼梦》摄神在《水浒传》，又较之高出一筹，更见"鲜亮"。

宝玉参加可卿出殡，中途歇息，便来到一农舍，见"炕上有个纺车，便上来拧转作耍，自为有趣。只见一个约有十七八岁的村庄丫头跑了来乱嚷：'别动坏了！'众小厮忙断喝拦阻。宝玉忙丢开手，陪笑说道：'我因为没见过这个，所以试他一试。'那丫头道：'你们哪里会弄这个，站开了，我纺与你瞧。'秦钟暗拉宝玉笑道：'此卿大有意趣。'宝玉一把推开，笑道：'该死的！再胡说，我就打了。'说着，只见那丫头纺起线来。宝玉正要说话时，只听那边老婆子叫道：'二丫头，快过来！'那丫头听见，丢下纺车，一径去了。"（第十五回）

此处，宝玉的新奇、无知，村姑惜物、逞能，秦钟逗情、讥诮以及村妪一声"二丫头"的称谓、高喊，都无不在情入理，妙趣横生。

麝月拿了一块银子，提起戥子来问宝玉哪是一两的星儿，宝玉悯然，便道:"拣那大的给他一块就是了。又不作买卖,算这些做什么?"(第五十一回)的确,让一个"饭来张口,衣来伸手"的痴公子哥儿谙熟经济之道、精于度量之理,岂非秀才论兵而勉为其难吗?

再有,写凤姐因贾琏偷情鲍二家的泼醋撒蛮一段(第四十四回)也煞是好看。她先以"再不说,把嘴撕烂了他的""用烧了的红烙铁来烙嘴""头上拔下一根簪子来,向那丫头嘴上乱戳"威逼小丫头道出贾二舍偷情实情,随后"一脚踢门进去,抓着鲍二家的撕打一顿"。又怕贾琏走出去,便堵着门站着,骂道:"好淫妇,你偷主子汉子,还要治死主子老婆。平儿过来!你们淫妇忘八一条藤儿,多嫌着我,外面儿你哄我!"说着,又把平儿打几下,偏叫平儿打鲍二家的。平儿急了,便跑出来找刀子要寻死。凤姐见平儿寻死去,便一头撞在贾琏怀里,叫道:"你们一条藤儿害我,被我听见,倒都唬起我来,你也勒死我!"

看此,不由感叹:凤姐——,真真天下妒妇之冠首、恶妇之班头、悍妇之超女、泼妇之领军!

似此胭脂虎般女人,男人谁遇谁发怵。要想驯服,怕只有托赖莎士比亚《驯悍记》中的彼特鲁乔才能奏效!

不过,自己的丈夫黏小蜜、包二奶致使凤姐恼羞成怒、大为光火亦当在情理中。尤其在今天,一些"泥做的臭男人"秉承遗风、如蝇逐臭、竞相放纵,令"不良家"妇女颇伤脑筋。于是,网上便见"奇招"——一蛮女警告想出轨的老公:"你如果敢离婚去娶那个年轻的妖精,我就嫁给妖精她爹,从此以后,儿子管你叫姐夫,你得喊我妈!"老公无奈道:"罢,罢!算你狠!"

观是法,确乎"稳、准、狠",但不免流于太"阴损"!

其实,夫妻之间永浴爱河、长相厮守的要诀无他,只在彼此要充分理解、信任、尊重和宽容。"两个人的结合不应当成为相互束缚,这结合应当成为一种双份的鲜花怒放。"(罗曼·罗兰《母与子》)

4. 各呈其态

即各人的神态、举止,一招一式都天然而成,率性使然。

第二十六回,写一个小丫头手里拿着些花样子并两张纸找红玉说道:"这是两个样子,叫你描出来呢。"说着向红玉掷下,回身就跑了。红玉向外问道:"倒是谁的?也等不得说完就跑,谁蒸下馒头等着你,怕冷了不成!"那小丫头在窗外只说得一声:"是绮大姐姐的。"抬起脚来咕咚咕咚又跑了。——一个"童稚未脱、毛手毛脚、屁颠屁颠"的小蛮女逼真现来!

体肥面阔的傻大姐在大观园的山石背处拾得一个男女欢爱的五彩绣囊(第七十一回),心性愚顽、行事出言常在规矩之外的她便心下盘算:"敢是两个妖精打架?不然必是两口子相打?"是以笑嘻嘻地一边看、一边走,后遇到邢夫人看到,唬她:"快休告诉一人。这不是好东西,连你也要打死。"这傻大姐听了,不曾想"拾个欢喜拣个愁",反吓得黄了脸,忙回答:"再不敢了。"磕了个头,呆呆而去。

一副"傻态",酷肖无比。

第七十七回,夏金桂继降伏呆公薛蟠后,又意欲寻机挟制、弹压宝钗。故一日和香菱闲谈中,闻听她的名字是宝钗所取,便"将脖一扭,嘴唇一撇,鼻孔里哧哧两声,拍着掌冷笑道:'菱角花谁闻见香来着?若说菱角香了,正经那些香花放在哪里?可是不通之极!'"且看这"扭脖""撇嘴""哧鼻""拍掌""冷笑",真真笔载性情、意迁奇想、追魂摄魄,活画出一个可恶、可厌、可憎的悍妇。正如前人所评:夏金桂有王熙凤之妒而逊其精明,有熙凤之淫而无其机变,故熙凤尚令人爱,金桂直令人憎。熙凤、金桂分别譬诸东汉之曹操、董卓,曹操之奸犹足以欺世,董卓之恶必至于杀身。——故金桂之死宁不是其自作?

总之，作者正是借他那如魔如幻的笔，通过物态细节应用和对当事人准恰的语言动作描写，把各式各类人物的性情（如黛玉的任情专情、宝钗的宽和涵养、凤姐的能干诙谐、探春的精明果敢、湘云的娇憨洒脱、晴雯的率真纯真、袭人的温柔和顺、平儿的善良坚韧、鸳鸯的刚烈忠直、紫鹃的诚朴智慧等等），镂刻在读者的脑海，人人俱尽，个个活跳，以至我们闭上眼就如脑子过电影般对榫。且通篇具有高度"整一性、稳定性"，前后一贯，绝少抵牾，纤毫不乱：妙玉不孤僻不成妙玉；凤姐不泼辣不成凤姐；宝玉不糊涂不成宝玉；宝钗不圆融不成宝钗；黛玉、晴雯不夭亡，不成黛玉、晴雯；袭人不嫁蒋琪官不成袭人。"葬花的一定是黛玉，扑蝶的一定是宝钗，眠裀的一定是湘云，打王善保家的一定是探春，情词试莽玉的一定是紫鹃，良宵花解语的一定是袭人，拒婚的一定是鸳鸯，撕扇子、补裘、脱红绫衣的一定是晴雯，做白日梦的一定是小红。丝毫改不得，无论哪件事，一旦换一个人，不但全不像，而且无意味了。"（聂绀弩[1]《古典小说论集·红楼梦的几个人物》）

同时，也进一步让我们理会："世界上没有两片完全相同的树叶。"而对于更为复杂的人来说，则有更多的不同之处。我们的人生是无限时空上的一条线段，没有任何两个人的线段是重合的，正是这些不同之处，造成了人与人之间的巨大的不同。然而不同只是不同，它本身并没有好坏对错之分。所以，你要对自己严格，因为你是独一无二的；你要对别人宽容，因为别人和你是不一样的。有些所谓"成见""经验"是没有伦理价值的，它只是人们给自己错误巧立的名目而已。

以这种"棋格法"雕刻人物、塑造形象、统御小说，"真能抉肺腑而肖化工，以为文章之奇！"

---

[1] 聂绀弩（1903—1986），新中国著名诗人、散文家，湖北京山人。真诗作新奇而不失韵味、幽默而满含辛酸，被称作"独具一格的散宜生体"。

工笔法

《红楼梦》涉写内容包罗万象、搜尽杂陈,透示、展现中国当时社会全景貌象,不啻中国社会的一幅大"工笔"画。及若"画"中的一物一事、一景一图、一亭一榭、一草一花、一衣一饰,也都精雕细刻,极尽工笔之绘。如戚蓼生[1]《石头记序》所形容:"摹绘玉钗金屋,刻画芗泽罗襦,靡靡焉几令读者心荡神怡。"

如黛玉初进贾府,繁绪复杂、讲究谨严,孰接孰送、谁迎谁伴、你领他带、彼唤伊传,细致精当,悉有交代、各有分派,丝毫不乱!及后又从黛玉眼中所见对凤姐、宝玉作"工笔"描写:

"只见一群媳妇丫鬟围拥着一个人,从后房门进来。这个人打扮与众姑娘不同,彩绣辉煌,恍若神妃仙子。头上戴着金丝八宝攒珠髻,绾着朝阳五凤挂珠钗;项上戴着赤

---

[1] 戚蓼生(1730—1792),浙江德清城关人,乾隆年进士,后为官。五十七年冬卒于任。戚蓼生早年赴京应试,购得曹雪芹80回本《石头记》早期抄本,大为赞叹,书序一篇,对《石头记》的写作艺术推崇备至。

金盘螭璎珞圈；裙边系着绿色宫绦双衡比目玫瑰佩；身上穿着缕金百蝶穿花大红洋缎窄银袄，外罩五彩缂丝石青银鼠褂；下着翡翠撒花洋绉裙。一双丹凤三角眼，两弯柳叶吊梢眉；身量苗条，体格风骚；粉面含春威不露，丹唇未启笑先闻。"——这是凤姐，再看不作他人！她的形象，她的神态，她的地位，她的气势，她的性格乃至灵魂，一刹那间全显露出来了。因虽然"丹凤眼、柳叶眉"俏丽，但若呈"三角""吊梢"状，则多主"阴险毒辣"；而"体格风骚、粉面含春、丹唇未启笑先开"又以声写色，以色写神，让精神流露于动止之中，性情隐显于言语之外。

诚谓：出凤姐有声有色，太史、长康一齐下拜。即令脂砚斋读到这里，也奋腔喝彩："第一笔，阿凤三魂六魄已被作者拘走了，后文焉得不活跳纸上！此等文字非仙助即神助，从何而得此机栝耶？"

"头上戴着束发嵌宝紫金冠，齐眉勒着二龙抢珠金抹额，穿一件二色金百蝶穿花大红箭袖，束着五彩丝攒花结长穗宫绦，外罩石青起花八团倭缎排穗褂，蹬着青缎粉底小朝靴。面若中秋之月，色如春晓之花，鬓若刀裁，眉如墨画，面如桃瓣，目若秋波。虽怒时而若笑，即嗔时而有情。项上金螭璎珞，又有一根五色丝绦系着一块美玉。"——此乃宝玉，亦天地孑然唯一！他"怒时而若笑，嗔时而有情"，自然成为女人堆里的"逗比"。

更让人称奇的是后面曾有对湘云"短袄"的妆写，作者竟用多达二十五个字来描摹，即："半新的靠色三镶领袖秋香色盘金五色绣龙窄备小袖掩襟银鼠短袄。"

啧啧，一个男子，对服式身佩谙熟若此，实在令人匪夷所思。

构建的大观园有借景、有障景、有对景、有添景、有静观、有动观，有山脉、有水源，且竹影参差，花香暗度，春水绿波，燕声呢喃，枫叶流丹，明月皎然；其如诗、如乐、如画，有节奏、有韵律、有起伏、有收放、有开阖。园中各要件"梨香园""藕香榭""秋爽斋""芦雪庵""蓼风轩""紫菱洲""荇叶渚"等,也都"情景交融""天人相谐",都"长槛曲栏随处有,春风秋月总关情"。让我们不得不发出赞叹:斯景只应天上有,人间哪得几回见。"桃花流水窅然去,别有天地非人间"!不禁叩问:何处管城子,哪方文曲星,生出如许之碧桃红蕚哉?难怪诗人顾城如是说:中国文人中只有两次描绘了人间的天国,一个是陶渊明的桃花源,一个是《红楼梦》的大观园。

第五十三回祭宗祠中,又见作者"工笔"之功:先交代主祭、陪祭,再写献帛、献爵,俟后焚帛奠酒,接着合家传饭——"每一道菜至,传至仪门,贾荇、贾芷等便接了,按次传至阶上贾敬手中。贾蓉系长房长孙,独他随女眷在槛内,每贾敬捧菜至,传于贾蓉,贾蓉便传于他妻子,又传于凤姐、尤氏诸人,直传至供桌前,方传于王夫人。王夫人传于贾母,贾母方捧放在桌上……"

——叙琐屑事,须眉活现,是颊上添毫手也。

笔者每读此,并无些许琐屑、淡烦之感。相反,却从内心烘然感受到一种"慎终追远""感念祖德""礼仪毕至""孝字当先"的中华传统美德的情愫积突。并想起歌德那句格言:"带来安定的是两种力量:法律和礼貌。"

由之思前睹今,不由发出今日"德薄道远""孝悌勉存"之喟叹。即便还残存一些,也已发酵变味,令人肯否难许。不是吗?笔者下乡时,曾亲历一家为老妪办丧事:丧棚内,几桌麻将,几桌餐席,孝子、亲友们各入其座,争多论少、喝五吆六、兴意阑阑、热闹非凡;送葬时,孝子们一应跟着乐队,奏着《妹妹你大胆的往前走》《抬花轿》曲;迎魂或送葬毕,伴和着《今日痛饮庆功酒》《打靶归来》,令人啼笑皆非。竟不知是举丧抑或行乐,是游戏人生,还是调侃亡灵?

那么,不妨扪心问一下,我们今天生活中的"庄严仪式"还有没有?还有多少?固然,当今社会是一个价值多元化的社会,社会对很多行为都表现出了前所未有的包容。但社会的包容并不意味着社会风尚的堕落,更不意味着道德标准的丢弃。在开放、废旧、逐新的名义下一任灵魂飘游、心泯敬畏，怕也未必是件好事。"无所不在等于无所在"！灵魂如果没有确定的目标，就会丧失自己。

"我们走得太快，是该停下来等等自己的灵魂了。"（尼采）

从这个意义上讲，当今社会学家的首当责任就是尽快打造适合国情、契合民心而绝非目下"崇金拜物""娱乐至死"的生活哲学、生命"仪式"，以便让我们的心魂有所依恃，尽快回到人类理性的轨道！

此外，还有贾母讲"窗纱"、凤姐说"茄鲞"、妙玉言"品茶"等都交代至详、叙事精密。"《红楼梦》像生活的网，细节的网；像生活的河流，细节的河流，积聚成浪花飞溅的长河，组成了越来越生活化、平凡化叙事结构的生命形态。"（郑铁生[1]《红楼梦叙事结构》）

巴尔扎克曾说："当一切的结局都已准备就绪，一切情节都已经过加工，这时，再前进一步，唯有细节组成作品的价值。"细节是艺术、是品位。细节运用的成功与否，决定写作价值，决定写作的深度、高度，乃至写作生命。

从以上"工笔"描写看，无疑可以说曹雪芹"笔底弄丸，腕底有鬼"，出色地做到了这一点！而对读者来讲，读如是大作，犹如"同读圣人之书，而或以之弋富贵，或以之崇德业；同游圣人之门，而或以之矜名誉，或以之致精微者，比比矣"（金圣叹）。

---

[1] 郑铁生（1947— ），河北枣强人。兼任中国红楼梦学会理事。发表代表性论文有《半个世纪关于红楼梦叙事结构的理性思考》《从红楼梦文本叙事反观程本与脂本的异同》《红楼梦脂评的叙事结构思想》。

教授法

《红楼梦》是一部小说，它还称得上是一本精致绝善的教科书、丰富的教育教材。作者俨然一位教术得法、诲人不倦的良师，通过书中人物的口授身传，将琴、棋、书、画、诗文辞章、医理烹饪、女红手工等知识和技能不厌其烦地教授给我们。"毫无疑问，人们从《红楼梦》中所看到、学到的东西，比从官修的正史、大内的档案、私家的诗文笔记中学到的东西，还要更形象、更生动。"（胡文彬《红楼梦与北京》）

其主要有：

1. 论诗

诗词乃中华传统文化之瑰宝、精华。它塑造人的精神，涵育人的修养，注行动以力量、供心灵以港湾、递灵魂以芳香，"它让人灵魂不死"（叶嘉莹语），它是中国人的精神礼赞。

然读诗、赏诗易，会写诗、写好诗就不是件容易的事。而《红楼梦》却于此"烁烁其言、诲人不倦"。

在大观园题试以及几次诗会中，黛玉、宝玉、宝钗、贾政、李纨、香菱等都对如何写诗发表过精论，如"见题先度其体格，编新不如述旧""作诗忌过于新巧求生，只要立意清新""善于背面傅粉和烘染""不露堆砌生硬"，以及"小题目寓大意""善翻古人意"等。黛玉与湘云中秋联诗时的"一句一论"中，极具实践性地讲了诗的遣词、铺排、承接、扣韵、奇险、意蕴等。

第四十八回中黛玉诲教香菱作诗道："什么难事，也值得去学？不过是起承转合，当中承转是两副对子，平声对仄声，虚的对实（虚）的，实的对（实）虚的，若是果有了奇句，连平仄虚实不对都使得的。……词句究竟还是末事，第一是立意要紧。若意趣真了，连词句不用修饰，自是好的，这叫作'不以词害意'。"

黛玉深得诗之三昧，在这里强调不要太注重词句的修饰，只提出"意趣真"三字来教示香菱，可说是"独具只眼，摄得诗魄"。

经过黛玉指点把教，香菱诗才日日见长，迅速提高。当黛玉让她以"月"为题作诗，她反复推敲、修改，甚至"推倒重来"，最后终于给我们呈上了一首用辞贴切、深寄情感、严格对仗切律、堪与史上大诗人媲美的"新巧有意趣的"佳作。

"积上不止，必致嵩山之高；积下不已，必极黄泉之深。"（东汉·王符《潜夫论》）香菱生动感人刻苦学诗和学诗有成的典例也告诉我们：一旦选择相信，一切皆有可能。世上没有白费的努力，也没有碰巧的成功；一切无心插柳，其实都是水到渠成。行动在哪里，收获就在哪里；心在哪里，风景就在哪里！

2. 论画

李斗《扬州画舫录》[1] 记载：曹雪芹祖父曹寅"工诗词、善画"。"兵家儿早识刀枪"！他赓续脉泽、承接箕裘，于绘画也很有造诣。挚友张宜泉[2]《题芹溪居士》诗对他表赞："爱将笔墨逞风流，庐结西郊别样幽。门外山川共绘画，堂前花鸟入吟呕。"好友敦敏[3]谓他"寻诗人去留僧舍，卖画钱来付酒家"——可见，在穷困潦倒时，给他以生命"接济"和"支撑"的竟不是巨著《红楼梦》，而是画作！他是真正的画家，而不是"画家的妈妈——只会说不会画"。

正因为作者有此"术业""专长"，故在书中言及绘画，他便"笔泄浏亮、头头是道、娓娓侃来"。

惜春画大观园"行乐图"，涉及中国绘画中的花鸟画、仕女画、界画（即画亭台楼阁等建筑的技法）、草虫画（一种最细致的工笔画）。宝钗更进一步指出："要看纸的地步远近，该多该少，分主分宾——该添的要添，该减的要减，该藏的要藏，该露的要露。……插人物，也要有疏密，有高低。衣折裙带，手指足步，最是要紧。一笔不细，不是肿了手，就是瘸了腿。"

说到用什么质料、工具作画时，宝钗又很内行地分析了雪浪纸的优劣，讲述如何化胶、出胶，随后又详细开列了绘画所用各种型号的排笔、染笔、著色笔、蟹爪笔、开面、须眉笔以及各色颜料、乳钵、粗碟、绢箩、水桶等

---

[1]《扬州画舫录》，系清诸生李斗（1749—1817）所著的清代笔记集，共十八卷。书中记载了扬州一地的园亭奇观、风土人物。书中不仅有戏曲史料，还保存了一些小说史料。袁枚为此书作序，认为此书胜于宋李廌的《洛阳名园记》和吴自牧的《梦粱录》。

[2] 张宜泉，生平事迹待考，是一位诗人，有诗集《春柳堂诗稿》留存于世。他与曹雪芹是朋友和诗友，友谊极深。《春柳堂诗稿》中有为曹雪芹而作的诗四篇，是研究曹雪芹极为珍贵的材料。

[3] 敦敏（1729—?），姓爱新觉罗氏，是清太祖努尔哈赤第十二子英亲王阿济格的五世孙。著有《懋斋诗钞》。其中有他赠雪芹诗五首、吊诗一首。诗中不仅反映了曹雪芹的为人和他们之间的深厚友情，而且具有史料意义，是红学研究中极重要的珍贵材料。

绘画"家什"。

由是看来，宝钗对绘画，不仅有理论知识，也颇具实战经验。也更让我们感到：曹雪芹真真多才多艺多能，不枉称是一名出色的画家！所憾让非凡作家的光芒遮掩了他伟大画家的曦亮。

3. 论琴

琴，"可以导养神气，宣和情志，处穷独而不闷者，莫近于音声也"（嵇康）。琴乐能让人在美的意境中获得理性的感悟和自我超越，使人的灵魂祥和、宁静、快乐。

历史上，琴乐曾被列为士大夫"六艺"之一，嗣后秀才"四艺"和文人"四雅"（琴、棋、书、画）里，琴乐都在其中，并占据首位。

旧时大家闺秀，每于"四艺"都能悉心学习、概不陌生。贾府的千金们亦然，她们从小训练琴操，技艺精湛，各怀绝技，借此"怡性抒情、放飞梦想"。

这里的"琴"主要是指古琴。

《红楼梦》中多处涉及古琴学、操。

第八十六回，宝玉向颦儿讨教操琴之道，黛玉先从琴道、琴义说起。接着，又讲到琴情、琴仪："若必要抚琴，先须衣冠整齐，……然后盥了手，焚上香，方才将身就在榻边，把琴放在案上，坐在第五徽的地方儿，对着自己的当心，两手方从容抬起，这才身心俱正。还要知道轻重疾徐，卷舒自若，体态尊重方好。"

最后，言及了"琴艺""琴技"。就如何"识琴语""运手法"达到"指法好、取音好"做了耐心讲解。并特别强调：学琴，贵在"坚持""常练"。否则，"三日不弹，手生荆棘"。

第八十七回，妙玉与宝玉来到潇湘馆外，不经意听到黛玉弹奏《猗兰》《思贤》两操合成音韵的琴曲，甚觉音调清切，炫音过悲，便道："君弦太高了，与无射律只怕不配呢。"继之又讶然失色道："如何忽作变徵之声？音韵可裂金石矣。只是太过。"当听得君弦嘣的一声断了，妙玉即预感到黛玉的不祥命运在即也，遂起来连忙就走（"声音之道"出于人之自然，故她能从七弦琴上听出黛玉哀惋命运）。

实在地讲，听琴、悟琴能到如是份上，我们不能不喟叹：妙玉不啻是一位琴侠高手！她对于音乐确称知音，堪比蔡琰"女知绝弦"——汉灵帝时中郎将蔡邕六岁之女蔡琰听父弹琴。弦断，琰曰："是第一弦断了吧？"复断，继问："第四弦又断？"邕谓她是侥幸说中？蔡琰答："昔季札观风，知四国兴衰；师旷吹律，知南风不竞。由是言之，安得不知乎？"

可以说，古琴内容博大精深，不仅是中国传统文化之瑰宝，也是反映中国哲学、历史、文学的镜子。至今，每每议及"《高山流水》遇知音""司马相如《凤求凰》"以及"诸葛亮抚琴演空城"等，都会让我们自然联想到古琴。尤值一提的是，1977年人类向外太空发射"旅行者一号"，上面搭载着向外星人推介地球人类的一系列"自我介绍"，其中便有由中国古琴演奏的《高山流水》。由此，我们对琴的认知就得"重新审视""刮目相看"了：它"铺就"过去、"发酵"现在、"通达"未来，的确功莫大焉！

高尚的爱好和兴趣是对人生宝贵的恩物。特别在当今，学一点音乐知识、掌握一门音乐技能对一个人的生活寄寓、事业发展颇有裨益、大有襄助：求学时，音乐为高考加分；求职时，音乐为气质加分；求婚时，音乐为爱情加分；工作时，音乐为才艺加分；孤独时，音乐为灵魂加分。生命有高雅艺术相伴，无异于为人生加分。

"指下扫尽炎嚣，弦上恰存贞洁"。受《红楼梦》启发、诲教，笔者不惮愚钝，笨伯试耕，"自演矛戈"，习练不辍，不上几年，竟也能操玩钢琴、小提琴、萨克斯、长笛、吉他、二胡、唢呐、葫芦丝等乐器二十余种。每于清风明月、花灿叶绿之时，牵黄携孙，于幽篁森森、蒹葭苍苍之处，弦索弄月，竹管临风，诚也快哉，不亦乐乎?!

4. 论医理

中医同样是中华民族优秀文化之瑰宝，它与京剧、书法、武术并称"中国四大国粹"。

《红楼梦》中，描写了大量的医事、医理。据统计，书中涉及的医药卫生知识计290多处；使用的医学术语161条，描写的病例114种，中医案例13个，方剂45个，西药3种，中药125种，如八珍益母丸、左（右）归丸、麦味地黄丸、梅花点舌丹、香雪润津丹、天王补心散、平安散等，其中许多至今仍在临床应用。

难能可贵的是，书中诸多医学活动都颇具中医医案"典型性"和"实战性"。

秦可卿沉疴，宁府请来张太医诊治（第十回），认为她是"思虑太过，忧虑伤脾，肝木特旺，经血所以不能按时而至"。遂后，开出"益气养荣补脾和肝汤"药方；凤姐之女病了，大夫把脉是"出痘"喜症。并说道："病虽险，却顺"，"预备桑虫猪尾要紧"（第二十一回）；袭人挨了宝玉的"窝心脚"，口内吐血，宝玉便要叫人烫黄酒，拿山羊血黎洞丸来（第三十一回）；晴雯患病，麝月取鼻烟给她嗅、拿西洋贴头疼用的膏子药"依弗哪"贴在两太阳穴上（第五十二回）；第十三回，宝玉梦中听见秦可卿死了，只觉心中似戳了一刀的不忍，哇的一声喷出一口血来。袭人等骇然，急欲要告贾母，他却淡然道："不用忙，不相干，这是急火攻心，血不归经。"——我们惊诧之余，又不免哑然失笑，继而顿生钦羡：宝玉竟能自己给自己诊断较为复杂的"吐血"？设若是我们，岂不吓个半死！

书中还提到"贾宅中的秘法"，即：无论上下，只一略有些伤风咳嗽，总以净饿为主，次则服药调养。的确，是药三分毒，祛病非恃药！这种医疗理念是老子"无为而为"思想的体现，实属"上乘"和科学的。

下面，再说说钗、凤、宝、黛的健康问题。

书中写道，宝钗患有一种莫名的病（发作时"只不过喘嗽些"）需服用配方异常复杂的"冷香丸"。许多人认为这是忽悠人的"神方"，是为着意刻画宝钗的"冷"而"夸张"、而"虚写"。但近年一些医学红迷研究者研究认为：宝钗所患病其实就是"哮喘"，西医称之为"花粉热"，所以犯哮喘病的最怕就是春秋两季花开花落的时节。"冷香丸"乃是利用引致病因的媒介（各季花蕊）以刺激身体，自行制造抗体。所以宝钗说："也不觉什么，只不过喘嗽些，吃一丸也就罢了（好些）。"

凤姐"旧病逆袭、下面淋血不止，身体软弱、发晕"，太医诊断"系心气不足，虚火乘脾，皆由忧劳所伤"。一些妇科专家从上述描写以及其他处所写"凤姐禀赋气血不足多年，兼年幼不知保养，平生争强斗智，心力更亏"，鸳鸯谓她"雪山崩"等，认为凤姐的病多属子宫瘤或子宫癌。可惜她没能生在当代，无缘配享现代先进医疗检查手段来进一步确诊治疗。设若那样，或许"健康的凤姐"还能给我们带来更多的"惊艳""精彩"！

一些行家研究认为，黛玉所患疾病主要表现在"心理疾病"和"生理疾病"两方面。

心理方面，主要是多心、多愁、善感，表现在无端悲伤、动辄流泪、常常忧郁、每每迁怒、时生妒忌等。

生理方面，一是先天不足，体质羸弱；二是严重神经衰弱（少眠多梦易惊）；最要命的是第三种——慢性肺痨病，今称肺结核（时常咳嗽、间或带血，气喘难继、双颊绯红）。应当指出的是，肺痨极具传染性（最易口涎传染），且在那时多属不治之症。由之，也让我们想到两点：1. 以宝玉素有"嗜红"毛病却未染上此疾，反证了他与黛玉、晴雯（亦患此症）的清白。2. 贾母、王夫人等对黛玉患病及其后果虽不曾道出，但一概"心知肚明"，认为她"这样虚弱，恐不是有寿的"。故在那个"传宗接代、唯此为大"的年代注定是不会选黛玉作配宝玉的。加之古人从经验中得来：血缘太近的人结婚"其生不蕃"。尤其是姑姑、舅舅的子女不婚。如果姑姑的女儿嫁给舅舅的儿子，那叫"骨肉还家"，最是犯忌。故无论从延续香火、强壮命脉，还是让爱孙宝玉免遭早年丧妻打击来讲，贾母等阻止宝玉、黛玉成婚的选择，是再自然不过的了。我们无须为一种超然的浪漫和理想来对其苛责，期欲她改变选择而把我们的完满、快意构建在一个八十岁老太婆的痛苦之上。且伊等乃是模范地执行了优生优育，不仅不应受指责，还应得褒奖。

凤姐移花接木、撮合金玉姻缘，也非用心"险恶"，诚如徐志摩所说："我们选择欺骗，是因为不想伤害深爱的人，我们不是故意的，只是没有伤害对方的勇气，所以才隐藏真正的答案。"这又启示我们两点，一是读《红楼梦》断不可"想当然"，要切记：我们毕竟不是生活在那个"环境"时代，一切"定评"都极可能不准、不确、不妥。能猜度推衍有若干个"可能"，便是我们自身的"丰富"，便是难能可贵的"收获"。二是心理健康是长寿之基，心理疾病是诸病之源。要以林黛玉为镜鉴，她固然冰雪聪明、绝世红颜、才压群芳，但由于不注重心理健康，恣意任性，斤斤计较，弄得自己羸弱不堪，人多避弃，花损正红！所以，对于"心理健康"，我们要倍加珍护、精心滋养。特别，"愉快"和"欢笑"就是医之、护之、养之的最好"药物"。如果一个人愁思牢笼、烦心郁结，疾病便趁机"随风潜入夜，润物细无声"。反之，若开口常笑、知足常乐，健康就会"不期敲门来"。有载：清朝一位山东巡抚，长期患精神抑郁症，久治不好。有一名医把脉问诊后，（故意）郑重其事对他说："你患了月经不调症！"此人破涕大笑，任、督二脉即通立畅，病症遂轻。以后每想此事，不禁会心而笑，最后彻底康复。

最后说宝玉。

宝玉常处病态（多是失玉致疯魔），延医看诊，诊得病源是"悲喜激射，冷暖失调，饮食失时，忧忿滞中，正气壅闭"。再联系书中对宝玉"无故寻愁觅恨，有时似傻如狂""行为偏僻性乖张"的描述，用现在中、西医的观点基本可以确诊宝玉患的是"癫狂病"或"癔病"，亦即精神病学家所称"歇斯底里"。

宝、颦爱情悲剧也再次告诉我们："健康"缺失，有情人终难成眷属！

叹，叹！一部小说中包含如此丰富的医学知识，且非常精准、有效，这在中外文学史上绝无仅有！有此丰富"教材"，吾辈细读、细研之，定能有所收获。

5. 论化妆

明末才子李渔在《闲情偶记》"修容篇"中讲道："妇人惟仙姿国色，无俟修容；稍去天工者，即不能免于人力也。"意思是说：女人除非有赵飞燕、杨贵妃那样的天生丽质不需修容，否则都要讲究化妆。

从大观园众女儿的个个"靓丽"出场看，她们也无不精于此道，且"点画恒有度，色颜总相宜"。如写凤姐"一双丹凤三角眼，两弯柳叶吊梢眉""粉面含春威不露，丹唇未起笑先闻"；写宝玉"面若中秋之月，色如春晓之花，鬓若刀裁，眉如墨画，面如桃瓣，目若秋波"；写三春姊妹"腮凝新荔，鼻腻鹅脂"，都是"妆后之态"。

故雪芹"谥"她们"脂粉英雄"。

主子讲究化妆，仆人也不例外。

黛玉进贾府当晚，袭人"见里面黛玉和鹦哥犹未安息，他自卸了妆，悄悄进来"；平儿受屈挨了打，腮挂泪痕、素面少彩，宝玉在一旁帮她"擦上些脂粉"（第四十四回）。

尤其第六十回，题目"茉莉粉替去蔷薇硝　玫瑰露引来茯苓霜"中，就直接包括了四样"化妆品"，其后的情节也都直接或间接地披露了芳官、蕊官、彩云都有化妆习惯。

今天，社会经济极大发展，文明长足进步，女性化妆饰美、追求靓丽无可厚非。但其中多些操之"过激""过度"，令人扼腕；有的甚至不计成本、不惜损害身体健康而为之。这无异于与"美"背道而驰，让"美"走进了"死胡同"。

北宋著名理学家、关学创始人张载言："天资美不足为功；唯矫恶为善，矫惰为勤，方是内功。"歌德讲："外貌只能徒耀一时，真美方能百世不殒！"这些都道明：漂亮的外表是浅薄的、短时的，精神的美才是深邃的、持久的（特别知识乃是最好的化妆品）。

6. 论饮食

传统文化认为：饮食为切要，从古圣贤，自这里做功夫。故世有神农氏，遍尝鸟兽虫鱼果黍，滋味始出。

又语云："三代仕宦，着衣吃饭。"意即"穿衣吃饭"的学问，仕宦人家须三代才能精通弄懂。孔老夫子言："礼之初，始于饮食。"《诗经·伐木》有"民之失德，乾糇以愆（饭菜不周致怨）"。甚至还和社会兴败、国家存亡密切相关。岂不闻历史上那著名的八大饭局——鸿门宴，杀机四伏的饭局；煮酒论英雄，最霸气的饭局；贵妃醉酒，最香艳的饭局；杯酒释兵权，四两拨千斤的饭局；群英会，最坑人的饭局；乾隆千叟宴，最豪华的饭局；东晋新亭会，最鼓舞人心的饭局；渑池之会，最不辱使命的饭局。《世说新语》还有记载：桓公举宴，席上有一个参军用筷子夹蒸薤，蒸薤黏在一起分解不开，一起共餐的人又不帮忙，筷子终于黏住拔不出来。在座的人都笑起来。桓公愤然说："同盘共餐尚且不肯相互帮助，何况遇有危难呢？"下令免去一起就餐人的职务。

可见：饮食从来不是一件小事。

《红楼梦》涉写贵族仕宦，自然少不了饮食内容。但《红楼梦》中的饮食描写不似以往小说（如《水浒》中大块吃肉、大碗喝酒）那样琐屑重复，缺乏诗意，而是将其作为故事发展、人物性格、文化世态不可或缺的有机组成部分并大容量地展现了古代贵族之家的"食谱、食经"，且详尽提供了相关饮食从原料、加工、制作过程以及形状、颜色、品味等全部细节。

如第四十一回，刘姥姥吃了茄鲞，赞不绝口，凤姐便借机讲了它的复杂制作过程（此并非雪芹杜撰，早在《红楼梦》成书之前的《农圃便览》中即有详叙）。

大观园中的美食家，上至老寿星贾母，下至卑微丫鬟，可谓比比皆是。书中仅写"吃"的专场就有好几处，如螃蟹宴、上元节宴、生日宴、仲秋宴、鹿肉宴、怡红夜宴、贾母两宴大观园等。各种宴聚不仅排场大、档次高，而且品类全、有特色。

有人做过统计，《红楼梦》共写食品佳肴（包括饮品）一百八十多种。如菜有暹猪、糟鹅掌、糟鸭信、酒酿清蒸鸭子、鸡油卷儿、上用银丝挂面、燕窝粥、碧粳粥、火腿鲜笋汤、酸笋鸡皮汤……山珍海味，玉粒金莼，凡此种种，不一而足。

中华饮食，浩浩乎，大哉！

特别，中国饮食还合"道义"、法"自然"。如筷子一双，有太极、阴阳理念；筷子两头，呈"天圆地方"之形；三指执筷，合天、地、人三才之象；筷子标准长度为七寸六分，代表七情六欲。寓意吃饭既是满足七情六欲，也要时时莫忘克制、把控自己的七情六欲。

因之读《红楼梦》,也要懂得一点中国古代饮食文化方面的知识,这样读起来才会有滋有味,才能解得"其中味"。

其他还有论女红、论棋、论茶等,不再一一列述。

可以说,《红楼梦》中处处蕴含着知识、深埋着学问,端显出作者超人的学识和出众的才华,诚如二知道人评赞:"雪芹先生博于才艺,不独诗古文词各甄娴熟,篇中所叙弹琴作画,双陆围棋,以及医理、大六壬之类,无所不通。"而这些知识、学问在作品中的应用又是如此自然、如此贴切、如此精到、如此老辣,犹比"羚羊挂角,无迹可求",让人丝毫感觉不到有"卖弄显摆"之嫌,唯有对作者躬身作揖、遥致师礼了。并作叹:天下才十斗,八斗果被曹家独得耶?

多色幽默法

幽默，是通过影射、讽喻、双关等修辞手法，在善意的微笑中，揭露生活中的讹谬和不通情理之处。它是生活中的救生圈，是上帝赐给我们的一个生活减压阀，是洞察人生之后的调侃和调皮，甚至"许多真理都是以笑话的形式讲出来"（尼采）。用之于文学作品中，则多有"喜剧"的色彩。

"吾国人之精神，世间的也，乐天的也"（王国维语），故我国历史上的喜剧文学遗产，可谓繁花竞放、珠玉纷呈。

作者曹雪芹更是一个"幽默的主"。清朝裕瑞在他的《枣窗闲笔·后红楼梦书后》中说："（曹雪芹）善谈吐，风雅游戏，触景生春。闻其奇谈娓娓然，令人终日不倦，是以其书绝妙尽致。"

《红楼梦》中的幽默多类、多量。那诙谐的出言吐语、有趣的笑话小令、戏谑滑稽的意态动作恰似一颗颗"开心果"，每每咀嚼，即令我们溢香满口、谐味十足、会心一笑。我们姑且借"象"以颜色譬诸类列。

1. 橙色幽默

凤姐为取乐贾母，讲一笑话，其中从祖婆婆到滴滴答答的孙子，一口气上下说出了十五个辈次（第五十四回）。

小红心灵、口巧、强记、伶俐，向凤姐禀事，一口气说出十四个"奶奶"，证明了她的好"钢口"（第二十七回）。

第九十一回，黛玉诘问宝玉："宝姐姐和你好你怎么样？宝姐姐不和你好你怎么样？宝姐姐前儿和你好，如今不和你好你怎么样？今儿和你好，后来不和你好怎么样？你和他好他偏不和你好你怎么样？你不和她好他偏要和你好你怎么样？"（叹！人但凡如此操心，则健康何来？）

以上把玩处，乃在语言表述方式实有相声中的"贯口"之味（如相声《报菜名》），既间无停歇、一气贯下，且逻辑不乱。

李渔曾讲："（讲笑话）妙在水到渠成，天机自露，我本无心说笑话，谁知笑话逼人来，斯为科诨之妙境耳。"如明《雪涛小说》有：武陵一市井少年，善说谎。偶于市中遇一老者，老者说之曰："人道你善谎，可向我说一个。"少年曰："才闻众人放干了东湖，都去拿团鱼，小人也要去拿个，不得闲说。"老者信之，径往东湖，湖水渺然，乃知此言即谎。——这是在说"谎"，更是在妙然不期然的状态下制造了一个绝妙"笑话"。

凤姐、贾母于此都得心应手、驾轻就熟。

宁府给贾敬做寿宴，贾敬喜静怕扰偏不来。邢夫人、王夫人道："我们来原为给大老爷拜寿，这不竟是我们来过生日来了么？"凤姐说道："大老爷原是好养静的，已经修炼成了，也算得是神仙了。太太们这么一说，这就叫作'心到神知'了。"一句话说得满屋里的人都笑起来（第十一回）。贾政升任郎中，王熙凤便告贾母舅舅家后天要送一班戏祝贺。有人又提醒当日还是黛玉的生日，贾母便打趣地对黛玉说："既这么着，很好，他舅舅家给他们贺喜，你舅舅家就给你做生日，岂不好呢。"又引得大家一阵哄笑（第八十五回）。

第五十四回闹元宵取乐，贾母讲一笑话，说：一家十妯娌中唯有第十个媳妇聪明伶俐，心巧嘴乖，公婆最疼（暗喻凤姐），那九个心中有忿、不平，遂一起到阎王庙烧香求巧。适遇孙悟空路过，讲明情由后，孙行者谓"那日你们妯娌十个托生时，可巧我到阎王那里去的，因为撒了泡尿在地下，你那小婶子便吃了。你们如今要伶俐嘴乖，有的是尿，再撒泡你们吃了就是了。"——借机把能说会道的"凤姐"编排了一下。

接着，凤姐又说了一个笑话："几个人抬着个房子大的炮仗往城外放去，引了上万的人跟着瞧去。有一个性急的人等不得，便偷着拿香点着了。只听'噗哧'一声，众人哄然一笑都散了。这抬炮仗的人抱怨卖炮的扦的不结实，没等放就散了。"有问："难道他本人没听见响？"凤姐儿道："这本人原是聋子。"众人不觉一齐失声都大笑起来。

正谓：拾粪不离粪叉子，说笑话离不开一家子。

2. 蓝色幽默

第三十九回，刘姥姥为了讨好贾母，取悦众人，杜撰了一个"茗玉小姐病死、建庙、成精，后村里人意欲打了塑像、平了庙"的故事。

孰料刘姥姥这一煞有介事的胡诌却让宝玉上了心，便极力阻止拆庙，并许诺给刘姥姥一些原始资本——香头钱，让她化缘布施，集资攒钱重新修庙、塑像，以后每月再另给其香火钱（刘姥姥无意中开辟了财源）。更可笑的是宝玉竟当真地让茗烟去寻找斯处，可怜茗烟寻访无结果，赚了一顿臭骂。

第六十八回，凤姐因嫉恨贾琏偷娶尤二姐，欲把事儿挑大以陷贾琏于

"不义",进而致尤二姐于死地,便设计旺儿撺掇张华投状都察院告琏二爷"背旨瞒亲,仗财依势,强逼退亲,停妻再娶"等,又命旺儿配合"应诉"。且看旺儿这一番表演:旺儿正等着此事,不用人带信,早在这条街上等候。见了青衣(捕快),反迎上去笑道:"起动众位兄弟,必是兄弟的事犯了。说不得,快来套上。"都察院命将状子与他看,旺儿故意看了一遍,碰头说道:"这事小的尽知,小的主人实有此事,但这张华素与小的有仇,故意攀扯小的在内。其中还有别人,求老爷再问。"张华碰头说:"虽还有人,小的不敢告他,所以只告他下人。"旺儿故意急的说:"糊涂东西,还不快说出来!这是朝廷公堂之上,凭是主子,也要说出来。"

面对拘捕和刑堂,旺儿"心定气淡""大义凛然"且又"行奸斥奸""吃主卖主",真真一个"稀世活宝"!也托赖于凤姐导演的一场"好戏"!

另外,宝玉向黛玉赌誓"若有心欺负你,明儿我掉在池子里,教个癞头鼋吞了去,变个大忘八,等你明儿做了'一品夫人'病老归西的时候,我往你坟上替你驮一辈子的碑去"(第二十三回)(宝兄不意它物,独钟情王八,实在迥异常人);晴雯偏爱听"撕扇子声响",宝玉竟也愿借此博其一笑(第三十一回)。真真让人感到"林子大了,什么样的鸟儿都有"。看来,这个世界是多彩的,人的性情偏好也是多样化的。构建和谐社会,应最大限度地满足人的各种需求。只要其行为不危害社会,不侵害他人的利益,我们当视之是合理的,至少应当包容它的存在。

3. 灰色幽默

宝玉因琪官、金钏儿事惹恼乃父,被喝住欲打,便急寻人(给贾母等)报信,偏生眼前没个人,犹似"崇祯爷殡天——盼谁谁不来,叫谁谁不到"(第三十三回)。正焦恍中,只见一个老妈妈出来。宝玉如得了珍宝,赶上来央道："快进去告诉：老爷要打我呢？快去！快去！要紧，要紧！"岂料这老婆子偏生是个聋子，竟不曾听清，把"要紧"二字只听作"跳井"，便笑道："跳井让她跳去，二爷怕什么？"——这又似"急惊风遇见了慢郎中"。宝玉叫苦，便急道："你出去叫我的小厮来罢。"那婆子又答非所问道："有什么不了的事？老早的完了。太太又赏了衣服，又赏了银子，怎么不了事的！"——这是婆子（毋宁说是作者）无意中"捧哏"、抖"包袱"。

被称为"色中之厉鬼"的贾赦逼鸳鸯做妾，鸳鸯不从、懊恼，向平儿吐陈心迹。平儿道："你既不愿意，我教你个法子，不用费事就完了。……你只和老太太说，就说已经给了琏二爷了，大老爷就不好要了。"鸳鸯啐道："什么东西！"接着袭人又出"高招"："他两个都不愿意，我就和老太太说，叫老太太就说把你已经许给宝玉了。大老爷也就死心了。"鸳鸯听后又是气、又是臊、又是急，骂道："两个蹄子不得好死的！"（第四十六回）

作为男性读者，是否从中多少洞见了部分"女性世界"？她们的插科打诨实在不让"须眉"。但此"馊主意"出自平儿、袭人之口，也让人多少与宝玉有同感：女人结婚前都清水似的，怎么一变换女儿身就有些"那个了"？倩问周公：婚姻究竟是何东西？

贾琏赴苏州料理林如海后事，凤姐嘱跟随的仆人昭儿："在外好生小心伏侍，不要惹你二爷生气，时时劝他少吃酒，别勾引他认得混帐老婆。果然有这些事，回来打折你的腿。"想想，此嘱亦诚多余、实可笑——贾琏岂是下人昭儿所能左右得了的？况依贾琏脾性，若昭儿不给主子"拉托"寻花觅柳，二爷必定生气。若要琏二爷心爽气顺不生气，必得"花柳"伺候。此二律背反，凤姐焉不知乎？再退一步讲，即便昭儿不做，"女人自会勾引二爷，二爷亦自会勾引女人"（王伯沆批语）。

傻大姐拾得绣春囊，便笑道："真个是个狗不识呢。太太请瞧一瞧。"此处，傻大姐认定自己原本不识之物为"狗不识"。以意度之，凡识此者即狗也。故不妨说，傻大姐以是骂遍所有（除自己外，因她"真不识"）识情人，正如孔夫子一句"吾未见好德如好色者也"而骂遍天下所有男人！

伊何"傻"之有？

相反，她获称贾氏之功臣不为过也。试想："妖精香袋，设使妖精拾之，将香袋终不可复见，而妖精之害滋甚。"（清·许叶芬[1]《红楼梦辨》）

第六十六回，酸凤姐"大闹宁国府"，骂完尤氏，又对贾蓉一顿臭骂猛打。贾蓉忙磕头有声说："婶子别动气，仔细手，让我自己打。婶子别生气。"说着，自己举手，左右开弓，自己打了一顿嘴巴子，又自己问着自己说："以后可再顾三不顾四的混管闲事了？以后还单听叔叔的话不听婶子的话了？"自己审自己？天下奇见奇闻！这里，贾蓉做态于凤姐，想必除对凤姐的"势怕"外，怕更多的是"情怕"吧？

4. 黑色幽默

所谓黑色幽默，乃是用喜剧形式来表现悲剧内容的幽默。兴起于20世纪60年代初，美国作家约瑟夫·海勒1961年出版的小说《第二十二条军规》中首用。其中一段把病人（二战伤病员）体内排出的液体又作为"输液"输入伤员体内的描写乃是典型的黑色幽默。

《红楼梦》几近于这种类型的幽默，亦令人在领受荒诞不经、滑稽可笑的同时，又感到沉重和悲悯。

凤姐毒设相思局，撺掇贾蓉、贾蔷一起重讹了贾瑞五十两银子，又被尿粪浇了一身。回家后，门人问何至若此？言说："黑了，失脚掉在茅厕里了。"

---

[1] 许叶芬，生平事迹不详，其《红楼梦辨》，作于光绪五年己卯（1879）。其中说："《红楼梦》一书，为故大学士明珠故事，曹雪芹原本只八十回，以下则高兰墅先生所补也。错综离合，大半托诸寓言。唯其以玄旨写俗情，密缕细针，自是小说中另有一副空前绝后笔墨。"

贾瑞于此玩了一把"黑色幽默",止让人感到:"凤姐计忒毒,蓉、蔷心甚黑,贾瑞情太痴。然远'道'而行,都终无善果!"

邢岫烟作为薛家的准媳妇,寄人篱下,生计维艰,悄悄地把绵衣服叫人往"恒舒典"当了几吊钱作盘缠(第五十七回)。宝钗获知笑道:"这闹在一家去了。伙计们倘或知道了,好说'人没过来,衣裳先过来'了。"——原来典当在了薛家的当铺。

第六十八回,凤姐闻夫偷娶尤二姐,早已炉火中烧,但她却"恬退隐忍",按住不发,待贾琏公干远离,遂领了一干人来到尤二姐处,见面以礼相还,并"情真意切"地说道:"我今来求姐姐进去,和我一样同居同处,同分同例,同侍公婆,同谏丈夫,喜则同喜,悲则同悲,情似亲妹,和比骨肉。不但那起小人见了,自悔从前错认了我;就是二爷来家一见,他作丈夫之人,心中也未免暗悔。所以姐姐竟是我的大恩人,使我从前之名一洗无余了。若姐姐不随奴去,奴亦情愿在此相陪。奴愿作妹子,每日服侍姐姐梳头洗面。只求姐姐在二爷跟前替我好言方便方便,留我个站脚的地方儿,奴死也愿意。"说着,便呜呜咽咽地哭将起来。

苍天啊,大地呀,看看凤姐的情怀胸襟多宽,行操格调多高!好像她非给丈夫弄个"二奶"而不足以活命!但阅过后文的人都知道,这乃是十足的弥天大谎,是黄鼠狼给鸡拜年。她舌灿莲花、出语甜美,心非口是、积非成是,歪理正讲、正话曲说,且说得入情入理,恸天地、泣鬼神,直让人怀疑世上是否还有"理"的戥星儿?若言有人能把活人说死,笔者倒信凤姐能把死人说活。

俗话说:不怕黑李逵,就怕笑刘备。柔弱可怜的尤二姐毋宁说是逢遇到了"刘备的二大爷"!"山雨欲来风满楼"——连读者都为伊感到后怕!

蔡义江慨言:总括一句,(凤姐)将戏演到极致。倘若世间真有变作绵羊的狼,这就是了(何其芳称她是"一条美丽的蛇")。

凤姐舌灿莲花，腹藏利刃，卧榻独踞，不容人憩，任施借剑阴谋，赢得千古骂名！其实，她非是"此路一条"，她还有其他"选项"，如清·佚名氏《读红楼梦随笔》分析的那样："凤姐若照口说之词，真心行去，与尤二姐明定嫡庶，互托腹心，既可饰己昭名，又可延夫嗣续，并可分中馈之任，博夫子之欢，所益非浅。"

然笔者反问一句：设若那样，斯人还是"凤姐""凤辣子"吗？但无论如何，凤姐的"表演"都让我们领略了经世难见的奇观世相！

故野鹤《读红楼梦札记》[1] 曰："吾读《红楼梦》，第一爱看凤姐儿。人畏其险，我赏其辣；人畏其荡，我赏其骚。读之开拓无限心胸，增长无数阅历。"

无怪乎王昆仑[2]道："恨凤姐、骂凤姐，不见凤姐想凤姐！"

最后，笔者也想"埋汰"尤二姐几句：对于凤姐的为人和"心毒手狠"，兴儿等家人早已向你秉说，缘何还要"明知山有虎，偏向虎山行""因情迷性"而玩起耗子给猫当三陪的游戏呢？尔当明白：当幸福无缘无故地敲你门的时候，你应该警惕，你应该检查一下它的来意。

同时，也让我们多少认同了巴尔扎克《幻灭》中那句话："美貌和贫穷凑在一起往往是最不幸的遗产。"这也就是民间古训"穷养儿子富养女"的道理。穷养儿子，使他体验生活的艰辛，磨砺坚强的意志，将来他才能担当应尽的责任，从而成长为一个真正的男子汉——这其实是对儿子一生的投资；富养女儿，是说要尽可能地为她营造一个富足舒适的成长环境，使她从小对高质量的生活耳濡目染，天然养成拒绝外来金钱物质诱惑的能力（尤二姐折

---

[1]《读红楼梦札记》，清野鹤著。本书共65则，有对护花主人、明斋主人、太平闲人、大某山民、梨云馆，及虚山唵唵子诸评本的评论，抄本。

[2] 王昆仑（1902—1985），江苏无锡人。曾担任过全国政协常委、全国人大常委会委员以及民革主席等职务。他也是一位著名的红学家。撰写《〈红楼梦〉人物论》，注意阐发《红楼梦》的思想意义和艺术价值，对以后的红楼梦人物论产生过积极的影响。

节于此),并塑造得优雅、大方、得体和富有生活情调,这其实是对伊一种文化修养的投资。

5. 冷色幽默

何谓"冷色幽默"?甚难给出一个精确定义。大概可以这样说:冷色幽默是对一个十分严肃的问题或事件,应者以极其认真、诚恳的态度给予最荒诞、最不靠谱的提问、回答、策应。如:

旧时,因丈夫被人夺命,妻讼至官署。县令怒,立拘凶手至,遂对凶犯道:"人家好好夫妻,直令成寡!今以汝配之,亦令汝妻寡守。"(笔者批语:此罚判恐会纵人人成命犯。)

今时,一时髦女走至垃圾堆倒垃圾,不小心滑倒,撞入正在捡破烂的老头怀里。老人感慨说:"城里人就是不会过日子,这么好的媳妇说不要就不要了。"

细品《红楼》,亦不乏领略此类幽默。

第三十一回,翠缕与湘云论阴阳,翠缕竟道:"怎么东西都有阴阳,咱们人倒没有阴阳呢?"湘云照脸啐了一口道:"下流东西,好生走罢!越问越问出好的来了!"——好笑!偌大个人竟不知男女、阴阳?

不过,于间也见姑娘的"纯真无邪"。诚谓:分花拂柳缓随行,意趣横生一笑倾。慧敏女儿犹显迁,喁喁问答不胜情。

第四十一回,刘姥姥随众人来至"省亲别墅"牌坊底下便爬下磕头,并称"这牌楼上字我都认得"。众人笑道:"你认得这是什么庙?"刘姥姥便抬头指那字道:"这不是'玉皇宝殿'四字?"众人笑得拍手打脚。

我等读罢也不免发笑。大字不识几个的村妪刘姥姥,面对一群才情横溢、能诗善吟的大家闺秀,毫无怯色,竟敢"班门弄斧""关公门前耍大刀",神淡气定地枉称自己认识原本不认识的"省亲别墅"四字。无奈，孔雀一开屏先让人看见了屁眼。焉不惹人笑也么个！

宝玉睡梦中唤袭人，连叫几声无人答应，把外厢房的晴雯惊醒，便唤醒宝玉身边的麝月，嗔道："连我都醒了，你守在旁边还不知道，真是个挺死尸的。"麝月翻身打个哈气道："他叫袭人，与我什么相干？"（第五十一回）——梅子会酸，极有风趣！这不愠不火之答，算是个"冷幽默"。于间可见丫鬟之间争风吃醋之甚，但也确符合儿女常情（特别是那个年龄阶段）。

另外，还有黄色幽默。

为满足书中情节需要，曹雪芹既可把《葬花词》《芙蓉女儿诔》写得那样优雅、深情，又能把艳曲淫调、饧涩浪态写得如此厘头搞笑。

如薛蟠与宝玉、妓女云儿等行酒令所唱的"酸曲"；中秋夜宴之际，邢大舅（邢夫人之胞弟）赌输了钱，见两个娈童（青春男妓，今称"鸭子"）马上黏着赢家而淡了自己，气得嗔骂他们"专泹上水"。旁边人谑语责之："怨不得舅太爷生气。我且问你两个：舅太爷虽然输了，输得不过是银子钱，并没有输丢了鸡巴，怎么就不理他了？"（第七十三回）

贾琏与多姑娘偷情，两人诚"白骨精跟猪八戒吊膀子——一个想吃肉，一个想沾光"。贾二舍已然不顾她故作"你家女儿出天花正供着娘娘，你也该忌两日，倒为我脏了身子"的劝告，而放涎答曰："你就是娘娘！我那里管什么娘娘！"的确，此时怕是让他当皇帝的聘书递来，也难撼其志、动其心、移其体。用关汉卿《一枝花·不伏老》曲中的一段为其作注，最是恰当："你便是落了我牙，歪了我嘴，瘸了我腿，折了我手，天赐与我这几般儿歹症候，尚兀自不肯休！则除是阎王亲自唤，神鬼自来勾，三魂归地府，七魄丧冥幽，天哪，那其间才不向烟花路儿上走！"

欲令智昏，信也！

但切莫忘记印度哲人奥修"性就是分期付款的死亡，而死亡是性的大批发"的告诫。

综上,"我们可以从中发现曹雪芹变幻腾挪的多样化喜剧技法,蕴含着杂多的喜剧意味,体现着曹雪芹独具的喜剧精神。正是因为有了这些喜剧性因素的深广介入,才使我们在阅读《红楼梦》时不致一味沉重、一味悲辛,而会伴随着开心的畅笑、会心的乐思。"(贺信民《红深几许》)。台湾学者何庆明更进一步说:"作为一部深刻丰富的悲剧使《红楼梦》成为一本伟大的小说,书中随处流露的喜剧意识却使他成为更伟大的小说。"

"人以笑话为笑,我以笑话醒人。虽然游戏三昧,可称度世金针。"这就是《红楼梦》于嬉笑诙谐之处的"超值"作用!也是我们不仅在今后写作中而更应在生活中着意加强、发扬光大的。它实属于天才和灵感,会在瞬间以智慧的闪光击溃生命的阴暗,并创造出阳光一般的粲然一笑。

"没有幽默滋润的国民,其文化必日趋虚伪,生活必日趋欺诈,思想必日趋迂腐,文学必日趋干枯,而人的心灵必日趋顽固。"(林语堂《一夕话》)

诚亦哉!

谶纬法

所谓"谶",本意指神的预言;"纬"相对于"经"而言,是说天道(无形的权威——神)与人道(人间的权威——君主)相辅相成。其本质是人们对自己不可把握的命运,期冀、幻想以自然或超自然的力量得到控制、透视预期。再具体一点说,"是一种以文字符号(包括图画)为工具,透过象形、会意、假借等造字法则的指引,以进行双关的联想与暗示的预言方式……(这种做法)能增加文学趣味的写作技巧,展现出作者对文字符号的娴熟灵活的功力,也能满足读者猜谜解密的乐趣"(欧丽娟《大观红楼》)。

《红楼梦》中的谶曲、谶诗、谶谣、谶语、谶图等随处可见、俯拾即是,且其应用之先、应用之广、应用之巧、应用之妙都可谓"前无古人、鲜有来者"。

首先是谶曲。雪芹仿南戏,在开始即以一曲(《好了歌》)总揽全剧的方法为小说铺排建构。到第五回,又自创北曲(《红楼十二支曲》),这些曲子和名册中包含着丰富的信息,一曲提调、暗示一人命运,再和《红楼梦·引子》《收尾·飞鸟各投林》共同合成了恢宏悲怆的《红楼梦》总曲，篆成小说总纲。

其次是谶诗。正像清朝书评家张新之说："书中诗词，各有隐意，若谜语然，口说这里，眼看那里。"（《红楼梦读法》）如第一回，便有癞头僧人对着抱怀幼女英莲的甄士隐念了四句谶诗，总言了人间盛衰之运，还分别暗示了甄家爱女因拐被灾、甄府"走水"罹难的事体、时间："菱花空对雪澌澌"隐喻了英莲将会变成香菱，成为薛蟠的侧室；"好防佳节元宵后，便是烟消火灭时"是指命运灾难肇始于元宵节赏花灯时，从此以后甄家就会像爆竹花灯一样，一声轰响，归于沉寂、暗淡，止留灰烬虚无。

再有，林黛玉绝世哀音《葬花吟》也是典型的"诗谶"，其中"三月香巢已垒成，梁间燕子太无情！明年花发虽可啄，却不道人去梁空巢也倾"是她命运结局的写照。故与曹雪芹同时、读过其《红楼梦》抄本的明义有诗道："伤心一首葬花词，似谶成真自不知。安得返魂香一缕，起卿沉痼续红丝？"

其他还有《秋窗风雨夕》《桃花行》《咏白海棠》《中秋夜大观园即景联句》《芦雪广联句》等诗词，都无不关合、因应、暗寓着人物的命运。

在此，特别指出作者"诗谶"的创新——冰山一角式的引诗法，即"摘取传统诗词中的吉祥佳语，以配合当时寿庆的欢乐气氛。却将人物之悲惨命运暗藏于未引之诗句中，以达到'谶'的作用"（欧丽娟《红楼大观》）。

宝钗的"任是无情也动人"一句出自晚唐罗隐《牡丹花》："似共东风别有因，绛罗高卷不胜春。若教解语应倾国，任是无情也动人。芍药与君为近侍，芙蓉何处避芳尘。可怜韩令功成后，辜负秾华过此身。"此处表面上是以"任是无情也动人"的牡丹花赞美薛宝钗群芳之冠的美丽与地位。但同时却也提示人们联想余外的诗句，来暗示钗、黛之间的"夺爱较量"关系以及她最终人生的悲剧结局。

黛玉的"莫怨东风当自嗟"一句出自宋代欧阳修的《明妃曲·再和王介

甫》："汉宫有佳人，天子初未识。一朝随汉使，远嫁单于国。绝色天下无，一失难再得。……明妃去时泪，洒向枝上花。狂风日暮起，漂泊落谁家？红颜胜人多薄命，莫怨春风当自嗟。"

细细玩味、品琢欧阳修此曲中的一叙一白、一兴一叹，联想其身况意境，我们才能更充分理解黛玉"红颜薄命"的人生遭逢。

袭人所抽到的花签诗"桃红又是一年春"，更是诗谶意味十足！该句出自宋代谢枋得《庆全庵桃花》："寻得桃源好避秦，桃红又见一年春。花飞莫遣随流水，怕有渔郎来问津。"细斟书况诗境，既有袭人前面的生命步履（家境维艰，卖身寻得贾府"桃源好避秦"），又有当下荣膺"准姨娘"和以后"花移别枝"的"桃红逢春""渔郎问津"。

由此，"我们可以看到曹雪芹在这种冰山一角式的引诗法中，每一被引述出来的孤立诗句都具有高度的暗示力，就像称职的领路人般，依循作者与读者所共有的知识网络以激发读者的联想。从内容到形式都是透过'省略'而指向更大的丰富与完整。可以说是'冰山原则'最完美的印证"（欧丽娟）。

再次是谶语。薛姨妈说"牛郎织女"，她的女婿女儿果然成了天河两岸的一对；湘云语"闲花落地听无声"，她出嫁时无声无息的寂景终得到印证；薛宝钗道"处处风波处处愁"，谶言了她爱情婚姻之旅的多舛、跌宕；金钏儿戏言"金簪儿掉在井里"，终演绎成"金钏儿掉进井里"……

最可玩味者乃第七十九回，宝玉撰《芙蓉女儿诔》一文，感情凄恻、辞工句佳，然从宝玉刚祭念罢，黛玉竟"从芙蓉花中走出来"，接后黛玉将原稿"红绡帐里，公子多情；黄土垄中，女儿薄命"改为"茜纱窗下，公子多情；黄土垄中，女儿薄命"（黛玉的窗为"茜纱窗"）。且又说"我的窗即可为你之窗"。宝玉听了一边称"好"，一边又进一步说"莫若说'茜纱窗下，我本无缘；黄土垄中，卿何薄命'"。这里，宝玉以"我""卿"公然面对，直指自己与黛玉，故令黛玉听了"忡然变色，心中虽有无限的狐疑乱拟，外面却不肯露出"。所以，此《诔》虽名为祭晴雯，实则祭黛玉。并以谶言暗透了颦儿日后"晴日蒙蔽乌云，娇兰偏逢狂飙，浊雾弥掩清灵，碧空泼染浓墨，终至'芳姿终散，倩影难寻，一把辛酸，匝地悲声'"的命运归宿。护花主人因之评道："于一篇诔词中，摘出'红绡帐里'四句，再三改易，忽然映到黛玉身上。一是无心，一偏有意，灵活关照，真有宜僚弄丸之妙。"红坛耄宿李希凡也讲道："这篇《芙蓉女儿诔》，不只贮满了对晴雯、对被驱逐的丫头的哀伤和痛惜，还充满对即将告别大观园而不可能有好运的众姊妹的悲愤难舍的亲情，也隐含着对他的爱人林黛玉的不幸结局的惴惴不安的预感。"(《红楼梦》人物论)

第一百零一回，散花寺凤姐求得一签，忙查签簿看时，只见上面写着"王熙凤衣锦还乡"并一首签诗。当大家都认为此是吉签、好签时，而宝钗则道："据我看，这'衣锦还乡'四字里头还有原故。"最后，"王熙凤梦幻返金陵"果应了此谶！

再者是谶谣，即以一种韵文形式的民间歌谣或童谣的口语化风格来隐喻未来的物事。例黄巢令皮日休所作"欲知圣人姓，田八二十一。欲知圣人名，果头三屈律"即为谶谣。但皮却因此及祸，"盖巢头丑，掠鬓不尽，疑'三屈律'之言，是其讥也"(宋·钱易《南部新书》)。《红楼梦》第五回人物判词十四首、第五十一回《怀古诗》十首等概属此类。

最后是谶画，即图谶。历史上，许多史书、小说都对这种艺术手法情有独钟，广泛运用(如"推背图")。但正像陈维昭[1]先生所评："所有这些作品，只不过是用图谶模式对个别人物、个别事件进行解说而已。只有《红楼梦》才在生命存在的本体意义去表现命运，才在非主体性上表现人类的宿命。"(《红楼梦》精读)

---

[1] 陈维昭(1960—)，广东汕头人。文学博士，复旦大学中文系研究员，硕士生导师，中国红楼梦学会理事。专著有《红学与二十世纪学术思想》，学术论文在多家刊物上发表。

大师不单以曲、以诗助"戏",更以画入卷,以曲释画,曲画相映来构叙小说、暗示人物命运。雪芹对它再造般的妙然运用,让我们既感到形式的新颖,又较好地帮助读者理解书中人物,把握情节走向,窥察作者对人物的态度,以及在安排她们的命运和小说总体情节发展上的完整艺术构思。如钗、黛归宿,宝玉出家,元春薨逝、探春远嫁、惜春为尼、妙玉被污、巧姐寄养、袭人改嫁、李纨后贵等。也正因为如此,高鹗等续书才循此能构写出大致符合著者原意的"续书"而免遭"狗尾续貂"之讥。诚如舒序本[1]序言说:"全册未窥,怅神龙之无尾;阙疑不少,隐斑豹之全身。"但高续"漫云用十而得五,业已有二于三分。从此合丰城之剑,完美无难"。

谨就此撮要举几例。

1. 钗、黛归宿

画册上:画着两株枯木(意为"林"字),木上悬着一围玉带(指"黛玉"),又有一堆雪(意为"薛"),雪下一股金簪(指"金钗",亦即"宝钗")。

曲曰:(终身误)都道是金玉良姻,俺只念木石前盟。空对着,山中高士晶莹雪;终不忘,世外仙姝寂寞林。叹人间,美中不足今方信。纵然是齐眉举案,到底意难平。

2. 探春远嫁

画册上:两个人放风筝,一片大海,一只大船,船上有一女子,掩面泣

---

[1] 舒序本,系"舒元炜序本"的简称,以其卷首有杭州舒元炜序,故又称"舒序本"。舒氏序作于乾隆五十四年己酉,亦称"己酉本"。写本,存第一至四十回。舒本的过录,完成于乾隆五十四年,在现存的诸《红楼梦》抄本中,这是唯一可以确定过录年代的本子。

涕之状。

曲曰：（分骨肉）一帆风雨路三千，把骨肉家园齐来抛闪。恐哭损残年，告爹娘休把儿悬念。自古穷通皆有定，离合岂无缘？从今分两地，各自保平安。奴去也，莫牵连！

3. 惜春为尼

画册上：一所古庙，里面有一美人在内看经。

曲曰：（虚花悟）将那三春看破，桃红柳绿待如何？把这韶华打灭，觅那清淡天和。说什么天上夭桃盛，云中杏蕊多，到头来谁把秋捱过？则看那，白杨村里人呜咽，青枫林下鬼吟哦，更兼着，连天衰草遮坟墓。这的是，昨贫今富人劳碌，春荣秋谢花折磨。似这般，生关死劫谁能躲？闻说道，西方宝树唤婆娑，上结着长生果。

4. 妙玉被污

画册上：一块美玉，落在污泥之中。

曲曰：（世难容）气质美如兰，才华阜比仙，天生成孤僻人皆罕。你道是，啖肉食腥膻，视绮罗俗厌；却不知，太高人愈妒，过洁世同嫌。可叹这，青灯古殿人将老；辜负了，红粉朱楼春色阑。到头来，依旧是，风尘肮脏违心愿。好一似，无瑕白玉遭泥陷；又何须，王孙公子叹无缘！

爱赏、心仪曹公的"红楼十二支曲"，笔者曾不揣冒昧、斗胆对其进行了翻唱。亦如"刘姥姥赴大观宴"——聊博大家一笑！

二十四 疑误法

"猜疑之心犹如蝙蝠，它总是在黄昏中起飞。这种心情是迷陷人的，又是乱人心智的。它能使你陷入迷惘，混淆敌友，从而破坏人的事业。"（培根）——这显然是对"猜疑"极大地笔伐了。倘又"猜疑"有误，那就更是"雪上凌霜""错上加错"了。

旧时一少妇，才貌双全，诗文俱佳。新婚三日，丈夫赴京应考，她独守空房，夜不成寐。忽然，一只蚊虫飞入罗帐，叮得她疼痛难耐，情景相融交感，不经意吟出一小诗写于纸上："未曾与君约，缘何入罗纬？而今被君采，残花附阿谁？"讵料丈夫应试归来，偶见此诗，疑窦顿生，继而怒火中烧，兴师问罪，女子百口莫辩，最后被一纸休书遣归娘家。现代一位女士也讲述自己的"疑误"悲剧：情人节那天，班里最帅的学霸结婚了。此前我追了他三年，有一天他给我发一条英文：If you never abandon, I will depend on the life and death. 找同桌翻译了一下："你要么离开我，要么我们同归于尽。"当时我特别难过，痛斩情丝，不再交往。后来参加他的婚礼，大屏幕上还是这段英文，找高手翻译，原来其意是"你若不离不弃，我必生死相依"。——这坏事的同桌、该死的英文！造成疑误成就别人成了他的新娘！

然曹公却"反弹琵琶"。他深知：此类文章，不从疑处生情，情便不深；不从误中得情，文便不曲。故自出手眼，"借药促病"；昔昔翻新，巧用"疑误"。

故我们读《红楼梦》，须尽领其"疑误"之妙。

作者写宝、黛两人相互误会，几有大书特书再书之期欲。可以说，两人情魔痴恨、层层风波，尽由"疑误"二字逼使出来，以致成为黛玉度量他们之间爱情的砝码。斯为文法虽谓从挪腾布局着眼，亦实为煽情状悲之需要。

如第三回，林黛玉初进贾府，第一次看见宝玉，"便大吃一惊，心下想道：'好生奇怪，倒像在哪里见过一般，何等眼熟到如此！'"。另一个则更疑误成真地说："这个妹妹我曾见过的。"

黛玉到怡红院寻访宝玉，立于门外叫门，却闻门里晴雯使性子说："都睡了，凭你是谁，二爷吩咐的，一概不许放人进来呢。"黛玉听了，不觉气怔在门外。"左思右想，忽然想起了早起的事来：'必定是宝玉恼我告他的原故。但只我何尝告你了，你也打听打听，就恼我到这步田地。你今儿不叫我进来，难道明儿就不见面了？'越想越伤感起来，也不顾苍苔露冷，花径风寒，独立墙角边花阴之下，悲悲戚戚呜咽起来。"（第二十六回）可怜的颦儿，此时耳畔大概只有宋朝词人蔡伸的《诉衷情》回荡："亭亭秋水玉芙蓉。天际水浮空。碧云望中空暮，人在广寒宫。双缕枕，曲屏风。小房栊。可怜今夜，明月清风，无计君同。"

自然，翌日见面就再不搭理宝玉。这就又引起宝玉心中的纳闷："自己猜疑：'看起来这个光景来，不像是为昨日的事；但只昨日我回来的晚了，又没有见她，再没有冲撞了她的去处了。'"

更妙者，黛玉因"金锁"之佩对宝钗生戒心，及湘云来到贾府，史丫头又抖落出自己与宝玉相匹配的"雌麒麟"，则令钗、黛俱生戒心，漫起情疑。故第三十二回写道："林黛玉知道史湘云在这里（怡红院），宝玉一定又赶来说麒麟的原故。因此心下忖度着，近日宝玉弄来的外传野史，多半才子佳人都因小巧玩物上撮合，或有鸳鸯、或有凤凰、或玉环金佩、或鲛帕鸾绦，皆由小物而遂终身。今忽见宝玉亦有麒麟，便恐此生隙，同史湘云也做出那些风流佳事来。因而悄悄走来，见机行事，以察二人之意。"然"螳螂捕蝉，黄雀在后"。正当黛玉探幽微、得结果，刚刚拔脚离去，忽又有宝钗"意深深、情切切"来到，见了袭人轻轻探问："云丫头在你们家做什么呢？"

如此三坛"老醋"竞酸，焉不热闹？笔者尝鉴后各赐她们一注册名（注册期限800年）：

黛玉——怕不酸；宝钗——不怕酸；湘云——酸不怕。

妙极处是"叠误"。

第二十二回，湘云称一演小旦的戏子"倒像林妹妹的模样儿"。宝玉听了，忙给她使了一个"禁语"的眼色。不承想宝玉这一个"眼色"，引起双方误解，激起两面"怒怨"：先是湘云对他发飙，命翠缕把衣包打开收拾，都包了起来，道："明儿早就走。在这里作什么？看人家的鼻子眼睛，什么意思！"黛玉也生气了，冷笑道："我原是给你们取笑儿的，——拿我比戏子，给众人取笑儿！"宝玉道："我并没有比你，我并没笑，为什么恼我呢？"黛玉道："你还要比？你还要笑？你不比不笑，比人比了笑了的还利害呢！……再你为什么又和云儿使眼色？这安的是什么心？莫不是她和我玩，她就自轻自贱了？"

一个眼色，惹起一个不小事件，弄得"无事忙"的宝玉里外不是人，两处落贬谤。但这却是一个美丽的误会，它源于两位姑娘因爱而"醋"、因爱而"妒"、因爱而"斗"、因爱而"误"。同时，也透脱出宝玉的细心与善良。

"疑误"至深、几近要人命的是第九十回，雪雁将听到一个"宝玉已定亲"的不实传闻告诉紫鹃，讵料被黛玉窃听到。颦儿于是"千愁万恨，堆上心来……自今以后，把身子一天一天的糟蹋起来。……一片疑心，竟成蛇影。一日，竟是绝粒，粥也不喝，奄奄一息，垂毙殆尽"。好在病势沉重的黛玉又在昏沉中听到这原是一件"议而未成"的假讯，遂又阳气回升、生力复归！颦儿可称"八十年不下雨——太多情（晴）了"；又谓"崔莺莺患病——心病还须心药治"！

岂惟宝、黛、钗、湘坠入"疑误"网中，其他还有刘姥姥二进贾府，游大观园、赴红楼宴，疑误环生，错认连连：言毕生希望能到画中美景里逛逛，岂料大观园竟比画儿还好；置疑"茄鲞"是用茄子做的；把黄杨根做的套杯臆断是黄松材质；见了黛玉闺房，误道"这必定是哪位哥儿的书房"；置身宝玉房中，又叩问"这是哪个小姐的绣房这样精致？"（第四十、四十一回）。刘妪虽谓"冒傻"，但不无"藏精"。正谓"疑误的趣，颠倒的妙"！

其他如小红之于芸儿、龄官之于贾蔷、三姐之于湘莲、彩云之于贾环等，亦各有一段"疑误"之情魔痴恨，因此也演出许多空灵妙文，又恰为宝、黛作正、反陪客也。

蒋勋先生讲："我们常常说情感最深的人，恋人、夫妻、甚至亲子之间，是最会变着法子折磨对方的，否则，就不叫亲人了。就是因为彼此的亲，他才要不断地证明，我在你心目中是不是跟其他的人不一样……宝玉跟黛玉的纠缠，是典型的爱恨交织。"

诚哉，相爱相疑、相爱相杀！

拆字——谜令法

中国汉字——方块字的产生,主要遵循了"象形、假借、象声、指示、会意"的原则。因而,每一方块字都大可"玩味""咀嚼",这是其他文字所不能比拟的。而在此基础上由字组词、由词构句、遣词成诗所形成的字谜、词谜、诗谜等更让人意猜心度、思随念牵,融入其中、平添雅趣。让人兴叹:汉字如魔方,一字一太极,一字一世界,一字一乾坤。

《红楼梦》中,作者多处运用"拆字、灯谜、诗谜、射覆"等,极大提高了《红楼梦》的雅俗共赏性。

1. 拆字谜

第十四回,秦可卿大丧,"那时官客送殡的,有镇国公牛清之孙现袭一等伯牛继宗,理国公柳彪之孙现袭一等子柳芳,齐国公陈翼之孙世袭三品威镇将军陈瑞文,治国公马魁之孙世袭三品威远将军马尚,修国公侯晓明之孙世袭一等子侯孝康；缮国公诰命亡故，故其孙石光珠守孝不曾来得。这六家与宁、荣二家，当日所称'八公'的便是"。以上诸名，本也属平常，但有"好事者"认为：绝非随意杜撰、信手拈俎，内中实已将"十二地支"暗藏隐喻。其分析为：牛，丑也；清，属水，子也；柳，拆卯字；彪，拆虎字，寅字寓焉；陈，谐音辰；翼，火，为蛇，巳字寓焉；马，午也；魁，拆鬼。鬼，金羊，未字寓焉；侯，猴同音，申也；晓鸣，鸡也，酉字寓焉；石，豕同音，亥字寓焉；其祖曰守业，即守镇也，戌字寓焉。另外，秦可卿入殓用的是"樯木"棺材，有评家认为，"樯"音通贾蔷的"蔷"，是作者暗刺秦氏"养小叔子"。

"牵强"抑或"顺理"？阅者不妨自判。

第五回，正册判词之八写道："凡鸟偏从末世来，都知爱慕此生才。一从二令三人木，哭向金陵事更哀。"第一句"凡鸟"，从"鳳"拆得，显指"王熙凤"；第三句"一从二令三人木"，一般认为是凤姐遭逢其夫三个阶段中的不同"对待"，即贾琏对凤姐开始是"顺从"，继之是"冷待"（二令即"冷"），最后是"休妻"（人木为"休"）。或者是：（凤姐）首先是听从贾母王夫人等长辈，得到理家治世的授权；接着便可以号令贾府上下；最后则是被贾琏休弃。总之，是凤姐命运轨迹的刻画。

妙玉凡心不泯，倾慕宝玉，却以更为隐晦、含蓄的"拆字"方式来表达。栊翠庵品茶，素有洁癖的妙玉却一反常态，"仍将前番自己常日吃茶的那只绿玉斗来斟与宝玉"。茶杯上为"㼛㼛斝"三个隶字（第四十一回）。这里，"仍将""前番"字眼，说明宝玉不止一次私来此处，而"㼛"拆字为"分瓜"，亦即"破瓜"（女人破身讳称）。这——不知是作者给读者传递的信息，还是妙玉给宝玉传递的信息？正谓"泥湿未沾风里絮，梅开已逗意中春"。

还有第九十三回，贾政从一张写着"西贝草斤年纪轻，水月庵里管尼僧。一个男人多少女，窝娼聚赌是陶情"的白纸贴首句的拆字"西斤贝草"，了解到贾芹"擅权逐欲，男盗女娼"，"将一座梵王宫化作了武陵源"的劣迹。

所以，"此书每于姓氏上着意，作者又长于隐语庾词，各处变换，极其巧妙"（周春《红楼梦评例》）。

2. 灯谜

灯谜，即写在彩灯上面的谜语。猜灯谜又叫"射（打）灯虎"。"虎"者，取"以矢射之"之义，历史上由来已久。每逢正月十五上元节，人们张灯结彩，并在灯壁贴上谜语，这样，灯与谜结合在一起就成人们共同参与的猜谜游戏，最后发展成为一种有体有格的独特的文学形式。

《红楼梦》中最集中出现灯谜的是第二十二回，元妃、贾母设春灯雅谜，让大家来猜。其实，这些谜语猜起来并不难，其难能可贵处在于这些谜面、谜底，皆与《红楼梦》曲遥遥呼应，是他们命运的写照，都与他们各自的未来关联、契合。

如贾母的"猴子身轻站树梢"（荔枝），暗示将来贾府"树倒猢狲散"（荔枝又谐音"离枝"）。

贾政念给贾母的"身自端方，体自坚硬。虽不能言，有言必应"（砚台），意寓贾府祖宗自身为人。其中"必"字又隐"笔"字，堪称绝妙。

元春所作"能使妖魔胆尽摧，身如束帛气如雷。一声震得人方恐，回首相看已化灰"，惹人炫目、又一响而散的爆竹，恰好是元春富贵荣华瞬而即逝的命运写照。

探春制"阶下儿童仰面时，清明妆点最堪宜。游丝一断浑无力，莫向东风怨别离"，以断线"风筝"暗示探春远嫁不归。

其他如迎春的"算盘"谜、惜春的"佛前海灯"谜、黛玉的"更香"

谜、宝钗的"竹夫人"谜、宝玉的"镜子"谜，也都堪称"思巧"和"对榫"。

在此尤值一提的是第五十一回薛小妹新编内隐十物的怀古绝句诗谜，不仅大观园众儿女都未猜着，书中也自始至终未对谜底做交代。遂成为作者留给万千读者的一个"斯芬克斯"之谜。几百年来，多少书痴红迷为解此冥思穷智，各逞其能，莫衷一是。可以说，单就其"答案"就足以汇成一部"谜底"大全。俗话说"一根肠子八下扯"。对此，笔者亦不甘"寂寞"，曾凑热闹写有"《红楼梦》十首怀古绝句谜底破解"一文在多家刊物上发表（认为谜底分别应是：书、棋、信、纸、琴、画、墨、印泥、毛笔、砚台），恕不在此赘述。

3. 酒令

酒令是酒席上的助兴游戏。最早起源于西周，是人们饮酒活动"发乎情，止于礼仪"的一种辅助"礼"的工具，后来逐渐发展为佐酒助兴、宾主尽欢的方法。其中亦衍演诸多"趣""雅"。

宋朝《青琐高议后集》记载：唐明皇一次出宫行猎，舍众逐兔闯入他人苑地，见五六个衣冠子弟正聚饮其中。帝正渴，乃索酒。众见一陌生人来，亦想以礼待。但其中一人道："欲饮不难，吾等有令，能如令，方可举杯。"帝问："何令也？"曰："以祖上官甚崇者先饮。"帝曰："吾饮而后言。"乃饮一大卮云："曾祖天子，祖天子，父天子，今见是天子。"乃上马，众随而视，见联钱金勒，双龙绣鞯，马走如飞，方大惊，悔令拙。

最典型、最有影响的饮酒文化风俗是"流觞曲水"。文人墨客按秩序安坐于潺潺流波之曲水边，一人置盛满酒的杯子于上流，使其顺流而下，酒杯止于某人面前即取而饮之，再乘微醉或啸吟或援笔作出诗来。王羲之的《兰亭集序》便是这种流觞聚会的记述。后来，人们根据此种饮酒风俗又创造了"击鼓传花"等酒令。酒令的用具也扩展到骰子、筹子、螺碗、彩碗等。总之，酒令是中国酒文化中别有风姿的奇葩，体现了古人的好客传统和艺术化的劝酒行为。

纵观《红楼梦》中，酒令的形式可谓"多"而"趣""巧"而"隐"（有暗示、暗指）。

第六十三回，大观园群芳寿怡红、开夜宴，大家掷骰、抽签、行令：探春掷得"瑶池仙品"一签，上写"日边红杏倚云栽"，暗寓其远嫁；李纨所掷签有"竹篱茅舍自甘心"，是她不与人争、甘于恬淡的写照；黛玉签写"莫怨东风当自嗟"，坦陈了她的多情和无奈；袭人"桃红又是一年春"，遥照她"梅开二度"、后嫁琪官的结局。

再则"射覆"。它亦属一种酒令游戏。李商隐"隔座送钩春酒暖，分曹射覆蜡灯红"就是对此的吟唱。射是猜测，覆是覆盖的意思；所谓"射覆"，就是在瓯、盂等器具下覆盖某一物件，让人猜测里面是什么东西。后来，在此基础上又产生了一种间接曲折的语言文字形式的射覆游戏，其法是用相连字句隐寓事物，令人猜度，若射者猜不出或猜错以及覆者误判射者的猜度，则要罚酒。

《红楼梦》中描写的射覆酒令即与此同。如第六十二回，宝钗和探春掷骰对了点子后，探春便覆了个"人"字，宝钗说"人"字泛的很，探春又覆了一个"窗"字，两覆一射。宝钗见席上有鸡，便射着探春用的是"鸡窗""鸡人"二典，即覆的"鸡"字，因而射了一个"埘"字。探春一听，知她射着，用了"鸡栖于埘"的典，二人一笑，相互会意，各饮了一口门杯。再如，李纨和岫烟对了点后，李纨便覆了一个"瓢"字，概用了"瓢樽空挂壁"的典，即覆的"樽"字，岫烟射着，说了个"绿"字，概用了诗句"愁向绿樽生"的典。二人会意，各饮一口。

第五十回，李纨编了两个"四书"的文字射覆亦显雅致。其一是"观音未有世家传"（打《四书》一句），湘云就说"在止于至善"。宝钗笑道："你也想一想'世家传'三个字的意思再猜。"黛玉即以"虽善无征"猜中。李纨又道："一池青草青何名。"湘云忙道："这一定是'蒲芦也'。再不是不成？"李纨笑道："这难为你猜。纹儿的是'水向石边流出冷'，打一古人名。"探春笑问道："可是山涛？"李纹笑道："是"。李纨又道："绮儿的是个'萤'字，打一个字。"众人猜了半日，宝琴笑道："这个意思却深，不知可是花草的'花'字？"李绮笑道："恰是了。"众人道："萤与花何干？"黛玉笑道："妙得很！萤可不是草化的？"众人会意，都称好！

我们在赞叹雪芹炉火纯青地运用汉文字的同时，也不能不感叹汉文字本身：多么有韵味、多么神奇的中国方块字！其功用不仅是记录历史、传承文明和让我们从中得享如此丰富的精神体验，它还居功至伟、曾为延脉中国历史、维护华夏统一卓立显功：纵观中国历史，虽然中华民族多次被外族侵凌统治，或内乱分割，但终未异化、裂散。甚或从五胡十六国至南北朝长达近三百年的分裂后，仍然保持纯性、归于统一。其中一个重要原因就是中国自古创制的汉文字，其一笔一画、一字一符都深深扎根在中华民族的心底、融入血脉，不宜随意创制、毋能轻易替代。"这些文字，展现了中华民族始终保持一种共同生态的契机。辽阔的山河，诸多的方言，纷繁的习俗，都可以凭借着这些小小的密码而获得统一，而且由统一而共生，由统一而互补，由统一而流动，由统一而伟大。"（余秋雨语）它毋宁是"凝聚剂"！赖于它，我们中华民族便能凝聚一起；赖于它，我们五千年的文明、两千年的文化遗产才能一脉相承、发扬光大。

至此，我们多少明白了海德格尔所说"语言是存在的家"的含义，即存在住在语言里面，语言生成了存在，保存了存在，语言和存在是同一的，语言构造了我们生存的世界。对个人来讲，语言又是一种世界观，它把万物变为己有，使万物变成可以言说，因为世界上并不存在脱离语言的真实。正如法国哲学家梅洛·庞蒂所说："只有通过语言的媒介，我们才能把握住自己的思维和自己的存在。"再则，听任何人说话，从他言语的贫乏或华美上面，立刻就可以知道他过去是否充实地生活过。因为"我们的一切字句，都是从心思的筵席上散落下来的残屑"（纪伯伦《沙与沫》）。——这让我们倍加感觉到学好语言的重要，感觉到中华汉字的高尊玄妙！

诚亦哉，"汉字如魔方"！它"历时可识，共时可通"，是中国文化的骄傲，是世界文化的奇迹。它形美如画、骨美如歌、意美如诗，它简洁、高效、生动，是世界上唯一仍在广泛采用的意音文字，也是迄今唯一一脉相承、不曾断绝的古文字，理应荣膺这个星球上最美、最具特色的文字。我们为它点赞，为它骄傲——这是中华民族为世界留下的宝贵文化遗产，也是曹雪芹给我们当代用方块字写作者留下的一笔宝贵文字美学遗产。

错综法

山无起伏，便是顽山；水无潆洄，便是死水。天物造化无不如此，文理文脉概莫例外——"宛似高山不喜平、跌宕错综荡激情"！如纪晓岚为朋友老母祝寿写的一首诗，开头一句就是"这个婆娘不是人"，听罢举座大惊。就在气氛紧张的时候，遂接第二句："九天仙女下凡尘。"满堂顿时笑逐颜开。可未等大家笑完，他又吟出"儿孙个个都是贼"，四下一片惊愕，刚缓和的气氛遂又紧张。落后，又见他不紧不慢地来了第四句："偷来蟠桃奉慈亲。"台下一片喝彩、掌声！该诗前后一句一折，韵致错综，立意显拔，尽显妙蒂。

小说叙事也断不可平铺直展，闲池停水，不见波澜；宜若九曲湘流，一波三折，层浪叠加，呈现错综复杂。

脂砚斋认为：《红楼梦》作者"惯于故为曲折"，崇之"最是行文秘诀，真妙"。

何其芳评论道："《红楼梦》里面的波澜更是很多很多的。它从来不作过长的平静的流泻。它常常是在一段细腻

的描写之后，或者就在细腻描写之中，突然就发生了波澜和变化。"(《论红楼梦》)

这里的"曲折、波澜、变化"乃包括了结构、事体、内容的错综、复杂。

从整体结构看，《红楼梦》非是一条线索矢向进行（如《西游记》，只是逐段捏捏撮撮，譬如放烟火，一阵一阵过，中间全没贯穿，使人读之处处可住），而是多线交织。叙事中，通过回忆、梦境、联想、穿插、接引等，造成事体、人物、时间、空间等的多重交错，转换跳跃，让读者颇有"顿挫变化、回环吞吐"的感觉（但所述事体却首尾一体，毫无间断）。

依描写人物讲，《红楼梦》虽以宝玉为主人翁，但却非是"单兵直进"和"章章独构"，而是"左冲右突、跳脱回环"——时而黛玉，时而宝钗，时而熙凤，"你方唱时我登场"：正叙宝钗，忽牵拽到湘云；刚提及湘云，又返触到宝玉，再由宝玉又联涉至贾母。可谓头绪万段，文综错杂。

再依回目讲，则大体一回两看，两段中却有无限事体。故事生故事，衅端造衅端，纵横交织、错综穿插，从不一气直起直泻，但总不脱离正事。

譬如宝钗来贾府，不曾云宝钗只字，先以一场人命官司牵出其兄薛蟠、英莲（后为其嫂），又值贾雨村"葫芦僧乱判葫芦案"脱刑。欲投母舅不逮，唯姨可依，遂辗转相逼来投姨母家（贾府）以待选宫（皇宫女官）。

甄士隐、贾雨村、冷子兴、刘姥姥等都是书中的"副角儿""又副角儿"，却又是重要陪衬人物和不可或缺的元素，甚或是"错综、复杂"的源元素、绝对"多事的主"。如甄士隐解完《好了歌》"同了疯道人飘飘而去"，可身影、遗踪却留在香菱身上；贾雨村送罢林黛玉至贾府，此后便成为贾政的座上客。而当贾府被查抄，他又倒踢一脚，及至最后"因嫌纱帽小，致使枷锁扛"；刘姥姥虽"目不识丁"，却"神仙老道"，颇有社会经验，比若"枯木刻象棋子儿——老兵老将"。她还不乏语言才能，"放下二胡拿笛子——既能扯又能吹"。她"身处下贱"，却义薄云天，最后孤身救巧姐于淫窟。这些琐屑人物出没于情节里，游弋于人物间，躲躲闪闪，藏藏否否，侧观旁议，帮助作者升华主题、帮助读者深化理解、佐助故事平添意趣、织造故事经纬平台，诚谓"功莫大焉"。

再以"管家、掌门"看，按照当时规矩，贾家荣府应该是长子贾赦掌权，长媳邢夫人管家。但贾母偏不喜欢老大，硬把他摆在"那边屋子里"，而让老二贾政掌门、王夫人管家（其实，贾母作为二代荣公贾代善之妻，虽贵为诰命夫人，但以古训"夫死从子"，是不该"君临"总揽贾府家政的）。王熙凤是邢夫人的儿媳妇，原该在"那边"的，可由于"爱屋及乌"（凤姐系王夫人内侄女），加上王熙凤的"会来事"，便又到这边来当家。更进一步，作者又打造了一个秦可卿丧事的大平台，让凤姐"狗逮耗子"来到了宁国府，在极短时间树威营霸、杀伐决断、整饬乱局，一展才能本领，竟也奏出"华章"。王熙凤病倒后，又大越常情地安排探春、李纨、甚至外姓人家未出阁的女子（宝钗）来理家（贾府并非没有相当男性），三人"兴利除弊""包产到户""因公废私"……也有不俗表现。所以如此，唯在把"简单"变成"复杂"，把"小场景"变成"大舞台"，使小说"凭增构件""骤添碰撞"，致使母子之间、婆媳之间、妯娌之间、主仆之间都有了"不谐"。由此生发出诸多钩心斗角、错综复杂的矛盾来。

从诸多事体看，《红楼梦》第八回就告诉我们，有"金玉姻缘"之说，围绕这个说法，闪闪灿灿、曲曲折折展开了很多故事，且结果尚处云雾中。但第三十一回，作者偏又设计出一个金麒麟来，且回目标题用了"因麒麟伏白首双星"（似言宝玉最终与湘云结褵）。宝钗的一个金锁已令颦儿耿耿于怀、忧心沉沉，忽然又出现了湘云的"金麒麟"，更令黛玉乃至读者扑朔迷离、展景难卜了。这也使故事情节蜿蜒曲折，陷入复杂。

柳湘莲因薛蟠"放诞无礼"狠狠教训了他一顿而"惧祸走他乡"。殊料"山与山不相遇，人与人总相逢"，他俩后来又在"他乡"不期相遇，柳郎且从一群强盗手中解救了他,两人"化干戈为玉帛"结成生死契好(第六十五回)。贾琏听此连连叹奇中,又不经意闻有给柳郎"寻亲成家"之想,便忙道:"我正有一门好亲事堪配二弟(柳湘莲)。"说着,便将自己娶尤二姐,如今又发嫁尤三姐一节说了出来。此后,便有情小妹"揉碎桃花红满地,玉山倾倒再难扶"的千古悲壮决绝!

黛玉、宝玉两个相处,正款款私语,宝玉忽然"嗳哟"了一声,说:"好头疼!"接着,又大叫一声:"我要死!"将身一纵,离地跳有三四尺高,口内乱嚷乱叫,说起胡话来了。与此同时,"只见凤姐手持一把明晃晃钢刀砍进园来,见鸡杀鸡,见狗杀狗,见人就要杀人。众人越发慌了"(第二十五回)。——原是赵姨娘、马道婆作祟施法奏效。

故"《红楼梦》最精彩的是它的结构,即线索的交错……这就好像我们家里有一个大事要发生,可是在大事发生的同时,其他事情也在发生"(蒋勋先生语)。

再有,邢夫人因发现了绣春囊而向管理者王夫人发难(实际上是在野派与执政派的较量和对决),促成了王夫人、凤姐决定抄检大观园的"大动作"(第七十四回)。对作为长期受管理派势力(王夫人等)轻蔑、压制而终于被邢夫人委作"抄检监军"的王善保家的来讲,这不失是一次"扬威逞雄"的时机。然正当她得意妄为地搜身三丫头时,猛不丁被探春打了一巴掌,让她顿时威风扫地,颜面尽失而内心"拔凉"。且最具讽刺和现映矛盾焦点的是:当搜检至王善保家的外孙女司棋时,王善保家的草草一搜,便要盖箱子,其敌对阵营(王夫人的陪房)周瑞家的立刻喝道:"且住,这是什么?"——她从司棋的箱子里掣出一双男子的锦带袜、一双缎鞋和潘又安写给司棋的一封情书。遂向王善保家发飙:"如今据你老人家,该怎么样?"

——作者如是打造平台、演绎故事,洵是精彩、刺激!也让人直觉地感到:生活就像《忐忑》,没有准确的歌词,却惊心动魄;生活中最可怕的东西，不是别的，正是生活本身。

贾母率众眷"清虚观打醮"，做善事、祈平安、积阴德（第二十九回）。这本是一场"温情""和谐"戏，但中间却出现了"不善""暴怒"恶举。一是贾蓉因"避暑偷闲"被乃父叱责并羞啐一番；二是凤姐手掴"惊恐无措"小道士"一个斤斗"。这种让读者意想不到的"波澜""生变"让人"心中一怔、猛生激灵"，使场面"绘影绘声、纷乱有绪"，更生发作品内在的无限"张力"——亲情的扭曲、贵族的伪善。尤其是凤姐的暴戾，让人窥见了她内心的积冷、贮恶。米兰·昆德拉说："真正的人类美德，寓含在它所有的纯净和自由之中，只有在它的接受者毫无权力的时候它才展现出来。人类真正的道德测试，其基本的测试（它藏得深深的不易看见），包括了对那些受人支配的东西的态度，如动物。"（《生命中不能承受之轻》）所以，可以肯定地讲：那些时常喂养野猫、收养流浪狗的人大都满荷善良、充满爱心；那些善待其他一切受人支配东西（生物、植物、幼小和弱者）的人，都差不多是道德测试的合格者，我们都不会错认他们具怀真正的美德！故培养自己行为美德、抉拔我们的精神境界其实并不复杂，亦非难事，它在我们平常生活中就能涵养、积育。

另外，亦有情节上的"小错综"：刘姥姥正信口开河神侃"标致女郎抽柴草"故事时，忽有南院马棚子"走水"（着火）；钗、黛、湘相约兴师向宝玉问"禅"，忽然人报，娘娘差人送出一个灯谜儿，命大家去猜；贾母攒金取乐，偏有宝玉撮土焚香；贾政生辰，忽报内监来；贾府被抄，物罄财清，大家都束手无策之际，忽有贾母开箱出银，恩散余资；贾赦负罪远徙，众人悲催心碎之际，贾政又复袭公职。

其他也多有"枝从斜出，鬼从地冒"：凤姐生日逢值金钏生忌、鲍二家自缢，平儿还席聚欢忽遇贾敬暴亡，赏中秋偏贾赦失足，贺迁官闻薛家凶信，薛母贾宅看戏接报薛蟠打死人命……如此热冷交替、相倚相伏、廻风舞雪、倒峡逆波无不显映"波澜、错综"特点，让读者在阅读中如林雀听惊、涧羚闻啸，而不停地让思绪"飞"来"跳"去。

即便在同一环境，同一家庭甚至一母所生的姊娣同胞间，也存在极大的行为错综、性格差异，袭人、晴雯是这样，迎春、探春、惜春莫例外。及若薛宝钗和薛蟠为一母所生，但一个椒慧淑雅，一个无赖泼皮；尤二姐和尤三姐也柔刚参商、大相径庭。男性如宝玉与贾环、贾琏也大抵如许。这大概也是做父母者每常作叹的一个问题，即：有的儿女使我们感到此生不虚，有的儿女为我们留下终身之憾！

《红楼梦》正是运用了这种"密织细纫、横穿竖挑"的"波澜错综法"乃将宁荣两府之间、贾府嫡庶之间、主奴之间、父子之间、母女之间、妻妾之间、夫妇之间、妯娌之间、亲朋之间、大奴才与小奴才之间你争我夺、明枪暗箭、尔虞我诈、互相倾轧的重重矛盾，激起大澜，扬起巨涛，并外延于两府之外——通过一些场面和人物，上下牵引，左右勾连，把皇宫、官府、贵族、市民、农家等各种各样的社会关系、矛盾悉数抖落、揭露，让作品立意更加深厚、旷远。其中的情谑意趣，也比若"老太太纺线——越扯越长"；"吴刚砍桂树——没完没了"！

诚谓：阳羡口中，吐奇不尽；邯郸枕里，变幻无穷。

二十七 梦幻法

梦，是人心、物感应的产物。是人的思想活动与精神欲望的回光曲射，是一种心灵的折映。最初源于对自然"神奇"的不解和疑惑，又在懵迷状态下试图对它进行解答。因而它始终充满着惊惧、猜测、期幻、憧憬等非常复杂的精神自觉元素。从心理学的角度看，所谓"梦"是人在不自觉不经意的精神状态下，对已有生活和感情经历的非理性感知，是人们潜意识的一种呈示。

中国素有各式各样梦的传说，或在文学作品中演绎过多姿多彩的梦境，堪称"梦的故乡"，也似乎验证、体现着"创作就是白日梦"（弗洛伊德）。诸如华胥梦、蝴蝶梦、蕉鹿梦、黄粱梦、南柯梦、扬州梦、高唐梦、罗浮梦……这些林林总总的梦，层级别列：有帝王之梦、有侯伯之梦、有才子佳人之梦、有市井布衣之梦；色调不同：有煌赫的、有灰色的、有阴郁的；韵味各异：有神话的、有哲理的、有讽喻的、有浪漫的、有现实人生的……正谓"筑墙的曾入高宗梦，钓鱼的也应飞熊梦。受贫的是个凄凉梦，做官的是个荣华梦。……梦中又说人间梦"（元·周文质《叨叨令》）。而《红楼梦》，可说是一部"梦"的集大成。它"以更加严肃的态度、更加执着的精神、更加广阔的视角，孜孜探求人生真谛，或曰更加认真地做梦"（吕启祥语）。特别蔚为壮观的是，从《红楼梦》的写梦、演梦、悲梦、悼梦到后世读者的入梦、续梦、圆梦，再到专家学者的猜梦、解梦、醒梦、悟梦、出梦，前前后后加起来足足经历了二百余年。其中不乏"详梦有解，魇梦识微，探梦知著，寻梦出悟者，梦里梦外汇合成一个五彩缤纷的梦的世界"（胡文彬语）！

《红楼梦》开宗明义，作者自云："曾历过一番梦幻之后，故将真事隐去，而借通灵之说撰此《石头记》一书也。"百二十回本最末回亦谓"甄士隐详说太虚情　贾雨村归结红楼梦"。所以，一部《红楼梦》，起是梦，行也梦，终也是梦，有大梦、中梦、小梦，有真梦、幻梦、噩梦、托梦。其间，梦继梦、梦复梦、梦牵梦、梦勾梦、梦生幻、幻化梦，正如脂评："宝玉情是梦、贾瑞淫又是梦，秦之家计长策又是梦，今作诗也是梦，一并风月宝鉴亦从梦中所有。故红楼梦也。"

有人曾做过统计，《红楼梦》中共有大小各梦40个。如：甄士隐梦幻识通灵（第一回）；贾宝玉梦游太虚幻境（第五回）；贾瑞死前一梦（第十二回）；凤姐梦可卿劝立家业（第十三回）；秦钟弥留之际见小鬼（第十六回）；茗烟说万儿名字缘母得梦而起（第十九回）；小红闻芸儿入痴梦（第二十四回）；宝玉梦见蒋玉菡、金钏儿进屋诉情（第三十四回）；绛云轩贾宝玉梦斥金玉（第三十六回）；香菱梦中得佳句（第四十八回）；甄、贾宝玉互梦（第五十六回）；贾宝玉梦呓林家派船来接黛玉（第五十七回）；柳湘莲梦醒出家（第六十六回）；尤二姐梦见尤三姐劝斩妒妇（第六十九回）；凤姐梦娘娘差人强夺匹锦（第七十二回）；宝玉梦见晴雯诀别（第七十八回）；病潇湘痴魂惊恶梦（第八十二回）；妙玉坐禅寂走火入魔（第八十八回）；黛玉梦中屡听有人称宝钗为宝二奶奶（第八十九回）；甄宝玉病中梦入庙见鬼怪（第九十三回）；贾宝玉梦寻黛玉遭石击（第九十八回）；凤姐大观园月夜感幽魂（第一百零一回）；凤姐梦见尤二姐（第一百一十三回）；王熙凤历幻返金陵（第一百一十四回）；贾宝玉幻境悟仙缘（第一百一十六回）；袭人恍梦宝玉（第一百二十回）；贾雨村急流津觉迷渡口草庵一梦（第一百二十回）等。

而笔者猜想，曹公当年一定做过"传笔梦"。《南史·纪少瑜传》记：南朝有名文士纪少瑜，相传在他幼年时，才华并不出众，但是他非常刻苦用功，他的诚心感动了文神。有天晚上，他看书不知不觉地睡着了，梦见著名的文人把一支笔送给了他，并告诉他用这支笔能够写出最漂亮的文章。纪少瑜梦醒之后，果然在枕边发现支非同寻常的毛笔。从此，纪少瑜的文章大有长进。终于成了一位著名的作家。

不妨说，《红楼梦》通篇乃以梦构成，且颇具四时之象：先叙王谢门庭，安常处顺，梦之春也；继写省亲一事，备极奢华，如树之秀而繁荫，葱茏可悦，梦之夏也；后有通灵失玉、两府查抄，如一夜严霜，万木摧落，秋之梦也；末陈贾母终养，宝玉逃禅，其家之瑟缩愁惨，直如岁暮光景，堪为冬之梦也！

正是：有缘皆幻，无色不空；风愁月恨，都在梦中。

正如方家吕启祥女士评道：《红楼梦》的不朽固然得力于真，也得力于梦幻。"红楼"若不化为"梦"，则只实不虚；"红楼"若不升华为"幻"，则不能从历史真实上升到哲学的层面。那奇警的寓意、伟大的怀疑、深沉的叹息、莫名的惆怅，其格局虽则采取了传统的模式，而其真的疆域和幻的翅膀早已突破和超越了这一模式。它在时空观念上已达到了大跨度、立体化，集过去与未来，繁华与幻灭于一身。它所开拓的时间和空间，可以延伸到无穷大和无限远，给人们留下再认识、再体味和再创造的广阔余地。（吕启祥《〈红楼梦〉提名断想》）

的确，梦在现实中不是一种生产力，不能带来一种物质的结果。但它却能给我们带来一种灵魂、精神上的开抉、擢拔。人类因梦想而伟大！特别，"面对人生难以管理的生老病死，我们能以起承转合去寻找心灵的故乡。人总是有限制的，但有梦总是最美的"（林清玄）。当然，也有不切实际、梦想非非而"鸡飞蛋打"的：一对夫妻，生活蹇然，家计朝不保夕。一天，丈夫偶拾得一枚鸡卵（鸡蛋），兴兴告妻曰："咱有家当了""穷根可拔了"！并谈了自己的"筑梦"设想：借邻家鸡孵卵生小鸡，鸡大再生卵，如此往复，不消二年，得鸡三百，堪易十金。以十金置母牛，牛生牛、牛易金，三年可得三百金，再以此放债收利，三年又可积五百金。尔后用其一部分置宅置地，一部分买童仆，再与自己买个小妾，从此梦想成真，优哉游哉，不亦快哉！妻闻欲买小妾，怫然大怒，以手碎鸡卵，曰："毋留此祸种！"

然曹雪芹不是拾卵者，《红楼梦》也不唯是梦，它托笔梦幻，以梦寓意，以梦说破千古事。它是昨天、今天乃至明天的存在；是历史、现实乃至未来的延伸。

就这一点而言，《红楼梦》堪称华夏第一"梦"了。

二十八 妆美法

荷马说:"美是神的赐予,不可轻易抛弃。"

又有谓:"人类是迄今唯一懂美、爱美、创美的生物群体……全人类组成了美的默契、美的凝聚。人类本身就集中了美的最高形态,形成了无与伦比的美的交响。"(余秋雨《泥步修行》)

而中国历史上也从来不缺少美的华章、美的色彩,并且从上古一直走来,异彩纷呈、衍延壮大。如半坡的鱼纹陶器、殷商甲骨、周秦钟鼎、汉唐宫阙以及文化艺术方面的诗词风雅、丹青绘画、书法流派、梨园春风、武林雄姿、民间技艺、琴棋歌舞、诗酒茶花……

曹雪芹不单是小说圣手,也堪称是一位"审美、播美"大师。他秉持"古人的最高原则是意蕴,而成功的艺术处理的最高成就就是美",以独特的眼光、灵秀的笔触、妙然的结合,由美丽神话叙事启端,又在曲折波澜的生活故事中极力挖掘其中的美质、美感和美景。让我们在阅读中和阅读后,除获得诸多感悟外,还尽情得到了美的享受。这大致有三个方面：

一是貌美。特别是女性美，"乃是人类美的最高表现"。美学家克拉克甚至断言："世界上任何东西都会改变，只有女性的美是永恒的。"所以，早在《诗经·硕人》中就有为女性的唱赞，形容美女为："手如柔荑，肤如凝脂。领如蝤蛴，齿如瓠犀。螓首蛾眉。巧笑倩兮，美目盼兮。"宋玉《登徒子好色赋》形容东邻之美女为"增之一分则太长，减之一分则太短；施粉则太白，施朱则太赤；眉如翠羽，肌如白雪；腰如束素，齿如含贝。嫣然一笑，惑阳城，迷下蔡。"更有甚者，"美"有时竟撼动神圣法律、动摇国家根本。英国作家内森尼尔·沃内《小小世界的奇迹》记载：芙琳是位极其美丽的女子，却当了娼妓。据说有一次她事发而被控告至雅典法庭，在为自己辩护时，她当庭袒胸露背，法官们被她的美艳所迷惑，当场宣布她无罪释放。同时这些法官又宣布，从今以后再也不允许女子上堂为自己辩护，坦认他们抵抗不住美，容易乱方寸，失去法律公正。

"世界少了女人，就少了百分之五十的真，百分之六十的善，百分之七十的美"（冰心语），"世界就是一本女人的书"（卢梭）。故《红楼梦》中，集中地反映和展露了以女性为主的"色质美"和"阴柔美"，她以赞红、惜红、悲红的总基调，通篇处处向人们展示"女性美"这个主旨，她向历史和未来庄严宣布：美丽无罪！书中，不止一遍地借宝玉之口说道：女人是水做的，清秀、灵浚，远非泥做的"浊物"男人可比。借用宝玉的话——"老天，老天，你有多少精华灵秀，生出这些人上人来"。

尤其是十二钗中，人人深谙"春花不红不如草，少年不美不如老"的箴言，个个扮得美若天仙，丽如锦华，各美其美，各芳其芳。她们"眉不画而翠，唇不点而红""风流灵巧，顾盼神飞""冰清玉润，金玉无暇""肌骨莹润，身量苗条"，让人怜爱无比，见之忘俗。以至脂砚斋在评点《红楼梦》时也"泥牛入水"，随之而化：他称赞晴雯"好腰""好肩"；宝钗拧了黛玉一把（第八回），他就说："我也欲拧人！"（清咸丰进士、湖南永州府知府孙桐生批语乃云："我则爱之不暇，岂忍拧耶？"）

即便书中的大多数男性，如宝玉、贾琏、贾蓉、贾蔷、贾芸、贾兰、秦钟、柳湘莲、蒋玉菡、贾瑞等也都"脸目清爽，风流倜傥"，连"国贼禄蠹"贾雨村也是"腰圆背厚，面阔口方，更兼剑眉星眼，直鼻权腮"。

二是景美。最有例证的就是大观园，可谓是中国园艺的典型代表，"是对中国园林艺术的传统做了一次最成功的综合"（余英时[1]语）。它占地广、体量大，结构精巧、点缀丰富、移步换景、转目生色，且园中有景、景中有人、人与景和、景映人意，融建筑学、美学、人文、自然于一体，称得上是中国园林建筑艺术的精品荟萃和集大成，是作者对我国园林建筑艺术的非凡创造和巨大贡献。如写大观园正殿，乃是"青松拂檐，玉兰绕砌，金辉兽面，彩焕螭头"；描述大观园里田庄，但见："黄泥矮墙、稻茎茅屋、青篱土井、列畦菜蔬。"贾政观此叹道："此时一见，未免勾引起我归农之意。"——这也恰是我们今天城市建设所追求的"能看得见山水，记得住乡愁"！但笔者理解，这种"追求"远不止让我们仅有亲近自然、保持生态的一般"归农"之意，怕也深寄让如今浮躁的人们、浮躁的社会能"静心安步""返璞归真""重审追求"以保持清醒，不在社会的纷争和世界的喧嚣中沉沦的殷殷期许吧？

康德曾对"美"下过精辟定义："美是没有目的性的合目的性。"意思是说，所谓美，是没有目的的，你不能把美当成一个目标去追求。你越追求，它反而越不美了。美就是想象力的驰骋，美就是无拘无束的自由。一旦没有功利的目的，也就成全了美自身，有了美的目的。

笔者想，以之譬言我们的人生，尤其功名追求，也是恳切不谬的。

---

[1] 余英时（1930—2021），美籍华人学者。原籍安徽潜山。美国哈佛大学历史学博士，耶鲁大学历史系、普林斯顿大学东亚研究讲座教授。红学著作有《近代红学的发展与红学革命》《红楼梦的两个世界》《关于红楼梦的作者和思想问题的商榷》《敦敏、敦诚与曹雪芹的文字因缘》等。

不仅大景"至美",即令大观园的一花一朵作者也都不舍琴心,着意打造。如第四十九、五十回,宝玉"忙忙的往芦雪庵来。出了院门,四顾一望,并无二色,远远的是青松翠竹,自己却如装在玻璃盒内一般。于是走至山坡之下,顺着山脚刚转过去,已闻得一股寒香拂鼻。回头一看,恰是妙玉门前栊翠庵中有十数株红梅如胭脂一般,映着雪色,分外显得精神,好不有趣!"——俨然"人在画中行"!俟从妙玉处乞得一红梅,"大家看梅花,原来这枝梅花只有二尺来高,旁有一横枝纵横而出,约有五六尺长,其间小枝分歧,或如蟠螭,或如僵蚓,或孤削如笔,或密聚如林,花吐胭脂,香欺兰蕙"。——不啻是一篇微型《红梅赋》!

《红楼梦》中,类似这样的描写随章可见。如三十回:"且说宝玉见王夫人醒了,自己没趣,忙进大观园来。只见赤日当天,树阴合地,满耳蝉声,静无人语。"(四句写夏日园林,可谓尽之)"袭人笑着,也不答言,就走了。刚来到沁芳桥畔,那时正是夏末秋初,池中莲藕,新残相间,红绿相披。"(第六十七回)

遑论大观园的合理布局、天工匠心、别样美景,单就其赋形设景的题名就令人心往神驰、魂追梦萦了。如大观楼、缀锦阁、怡红院、潇湘馆、稻香村、蘅芜院、藕香榭、蓼风轩、秋爽斋、紫菱洲、荇叶渚、红香圃、暖香坞、梨花院、沁芳桥、石板坊、芍药园、凸碧堂、凹晶馆、月洞门、牡丹亭……

明代著名文化大家张岱曾讲:"造园亭之难,难于结构,更难于命名。盖命名俗则不佳,文又不妙。"(《琅嬛文集》)纵观曹雪芹对大观园的这些命名,既娱目赏心,又濑涤尘襟,真真"搜神夺巧之极","非胸中大有丘壑焉能想到这里"(贾政语)!

三是态美。类如绘画艺术中的"绘画美",即人与物、与事的和谐交融,互成构图,交相辉映,有构图美、造型美、色彩美的特点。

如第二十一回,宝玉来到黛玉房中,只见"那黛玉严严密密裹着一副杏子红绫被,安稳合目而睡。湘云却一把青丝,拖于枕畔,一副桃红绸被,只齐胸盖着,衬着那一弯雪白的膀子,撂在被外,上面明显着两个金镯子"。——可谓:簟文生玉腕,香汗浸红纱。真真两个"睡美人"!难怪令宝玉"更便增心忆,弥令想狭邪"!第五十回写道:"四面粉妆银砌,忽见宝琴披着凫靥裘,站在山坡上遥等,身后一个丫鬟,抱着一瓶红梅。"……贾母喜得忙笑道:"你们瞧这雪坡上,配上她的这个人品,又是这件衣裳,后头又是这梅花,像个什么?"众人都笑道:"就像老太太屋里挂的仇十洲画的《艳雪图》。"然笔者则联想起"神仙中人"典故。《晋书·王恭传》记:王恭容貌英俊秀美,人们都喜欢他。他曾披鹤氅装,涉雪而行,尚书仆射孟昶(晋名臣)看到了,赞叹说:"此真神仙中人也!"第六十二回写湘云醉眠:"果见湘云卧于山石僻处一个石凳子上,已经香梦沉酣,四面芍药花飞了一身,满头脸衣襟上皆是红香散乱。手中的扇子在地下,也半被落花埋了,一群蜜蜂蝴蝶闹嚷嚷地围着。又用鲛帕包了一包芍药花瓣枕着。"——一幅优美的"蝶恋花""贵妃醉酒图"。梦笑开娇靥,眠鬟压落花,"情境"与"画境"兼得,"人趣"与"意趣"并彰,真真让人"我见犹怜"!

古人对女性的"态美"曾总括为八种,即:拈弹打莺、醉卧花丛、兰汤沐浴、凭窗望月、花园扑蝶、纤手弄琴、风筝引线、倚栏观鱼。清朝则标新提出另一套美人美态十二种,分别为:博古幽思、立持如意、持表对菊、倚榻观雀、烘炉观雪、桐荫品茶、观书沉吟、烛下缝衣、倚门观竹、捻珠观猫、消夏赏蝶、裘装对镜等(见故宫《雍正十二美人图》)。《红楼梦》中应用了其中的几种,如宝钗戏蝶、黛玉抚琴、(众女儿)风筝引线。另外还创设了许多令人印象深刻、颇有意韵的美态,如湘云卧裀(第六十二回),体现了憨丫头的"洒脱美";黛玉春困(第二十六回),体现了病西施的"静态美";迎春穿花(第三十八回),体现了少女的"阴柔美";雪里红梅(第四十九回),体现了宝琴热情奔放的"青春美";岫烟典衣(第五十七回),体现了一种

"贫素美"；芦雪亭赏雪联景（第五十回），体现了众女儿的"娴雅美"；龄儿见土物思乡（第六十七回），体现了游子的"乡情美"；中秋夜品笛（第七十六回），体现了大难将临的"悲壮美"。余者还有：黛玉葬花冢，迎春绣茉莉，晴雯跌扇撕扇，探春、宝琴弈棋，梨香园隔墙听曲，蔷薇架龄官画蔷，莺儿杏叶渚编绿，小螺、香菱丫鬟斗草，佩凤、偕鸾戏秋千，驾娘划小船种藕，龄儿教鹦鹉念诗，麝月海棠下晾巾，袭人为芳官添妆，桃花社柳絮唱和，凹晶堂倚栏联句，等等。正谓：事因人而生动，人因事而情真，景因合而美丽！也正缘于此，这些生动唯美、撩人心魄的情节屡屡被人们传诵、升华，甚至被绘画艺术家"定格"而搬进皇宫圣阙内——至今在故宫长春宫和颐和园长廊中，仍有大量的《红楼梦》壁画、《红楼梦》人物彩画。每每看到那题有"双玉读西厢""双玉听琴""晴雯补裘""元妃省亲""寒塘鹤影""香菱斗草""踏雪寻梅""艳曲警芳心""傻大姐泄机关"等一副副栩栩如生、俗中透雅的画幅，即令人遐思迩想、流连忘返，恍若"步入桃花源而迷失归途""置身温柔乡不知东方之既白"。

再者，书中的"起名"也异常精彩、精妙和唯美，这也是中国传统中诗书人家非常讲究的事，认为它是一种暗示、一种气场，对一个人的人生发展有影响。如明朝万历名相张居正原名张白圭（谐音龟），十二岁考中秀才后，荆州府的长官认定他将来一定是个人才，但其名对他成为栋梁之材有碍、不适合，遂将"张白圭"改为"张居正"。

《红楼梦》这方面亦颇见"讲究"：贾府四春小姐取名"元、迎、探、惜"勾画了一个最美季节的全程流变，让人遐想不尽。其他如薛宝钗、李纨、史湘云、妙玉、可卿等也都雅淑别致、颇具美感。即使《红楼梦》中丫鬟们（包括一些男仆）的名字也大多具有美感、艳丽芳亮、娇婉上口，与其主人如影随形，主人走到哪儿，"它们"就跟到哪儿，也将美播撒到那里，将阵阵笑语带到那里。而且这些丫鬟名字如一串串的珍珠，因事附会、悉有讲究、颇有意趣,堪谓"应物象形,随类传彩"。例如第五回,贾宝玉去秦可卿屋里睡觉,跟去的丫鬟就有袭人、媚人、晴雯、麝月。第二十三回,贾政吩咐宝玉搬进大观园,门外站着的丫头就有金钏儿、彩云、彩霞、绣鸾、绣凤。这些美丽的名字不但让人们对她们的美丽相貌产生联想,也很好地衬托了贾宝玉在贾府众星捧月般的受宠地位。即令陪伴宝玉生活、上学的小厮们的名字也深寓意指、富有美感,如焙茗(茗烟)、引泉、扫红、挑云、伴鹤、锄药、墨雨,这些"起名"又都与这些人物的职责密不可分——即烹茶、灌水、扫花、种药、研墨等。再如,林黛玉多愁善感,所以她的丫鬟被命名为紫鹃、雪雁,易让人想起杜鹃啼血、沉鱼落雁、雁影分飞的典故;贾母的丫鬟有鸳鸯、鹦鹉以及由当时珍贵装饰命名的琥珀、珍珠、翡翠、玻璃,无一不透脱着福寿豪气;其他如喜儿、旺儿、兴儿、来旺、同喜、同贵、双瑞、双寿等等,无不取其吉庆祥瑞之意。另外,许多丫鬟的名字还"成双成偶""对举对出",颇有美学意蕴。比如王夫人的丫鬟,一个叫金钏儿,一个叫玉钏儿;可卿的,一个叫瑞珠,一个叫宝珠。再有素云与碧月、平儿与丰儿、秋纹与春纤、晴雯与绮霰、紫鹃与雪雁等,她们既"各美其美"又"美美与共"!尤为意趣的是,给贾珍两妾的取名分别为偕鸾、佩凤,虽也不乏美感,却极易让人对榫其主子品行想起"颠鸾倒凤"的成语。殆是作者对贾珍的揶揄、调侃?

总之,《红楼梦》是一部无处无美不在的"唯美"小说,完全可视为中国美学的正典——因为它呈现了中国大观美学的全部特色,甚或包括体现在它泣肝裂肠的悲剧性上。因为所谓悲剧,乃是把最美、最有价值的东西撕毁给人们看,"悲剧就是善的冲突"(黑格尔)。正像欧丽娟教授分析的那样:为了维系《红楼梦》的神话构架与美学原则,林黛玉的早逝乃是必然而然的,一方面这可以彻底完成贾宝玉那奇特的价值观,也就是通过第五十九回所谓"女性价值毁灭三部曲",使宝玉与黛玉终究有缘无分,而得以免除亲手将挚爱的黛玉葬送为"死珠"乃至"鱼眼睛"的美学困境,让黛玉能够永保其无价宝珠的神奇形象。另一方面，青春享乐的乐园生涯毕竟短暂有限，在粗糙、琐碎，甚至磨难重重的现实因素入侵之前，林黛玉的年少陨落、泪尽而逝，也使得两人之间未来可能产生的价值分歧乃至爱情褪色等问题，在来不及发生时便告结束，使二玉之间动人的爱情冻结在永恒不尽的美完美境界里，没有变化，因此也长保美丽。……黛玉的夭亡也是孕育宝玉从幻梦中彻底觉醒之契机的重大缘助，是宝、黛神界爱情无限延续的契机。在这里，死亡成就了一种绝对的美丽。

正谓："英雄不但要知道适时而生，更应知道适时而死。"（尼采）

而这种"撕碎美丽"的悲剧效果从一定角度讲，正归功于作者借用女性在书中创造了诸多萤灿"美"的元素，又激活放大了它。诚不像《金瓶梅》，发现了女人，又亵渎了女人。《红楼梦》虽"借径在《金瓶梅》"（张新之），却不惟只在"情""欲"二个维度上做文章，而是以"美"为宗、为本，为"美"歌颂、唱赞！——这正体现了法国作家乔治·桑所说的"艺术家有一种更重大更富诗意的工作，他的目标应该是做到使人喜爱他所关怀的对象。若是需要的话，我也不反对他把它们弄得更美丽一些。艺术不是对现实世界的研究，而是对于理想的真实的追求"。

曹雪芹无疑掮起和出色履行了这种使命！

二十九 影子法

影子，是指一物与另一物相追相随、相仿相似、相骈相偶、相灭相生。就像水中倒影、镜中照影、光之投影一样，一而二，二而一，杵物现照，立竿见影。用之于小说中，则把对人物（包括性格）、事件对举对出、互补互济、大开大合、相反相成的"并类"性写法称为"影子笔法"。有时，亦以"双柱法"（或谓"一分为二"）名之。

《红楼梦》评点史上最早引入这一概念的是孙崧甫[1]，他有"晴雯自是黛玉影子，袭人自是宝钗影子"之说。自后，这一概念不断外延、扩大。的确，《红楼梦》中每写典型事、热闹处，定要遥遥相对，形影相照。

如开篇刚出来一个秉性恬淡的甄士隐，便有一个热衷功名的贾雨村紧随；英莲根底不凡却有命无运，娇杏出身低微却命运两济；先有瑞珠殉命秦氏，后有鸳鸯陪亡贾母；

---

[1] 孙崧甫（约1785—1866），江苏南通人，道光年进士，历任知县、知州等。约在道光九年（1829）之前，抄写《红楼梦》，并写下了约五万字的评语。书前有一篇《红楼梦弁言总论》，概括了他对《红楼梦》许多有价值的看法。

金锁由莺儿口中"现身",而金麟由翠缕口中"分定";同胞手足,却"一树枣子不能个个红"——探春何其雅,贾环何其俗;同为侍妾,周姨娘安静省事,赵姨娘无事生非;先有薛姨妈妄责薛蟠滥言导致宝玉挨打,后有王夫人臆断凤姐夫妇酿成"绣春囊事件";前有李嬷嬷因吃酒揭袭人之隐,后有薛蟠因宝玉挨打揭宝钗之隐;同为老仆,焦大犯上见笞,赖大赖主发达;有清心寡欲的李纨,又设一个欲壑难填的凤姐;先来了林姑娘,又来了薛姑娘;有一个贾宝玉,还写一个甄宝玉;有一个张道士,还拥出一个王一贴;有一僧,还现一道;红玉、芳官、四儿就性格和气质而言,可以和晴雯同在一个"属类",而麝月、秋纹等人,则都是袭人"族僚"。故《红楼梦》是最喜欢捉对写人物,总是"大对称"的板定章法。

写个别人物,孤而不"孤"、独难称"独"。黛玉与晴雯除有"晴有林风"之说外,她和龄官在处境、形象、性格、体质上也颇多相似:一是因不幸孤女寄养于外家,一则是命运不济托身于优伶;俩人又都是绝顶的才女型人物、均有一种"恃才傲物"瞧不起人的优越感;同时,也都爱作践对象的感情(黛玉作践宝玉、龄官作践贾蔷);最后"多愁善感、心胸狭小"均成病体西施而罹患肺病,命不保长……

写"整套路"的两件事,又同中有异,异中见同,缝合得十分巧妙:如第二十八回写宝玉、薛蟠、蒋玉菡、冯紫英等举宴行令和第四十四回写贾母、刘姥姥、众女儿的为令开宴,前回写逗人发笑的是薛蟠,后回写供人取笑的是刘姥姥;薛蟠说出的话极"荤",句句讲他的行径;刘姥姥的每句话极"素",每言却是她的见识;薛蟠的动作都是出于真情,刘姥姥的举止全是故意做戏;两人都有"傻气",但薛蟠是"似傻实傻",刘姥姥则"似傻非傻";薛蟠身贵品低,刘姥姥身贱品高,他们可称"前后辉映""老少卖萌"。故王伯沆(四十回)批道:"刘姥姥行令,与文起相似,忽起忽落,正是笔墨歌舞也。"

再有:周瑞家送宫花,宝钗堆笑迎纳,黛玉厉舌坚辞;薛姨妈道"天下乌鸦一般黑"（五十七回），刘姥姥说"这里的雀儿也怪俊"（四十一回）；湘莲诱薛蟠与凤姐诱贾瑞，一为男淫、一为女淫；一遭打还生，一遭辱取亡。遥遥相对，互为照应。

另外，黛之见抑于钗，雯之受制于袭，平儿屈伏于凤姐，秋菱摄辖于金桂，皆有"同质共构""形影相随"之似。

即使在同一个人身上，也阴晴互见，正邪两落，美不全美，丑不全丑，甚至丑不丑写。正像鲁迅先生所说："《红楼梦》没有把好人写的绝对好，把坏人写的绝对坏，从而打破了我国传统小说的写法和格局。"如贾雨村，一般认为这个人是小人，恩将仇报、落井下石、见死不救，但是他没有发迹前借住葫芦庙时表现出来的不卑不亢，被革职时的处变不惊、面不改色，又分明显出是个有风骨的人。

再如琏、凤夫妇，夫是一个贪财之徒、色中饿鬼，但他对尤二姐的感情也不乏真挚，他也曾因为不满贾雨村为古扇迫害石呆子家破人亡而遭父亲的一顿毒打，又让你看到他善的一面，看到作者于"万类霜天"中发掘的人性。尤其"负荆一节（与鲍二家的苟且、打凤姐，后来贾母处乞罚），颇能自降，拔其帜而能树娘子帜，亦腹负将军解风雅者也"（涂瀛语评）。妇既是荣府威严的当家人，又是嗜财如命的高利贷者；堪称曲意承欢妙趣横生的可人儿，又是骂街行歪的泼妇；不谬招蜂惹蝶的狐狸精，亦称关爱子女护恤兄妹的好母嫂；当属凌虐下人的奴隶主，又扮悲天悯人的慈善家；不啻暴跳如雷的母老虎，还作滚在长辈怀里撒娇的可人儿；她满面春风人怜爱，又独擅蝎肠让人忿；是治世之能臣"诸葛亮"，亦乱世之奸雄"女曹操"。诚谓："作威作福，用柔用刚，占步高，留步宽，杀得死，救得活。"她就是一个"小的宇宙"，是人们读《红楼梦》最爱看的"精彩人物"，看后又蒙千夫所指是"蛇蝎心肠"，以致不得不发出"恨凤姐，骂凤姐，不见凤姐想凤姐"之喟叹！

再有贾珍诸恶皆沾，是个败家"罪首"，但逢年关他施舍东西给族中穷子弟,让人刮目。大抵属"烧了三炷香,放了七个屁——行善没有作恶多"之类;薛蟠,一个典型泼皮破落户,殆归入"杀老子不怕娘守寡"之流。人们在哀其不幸、怒其不争之余,也赞他有时能顺母从命、护妹恤弱,且能受(柳湘莲)辱不计、遇恩图报——在柳"情殇"走失后,就连忙带小厮们在各处寻找,最后找不着,他还哭了一场。让人觉得他也还是一条汉子!当宝钗嗔怨他出差给母亲和自己所买物什竟忘拿回来了,他又能坦然作答:"想是在路上(遇强盗)叫人把魂吓掉了,还没归窍呢。"——其坦诚直率也甚觉可爱!

晴雯表嫂灯姑娘何等淫荡?然当闻听宝玉与晴雯一段私语而知他俩清白无瑕后,也不昧"天地良心"地说道:"可知天下委屈事也不少。如今我反后悔错怪了你们。既然如此,你但放心。以后你只管来,我也不啰唣你。"(第七十七回)——这让我们想起法国作家安德烈·莫洛亚在《最伟大的》一文中说的:"所有伟大作家的成就正在于塑造一些无论是优点还是缺点都使人疼爱的人物,作家均像造物主,用同一光辉照耀所有的人。"亦若苏东坡所言"天下无一个不好人"。

其他"熟眼人物"也无不如此:宝钗体贴人情,豁达从时,却圆滑世故,甚而热面冷心;黛玉才高情痴,宁为玉碎,不为瓦全,但她心胸狭窄,话语尖刻,惯使小性,"曲高和寡"而不得于姊妹、舅母、外祖母及下人;探春高雅脱俗,柔中有刚,干练理财,但对生母过于绝情。季新《红楼梦新评》辛辣抨之"(对赵姨娘)辞气之间,凌厉锋利,绝无天性,真令人发指。为维持自己之地位计,而不顾其母,至于如此,真无人心者"。妙玉自称"槛外人""脱俗身",有"天子不臣、诸侯不友"之慨,然却置身花团锦簇省亲别院,心仪裘马俊靓公子贾宝玉;袭人温柔和顺,忍让不争,顾瞻大局,但终不免俗气和媚气,有"女宋江"之名;晴雯伶牙俐齿,疾恶如仇,敢爱敢怒,有过人之节但不能自藏,她恃宠傲物,欺压小丫头;芳官品貌似宝玉,豪爽似湘云，刁钻似晴雯，颖异似黛玉，而其一往直前、悍然不顾之概，则又似鸳鸯，似尤三姐；尤氏慈厚宽顺、擅才能干，惜不能劝夫治家，甚或姑息养奸；王夫人礼佛向善，却也偶露狰狞、时施暴虐，一怒而死金钏，再怒死晴雯；即便被诸多评家公认为"有色、有才，又有德""其乖巧妥帖直可以处忌主矣"的《红楼梦》第一完人——平儿，也有"不完"之处，岂不见凤姐迟发月银、放高利贷、赚昧心钱都是经她之手？赵姨娘母子，猥琐鄙薄，"老鸹命，人人憎"——常受欺受气，偏为子颇受贾赦青睐，谓能承接"续统"。为母又能擅摄色相，颇入政老爷的"味口"；奴才焦大，虽任性胡言，却类屈原，对贾府一片忠心；珍、蓉、环、芸身为少爷，虽沐诗礼伦教，却不肖种种，悉为贾府逆子……正谓"爱而知其恶，憎而知其善"，人各有当也，而非"恶则无往不恶，美则无一不美"。善与恶是同一块钱币的正反两面，"卑鄙与伟大、恶毒与善良、仇恶与热爱是可以互不排斥地并存在同一颗心里的"（毛姆）。如是，方夺情理。大概曹公隔时空地领会了歌德那句话："人是一个整体，一个多方面的内在联系着的能力的统一体。艺术作品必须向人的这个整体说话，必须适应人的这种丰富的统一性，这种单一的杂多。"（《收藏家和他的伙伴们》）

特别是"宝二爷"，乃作者倾注了全部感情的一个中心理想人物（赋予他许多"古今无双"的品质）。他是"全书之胆、之魂，是推动全书情节发展的中心力量和规定全书思想面貌的决定因素"（白盾《悟红论稿》）。他身上优点"彰"目，但也不乏"性格异常、放荡不羁、任性恣情"等诸多毛病。恰如脂评兴叹："美宝玉乎？丑宝玉乎？……（对宝玉）说不得贤，说不得愚，说不得不肖，说不得善，说不得恶，说不得正大光明；说不得混帐恶赖，说不得聪明才俊，说不得庸俗平凡，说不得好色好淫，说不得情痴情种。"——正因为这些"说不得"，才令我们能决意地"说得"：宝玉是一个活生生、真实可信的人，《红楼梦》是一部纤毫无欺的人世"活报剧"。读者的人生透悟亦便于此得焉！更妙在，曹雪芹用甄宝玉、贾宝玉"一分为二""合二为一"的奇特笔法来塑造一个人物，使之性格更复杂、尤多变。蔡义江先生认为：这种笔法完全是曹雪芹所独创的，并无先例的。及至曹氏谢世一百多年后的19世纪中叶，这种笔法才被俄国作家陀思妥耶夫斯基在他的《卡拉马佐夫兄弟》作品中首次应用。

及若各位闺淑"脸面"，虽妍媸靓丽，却也不乏"瑕疵、缺陷"：鸳鸯脸颊上长着雀斑，而黛玉、宝钗和湘云，春天脸上还会发"杏癍癣"，需要搽蔷薇硝"补拙"。但这些不完美，反使她们的美貌更真实自然。因为"在纯粹光明中就像在纯粹黑暗中一样，看不清什么东西"。

即便被人们众口一词赞美的大观园，尽管那里处处青春豆蔻、明眸皓齿、诗韵歌声、嬉笑逗乐，但大观园的女儿们也各据其势、各怀心想、各抱盘算，为维护、实现着自己的现实利益明争暗斗、笑里藏刀、阴施小计或公然对决……所有这些，都让读者感受到一个实实在在的现实世界。不妨说，曹雪芹是一个极端写实主义者。"他的目的只在客观的、冷静的创造人物，给每个人物一种个性，他并不誉此而贬彼，扬此而抑彼。且他的思想表现的那么自然，那么从容，一点也不像巴尔扎克、托尔斯泰一般说教者的态度，一泪目就可知其用意何在。因此，很难决定他的人物里哪一位是他的代言者。"（李辰冬《红楼梦研究》）

子贡曰："纣之不善，不如是之甚也。是以君子恶居下流，天下之恶皆归焉。"意思是说像殷纣王那样的人，也不是传说中的那么"坏"，其中多有"落井下石、墙倒众人推"的成分。荆轲何等神勇无畏之人！然与武阳入秦行刺途中，"轲买肉争轻重，屠者辱之"（东汉·《燕丹子》）。

没有人天生就是纯粹的好人，也没有人天生就是十恶不赦的坏人。

同样，不妨这样说，《红楼梦》中没有"刻意"的坏人，也没有"十足"的坏人，只有不健全、不完美或档次素质较低的人。退一步讲，他们身上的一些缺点（如施巫术、姊弟怨、雨村反恩、贾母择媳等）及不仁做法，我们也是可以容忍、可以理解、可以包容的。要知道，不完美是一种客观存在，是"完美自然"的体现。而现实生活中人与人彼此不能和谐相处，最主要的原因是过分要求完美。殊不知造物者创造万物之时，先就设计了光明与阴影携手结伴而行。"除非没有光明，否则定有阴暗"！"如果把所有的错误都关在门外的话，真理也要被关在门外了。"（泰戈尔）以如是思维、心态阅读《红楼梦》，就能避免陷于古板、僵化的"非此即彼"的泥淖，就能瞵睹到复杂多样的生活和五光色彩的人生，就能从《红楼梦》中每个篇幅、每个人物身上会学到更多的东西，进而从中获得心灵的净化、神智的提高和精神的升华。

这大概是人们喜欢《红楼梦》的一个重要原因。这种类似对比的"影子法"的运用，也是《红楼梦》这部巨著的艺术成就成为"有清三百年文学之冠冕"而达到迄今最高峰顶的关键因素。

总之，正如刘再复先生《红楼梦哲学笔记》所说：热与冷、聚与散、俗与雅、刚与柔、卤与乖、呆与巧、通与专、博与约、诚与伪等的对峙布满《红楼梦》小说文本。这是对重结构的叙事艺术，是哲学基点上的有与无、真与假、好与了、观与止、阳与阴、觉与迷的相反相成，即一体二用的转化运动。也是刘勰《文心雕龙》"造化赋形，支体必双；神理为用，事不孤立；高下相须，自然成对"创文美学理论的空前实践。

陈忠实先生曾讲过：他想写一本能放头下当作枕头的书。《白鹿原》的问世，成全他做到了；但谁能写一本不仅让作者且能让读者人人能放在头下作枕头的书？无疑，曹雪芹做到了——《红楼梦》是一本让人人能放枕下且永远与你相伴的书！

有感于《红楼梦》人物的鲜活、生动，笔者试写了"《红楼梦》人物吟十首"，亦系"二分钱开个店——穷张罗""刘麻子照镜——个人观点"。

四十 复笔法

复笔,是指在作品中,对单字、词语或句子的故意重复。

且看《水浒传》第二十四回写小厮郓哥与武大对话一段:

郓哥设计某一日"捉奸"行动,叫武大"你便少做些炊饼出来卖,我便在巷口等你。若是见西门庆入去时,我便来叫你,你便挑着担儿,只在左近等我。我便先去惹那老狗,必然来打我,我便将篮儿丢出街来,你便抢来,我便一头顶住那婆子,你便只顾奔入房里去,叫起屈来"。——此处"你便、我便"乃是典型的"复笔"。

金圣叹就此批道:写来入情。"你便、我便"二字下,皆略用一顿,活是孩子迟声慢口。……犹如大珠小珠落盘乱走相似。

司马迁《史记·项羽本纪》中亦有类此:"及楚击秦,诸将皆从壁上观,楚战士无不一以当十,楚兵呼声动天,诸侯军无不人人惴恐。于是已破秦军,项羽召见诸侯,入辕门，无不膝行而前，莫敢仰视。"——用三处"无不"来表现项羽的意气风发、不可一世之形象。

这些将某一句式或某一词句的"复笔"使用，的确能起到对情节的强化和对人物心理的细腻描画作用。

《红楼梦》似此亦复不少。

秦可卿去世，合家悲哀，各有缅怀："那长一辈的想他素日孝顺，平一辈的想他素日和睦亲密，下一辈的想他素日慈爱，以及家中仆从老小想他素日怜贫惜贱、慈老爱幼之恩，莫不悲嚎痛哭者。"——这段话中，一连重复了四次"想他素日"，将其孝顺尊长、亲睦平辈，对下慈爱、对仆恩怜的"优长""慧性"充分揭现！

宝玉受茗烟撺掇往城外袭人家，袭人迎进屋去，"花自芳（袭人兄）母子两个百般怕宝玉冷，又让他上炕，又忙另摆果桌，又忙倒好茶"。袭人"一面说，一面将自己的坐褥拿了铺在一个炕上，用自己的脚炉垫了脚，又将自己的手炉掀开焚上……然后将自己的茶杯斟了茶，送与宝玉"（第十九回）。

以上连用三个"又"，三个"将"，写出了主、仆尊卑和花家讨上、附炎心理。又叠用四个"自己"，浑将宝、袭素日如何亲洽、如何尊荣一盘托出。然而，也正是这种如母似姊的关爱，才令宝玉对袭人百般依赖、须臾难离。

晴雯病补雀金裘时，"宝玉在旁，一时又问：'吃些滚水不吃？'一时又命：'歇一歇。'一时又拿一件灰鼠斗篷替他披在背上，一时又命拿个拐枕与他靠着"。此处叠用四个"一时"，看似乃平常的"求人献殷勤"，其实这才是《红楼梦》最动人、最深刻的地方。表明：在宝玉眼里，丫头原非"低人一等"，是被当人看待的，在精神人格上与自己无差异，是一律平等的。

第二十四回，宝玉要吃茶，见没个丫头在场，只得"自力更生"。正欲倒时，只听背后说道："二爷仔细烫了手，让我们来倒。"小红"一面说，一面走上来，早接了过去"。当宝玉问她"哪里的"，小红"一面递茶，一面回说：'我在后院子里，才从里间的后门进来，难道二爷就没听见脚步响？'宝玉一面吃茶，一面仔细打量那丫头。"这里连用六个"一面"，令人并不觉烦。前四个"一面"写出了丫头小红在"逗情"方面的老辣，先"闪亮登场"，再"稳扎稳打"。后两个"一面"，则写公子哥虽"聊作姿态"，但却"形静神忙"（有些"想法"了）。——可见，宝玉在撩妹方面也堪称是"手心里长胡子——老手"！

值端阳佳节，王夫人治了酒席，请薛家母女等赏午（第三十一回）。"宝玉见宝钗淡淡的，也不和他说话，自知是昨儿的原故。王夫人见宝玉没精打采，也只当是金钏儿昨日之事，他没好意思的，越发不理他。林黛玉见宝玉懒懒的，只当是他因为得罪了宝钗的原故，心中不自在，形容也就懒懒的。凤姐昨日晚间王夫人就告诉了他宝玉金钏的事，知道王夫人不自在，自己如何敢说笑，也就随着王夫人的气色行事，更觉淡淡的。贾迎春姊妹见众人无意思，也都无意思了。因此，大家坐了一坐就散了。"此处分别用了两次"淡淡的"、两次"懒懒的"、两次"不自在"、两次"无意思"以及四个"见"的递用，强化了普遍、浓郁的"慵懒氛围"，凑成了一个"不自在大会"。王伯沆对此评道："此是作者翻新处……层层写来，曲尽情理，全是作者弹指楼阁，空灵无匹。"接下来，又写到晴雯上来换衣裳，不防把扇子失手掉在地上摔坏而遭宝玉詈责。"爆炭"性儿的晴雯并不买账示懦，先后以四个"冷笑"开言回怼宝玉和袭人，让人真真领略了她"有过人之节，而不能以自藏"和"晴有林风"的藻雪骨格，当然也隐然格定了她最终"彩云易散、华璧易碎、峣峣者易折"的蹇运之应。

宝玉拿来"槛外人"妙玉送来的拜帖讨教"如何复帖"，最了解妙玉的岫烟只顾用眼上下细细打量了宝玉半日，发出三个感慨："怪道俗语说的'闻名不如见面'，又怪不得妙玉竟下这帖子给你，又怪不得上年竟给你那些梅花。"——岫烟三个"怪不得"，盖写尽妙玉之春情。

探春与李纨协理荣国府，首遇赵姨娘哥哥赵国基溘逝如何进礼一事。赵姨娘自然有"韩信点兵——多多益善"之想，李纨也乐作"顺水人情"，提出参考袭人妈死"赏银四十两"的意见兑赏。吴新登家的"听了，忙答应了是，接了对牌就走"。探春遂喝道："你且回来，……你且别支银子。我且问你：那几年老太太屋里的几位老姨奶奶，也有家里的也有外头的这两个分别。家里的若死了人是赏多少，外头的死了人是赏多少，你且说两个我们听听。"（第五十五回）这里，一连四个"你（我）且"，把探春"天生睿智、洞察物态、公心公证、果断处置、有理有节、意志坚决、气度不凡"等极尽刻画，作者称其为"敏探春"当真确不谬！

再有，贾母因众人瞒她迁就贾赦褫夺自己的可心侍女鸳鸯，而向王夫人等发了火。王夫人不敢多言，薛姨妈见连王夫人怪上，也觉不好劝了（第四十六回）。值此尴尬窘迫时刻，作者让探春走来并曝其心迹：想王夫人虽有委曲，如何敢辩，薛姨妈也是亲姊妹，自然也不好辩的，宝钗也不便为姨母辩，李纨、凤姐、宝玉一概不敢辩，这正用着女孩儿之时，便走进来赔笑向贾母道："这事与太太什么相干？老太太想一想，也有大伯子要收屋里的人，小婶子如何知道？便知道，也推不知道。"入情夺理的几笔"复笔"分析、简洁抢舌的几句辩语，立刻把贾母的怒气平复祛除了。探春有才、有识、有智的闺淑形象也悄然卓立。

王熙凤"拜会"尤二姐，虚言说道："我今来求姐姐进去和我一样同居同处，同分同例，同侍公婆，同谏丈夫。喜则同喜，悲则同悲，情似亲妹，和比骨肉。"——一串富有节奏的四字句里，连用八个"同"，充分表达了凤姐完成她借刀杀人的"迫切"心情，也立时让尤二姐对她产生了的百分之百的"认同"。

夏金桂蓄意挑唆薛蟠暴虐香菱，薛姨妈看不过呵斥呆儿，又遭金桂垫语，薛蟠劝之，复受揶揄（第八十回），故"薛蟠急的说又不好，劝又不好，打又不好,央告又不好,只是出入唉声叹气,抱怨说运气不好"。

正是:不这么说不好,不这么写不好!——笔者不这么评也不好!

益见"精致"和最可"玩味"的是对宝、黛之间多次的复笔运用。

第二十二回,黛玉因湘云将自己比作戏子而生气,不理宝玉。宝玉随后追来诘问,却被黛玉以"我恼他,与你何干?他得罪了我,又与你何干?"呛了个满鼻。接后袭人想安慰宝玉、缓释窘况,另找话题劝宝玉道:"今儿看了戏,又勾出几天戏来,宝姑娘一定要还席的。"宝玉冷笑道:"他还不还,管谁什么相干。"袭人因又笑道:"这是怎么说?好好的大正月里,娘儿们姊妹们都喜喜欢欢的,你又怎么这个形景了?"宝玉冷笑道:"他们娘儿们姊妹们欢喜不欢喜,也与我无干。"此处,宝玉借用黛玉"何干"口词,交叠使用"何干、相干、无干",首迁怒于湘云,继泄怨于宝钗,后遍及众人。虽缘"一颦之祸,流毒于众人",然也足见"宝玉之心,唯一颦儿",宝颦情爱浸入骨脉,连为一体。"伤筋必伤骨",用墨复笔,则情理无不尽也。其实"无干、何干",究是最相关!犹如歌德《我爱你,与你无关》所表达:"我爱你,与你无关,思念熬不到天明,所以我选择睡去,在梦中再一次的见到你;我爱你,与你无关,渴望藏不住眼光,于是我躲开,不要你看见我心慌;我爱你,与你无关,真的啊,它只属于我的心,只要你能幸福,我的悲伤,你不需要管。"

宝玉心系黛玉,寻由让晴雯拿了两条旧帕子送往潇湘馆(第三十四回)。黛玉见了始心中发闷,思忖一时乃大悟,体贴出帕子的意思来:"宝玉这番苦心,能领会我这番苦意,又令我可喜;我这番苦意,不知将来如何,又令我可悲;忽然好好的送两块旧帕子来,若不是领我深意,单看了这帕子,又令我可笑;再想令人私相传递与我,又令我可惧;我自己每每好哭,想来也无味,又令我可愧。"——五个"又令",令的颦儿"五内沸然炙起、余意缠绵",进而"情窦怒放、诗意勃兴"。

贾母的丫鬟喊宝玉、黛玉去吃饭，黛玉去了，宝玉未跟从（第二十八回）。宝钗因笑道："你正经去罢。吃不吃，陪着林妹妹走一趟，她心理打紧的不自在呢。"（此语看出钗美眉有"站干岸儿看火起"之意。故多有黛玉"不自在"之时诚宝钗"自在"之刻。叹，叹！女人天性喜妒，上帝都没办法！）宝玉道："理她呢，过一会子就好了。"一时吃过饭，宝玉走进来，笑道："哦，这是做什么呢？才吃了饭，这么空着头，一会子，又头疼了。"黛玉并不理，只管裁她的。有一个丫头说道："那块绸子角儿，还不好呢，再熨他一熨。"黛玉便把剪子一撂，说道："理他呢，过一会子就好了。"宝玉听了，自是纳闷（怎么重复了自己刚才的语词？）。落后，宝钗也进来道："我告诉你一个笑话儿。才刚为那个药，我说了个'不知道'，宝兄弟心里不受用了。"黛玉道："理他呢！过一会子就好了。"这段叙写中，"理他呢，过一会子就好了"一共出现了三次，于间不难洞见宝、钗、黛三个人微妙的内心"角力"和弦外"弄音"。第一次说"理他呢，过一会子就好了"，是宝玉为了掩饰他对黛玉"不自在"的记挂而对宝钗所说；第二次颦儿说斯语虽是对丫鬟言，实际上是说给宝玉听的，是用偷听到宝玉的话（显然黛玉吃饭离屋时并未立即走）来呕宝玉。真真"捷如应响，妙足醒脾"！第三次说此话，则是"一锤两音"，既说给宝玉听，也故让宝钗闻。因宝钗在宝玉跟前说黛玉"心理打紧的不自在"，见了黛玉却道"宝兄弟心里不受用了"，两面讨好，用"谎"不商量。黛玉便巧言讥讽。作者用这样三次"复笔"，细致而又多层次地表达了人物内心激烈、复杂的情感活动，让人顿觉新颖别致、韵味悠长。

正是：花如解语还多事，石不能言最可人。

还有第三十二回，宝玉所说"林妹妹不说这样混帐话，若说这话，我也和他生分了"之语不意被黛玉听到，她"不觉又喜又惊，又悲又叹。所喜者，果然自己眼力不错，素日认他是个知己，果然是个知己。所惊者，他在人前一片私心称扬于我,其亲热厚密,竟不避嫌疑。所叹者,你既为我之知己,自然我亦可为你之知己矣,既你我为知己,则又何必有金玉之论哉;既有金玉之论,亦该你我有之,则又何必来一宝钗哉!所悲者,父母早逝,虽有铭心刻骨之言,无人为我主张。况近日每觉神思恍惚,病已渐成,医者更云气弱血亏,恐致劳怯之症,你我虽为知己,但恐自不能久待,你纵为我知己,奈我薄命何!想到此间,不禁滚下泪来。待进去相见,自觉无味,便一面拭泪,一面抽身回去了。"这一段,驳杂交替使用"复语"、应用"复笔",实有"惊喜悲叹,确切分疏,文如剥蕉抽茧。在黛玉则为脚踏实地矣,而不知正是心迷"之效!(太平闲人语)

特别是当黛玉听了傻大姐泄密"金玉成婚"的"机关"(第九十六回)后便迷了本性,自此至后两回"魂归离恨天",原本爱哭、以还泪为"己任"的颦儿竟没有了"哭",而代之以八次的"笑"。作者这种"以乐景写哀景"的复笔法不仅客观地证叙了黛玉的确"迷了本性",着实"病得不轻",也从另一个层面上呼应了她"泪已尽""情销完""泯离恨""归仙园"的大写意。同时,也正是这些出色技法的运用,方显出整个宝黛爱情故事乃是一首凄丽的长诗,一阕悲怆的交响乐。

四十一 缩句法

有语焉:"话不投机半句多。"但在《红楼梦》中却有与之相反的"话苟投机半句多",即说话冲口而出,或几句话只说一句,或一句话只说二三字,甚或隐而不说,便"珍"言"惜"辞,咽住不声。其中或多忌讳不忍出口,或有隐情不便明说。尤其是"心有千言"却不欲说,而用"缩句"截住,使语言语意含糊不清,然却最是摄神之笔——这个世界许多美好的事物,都是语言文字难以形容与表现的。"此等搜神夺魄、至神至妙处,只在囫囵不解中得"(脂批语)。亦如蒋有经在《模糊修辞浅说》中所说:"恰当贴切地运用模糊言语,在文学创作中更有神奇、绝妙地表达效果……收到比定量言语或定性言语更好的效果。"

宝玉与袭人"治气",袭人点头冷笑道:"你也不用生气,从此后我只当哑子,再不说你一声儿,如何?"宝玉禁不住起身问道:"我又怎么了?……我何尝听见你劝我什么话了。"袭人以一句"囫囵语"道:"你心里还不明白,还等我说呢!"(第二十一回)

依笔者说：他也明白，你也明白。不过，你不说也罢。纵说，也无非是"从时守理""仕途经济"之陈腔老调。

贾芸呈宝玉一个贴儿，宝玉看后诧异他称自己"叔父"而不似前年送白海棠时称自己作"父亲"，是"不认父亲了"。袭人听罢道："他也不害臊，你也不害臊。他那么大了，倒认你这么大儿的作父亲，可不是他不害臊？你正经连个——"刚说到这里，脸一红，微微地一笑。（第八十五回）——袭人就此打住，大概想起了自己与宝玉"初试云雨情"的一幕。

第三十四回，袭人对王夫人道："我今儿在太太跟前大胆说句不知好歹的话。论理……"说了半截忙又咽住。在王夫人催逼下，才又道出想说的"下半截"："以后竟还教二爷搬出园外来住就好了……如今二爷也大了，里头姑娘们也大了，况且林姑娘宝姑娘又是两姨姑表姊妹，虽说是姊妹们，到底是男女之分，日夜一处起坐不方便，由不得叫人悬心……若要叫人说出一个不好字来，我们不用说，粉身碎骨，罪有万重，都是平常小事，但后来二爷一生的声名品行岂不完了？"

袭人这一段表白闪闪烁烁、停停续续、似是而非、似有还无地言黛玉、宝钗同宝玉越规逾矩于"山色有无中"，而客观上又达到讨好上峰、排挤情敌、独专檀郎之目的。

随后，宝玉被打，宝钗第一个来探视，"见他（宝玉）睁开眼说话，不像先时，心中也宽慰了好些，便点头叹道：'早听人一句话，也不至今日。别说老太太、太太心疼，就是我们看着，心里也疼。'刚说了半句，又忙嘬住，自悔说的话急了，不觉得就红了脸，低下头来"。——其实，宝卿不必懊悔"说的话急了"，此乃是"箭在弦上，不得不发"。伊对宝玉之殷情，读者都甚为理解。情由衷而起，意"卖弄家私"，何须自责？

平儿、凤姐斗嘴，平儿言："别叫我说出好听的来！"此处没说出的话，读者却谁都明白（指琏、凤放浪生活做派）。再有，宝玉生日在怡红院开夜宴，芳官醉酒后竟在宝玉之侧睡到天亮，醒后见状"忙羞得笑着下地说：'我怎么……'却说不出下半句来"（第六十三回）。知否，知否？这叫"鬼使神差""红肥绿瘦"！

酸凤姐大闹宁国府，贾蓉乞求凤姐道："好婶娘，亲婶娘，以后蓉儿要不真心孝顺你老人家，天打雷劈。"凤姐瞅了他一眼，啐道："谁信你这……"说到这里，又咽住了。——"咽住"，妙在其中：皆因"说不得"，故不得不咽，只能咽住。这里，看似凤姐在怨"人"，实是在怨"情"、是在黏"情"、是在呼唤"旧情依然"。故王伯沆批语这是"作者极力写凤姐不堪"。王希廉则评道："此一段文字隐隐跃跃，暗藏无限情事。如金鼓震天时，忽有莺啼燕语；又如一片黑云中，微露金龙鳞爪。"

晴雯被逐出大观园，忿怨成疾，病卧在床，危在旦夕。宝玉偷偷去看，问她有什么话要说，她呜咽道："只是一件，我死也不甘心的：我虽生的比别人略好些，并没有私情密意勾引你怎样，如何一口死咬定了我是个狐狸精！我太不服。今日既担了虚名，而且临死，不是我说一句后悔的话，早知如此，我当……"说到这里，气往上咽，便说不出来。——这里，晴雯语吐一半，下半句虽未说出来，但每一个读者都能意会和想得来！正是"欲说未说，未说似说。虽说未说，未说胜说！"。

倒是清评家黄小田当仁不让地主动代说了未说之语，即："悔不学妖精打架耳"（傻大姐看到绣春囊之情景）。用现代一著名作家的描摹，乃做"脱光衣服相互撞击胯骨的事"。

——殆也几近情景，令人笑煞！

较有趣的是第八十三回。

凤姐向周瑞家的倾吐"家难当"苦水，周瑞家的便奉和道："真正委屈死人！这样大门头儿，除了奶奶这样心计儿当家罢了。别说是女人当不来，就是三头六臂的男人，还撑不住呢。还说这些个混账话……还有歌儿呢，说是

'宁国府，荣国府，金银财宝如粪土。吃不穷，穿不穷，算来……'说到这里，猛然咽住。"原来那首歌儿道是"算来总是一场空"。——幸亏周瑞家的"刹车快"，否则，拍马屁就真正拍到了马屁股上了。

黛玉伤春愁思，正自伤感，忽听山坡上也有悲声，抬头一看，竟是宝玉，便道："啐！我道是谁，原来是这个狠心短命的？——刚说到'短命'二字，又把口掩住，长叹了一声。"（第二十八回）——此乃"缩句"的应用。一次，宝玉去看黛玉，见她脸上有泪痕，便劝解道："妹妹素日本来多病，凡事当各自宽解，不可过作无益之悲。若作践坏了身子，使我……"说到这里，觉得以下的话有些难说，连忙咽住（第六十四回）。这里，宝玉欲言未言、想说没说，却亦"不言胜言、不说胜说"，是"常恨言语浅，不如作意深"！

如是，宝、颦每到情殷爱浓处，书中辄用"缩句"，从这"细折处"写出两人彼此用情的深厚，都无不精妙奇绝。

第三十二回，林黛玉调侃宝玉道："你死了倒不值什么，只是丢下了什么金，又是什么麒麟，可怎么样呢？"一句话说得宝玉"脸筋暴、头出汗"，黛玉遂感"玩笑"开大了，一面致歉，一面近前伸手替宝玉拭汗。而"宝玉瞅了半天，方说道'你放心'三个字。林黛玉听了，怔了半天"。的确，此处，宝玉冒出一句"你放心"，没头没尾，劈头盖脑，是一句囫囵语，令人不知东西。难怪黛玉接言："我有什么不放心的？我不明白这话。你倒说说怎么放心不放心？"其实，这是一句至诚至贵至重至殷之语，双方也都各心领神会，无须多言，不必解释。所以两个人怔了半天，便有林黛玉咳了一声道："有什么可说的。你的话我早知道了！"这里，双方"轻吟一句情话，执笔一副情画"，却"绽放一地情花，覆盖一片青瓦"（徐志摩语）。

宝、黛口角伤和后，宝玉前来向妹妹赔罪，黛玉道："你也不用哄我。从今以后，我也不敢亲近二爷，二爷也全当我去了。"宝玉笑道："你往哪里去呢？"答曰："我回家去。"宝玉道："我跟了你去。"黛玉："我死了。"宝玉道:"你死了,我做和尚!"黛玉闻此,内心如打破了五味瓶,爱、恨、怜、怨一起涌来,便咬着牙用指头"狠命地在他额上戳了一下,哼了一声,咬牙说道'你这——'刚说了两个字,便又叹了一口气,仍拿起手帕子来擦泪。"

且看黛玉这一整套的"发狠"举动,再加半句将完未尽之语,实实演绎出人世间最伟大的"爱恨""情仇"。故护花主人张新之评此"歇后语,非咒非骂,乃许之而恐其或负也。而一时情景已臻神化"。依笔者看,此乃恋人间男方最上乘之"优待"。可惜,人生难得几回有!纵以后有的,便也是真刀真枪地干了,可谓"心乖甚水火,百恶集其身";"昔为形与影,今为胡与秦"。奚有半点柔情蜜意存焉?

同以上的"用情缩句"不同,第八十六回是一次少见的"调侃缩句":宝玉烦请黛玉讲琴理,宝玉听后似懂非懂,但总体感觉琴操高雅、涵养性情、抑除淫荡,便直言说道:"明儿我告诉三妹妹和四妹妹去,叫她们都学起来,让我听。"黛玉接道:"你也太受用了,即如大家学会了抚起来,你不懂,可不是对……"说到这里,黛玉便缩住口,不肯往下说了。显然,底下要说的什么,我们读者都能接引出。

最是泣鬼神、动天地的是第九十八回。黛玉弥留之际,先对与自己朝夕相处的紫鹃来了个"缩句":"我是不中用的人了。你伏侍我几年,我原指望咱们两个总在一处,不想我……"接着,魂魄欲西中直声叫道:"宝玉、宝玉,你好——"说到"好"字,便浑身冷汗,不作声了。呜呼,香魂一缕随风散,愁绪三更入梦遥。苦绛珠魂归离恨天,却把"你好——"未尽语谜留给了宝玉,留给了大观园众儿女,也留给了芸芸万千的后世阅者。

几百年来,多少"慧心人"绞尽脑汁、苦思冥想,对黛玉"你好——"句后到底想说什么尽作猜度。如清评家黄小田断言必是"你好负心"四字。

近年,随着网络时代的到来,一些"好事者"又在红楼网站上发起"征补黛玉临终语"活动,即"你好——"之后,究竟是何话语?一时,响应者纷纷，续貂者济济：有谓"你好狠心（薄情）!"；或曰"你好自为之!"；还道："你好生待宝姐姐!"更令人啼笑皆非的是一网络芳名为"柴禾妞"的，直作惊人语地"接力"道："宝玉、宝玉，你好好'好'吧，哇噻!"（哇噻！黛玉抑或是位"港妞"？她也能与时俱进？）所幸该活动只是在国内网站开展，倘扩大到国际网站中，不定黛玉会溜出德语、法语或吉卜赛语来！

不妨也借用清代批书人张新之调侃语："特起作者于九泉，问他'你说好什么？'"

答曰："我也不知好什么。"

笔者以为，维纳斯的断臂是接不上的。

"亏亦盈""曲则全"，老子二千年前已教导我们！

四十二

体态语法

　　一般来讲，某些特定人群，如聋哑人，限于身体缺陷，只能用体态语进行表达。但这也不完全是他们的专利，健全人对"体态语"的运用或"体态语"在其身上的表现也常常"显而易见"。现代行为科学研究甚至得出结论：在面对面的人际交流中，对信息的捕捉，来自非语言"体态语"的信息远远高于从语言本义和声调获取的信息。

　　曹雪芹显然谙熟"此理"、精于"此道"，他对书中出场的各色人物都恰如其分（准确性上）、毫不吝惜（数量上）地给予了体态语方面的描写，尤其是宝玉、凤姐、宝钗、湘云等几个主要人物，其体态语之多、重复强化之甚以及其对人物性格的刻画、展现之作用效果都丝毫不逊于书中各人物的有声语言。可以肯定地说，"体态语"是《红楼梦》的一个显著特色，是丰满书中人物形象不可或缺的重要元素。

　　王熙凤的"触摸"，当无疑构成了她的标志性"体态语"。在前八十回中，凤姐在各种场合下的"触摸"举动共有三十五次，每次"举动"似非刻意，但却必然，是其性格、特点的展露。如："贾母听了忙问：'是怎么了？'贾珍忙出来问。凤姐上去搀住贾母"（第二十九回）；"（黛玉）定眼看时，只见贾母搭着凤姐儿的手，后面邢夫人、王夫人跟着周姨娘并丫鬟媳妇等人都进院去了"（第三十五回）；"众人上了竹桥，凤姐忙上来搀着贾母，口里说……"（第三十八回）；"可巧凤姐正在上房算完输赢账……便连忙赶过来，拉了李嬷嬷，笑道：'好妈妈，别生气，……我家里烧的滚热的野鸡，快来跟我吃酒去。'一面说，一面拉着走"（第二十回）；"凤姐听说，便站起来，拉着薛姨妈，回头指着贾母素日放钱的一个小木匣子笑道……"（第四十七回）。

从上，我们不难明白为何凤姐总是受老太太和一些长者们的"待见""偏爱"，称她是"开心果"，正谓"阿凤一至，贾母方笑"。（脂评语）

不单对长者，即便对同辈、小辈，凤姐也往往以这种亲热之举示情示爱，以博得大家的认同。甚或对"情敌""对手"，凤姐也能"故技重演"，于此运用自如，即时"入戏"。第六十六回写道："（凤姐）于是催着尤二姐穿戴了，二人携手上车，又同坐一处，又悄悄地告诉她：'我们家的规矩大……'"第六十七回，凤姐领着尤二姐到贾母处，说道："老祖宗倒细细的看看，好不好？"又忙拉着尤二姐说："这是太婆婆，快磕头。"

凤丫头让尤二姐"温柔窒息""笑迎死亡"，足见其"机心""辣手"。

另外，还有作者精心为凤姐设计的一些"体态语"，也较好地刻画了凤姐的性格。

第二十八回写道："宝玉吃了茶，……可巧走到凤姐儿院门前，凤姐儿蹬着门槛子，拿耳挖子剔牙，看着十来个小厮们挪花盆呢。"第三十六回，"凤姐见无话，便转身出来，刚至廊檐上，只见有几个执事的媳妇子，正等她回事呢……凤姐把袖子挽了几挽，跐着那角门的门槛子，笑道：'这里过门风倒凉快，吹一吹再走。'"凤姐这一组十分不雅观的"体态语"，显然有失大家闺秀风范，但其表现在下人卑仆面前，又是极其入情入理，反映出她的颐指气使、目空一切和霸道，诚不负"泼皮破落户"之称（贾母语），实属"遇文王施礼乐，见桀纣动干戈"的主。

宝玉作为书中头号主角人物，其体态语总体特征是"发呆、犯傻"。这一类"表现"，在全书中约有一百七十余次。如："那宝玉心内不自在，便懒在园内，只在外头鬼混，却又痴痴的"（第二十三回）；宝玉问讯袭人情况，遭麝月回怼，"宝玉听说，呆了一回"（第二十一回）；"（宝玉）刚到了门槛前，黛玉便推出来，将门关上，宝玉又不解其意，在窗外只是吞声叫'好妹妹'，黛玉总不理他……那宝玉只是呆呆地站在那里，黛玉只当他回房去了，便起来开门，只见宝玉还站在那里"（第二十二回）（令人想起"程门立雪"之典）。

至为精彩的是第五十七回，紫鹃情辞试宝玉，言黛玉明年回苏州老家去。宝玉听罢，"心中忽浇了一盆冷水一般，只瞅着竹子，发了一回呆。因祝妈正来挖笋修竿，便怔怔的走出来，一时魂魄失守，心无所知，随便坐在一块山石上出神，不觉滴下泪来。直呆了五六顿饭工夫，千思万想，总不知如何是可……更觉两个眼珠儿直直的起来，口角边津液流出，皆不知觉。给他个枕头，他便睡下，扶他起来，他便坐着，倒了茶来，他便吃茶……一时宝玉又一眼看见了十锦格子上陈设的一只金西洋自行船，便指着乱叫说：'那不是接他们来的船来了，湾在那里呢。'贾母忙命拿下来。袭人忙拿下来，宝玉伸手要，袭人递过，宝玉便掖在被中，笑道：'可去不成了！'一面说，一面死拉着紫鹃不放"。正谓：不痴不情，越情越痴。

明·顾天埈[1]昔言："太史公列传每于人纰漏处刻画不肯休，盖纰漏处即本人之真精神，所以别于诸人也。"

---

[1] 顾天埈（1561—?），江苏昆山人。明万历年进士，授翰林院编修，曾任乡试考官。罢官归乡后，每日读书，圈点卷籍累至万余册。歌诗词赋，怡然自得，文风从早沉博绝丽转以老成。

作者也正是这样，苦心孤诣反复运用这一标志性体态语，才把一个"无故寻愁觅恨，有时似傻如狂"的怪宝玉、痴公子塑造得栩栩如生、十分丰满。也是宝玉锐然意识到现实的龌龊、自己的责任却又不知怎样做为好的一种自然表现。同时，由"疯态""痴相"把他对颦儿、宝钗以及众女儿的一片痴心、至诚和真爱满满溢出、再再展露！

由此来看，"痴"也并非是个贬义词，"性痴则其志凝，故书痴者文必工，艺痴者技必良。世之落拓而无成者，皆自谓不痴者也。"（《聊斋·阿宝》）

又谓"慧黠而过，乃是真痴"。宝玉心地光明、一身率真，则宝玉何痴乎！

再则，至致的爱就在于"迷"，就在于"痴"。现实中的无数实例也印证：过分的清醒、盘算和比较，根本涵养不了"爱情"，更维系不住家庭。在和睦的家庭里，每对夫妻至少有一个是"傻子"、近"痴人"。比之于茶壶和茶杯，"聪明"的一方有喜、有怨、有怒、有狂要倾倒、溢泻，"痴呆"的一方毫无怨意地甘愿去承接、鞠受，它们才堪称天设地造一对；爱情是纯洁的"自私"，爱情是神圣的"贪痴"，一旦对方对你不再有"私"了，毫无"痴"意了，说明你对他（她）已不重要了，彼此分手的日子也就不远了！

而黛玉的体态语则是因她对宝玉深寄殷情，"思君如明烛，煎心且衔泪"，却又"自己的青春难作主"，加上客居他乡、势单身孤、性情柔脆、心思敏愁等，无疑则让"哭泣""垂泪"成为她的显著特征、体态主语而荣膺"眼泪的化身""多愁的别名"。具体讲：

首先，黛玉的前身就是绛珠仙草，她来到世间就是为感恩神瑛使者（宝玉）而为其还泪的，"人人要结来生缘，侬只今生结日前"，"爱哭多泪"实是她的天生禀赋！

其次，从《红楼梦》描写中，她也不负"潇湘斑竹"之称，愁将眉织，泪把容涴，以"流泪、哭泣"拔得头筹。《红楼梦》写哭泣、流泪意义的共计 968 次，林黛玉据有 125 次，其中前八十回有 37 次，为众首。这方面，（作者）为她量身打造的"专属语词"也颇为丰富，凸显了对伊的"特别关照"，如"洒泪拜别""哭个不住""淌眼抹泪""眼中落泪""掩面自泣"，"无言对泣""哭哭啼啼""独在房中垂泪""大哭一阵""汪汪的滚下泪来""只向窗前流泪"，"抽抽噎噎的哭个不住""早又把眼睛圈儿红了""悲悲戚戚呜咽起来""哭的好不伤感""两个眼睛肿的桃儿一般，满面泪光"等，的的确确让"哭泣、流泪"成了黛玉的典型行为艺术，甚或有的（如黛玉葬花）还演绎成"千古绝唱"！

再看作者描写湘云的体态语。第六十三回，在掣花名签的场面："湘云忙一手夺了，掷与宝钗""湘云笑着，揎拳掳袖的伸手掣了一根出来""湘云笑指那自行船与黛玉看"、湘云拍手笑道："阿弥陀佛，真真好签！"这里，用"夺""掷""揎""掳""伸""指""拍"七个动词，惟妙惟肖地把湘云的"憨""娇""笑"不同情态生动描画。于是，一个无拘无束、旷达豪爽、可爱动人的"女真名士"已然呈现在读者面前。更显"奇技"的是，云丫头因是个大舌头，故在喊宝玉"二哥哥"时，总转音成"爱哥哥"，黛玉就笑她："偏是咬舌子爱说话，连个'二'哥哥也叫不出来，……回来赶围棋儿，又该你闹'么爱三四五了'。"书中，让黛玉对此"敏感"，让湘云成为以"二"作"爱"的大舌头，不仅有作者在故事情节上的深刻"寄意"，也让我们感觉到了湘云的丑"美"，着实增强了故事人物的写实感、生命感及其别具的"韵味"。脂砚斋也对此评道："可笑近之野史中，满纸羞花闭月，莺啼燕语，殊不知真正美人方有一陋处，……今以咬舌二字加湘云，是何大法手眼，敢用此二字哉！不独不见其陋，且更觉轻俏娇媚，俨然一娇憨湘云立于书上。掩卷合目思之，其'爱''厄'娇音入于耳内，然后将满纸莺啼燕语之字样，填粪窖可也。"——这大概就是清代文学理论家刘熙载所说"丑到极处便是美到极处"吧？

其他如贾环的猥琐，金桂、秋蝉的龇牙、撇嘴、横目等极富特点的体态语表现，都无不为《红楼梦》增添了魅力。

象征——比喻法

象征，是写作中的一种修辞手法，一般多用在对人物的刻画上。它将人们所熟知自然物的突出秉性与人物、情事进行比附、相类，借以抉拔人物的性格、镂刻人物形象、焕发人物精神。比喻，与之义近意亲，它乃是"文学语言的根本"，是把抽象的事物变得具体，把深奥的道理变得浅显的一种写作手法。如《聊斋·王子安》中摹状当时考生"高考"全过程，悉用比喻："秀才入闱，有七似焉：初入时，白足提篮似丐。唱名时，官呵隶骂似囚。其归号舍也，孔孔伸头，房房露脚，似秋末之冷蜂。其出场也，神情惝怳，天地异色，似出笼之病鸟。迨望报也，此际行坐难安，则似被絷之猱。忽然而飞骑传人，报条无我，此时神色猝变，嗒然若死，则似饵毒之蝇，弄之亦不觉也。……从此披发入山，面向石壁，再有以'且夫''尝谓'之文进我者，定当操戈逐之。无何，日渐远，气渐平，技又渐痒，遂似破卵之鸠，只得衔木营巢，从新另抱矣（类于今天的高考落榜补习生）。"

我国农业文明历史悠久，诸多树木、花草特性悉为人们熟知，因而常常在文艺作品中被借喻和作为象征。如：梅花，代表冰肌玉骨；百合花，团结友好；松柏，坚贞伟大；凌霄花代表着母亲的爱；茉莉花寄寓芳甜的爱情。《国风·周南·桃夭》有"桃之夭夭，灼灼其华"诗句，就是用盛开的桃花比喻新娘的娇艳、妩媚；现代作家茅盾的《白杨礼赞》，乃是以"参天耸立，不折不挠，对抗着西北风"的白杨树来象征民族解放斗争中坚韧、勤劳、不屈、拼搏、上进的中国人民和中国精神。

《红楼梦》是以为"闺阁昭传"，而女人从来与花密缘，故以多彩多姿而又意态各殊的花象征、附喻大观园各女儿，即"花是人的象征的影子"（周汝昌），自然成为《红楼梦》的一大特色，且在其中运用得炉火纯青、登峰造极。如群芳诸艳萃聚名园大观园，这本身就是一种既"虚"又"实"的象征；而黛玉生辰这一天名叫花朝，乃是百花生日，所以她是花的象征，是"花魂"！

园中，屡结诗社，所涉题目，都没有离开咏花。特别是第六十三回"寿怡红群芳开夜宴"，大家玩抽签占花名儿游戏，每个人抽得的签，都是以花象征抽签者，既是各人性格的写照，又间对其命运归宿进行暗示、揭隐。如宝钗先抽一签是牡丹，透脱她的天生丽质和富贵、入时、和众；接着探春得"红杏"，寓其酸涩秋怨，命运不济；再下李纨抽得"一枝老梅"，隐含她是慧心纨质、饱经世故、风霜无动、恬淡从容；落后湘云掣出一枝"海棠"，是其率真烂漫、宜生宜长的性情写照；麝月跟着掷出一签，是"荼縻"，喻其芥微平凡、万物无争；香菱随后抽得"并蒂花"，道其清纯，挑其妄运；黛玉掣出"芙蓉"，众人笑道："这个极好！除了她，别人不配。"以芙蓉质同金玉、性似冰霜、神比星日、貌若花月之禀赋隐喻颦儿。最后是袭人的"桃花"签，象征她"花红惹人爱，桃运较人盛"。

不仅抽签占花，即令她们所取别号雅称，也各具意象。如李纨"稻香老农",是其不求锦盛、安度平生的表达;探春的"蕉下客",多少有不是嫡生"正主",止为庶出"偏客"之怨;黛玉为"潇湘妃子",喻其泪洒斑竹、为爱断肠;宝钗的"蘅芜君",对榫她"谦谦君子""行藏有度";宝玉的"怡红公子",堪合"情情公子";湘云的"枕霞旧友",征括她乐观畅达、随遇而安。

临近八十回末,宝玉所撰一篇光彩煜然、蔚若云章、灏气盈襟、凄凉入袖,既祭献晴雯又谶悼黛玉的《芙蓉诔》,又是以芙蓉名卉作象征。其中内容,亦多是以花作譬作喻,如:"花原自怯,岂奈狂飙?柳本多愁,何禁骤雨?……故尔樱唇红褪,韵吐呻吟;杏脸香枯,色陈颤颔。……连天衰草,岂独兼葭;匝地悲声,无非蟋蟀。露苔晚砌,穿帘不度寒砧;雨荔秋垣,隔院希闻怨笛。芳名未泯,檐前鹦鹉犹呼;艳质将亡,槛外海棠预老。捉述屏后,莲瓣无声;斗草庭前,兰芽枉待。……始知上帝垂旌,花宫待诏,生侪兰蕙,死辖芙蓉。"——细罗列,单是花种类就有十多种!

另外,在一些闲谈散语中,也有以花(以物)喻性、作象征的。如兴儿说探春是一枝"带刺的玫瑰",小丫头称晴雯是"芙蓉花神",宝玉形容晴雯是"一盆才透出嫩箭的花"。

《红楼梦》及其作者偏爱花,后人索性也把全书"演衍"以花作比、用花形容:"自开卷至演说,如牡丹初吐,香艳未足,颜色鲜明。至游幻,如花初开,秾艳温香,精彩夺目。至归省,则楼上起楼,直是国色天香,绡帷初卷。至寿怡红,则重楼大开,碧白红黄,一时秀发,锦天绣地,繁华极盛。至贾母生辰,则花已开乏,香色虽酣,丰韵已减。至黛玉生辰,则红干香老,光艳已销,独花心一点,生红不死。以后如花之老境,渐次摇落,不堪入目矣。"(《红楼梦本义约编》[1])

---

[1]《红楼梦本义约编》,清朝话石主人著,光绪四年(1878)刊本。本书系评点派作品,袁祖志序云:此书于《红楼梦》"书中之义无一不搜,书中之情无微不揭,而作者之本意所谓寓言八九者无处不为之道破焉"。全书2卷,共文1320则。

总之，作者巧妙、成功地借用了"花性"来展现、道说人物的"个性"。让大观园众女儿"人与花相映，花与人相随"，令大观园里处处暗香流动、色彩斑斓，呈现出百花齐放、群芳争妍的勃勃生机、景荣气象。

故诸联[1]在《红楼评梦》中说："园中诸女，皆有如花之貌，即以花论：黛玉如兰，宝钗如牡丹，李纨如古梅，熙凤如海棠，湘云如水仙，迎春如梨，探春如杏，惜春如菊，岫烟如荷，宝琴如芍药，李纹、李绮如素馨，可卿如含笑，巧姐如荼蘼，平儿如桂，香菱如玉兰，鸳鸯如凌霄，紫鹃如腊梅，莺儿如山茶，晴雯如芙蓉，袭人如桃花，尤二姐如梅花，三姐如刺桐……"

当代仕女图名家戴邦敦曾绘《红楼梦群芳图谱》，与上比喻有同有异。其所异处是：梨花——妙玉；罂粟花——王熙凤；杜鹃——紫鹃；昙花——贾元春；虞美人——尤三姐；牵牛花——巧姐；迎春花——贾迎春；曼陀罗——贾惜春；蔷薇——龄官；水仙——金钏；女贞——鸳鸯；芍药——薛宝琴；凤仙花——平儿；杨花——尤二姐；兰花——邢岫烟；含笑花——小红；朱顶红——司棋；野玫瑰——芳官；凌霄花——娇杏；仙客来——秦可卿；夫妻蕙——蕙香。

宝玉不妨看作是游逸于这些花丛蕊海中的蝴蝶、蜜蜂也！

可惜书中自始至终未有对男人以花作喻的（其实男人也爱花，不过这种花目下已衍进到生命类的最高级）。笔者想，但凡有的话，以雪芹"男人是泥作的"固见，怕只能是"狗尾巴花"了！

---

[1] 诸联（1765—?），别号明斋主人，江苏青浦（今属上海市）人。著有《晦香诗钞》《明斋小识》。红学著作《红楼评梦》。他将《红楼梦》一书的特点概括为"真""新""文"，反对说《红楼梦》是淫书，而认为它是"戒淫之书"、是情书，"乃以家常之说话，抒各种之性情，俾雅俗共赏，较《西厢》为胜"。

四十四

键锁法

上帝无言而生万物，故不语造乾坤者只唯上帝；一令传天下、得呼应者是圣君；写出一部《论语》让后人资治天下者系圣人；而小说中用一语键锁人物的当属圣手。这里的"键锁"，意为"以关键字辞譬言，点题、锁扣人物的突出性格、显著特征"。

中国传统小说中于此多见应用。如《水浒》中的及时雨（宋江）、智多星（吴用）、花和尚（鲁智深）、黑旋风（李逵）、浪里白条（张顺）、矮脚虎（王英）；《三国》中诸葛亮、庞统分别称"卧龙""凤雏"，司马懿乃"冢虎"，关羽号"美髯公"等，孑孑两三字、寥寥一半言，却都极具象地刻画了人物的外貌特征和品性特点。

《红楼梦》更是这样。其人物芸芸众相、百人百性，如何打造、铸性和鉴别？作者除在故事中悉心雕镂外，更妙在书中用一字、二字，或一言半语，键锁结扣，一语（词）铸性，一字演义，一锤定音，对相关人物作春秋评定（清红评家姚燮称之为"如赐美谥"）。如贤袭人，俏平儿，痴女儿（小红）、苦绛珠、痴情女、尉情女、幽淑女（黛玉）、情哥哥、病神瑛、富贵闲人（宝玉）、冷郎君（湘莲）、俏丫鬟、勇晴雯、敏探春、时（贤）宝钗、懦小姐、二木头（迎春）、脂粉香娃、憨（豪）湘云、情可卿、辣（酸）凤姐、享福人（贾母）、尴尬人（邢夫人）、槛外人（妙玉）、慧紫鹃、巧莺儿、慈姨妈、慕雅女、薄命女、呆香菱、情小妹（尤三姐）、苦尤娘（尤二姐）、嫌隙人、独艳妇（尤氏）、痴丫头（傻大姐）、美优伶（芳官、蕊官、藕官）、河东狮（夏金桂）、中山狼（孙绍祖）、老学士（贾政）、葫芦僧（贾雨村）、胡庸医、薄命郎（冯渊）、醉金刚（倪二）、呆霸王、滥情人（薛蟠）、浪荡子（贾琏），等等。如是"美谥""赐号"，既突出了章节特色，又传神了人物特点，似是人物肖像的"灵魂之窗"，极大地帮助读者确认、理解人物，更不乏诗的凝练和意韵深长，也表达出作者对人物的爱憎褒贬。诚如话石主人所评"悼红轩于黛玉多贬词，却以一痴字原之；于钗多褒词，却以一冷字结之，优劣互见"（《红楼梦精义》）。

在此，还须提及的是书中回目制体中，往往因事立宜，以极精确、生动和凝练的两句"工对"（即"对子"）来键锁本回"中心"、涵括本章内容。如："薄命女偏逢薄命郎 葫芦僧乱判葫芦案"（第四回）、"比通灵金莺微露意 探宝钗黛玉半含酸"（第八回）、"情切切良宵花解语 意绵绵静日玉生香"（第十九回）、"西厢记妙词通戏语 牡丹亭艳曲警芳心"（第二十三回）、"享福人福深还祷福 痴情女情重愈尉情"（第二十九回）、"尴尬人难免尴尬事 鸳鸯女誓绝鸳鸯偶"（第四十六回）、"辱亲女愚妾争闲气 欺幼主刁奴蓄险心"（第五十五回）、"敏探春兴利除宿弊 时宝钗小惠全大体"（第五十六回）、"俏丫鬟抱屈夭风流 美优伶斩情归水月"（第七十七回）、"薛文龙悔娶河东狮 贾迎春误嫁中山狼"（第七十九回）等，正是："笔墨寥寥每含深意，其暗示读者正如画龙点睛破壁飞去也，岂仅综括事实已耶。"（《俞平伯讲红楼梦》）

再焉，故事中许多人物不经意的片言只语，也颇有"键锁"作用：第七回，周瑞家的给惜春送宫花，惜春笑道："我这里正和智能儿说，我明儿也剃了头同他作姑子去呢，可巧又送了花儿来，若剃了头，可把这花儿戴在哪里呢?"——一句寻常语，送伊入尼家！黛玉讲："我作践了我的身子，我死我的，与你何干?"实合了她最终不能如愿、饮憾而死的结局……

总之，浩浩长帙《红楼梦》，既让我们于它的细腻、冗长中领略到"趣味隽永"，也同时在精练、束简中屡屡"会心、顿悟"，更慨然作者"岂谓繁处不可及，不知其简处尤不可及"的"简切周赅、善巧方便"绝擅文字技巧——就像有人总结的，用一句话就说透中华历朝历代：春秋战国——位尊而多金（苏秦之嫂）；秦——彼可取而代之（项羽）；汉——犯强汉者虽远必诛（陈汤）；三国——宁我负天下人，不可天下人负我（曹操）；晋——何不食肉糜（晋惠帝司马衷）；唐——水能载舟亦能覆舟（魏征）；北宋——饿死事小，失节事大（程颐）；南宋——莫须有；元——人生自古谁无死，留取丹心照汗青（文天祥）；明——一片木板都不准带出海（朱元璋）；清——不平等条约。还如一些网络俏皮语般：所谓爱情，就是从众多异性中挑选一个然后懒得再理其他的行为；所谓婚姻，实质上是伦理关联；所谓婚礼，就是有情人终成"家属"的仪式；所谓分手，就是女人说了多次未必做到，而男人说一次就能实现的事。

谓曹公"摘星辰于弱水，探骊龙于延津"，谁可置喙？

四十五 民俗通演法

民俗，是一个民族发根于久远、沿脉于累世、渐次积累、不断丰富、形式奥古、内涵博大的行为（心理）奠式和习惯表现，是一个民族、一域一地人较原生态的显著人文"标签"，是民族传承文化中最贴切身心和日常生活的一种文化，它承载着斯地斯域人群最质朴、最原始的记忆，也是育化、凝聚人心的一种有效方式。中国的民俗作为中国传统文化的一个组成部分，是在中华民族特有的自然环境、经济方式、社会结构、政治制度等因素的制约下孕育、发生并传承的，称得上是一种非物质文化遗产。

《红楼梦》在这方面可谓是中国民俗之集大成。它于人物的言谈行止、情节安排中，对中国民俗进行了最大限度的"通演"，给我们提供了一幅幅生动逼真的当时社会生活状况的画面，极大地增强了小说的"生活性""时代性"，达到了雅俗共赏的奇特效应。

这方面，书中较为详述的有：

1. 晨昏定省

旧时，有头脸的大户或诗礼簪缨人家，小一辈每日晨、昏均向长辈作探视、看望，一是体现对老人起居寝食的关心，二是表现对长者的虔诚、敬畏。故又称"请安。"

《红楼梦》从头至尾，唯此"仪式"最司空见惯。

如第三回黛玉初进贾府，就先应了这一课："次日起来，省过贾母，因往王夫人处来（请安）"。

第二十四回，更是"请安"大碰撞："（袭人）见宝玉来了，便道：'你往哪里去了？老太太等着你呢，叫你过那边请大老爷的安去。……（宝玉）见过贾母（请安），出至外面，人马俱已齐备。则欲上马，只见贾琏请安回来了。……（宝玉）见了贾赦，不过是偶感些风寒，先述了贾母问的话，然后自己请了安。……邢夫人见了他（宝玉）来，先倒站了起来，请过贾母安，宝玉方请安。……一钟茶未吃完，只见那贾琮来问宝玉好（亦是请安），……正说着，只见贾环、贾兰小叔侄两个也来了，请过安，邢夫人便叫他两个椅子上坐了。"笔者忖度：如此"请安"，无异于请"不安"！贾府中，当属贾母遭此罪最大。倘不是这样，怕贾母的寿限还会增加几岁吧！

2. 丧葬礼

一般包括：倒头、报丧、打墓、入殓、守灵、下葬、祭祀等，贾府丧葬礼也大致循此。但由于是皇亲贵戚，自然更加隆盛。

如第十三回，贾珍安排秦可卿丧事：先请钦天监阴阳司来择日停灵，三日后开丧送讣闻；停灵四十九天中，请逾百禅僧，在大厅超度亡灵；另设一坛于天香楼上请全真道士打四十九日解冤洗业醮；尔后停灵于会芳园中，灵前请高僧、五高道对坛按七做好事……经过如此"折腾"，可卿最后在铁槛寺得安。

第六十三回，贾敬宾天，尤氏等不及贾珍归来，遂自行主持：命天文生择了日期入殓；三日后，便开丧破孝，且做起道场。——由此看来，尤氏并非优柔寡断、远逊凤姐，她是敢登、敢上、敢铺"大排场的"。不过具有讽刺意味的是，给儿媳（可卿）理丧，是公公（贾珍）"冲锋在前"；为公公送终，则是儿媳（尤氏）"挺身陷阵"。

而对赵姨娘、尤二姐的丧礼则极为简俭；再及金钏儿、晴雯等下人们，无非"一抔土""一把火"就草草了之！

且看富贵、贫贱有殊，则亡者待遇亦大异。孰谓"死后平等"，殆上帝亦为不公？

3. 婚嫁

《易经·屯》中，有描写古时婚礼的歌谣："屯如邅如，乘马班如。匪寇婚媾，乘马班如。求婚媾，屯其膏。乘马班如，泣血涟如。"歌谣首先描写婚礼的开端；接着是婚礼的发展，介绍求婚的聘礼；最后进入高潮，新娘离家时啼哭不止，泪流满面，悲喜交集。可见：婚嫁仪式，从古就有。

《红楼梦》中，论及男女婚嫁的不少，如钗玉婚配、迎春屈嫁、探春远姻、湘云结缡、薛蟠娶妻、（薛）科岫缔缘等等，其中定亲、婚配形式也多种多样：有贾元春参加选秀，入主凤藻宫，加封贤德妃；贾赦夫妻对子女的包办；尤二姐与张华的指腹为婚；世交张道士（为宝玉）的做媒提亲；傅秋芳的攀附求亲；巧姐被收作童养媳、官媒婆朱大娘充当"职业杀手"、贾芸与小红的自由恋爱；丫头们则是"好不好，拉出去配一个小子"……不一而足。

但其婚礼程序仍不出我国《礼记》《仪礼》中所定的纳采、问名、纳吉、纳币、请期、迎亲、共牢、合卺（交杯酒、揭头盖）、见姑舅、弄妇等套路。

周公所制这一套礼数固属热闹，但也略显琐杂，有些还易"变形走样"至于"有失体统"。如"弄妇"（即闹新房、耍新娘），此处"弄"字一语双关，但程序上是先客后主，伦理上不论辈分（所谓"三天内无大小"）。有些地方竟将此作为光棍汉"实习"第一课。这种"弄"法，本末倒置，足以让一对新人身心劳瘁，诚"恐"诚"惶"。

4. 抓周

第二回，冷子兴跟贾雨村言及宝玉："那年周岁时，政老爹便要试他将来的志向，便将那世上所有之物摆了无数，与他抓取。谁知他一概不取，伸手只把些脂粉钗环抓来。政老爹便大怒了，说：'将来酒色之徒耳！'因此便大不喜悦。"

上面所提即谓"抓周"，又作"试晬""试周""试儿"，是我国民间一种风俗。即当孩子满一周岁时，男孩子就给他放些弓、矢、纸、笔，女孩子则放些剪、尺、针、缕，再配些其他食品、玩物、珍宝之类，看孩子要拿什么，根据所拿的东西判断其将来的志向。

其实，这完全是一种"儿戏"，大可不必较真。笔者就曾遇一老翁，四处炫夸孙子抓周时，每每单抓权印（印章），将来必做大官。余问其儿子底里，乃私语道："抓周时摆放的笔（寓意'从文'）、枪（寓意'行武'）、印（寓意'做官'）、计算器（寓意'经商'）物什中，除印外，其他均从冰箱冷冻室拿出。别无他意，只为讨得老爷子欢心，亦顺便测试一下小家伙的知觉神经是否正常！此乃天机，勿泄、勿泄！"并许笔者"中华烟"一包作"保密费"。

嘻嘻，无功得禄，不亦快哉？在此一并向曹公致谢！

再有：马道婆、赵姨娘联手对凤姐、宝玉施以"魇魔法"，进行"暗里算计"；贾府四下里又有请端公送祟的，有请巫婆跳神的，有荐玉皇阁张真人的，有送符水的……问卜求神、"以毒攻毒"；宝玉丢了玉，倩妙玉扶乩；尤氏患病，着毛半仙占卦，继之又效"七星坛诸葛亮祭风"请道士在大观园实施"驱邪逐妖"。这些"举措"，纯系封建迷信，多是神婆、术士敛物骗财的伎俩，用今天的话讲：是地地道道的"忽悠"！

这些"表演"，今天看来十分可笑。但同宗教的起源一样，当人们在那时对一些天灾、人祸、疾病等无法洞知，无力征克、难于抗拒时，只好借助这些"神神道道"来应对。它既是人们一种主动进取、不甘屈服的主观抗争和**精神渴望**（就像我们现在发出的与外星人沟通的卫星和电波），也能在客观上给人们惶恐的心灵带来些许安慰，还于有意无意中让终岁在田埂土垅上辛苦劳作的百姓借此得以松弛精神和发泄情绪。因此，笔者以为，我们对之的态度应是：莫要效仿它，但要了解它！同时，我们也深深折服作者对三教九流、怪力乱神细察、谙熟，把它们描画得有理有象、周全细致，既能写出上层精致的"优雅"，也能写出民间有趣的"粗俗"。堪谓："珍收米海岳，乩降许飞琼。"作者殆也半仙乎？

此外，书中所描写或提及的其他各类民俗还有：岁来换门神、新油桃符，扫门庭、设宗台、祭灶爷，除夕朝贺，祭宗祠、行跪拜礼（小辈给长辈、少给长，笔者老家山东菏泽迄今还延续这一习俗）、拜影悬影，给压岁钱、散荷包（金银锞等），摆合欢宴、献屠苏酒，正月放学年（类似今天学校的寒假），忌针黹，元宵放烟花爆竹、起社火、逛庙会、猜灯谜，春始秋高放风筝、簪花、舍豆结缘、翻"九连环"套（又称"翻交交"），芒种饯花神，五月端午蒲艾簪门、虎符系臂、吃粽子、渡龙舟，七月瓜果节，仲秋庆团圆、吃月饼、焚香斗草、生辰祝寿，斗鸡、拇战、荡秋千、捉迷藏、拉冰床、消寒冷，击鼓传花，踏雪寻梅，换锁、寄名、上头、绞脸、拜干娘、收义子、替身儿等。

可以说，《红楼梦》之所以撼人心、之所以称伟大，与其成功、丰量地描写了民俗事象，使它具有浓厚的民族和时代气息密不可分！这些民俗风情，一直绾系着我们的"中国情结"，丰富着我们的"草民生活"，化育着我们的赤心良知。尤其是"四时八节"，从形而上意义上讲，它不是一种"放纵"（如西方节日那样），而是一种"调节"，"是中国传统文化中追求灵与肉融洽和谐的一种'君子之道'"（余秋雨语）。我们没有理由将它一股脑儿抛弃，更无须舍本逐末地把"外四路的什么"（宝玉语）"圣诞节""情人节"等舶来！

传统不是对灰烬的膜拜，而是薪火相传；只有是民族的，才能最终是世界的。

我们也欣喜地看到：国家已把清明、端午、中秋节纳入了法定假日。笔者以为，这既是民众的呼声，也当记雪芹先生一功！

四十六 物具法

这是借用戏剧中使用"道具"的概念。就写作技巧而言，物具运用是一种艺术刻画。

明代著名理学家王阳明曾讲："你未看此花时，此花与汝心同归于寂。你来看此花时，则此花颜色一时明白起来。便知此花不在你的心外。"小说中人物惯常使用的物什、物具，便是非独立于人物之外的心"花"。如《西游记》中孙悟空的金箍棒、《三国》里诸葛亮用的羽毛扇，关、张使用的青龙偃月刀、丈八蛇矛，《水浒》中李逵的板斧，哪吒的金项圈、脚踏风火轮……它们在物中积淀，在物中凝固，进而成"秉赋"、具"性灵"，成了人物的化身，以致我们每每想起该人物，就一定率先想到其使用的"道具"（物具）。高明的作家都对此从容运用，借此充分凸显小说主题，营造文学意境，寄寓创作意图，揭示人物命运。

《红楼梦》中，以物具传情达意、助戏推情更是多多。这种非语言的表达，以物具比附、赋意，在一定程度上超越了语言本身的局限，更远远超越了物具本身的使用价值，而成为小说中不可替代的"第二语言"。

比较显见的几种是：

1. 通灵宝玉

通灵宝玉伴随贾宝玉从天际来到人世，它"既经锻炼、灵性已通，可大可小，莹洁可爱"，已非凡品俗物，俨然是宝玉的魂，也是《红楼梦》的魂。

《红楼梦》展开肇启于它，并由它拓演了贾府和大观园"生死、悲欢"之大剧。故事的线索以"玉"贯之：衔玉、摔玉、失玉、得玉、还玉。故它可说是小说启继的总关锁，是连接贾府俗世、大观园和太虚幻境的纽带（前八十回中，通灵宝玉的出现和被提及共有十三次）。可谓：生也斯玉，死也斯玉。

这块"玉石"是宝玉性格、情性特征的寓寄与表征——既"坚顽、执着"（寻爱方面），又温润澄明（护爱方面）。

通灵宝玉又是宝玉的身价"砝码"，宝玉因它而贵。贾母、王夫人视他为"命根子""心头肉"，阖府上下奉他若"神明"。

通灵宝玉还是宝玉的护佑"精灵"。通灵即宝玉，宝玉亦通灵。得之，宝玉安；失之，宝玉迷。它还规束、导引、决定着宝玉的命运和未来，并深深承载着贾府延世泽、继昌盛，走向不衰的深切期许和愿望（也毋宁说它是贾府的命根子，甚或是整个封建社会的命根子）。

通灵宝玉当称引起众女儿感情起伏、喜忧跌宕的闸纽。袭人、晴雯、麝月等众丫头对它呵护有加、惜之越命（实是惜贾宝玉）；薛姨妈、宝钗铸金锁与之相配，欲借外力天意来笼络宝玉对自己的爱；黛玉则以外憎内爱、佯厌实宠的"扭曲"形式极度关注着"通灵"的来、去、得、失。

通灵宝玉当谓引爆故事的"引信"。宝玉砸玉、失玉，贾家便惊恐万状，悲怆四溢；护玉、得玉，诸芳各比用心、悉呈笑颜。北静王、张道士对它啧啧称奇，黛玉深陷"金锁"（宝钗）、"金麒麟"（湘云）焦灼、危机……许多故事都是借它生发、演绎。

可以这样说，通灵宝玉是书中主人翁人身、人格、性灵的凝结和物化，更具体来讲，就是"贾宝玉荣国府继承人的地位以及他'聪俊灵秀'的天赋背景下家庭和社会对他的特别高特别殷切的希望、要求、限制（包括在婚姻方面）"（舒芜[1]《红楼说梦》）。

《红楼梦》若没有了通灵宝玉，便会失去不少光彩！

2. 风月宝鉴

鉴，镜也。《红楼梦》中使用镜子、以镜助"戏"的有很多。

如第二十四回，宝玉在麝月身后，麝月对镜，二人在镜内相视。宝玉便向镜内笑道："满屋就只是她（指晴雯）磨牙。"麝月听说，忙向镜中摆手（预感晴雯会在近处），宝玉会意。忽听嗳一声帘子声，晴雯又跑进来问道："我怎么磨牙了？咱们倒说说。"这里，宝玉的爱怜、麝月的鬼精、晴雯的矫情，全都通过"镜子"反映出来。正谓：眼中人是镜中颜，两两情怀脉脉间。一笑凭肩相视处，郎君亲为整云鬟。另有第四十一回，刘姥姥对着镜子里的自己，误做亲家而诧异道："你想是见我这几日没家去，亏你找我来。哪一位姑娘带你进来的？"——令人捧腹。

最富有堂奥深意的乃"风月宝鉴"。其出处就不凡："这物出自太虚幻境空灵殿上，警幻仙子所制，专治邪思妄动之症，有济世保生之功。所以带他

---

[1] 舒芜（1922—2009），本名方管，安徽桐城人。曾任《中国社会科学》杂志社编审。长期致力于文学编辑和著述，写过许多古典文学论文和杂文。红学专著有《说梦录》，内收其多年来发表的红学论文及系列红学短论。

到世上来,单与那些聪明杰俊、风雅王孙看照。千万不可照正面,只照他的背面,要紧要紧。"——这使它远远超出了一般镜子的使用价值,而成为富有哲学寓意的非凡物什。它以人类最根本、最顽愚、最冲动、最祸害、最难守定的"情欲"为指向,以生、死两极作取舍,警诫人们(特别是荣华富贵、达官显赫之人),要"抑性火,平欲壑",否则,便会成为贾瑞第二。亦通过贾瑞"选择之艰"、难舍"死亡之吻"说明:明此理容易,最难者在于战胜自我、超越自己。擅"风月",毋宁是经"炼狱"(但古今许多男人却信奉"我不下地狱谁下地狱?")。

由此来看,"风月宝鉴"不单是空空道人所持、贾瑞使用过的一面镜子,它以及《红楼梦》盍不也是我们今人一面"时时警拔、照身鉴心、明彻通悟"的天赐宝鉴呢?

3. 手帕

手帕,又称手绢儿、绢子、帕子、手巾。生活中多做擦汗、拭泪、抹脸或装饰之用。

雪芹在《红楼梦》中,则把手帕作为一种特殊使者——情感的载体,来载度着自己和书中人物的"欢、悲、喜、愁"。(书中写到手帕、绢子、巾子的约六十五处)

贾琏初见尤二姐,"又不敢造次动手动脚,因见二姐手中拿着一条拴着荷包的绢子摆弄,便搭讪着往腰里摸了摸,说道:'槟榔荷包也忘记了带了来,妹妹有槟榔,赏我一口吃。'二姐道:'槟榔倒有,就只是我的槟榔从来不给人吃(足见二姐之轻佻。鸡蛋裂隙,则苍蝇无不至也)。'贾琏便笑着欲近身来拿。二姐怕人看见不雅,便连忙一笑,撂了过来。贾琏拿到吃了后,又将自己带的一个汉玉九龙佩解了下来,拴在手绢上,趁丫头回头时,仍撂了过去。"（第六十四回）——"投之以木瓜，报之以琼琚"。两人以对绢子的"巧用"，完成了"勾情、通意"，亦足见琏兄的老道、狡黠。无怪乎人说：男人偷腥时的智商仅次于爱因斯坦。

第二十四回，痴女儿小红偶然遗帕，有心人贾芸拾帕还帕（还了他自己的），小红居然故认是己帕。两人处心积虑，让手帕成了月老的红丝，以帕为媒，俘获了彼此的爱，找到了自己的心仪，促成了"鸳鸯"好事。睹之，让我们理会：最明亮的欢乐火焰有时是意外的火花点燃的；人生道路上不时散发出芳香的花朵，也是从偶然落下的种子自然生长起来的。看此，也让我们感到："泥做的"男人们就是鬼，为追逐女性，常常玩一些诸如此类甚或设计一些"英雄救美人"的小伎俩，"水做的"女儿们不能不提防。相反，淑媛们若想"乘势而上""心有所向"，也不妨多遗些"帕子"或多身临些"险境"。

而黛玉同宝玉的爱情更是借助手帕来传递，并极尽其各种"功能"。

"情切切良宵花解语　意绵绵静日玉生香"回中，宝黛两人躺在床上，黛玉看到宝玉左边腮上的胭脂膏子，就用自己的绢子替他擦了，继以打趣、挠痒后，便用手帕把脸盖着（当是体会、咀嚼爱情初袭的甘甜）。——一对懵懂少年的"两小无猜、清纯天真"便跃然纸上。

第三十四回，宝玉遣晴雯给黛玉不送新、偏送旧的手帕（系先时黛玉送宝玉拭泪后宝玉一直珍藏在身之帕），黛玉始谔，嗣后终体会到：这是宝玉的一番苦心——纵有了诸多的新姐姐、新妹妹（宝钗、宝琴等），但绝不会忘记如你旧相知！鲛帕，"横也丝（思）来竖也丝（思）"，这岂唯是一件拭泪的手帕，它分明是一支爱情的"热探头"！况又令人私相传递过来，也算能真切领会自己的深意！

如此左思右想，一时身内沸然炙起，不由得余意绵缠，也不顾嫌疑避讳等事（正谓"情是魔鬼，乱人方寸"），便研墨蘸笔，向那两块旧帕上提笔写了意殷情深、泣肝裂胆的三首"题帕诗"——毋宁也是"定情诗"，是黛玉对宝玉爱情的宣言!

看官至此谁不击节!

两块小帕子,不啻是一颗"爱情核弹",炸得黛玉"神魂弛荡""浑身火热""面上作烧""腮上通红"(王伯沆评这一段描写是"文情幽丽欲仙""(黛玉)如蚕自缚,如蛎自胶"),也牢牢锁定了她俩的"爱缘"。试问:这岂是它物所能格致邪?"一石激起千层浪"——信哉!故解弢[1]《小说话》有云:"《红楼》宝玉受打,为一大关键。受打之先,宝玉黛玉时相讽讥口角;受打之后,时相宾礼。所以然者,在诗帕之传递耳。"正是:井,挖得越深,水越清冽;爱,藏得越深,情越甜醇。

宝玉看到宝钗戴红麝串的白臂膀时不觉发了呆(宝兄似有看女儿膀子之癖,第二十一回,湘云睡觉时,其白莲般的膀子亦曾令彼双目勾留),"宝钗见他怔了,自己倒不好意思的去下串子。回身才要走,只见林黛玉蹬着门槛子,嘴里咬着手帕子笑呢(大概每个男人从幼儿园起就获得认知:女人一咬手帕必然起"事";亦正应了云儿所唱"一个偷情,一个寻拿")。宝钗道:'你又禁不得风吹,怎么又站在那风口里?'林黛玉笑道:'何曾不是在屋里的。只因听见天上一声叫唤,出来瞧了一瞧,原来是个呆雁。'薛宝钗道:'雁在哪里呢?我也瞧一瞧。'黛玉道:'我才出来,他就忒儿一声飞了。'口里说着,将手里的帕子一甩,向宝玉脸上甩来(可知内妒之烈)。宝玉不防,正打在眼上,'哎哟'了一声"(第二十八回)。

此处,黛玉又将帕子作为武器,似孙行者手中的"金箍棒",随意挥抡,使性捅杵,泄了"妒"火——亦算帕子的一种巧用!

---

[1] 解弢,生平事迹不详,清末民初人。他在清末曾购得《红楼梦》抄本,与通行之本多有不同。他在《小说话》中说:"文章令雅俗共赏,诚非易事,若《红楼》可为能尽其长。上至硕儒,不敢以加鄙词,下至负贩,亦不嫌其过高。"他反对索隐派,认为"反不如就此饰辞,认假为真,反复寻绎,悱恻而有味"。

4. 扇子及其他

说及扇子，极易让我们联想到有关它生动形象、描摹逼真的俏比："有风我不动，一动我有风；若想不用我，只有到深秋"；"打开半个月亮，收起袖内可藏；来时石榴花开，去时菊花开放"。它"呼"风"唤"凉，曾与我们人人最相熟悉，最称密缘。惜乎现代社会有了空调，乃与我们久违和成为陌生。

但它的功用不唯是"祛暑送凉"。用在戏剧中，演员通过挥、转、托、夹、合、扑、抖、抛等，配合身段，能衍化出各种姿态，以表现人物的情绪，刻画人物的性格。岂不闻"文搧胸、武搧肚、媒搧肩、书生搧臀、轿夫搧裆、恶霸搧背"？同时，它又是舞台上不可缺少的"虚拟"道具。譬如折扇，演员拿它上场，可代表马鞭、刀枪等武装；在书房和公堂上下挥动，扇子又变成毛笔；把扇子打开，则可当作书信来读；把它放肩头，就变成扁担；用手一托，又成为茶盘。再者，于上题诗作画，当是一件可供赏玩收藏的不菲工艺品；现代大学者胡适与父母指婚的文盲女江冬秀结婚后给朋友题扇面"爱情的代价是痛苦，爱情的方法是忍得住痛苦"，又让它成为后人认知、对待不幸婚姻的"座右铭"。而现身在《红楼梦》小说中，则是曹雪芹演绎情节、铺陈故事、表现人物、寄寓思想的不俗物什——宝钗扑蝶，执之追打；晴雯逞性，撕之博欢；石呆子喜藏，因之毙命。

雪芹"使"扇，魔幻百变！

其他还有宝钗的金锁、冷香丸，潇湘馆的鹦哥，湘云的金麒麟，妙玉的茶杯绿玉斗，柳二郎、尤三姐的鸳鸯宝剑等，都是会演戏的道具，是《红楼梦》中不可或缺的物具"人物"。甚至包括反复多次出现、用来补元治病的"人参"，都成为一种"具象"，起到了任何道具都不能替代的功能和作用。

第七十七回周瑞家的说:"人参这东西与别的不同,凭是怎样好的,只过一百年后,便自己就成了灰了……如今这个虽未成灰,然已成了朽糟烂木,也无性力了。"此处,以"人参"隐喻了百年旺族贾府的盛衰必然结果。也同时让我们感慨:一味中药人参到了曹雪芹笔下,就像戏剧中的道具一样,真正达到了衬托人物性格,为主题服务的目的。这些极"普通"又"不一般"的物具,"在奇异中却包含着相当的合理性与可能性。它们的美与奇中体现着某种理想精神和期盼,从而不仅给人们愉快的审美享受,长见识,启联想,更重要的是通过物之奇为人的命运之奇,性格之特别,主题的多义多层与超现实性,起到衬托暗示或深化的作用"(周思源[1]《红楼梦创作方法论》)。

---

[1] 周思源(1938—),杭州市人。毕业于复旦大学中文系文学专业。北京语言大学汉语学院教授,中国红楼梦学会常务理事。红学著作有《红楼梦魅力探秘》《红楼梦创作方法论》。发表红学论文三十余篇。

四十七 帘中显花影法

"帘中显花影",是说在此人此事中暗现出彼人彼事。或是表面在写一回事,而实际另有别意、他义(又谓金针暗度);或以隐晦之语、散漫之言不经意来透露人物真实心迹、未来命运、故事因果。殆属于侧面暗示的一种,但又不等同于侧写,而较之更含蓄、更委婉、更不露"痕迹",读者若非细心思索、品味则难以捕捉到在这"帘幕"之后的真实"花影"。

如清哈斯宝《新译红楼梦》第二回批语举证:"这个学生虽是启蒙,却比一个举业还劳神""他祖母溺爱不明",这不明明是说,宝玉原是极好的,全是他祖母宠坏的么?

正是腊月,迫近年关,荣宁两府正在计筹收账、祭宗祠等事。贾珍坦言,自己现在是"黄柏木作磬槌子——外头体面里头苦"。贾蓉也附和说道:"果真那府(指荣府)里穷了。前儿我听见凤姑娘和鸳鸯悄悄商议,要偷出老太太的东西当银子呢。"(五十三回)由于"这一二年旱涝不定,田上的米都不能按数交",老祖宗的饭碗也"吃紧",

只能"可着头做帽子了,要一点儿富余也不能的"(七十五回)。此一番话,暗透出凤姐的"奸贪"之举已在发生,也潜台词地道述出贾府开始困于资费、由盛转衰。

循此,我们再思索、品味第十三回的帘后"花影"。

贾珍为"撑脸面""慕虚荣",执意要先给儿子捐个"五品龙禁卫",以图把儿媳秦可卿的丧事办的"有风光、显品位"。斯事托拜宫中大太监戴权运作,这个戴权也当仁不让地愉快接手(因受贿得银子),且道:"事倒凑巧,正有个美缺。如今三百员龙禁尉短了两员,昨儿襄阳侯的兄弟老三来求我,现拿了一千五百两银子送到我家里。你知道,咱们都是老相与,不拘怎么样,看着他爷爷的份上胡乱应了。还剩了一个缺,谁知永兴节度使冯胖子来求,要与他孩子捐,我就没工夫应他。既是咱们的孩子要捐,快写个履历来。"之后,将履历递给小厮道:"回来送与户部堂官老赵,说我拜上他,起一张五品龙禁尉的票,再给个执照,就把这履历填上。……(银子)送到我家就完了。"且看,一个阉官,竟公然卖官鬻爵,且大言大口、举重若轻。一副当时社会的官场乱象、官场腐败象就"帘中显花影"般向我们眼前推来。

第二十四回,贾芸往舅舅卜世仁处告借,吝啬的舅舅五马长枪一通,总不想给。待贾芸起身告辞,又与老婆虚情延留外甥吃饭,演出一场绝妙双簧:卜世仁一句"吃了饭再去罢",他娘子便接道:"你又糊涂了。说着没有米,这里买了半斤面来下给你吃,这会子还装胖呢。留下外甥挨饿不成?"卜世仁说:"再买半斤来添上就是了。"他娘子便叫女孩儿:"银姐,往对门王奶奶家去问,有钱借二三十个,明儿就送过来。"——这堪比《笑林广记·唤茶》:一啬家有客至,夫唤茶不已。妇曰:"终年不买茶叶,茶从何来?"夫曰:"白滚水也罢。"妻道:"柴没一根,冷水怎得热?"夫叱:"难道枕头里就没有几根稻草?"妻回怼:"没记性的!那些砖头石块,难道是出烧得着的!"

试想,主家生计如此"维艰",客人谁还会忍心赖着不走去"蹭饭"?于是，当"夫妻两个说话，那贾芸早说了几个'不用费事'，去的无影无踪了"。——此段"小剧"直把小人家的机心抠涩、世情炎凉演绎至致。其实，这种结果也应是贾芸早该料得的，岂不闻民间俗语有"人有三不亲，姑父、姨夫、舅的媳妇"吗?！

第七十七回，灯姑娘调戏宝玉不逞，讥他"空长了一个好模样儿，竟是个没药性的炮仗，只好装幌子罢了"。灯姑娘所说的"没药性的炮仗"，显然双关多义。一则嗔怨宝玉对自己调戏行为"不应"，是个不中用的男人；二则说明宝玉在这方面并非"泛爱、乱爱""情不情"，尤其能为黛玉守身似玉（与袭人云雨情不能作"拆论"，因伊已是"屋里人"）；三则也为前面晴雯道"自己与宝玉自是清白、徒担虚名"张本。

贾琏因巧姐患痘疹在外居住了一段时间，后复搬回。平儿收拾贾琏在外的衣服铺盖时，发现一绺青丝（系其相好多姑娘遗下），马上会意，忙拽在袖内（第二十一回）。凤姐走进来，便问平儿："拿出去的东西可有多出来的?"平儿故作不解和疑惑，凤姐进一步道："这半个月难保干净，或者有相厚的丢下的东西：戒指、汗巾、香袋儿，再至于头发、指甲，都是东西。"这当儿，贾琏正在凤姐身后，闻此脸色骇变，"只望着平儿杀鸡抹脖使眼色儿"，潜台词是说：你万万不可抖落泄密，否则，我命休矣！——此段叙写，一是表现了平儿的机智、心善。二是通过贾琏透显出凤姐的多疑、跋扈。三是观是举，平日里贾琏畏凤姐、凤姐威丈夫已属"不争事实"，殆也"家常便饭"！

剖抛"私情"方面——

原本弃绝红尘、凡心泯灭、独守青灯的妙玉，偏在宝玉生日的时候给他送去一张贺信笺，竟还是粉色的，着实把她"孤冷"之下一片"春心"点显出来。故有人称妙玉是跨于"槛内""槛外"之间的"两栖动物"。

第二十八回，黛玉"埋香冢、泣残红"，令宝玉恸倒山坡上。两人相遇，宝玉不禁叹道："如今谁承望姑娘人大心大，不把我放在眼里，倒把外四路的什么宝姐姐、凤姐姐的放在心坎儿上，倒把我三日不理四日不见的。我又没个亲兄弟亲姊妹——虽然有两个，你难道不知道是和我隔母的？我也和你是独出，只怕同我的心一样。谁知我是白操了这个心，弄的有冤无处诉。"

"绣鸳鸯梦兆绛芸轩"中，写宝玉梦中吐纳："什么'金玉姻缘'？我偏说'木石姻缘'！"（第三十六回）

以上心言呓语，乃宝玉分别向颦儿传递了自己的爱情属意，暗"度"了自己的坚定选择。也是作者层层"皴染"、叠映"主旨"。

再看描写宝黛纯真无邪的童真童趣，既传神又隔帘显花影。

第十九回，宝玉安顿好染恙的袭人，自去黛玉房中来看视。进入里间，只见黛玉睡在那里，忙走上来推醒她与之解闷儿，接着，又"蹭鼻子上脸"腆着要上床同睡，黛玉道："你就歪着。"宝玉道："没有枕头，咱们在一个枕头上。"黛玉道："放屁！外头不是枕头？拿一个来枕着。"宝玉出至外间，看了一看，回来笑道："那个我不要，也不知是那个脏婆子的。"黛玉听了，睁开眼，起身笑道："真真你就是我命中的'天魔星'！请枕这一个。"说着，将自己枕的推与宝玉，又拿一个枕了，二人对面倒下。——宋·钱惟演《无题》诗句"鄂君绣被朝犹掩，荀令熏炉冷自香"可作斯景画外音。

继之，又写宝玉挠痒一段："说着翻身起来，将两只手呵了两口，便伸手向黛玉膈肢窝内两肋下乱挠。黛玉素性触痒不禁，宝玉两手伸来乱挠，便笑的喘不过气来。"并问道："你还说这些不说了？"黛玉笑道："再不敢了。"——这里，宝玉的腻歪、猴顽，黛玉的老成、熨帖，娇嗔传神、可爱撩人，虽未订金兰契，却隔帘显花影，俨然一对小夫妻的景象了。

贾府置酒席、请戏班为宝钗过生日，小心眼的颦儿自然心中不爽（第二十二回）：这日早起，宝玉因不见林黛玉，便到他房中来寻，只见林黛玉歪在炕上。宝玉笑道："起来吃饭去，就开戏了。你爱看那一出？我好点。"林黛玉冷笑道："你既这样说，你特叫一班戏来，拣我爱的唱给我看。这会子犯不上跐着人借光儿问我。"宝玉笑道："这有什么难的。明儿就这样行，也叫他们借咱们的光儿。"

看！一句"他们""咱们"字眼，便划清阵线，表明立场，廓清心迹。——想来黛玉最爱听此类语，在以后章节里亦多次诱宝兄如是吐纳。

最后，谈一个阅《红楼梦》者都普遍关心的问题，即：荣国府主子们整日价过着钟鸣鼎食、富贵轩昂、挥金如土的日子（宁府也一样），其经济来源是什么？每年进项多少、耗费多少？书中对此可有暗透？近来，有慧心"好事者"于此有了答案。其底里如下：

（一）从乌进孝岁末交租、贾蓉光禄寺领赏（第五十三回）、贾政为官俸禄、王熙凤重利盘剥等情节，可知荣府经济主要来源有地租、祖传银库、房地产、皇家赏银、俸禄银米、盘剥收受等六种。

（二）荣国府的主要经济收入是地租。从乌进孝给宁府带的实物折算和除此之外贾珍"我算定你至少也有五千两银子"之语，可知乌进孝正常情况下年底要给宁府送上价值 8000 两左右的银子（或租物）。而宁府七八个庄子总收入约 6.4 万两银子。又从"荣国府（收入）比爷（指宁府）这边多着几倍"语，以保守数两倍计算，可推算荣府一年的地租收入在 13 万两左右。加上地租以外其他各项收入，荣府一年总收入约在 15 万两左右。

（三）按古今可比物折算，有：

康乾时代白银＝现代白银 → 人民币……①

古代白金、古代黄金＝现代黄金 → 人民币……②

康雍时代白银 → 同期粮食＝现代粮食→人民币……③

以①②③式加权平均，可得

1 两白银＝330 元人民币

故知：荣府一年收入（150000×330）约合今天 4950 万元人民币。（此乃十年前所算，今值当再乘以物价上涨指数）。

（四）依书中所透，贾府有女主子月例和年例、男主子花费、奴仆佣金、伙食费、穿着、节日庆吊、太监勒索、斋僧布道等各项支出（如王夫人月例每月二十两，李纨每月月银十两，后又添十两；贾母处丫头每人每月一两，外钱四吊；给张材家的绣匠工价银一百二十两；金钏死，王夫人赏银五十两，等等），数字巨大，"如淌海水者"。据此概算，荣府每年耗费至少约16万两银子。真真"蛇大窟窿粗"！

正是：山堆海进，骄奢自起；入不敷出，困顿终来。

同时，需要特别指出的是，贾府"困顿终来"，除罪于"奢靡"外，还有一个"被伦理绑架"的原因，正如王朝闻《论凤姐》中所说：（贾府）"出去的多，进来的少"这样巨大的财务缺口，其实是来自制度所造成的结构性问题，而不是一般意义的奢靡。但若是将省俭的措施雷厉风行，以达到收支平衡，贾母、王夫人等受过大荣华富贵的长辈便要受委屈，也非子孙的孝养之道，再加上"外人笑话""上下抱怨"的多方顾忌，这便是贾府所面临的道德上的难题，也是王熙凤理家的为难所在。

总之，作者这种"帘中显花影"写法，一石多鸟、空谷回声，把人物导向复杂，把事理挑出多样，把（读者）思考引向深入。——这无疑是作者给我们的一份"额外馈赠"！倘若理会不到，那不能不说是你的错；不可谓不是"极大的缺憾"，抑或真真辜负了作者的孜孜用意、切切殷心！

四十八 侧写法

"一切美好的事物都是曲折地接近自己的目标,一切笔直都是骗人的,所有真理都是弯曲的,时间本身就是一个圆圈。"(尼采)——这是对认知事物的"认知"。譬诸作文章、塑人物,也不无借鉴、指导。

清人刘熙载《艺概》说:"山之精神写不出,以烟霞写之;春之精神写不出,以草木写之。"就是强调从侧面用笔,通过对周围人物或环境的描写,来表现和抬爱主要对象。

作为正面描写的补充手段,侧写有冲击力,能够形成多维度的烘托效应,强化和突出主题,增强作品的审美效果和感染力。

有一轶闻:乾隆年江南科考,因应试举子都系当地名士,连换几位主考官都被举子顶了回去。乾隆又命翰林院编修、侍读王尔烈前往。江南举子心非善意地问道:"敢问王大人学识如何?"王尔烈笑曰:"天下文章数三江,三江文章数我乡。我乡文章数吾弟,吾为吾弟改文章。"举子们倨傲，王尔烈更不见谦逊，不过他的回答方式"迂回曲折""旁敲侧应"，尽显妙道。冯梦龙《醒世恒言》里还有这样一个故事：一尼姑发现门外有个酩酊大醉的汉子倒地，便将醉汉扶进庵里，并将他安置在自己的睡榻上。这可引起了轩然大波，四下议论哗然。尼姑于是在庵门上写了两句话：醉翁妻弟尼姑舅，尼姑舅姐醉翁妻。很快，舆论平息下去。原来人们从这七弯八拐的迂回侧写言辞里终于明白：这醉汉就是尼姑的父亲。——所作有何不可？焉值大惊小怪！更有人哀事中还在逗"迂回"乐：一妇人缟素悽怆跪坟，口里哭着亲亲。问她哭着甚人，妇答曰："他爷是我爷女婿，我爷是他爷丈人。"——盖母哭子也。

《红楼梦》中这种技法也随处见用。

第七回，周瑞家的正送宫花，便有女儿急急来告她：自己的女婿冷子兴因醉酒寻衅被衙门拘押，让母亲赶快解救。周瑞家的听后答道："这有什么大不了的事！你且家去等我，我给林姑娘送了花儿去就回家去。此时太太二奶奶（指王夫人、凤姐）都不得闲儿，你回去等我。这有什么，忙的如此。"并嗔怪她"没经过什么事，就急得你这样了"。——这里，周瑞家的临事从容淡定，口气盛凌不凡，皆因背靠贾府豪门这棵大树。但作者不写贾府，只用侧笔一点染，则贾府之势出也。

元春省亲时，且不论先时如何造园、如何置备，单就贾妃亮相前的"皇家威仪""奢华风流"书中侧写、旁描道："忽听外边马跑之声。一时，有十来个太监都喘吁吁跑来拍手儿。这些太监会意，都知道是'来了，来了'，各按方向站住。贾赦领合族子侄在西街门外，贾母领合族女眷在大门外迎接。……少时便来了十来对，方闻得隐隐细乐之声。一对对龙旌凤翣，雉羽夔头，又有销金提炉焚着御香；然后一把曲柄七凤黄金伞过来，便是冠袍带履。又有值事太监捧着香珠、绣帕、漱盂、拂尘等类。一队队过完，后面方是八个太监抬着一顶金顶金黄绣凤版舆，缓缓行来。……抬舆入门，太监等散去，只有昭容、彩嫔等引领元春下舆。只见院内各色花灯烂灼，皆系纱绫扎成，精致非常。上面有一匾灯，写着'体仁沐德'四字。……"——读此，相信每个读者都着实领略到了那说不尽的"皇家威仪、太平气象、富贵风流"，并为这平生难见、想象不到的大"阵仗"而啧啧兴叹！不过，从另一角度来看，这样的奢华"铺排"也未必是好事和可取，借用周国平的话说："太喧嚣的事业和一切太张扬的感情都值得怀疑，它们充满了太多声音和狂热，是否还留得下安静与丰富？"犹如今天一些人追求五花八门的社交、娱乐和奢侈，其实是内在空虚的表现。要知道：太热闹的生活始终有一个危险，就是被热闹所占有，渐渐误以为热闹就是生活，热闹之外别无生活，最后真的只剩下了热闹，没有了生活。试图寻求外在刺激把自己萎靡了的精神和情绪促动起来，而这些会把人引入穷奢极欲，然后以痛苦告终。

对贵族公子哥儿宝玉的"云锦气象""泼天富贵"也未直接描述，乃是从（宝玉出门时）李贵、王荣笼马嚼环，钱启、周瑞在前引导，张若锦、赵亦华的紧贴身后以及赖大的抱腿劝止、园工的顺墙立住、小厮的打千请安等侧面刻画出（第五十二回）。"写宝玉写不尽，却于仆从上描写一番，于管家见时描写一番，于园工诸人上描写一番"（脂批语）。

贾母带领一干人去清虚观打醮，替元妃跪香拜佛祷平安（第二十九回），觑那阵势：贾母坐一乘八人大轿，李氏、凤姐儿、薛姨妈每人一乘四人轿，宝钗、黛玉二人共坐一辆翠盖珠缨八宝车，迎春、探春、惜春三人共坐一辆朱轮华盖车。然后分叙各人所带丫鬟（近三十人），加上各房的老嬷嬷奶娘并跟出门的家人媳妇子，"乌压压的占了一街的车"。

阖府上下如此兴师动众，一起前往，煞是热闹，蔚为壮观。但这样描写作者似嫌不够，又接着写道：这个说"我不同你在一处"，那个说"你压了我们奶奶的包袱"，那边车上又说"蹭了我的花儿"，这边又说"碰折了我的扇子"，咭咭呱呱，说笑不绝。直到周瑞家屡屡提醒"这是街上，看人笑话"

方止。

这里，作者先写大，再转小，以小喻大，以小状大，从侧面进一步勾勒了清虚观打醮的波澜壮阔场面，且情节生动，意趣无限。让人如临其境，如当其身。

再譬如黛玉，幼年成孤，早失亲养，寄居别梓，风霜雪剑，其内心凄苦辛酸海样儿深。但作者不常表露，乃迂回写出。如写鹦鹉念诗，独念哭花两句，端可见黛玉无日不哭，无日不念哭花诗，以至禽物习听成诵，则黛玉闷奈痴情一泻毕尽也。特别是《红楼梦》中把林黛玉胚造成诗的化身（绛珠仙草），赋予她一种诗的品性（高洁秀美），对她的诗才格外揄扬——不仅让她吟唱出了"葬花词""秋窗风雨夕""柳絮词"等，还让她"夺魁菊花诗"。

但这样还不够，又以"侧写"迂回方式捧之、谀之：第十八回，元妃省亲，为试才情，着大观园儿女以五言律诗为"怡红院""潇湘馆"等四处题咏。宝玉所作四首呈上后，贾妃看毕，喜之不尽，说："果然进益了。"又说四首中，"杏帘在望"为其他三首之冠，而此首恰是黛玉代宝玉所作。这让我们想起元代伊世珍《琅嬛记》中的一则逸闻：说李清照夫君赵明诚看了妻子写的《醉花阴》词，深为赞叹，自愧弗逮，但又心不甘认，遂闭门谢客，倾心创作，意欲胜伊。待五十首作成后，略掺和夫人几首一并送友人赏评。友人看后感言：惟"莫道不消魂、帘卷西风、人比黄花瘦"数句绝佳。赵闻言晕厥：此正乃夫人所作句也！

凤姐生日喜事，宝玉偏服丧外出，神神秘秘，一言不发，累茗烟奋马紧追而不知所往（第四十三回）。至远郊一偏僻庵里匆匆一祭而终未言明底里。读者也疑云重重，一头雾水。及至后来，读者从井台、水仙、茗烟祭词、玉钏之泪诸事体的串联思索中方悟：宝玉实为金钏一祭。在下一回，更有一句话"今日是金钏儿的生日，故一日不乐"道出。

作者叙事从侧面迂回若许，亦足见宝玉对女儿们的深情。

第六十九回写凤姐弄小巧逼尤二姐吞金自戕。但作者在文字中没有直接描写凤姐对尤二姐如何百般刁难、如何"极淫邪"、如何"极不义气"、如何"欺辱二姐",而是通过身边"极淫邪"的秋桐、"欺压二姐"的使女、看不惯斯却极义气的平儿、抱不平而"感戴二姐"的下人来侧写、旁证凤姐的"阴险歹毒",让人不疑而认定:她(凤姐)就是主谋,是借刀者,是幕后策划人,是真正的杀人凶手!

心慈、意善、平和的平儿身处"偷腥馋猫"贾琏和"吃醋恶婆"凤姐的淫威下,虽能周旋自若、游刃有余地生活在他们夫妻间及贾府中,但其所受委屈也"天渊地大"!而这些,作者很少正面"道出",多以侧写"透露":兴儿言她被"强迫着做了屋里人";平白遭了凤姐无辜之打,还要磕头、自责,说:"我也不怨奶奶,都是那淫妇制的,怨不得奶奶生气!"(第四十四)即便没有外人,与凤姐一处吃饭时也不敢与之平起平坐,只是"屈一膝于炕之上,半身犹立于炕下,陪着凤姐吃了饭,伏侍漱盥";性生活方面更是极度压抑自己。一次,她一人在房内,贾琏进去伺机寻情讨欢,平儿则抽身跑出房外,言:"难道图你受用一回,叫他知道了,又不待见我。"(第二十一回)——可见凤姐平时之"醋妒"、平儿平素之"苦情"!

正如著名美学家、红学家王朝闻在《论凤姐》中分析的那样,作者"惯于交替地或并行地运用着直接与间接这两种描写手法的《红楼梦》,经常这样在塑造同一形象时显出手法的两重性"。

四十九

客看客评客议法

《红楼梦》在叙事、品评人物时,最惜自家笔墨,断不妄许肯否,而是借鉴史传手法,借第三只眼观人看事、客评客议。据称这种为文法最早见于《左传》"鄢陵之战":晋、楚两军对垒,晋之军容从楚子目中望见,而楚之军制则从晋军谋士苗贲皇口中道出。在汉乐府诗《陌上桑》中,对采桑女罗敷的"美描",作者也很少主观径写,主要从旁人举止来反映:"行者见罗敷,下担捋髭须。少年见罗敷,脱帽著帩头。耕者忘其犁,锄者忘其锄;来归相怨怒,但坐观罗敷。"

雪芹深得其金针,巧以布局,间以妙用。

如荣国府的巍黻轩昂,由黛玉初来时见证:黛玉扶着婆子的手进了垂花门,两边是超手游廊,正中是穿堂,当地放着一个紫檀架子大理石屏风。转过屏风,小小三间厅房,厅后便是正房大院。正面五间上房,皆是雕梁画栋,两边穿山游廊厢房,挂着各色鹦鹉画眉等雀鸟。……仪门内大院落,上面五间大正房,两边厢房鹿顶,耳门钻山,四通八达，轩昂壮丽，比各处不同，黛玉便知这方是正内室。进入堂屋，抬头迎面先见一个赤金九龙青地大匾，匾上写着斗大三个字，是"荣禧堂"；后有一行小字"某年月日书赐荣国公贾源"，又有"万几宸翰"之宝。大紫檀雕螭案上设着三尺多高青绿古铜鼎，悬着待漏随朝墨龙大画，一边是錾金彝，一边是玻璃盒，地下两溜十六张楠木圈椅，又有一副对联，乃是乌木联牌镶着錾金字迹，道是：

座上珠玑昭日月，堂前黼黻焕烟霞。

宁国府及贾氏宗祠的"气象"乃是以旁观者宝琴眼中出之（第五十三回）：且说宝琴是初次，一面细细留神打量这宗祠，原来宁府西边另一个院子，黑油栅栏内五间大门，上悬一块匾，写着是"贾氏宗祠"四个字，旁书"衍圣公孔继宗书"。两旁有一副长联，写道是：

肝脑涂地，兆姓赖保育之恩；功名贯天，百代仰蒸尝之盛。

亦衍圣公所书。进入院中，白石甬路，两边皆是苍松翠柏。月台上设着青绿古铜鼎彝等器。抱厦前上面悬一九龙金匾，写道是："星辉辅弼"。乃先皇御笔。……里边香烛辉煌，锦幛绣幕，虽列着神主，却看不真切。

大观园的"大观"先在第十七回中由贾宝玉陪贾政题字着力描写；省亲时，再从元春眼中进一步描补；待刘姥姥入园后，又从她眼中大加描写。更想不到第五十回贾母游赏雪景，又在不经意中"透视"了大观园前章从未描摹之景："大家围随，过了藕香榭，穿入一条夹道，东西两边皆有过街门，门楼上里外皆嵌着石头匾，如今进的是西门，向外的匾上凿着'穿云'二字，向里的凿着'度月'两字。"——如此点染，令文章活泼不板，让读者眼目屡新。

怡红院的首描则在第二十六回贾芸为谋差探班"怡红院"找宝玉时：坠儿先进去回明了，然后方领贾芸进去。贾芸看时，只见院内略略有几点山石，种着芭蕉，那边有两只仙鹤在松树下剔翎。一溜回廊上吊着各色笼子，各色仙禽异鸟。上面小小五间抱厦，一色雕镂新鲜花样隔扇，上面悬着一个匾额，四个大字，题道是"怡红快绿"。

尤其在涉及人物首次出场时，极少"自下评注"，而往往是以别人的眼睛细看和打量。

介绍贾府主要人物时，小说悉通过冷子兴之口说出（第二回）；贾政详情又从林如海道出："二内兄名政，字存周，现任工部员外郎，其为人谦恭厚道，大有祖父遗风，非膏粱轻薄仕宦之流。"凤姐、宝玉以及贾府的几位女宾均自黛玉看来；宝钗的出场，先是虚写，直到第八回宝玉去梨香院时才从宝玉眼中"落"出。

作者不轻易夸赞凤姐如何本领强、能干事，唯从别人口中"吐纳"。如周瑞家的给刘姥姥说凤姐："我的姥姥，告诉不得你呢。这位凤姑娘年纪虽小，行事却比世人都大呢。如今出挑的美人一样的模样儿，少说些有一万个心眼子。再要赌口齿，十个会说话的男人也说他不过。回来你见了就信了。"（第六回）

作者也从不直接说凤姐怎么样的坏，而是在具体事件中仍从他人嘴里讲出。如兴儿说她"只哄着老太太、太太喜欢，遇利抓尖抢上，待人嘴甜心苦、两面三刀，且是醋缸醋瓮"；邢夫人谓她是"遮天蔽日"，大权独揽；鲍二媳妇咒她是"阎王老婆"。

兴儿对黛玉和宝钗评议也值得称道，他对尤二姐讲："奶奶不知道，我们家的姑娘不算，另外有两个姑娘，真是天上少有，地下无双。一个是咱们姑太太的女儿。姓林，小名儿叫什么黛玉，面庞身段和三姨不差什么，一肚子文章，只是一身多病，这样的天，还穿夹的，出来风儿一吹就倒了。我们这起没王法的嘴都叫她'多病西施'。还有一位姨太太的女儿，姓薛，叫什么宝钗，竟是雪堆出来的。每常出门，或上车，或一时院子里瞥见一眼，我们鬼使神差见了他两个，不敢出气儿，……就藏开了，自己不敢出气，是生怕这气大了，吹倒了姓林的；气暖了，吹化了姓薛的。"又谓李纨是"大菩萨"，迎春是"二木头"，探春是"玫瑰花"，平儿是"正经人"，小鲜肉宝玉"不喜读书""又怕见人""只爱在丫头群里闹"，"也没刚柔""没上没下"等等。——兴儿对大观园女儿的评述描摹，可谓既"形似"，亦"神似"，让今天所有"红楼人物论"的文章都退避三舍、望尘莫及。同时，兴儿此处一番话是从另一角度对荣国府的"演说"，堪与冷子兴的"演说"媲美！

对晴雯的风流容貌，多借他人之口转述或借其他人物映补。如贾母因她"颜好手巧"，特转送服侍宝玉；王善保家的背后"打黑枪"，说她"仗着他生的模样儿比别人标致些，又生了一张小嘴，天天打扮的像个西施的样子，在人跟前能说惯道，掐尖要强，一句话不投机，他就立起两个骚眼睛来骂人，妖妖趫趫，大不成个体统"；王夫人问凤姐："有一个水蛇腰，削肩膀，眉眼又有些像你林妹妹的……这丫头想必就是她了。""好个美人！真像个病西施了。"凤姐也说："若论这些丫头们，总共比起来，都没晴雯生得好。"然人美于玉，命薄于云。如是琼蕊优昙，只在人间一现，岂不哀哉！

论及薛宝琴、邢岫烟和李纨的妹妹时，更是"推送"别致、表述生动、层层重重、来来复复：宝玉忙忙来至怡红院中，向袭人、麝月、晴雯等笑道："你们还不快看人去！……如今瞧瞧他这妹子，更有大嫂嫂这两个妹子，——我竟形容不出来了。老天，老天，你有多少精华灵秀，生出这些人上之人来！可知我'井底之蛙'，成日家只说现在的这几个人是有一无二的，谁知不必远寻，就是本地风光，一个赛似一个。如今我又长了一层学问了。"晴雯等瞧过后回来向袭人道："你快瞧瞧去！大太太的一个侄女儿，宝姑娘一个妹妹，大奶奶两个妹妹，倒像一把子四根水葱儿。"

最后，又进一步强化宝琴的"独出众艳"：袭人笑道："他们说薛大姑娘的妹妹更好，三姑娘看着怎么样？"探春道："果然的话。据我看，连他姐姐并这些人总不及他。"袭人听了，又是诧异，又笑道："这也奇了，还从那里再好的去呢？我倒要瞧瞧去。"探春道："老太太一见了，喜欢的无可不可，已经逼着太太认了干女儿了。老太太要养活，才刚已经定了。"

正是：眼看得"饱"，口议得"足"。

第七十三回，凤姐奉贾母意，内部整饬，狠煞赌风，把以迎春奶妈为首的赌头等撵出，予以惩戒。邢夫人脸上便挂不住，来到女儿迎春处，因冷笑道："总是你那好哥哥好嫂子，一对儿赫赫扬扬，琏二爷凤奶奶，两口子遮天盖日，百事周到，竟通共这一个妹子，全不在意。但凡是我身上掉下来的，又有一话说，——只好凭他们罢……况且你又不是我养的，你虽然不是同他一娘所生，到底是同出一父，也该彼此瞻顾些，也免别人笑话。我想天下的事也难较定，你是大老爷跟前人养的，这里探丫头也是二老爷跟前人养的，出身一样。如今你娘死了，从前看来你两个的娘，只有你娘比如今赵姨娘强十倍的，你该比探丫头强才是。怎么反不及他一半！谁知竟不然，这可不是异事。倒是我一生无儿无女的，一生干净，也不能惹人笑话议论为高。"旁边伺侯的媳妇们便趁机道："我们的姑娘老实仁德，那里象他们三姑娘伶牙俐齿，会要姊妹们的强。他们明知姐姐这样，他竟不顾恤一点儿。"邢夫人道："连他哥哥嫂子还如是，别人又作什么呢。"——这一段"客评客议"，道出海量信息：琏凤二人的德性、贾琏迎春同父异母且两人生母已殁、邢夫人总为继母且不会生育、探春素质较胜迎春一筹等等。

正如脂评："此书（作者）从不肯自下评注，云此人系何等人物，只借书中人闲评一二语，故不得有未密之缝被看书者指出，真狡猾之笔也。"

不过，喜"评"好"议"，也存在一个评议"真确"的问题，切忌"言过其实"，甚或"刀走偏锋"。

如第六十四回，从贾琏眼中对尤二姐"如何标致，如何做人好，举止大方，言语温柔，无一处不令人可敬可爱"的赞评实属"主观"胜于"客观"，且极具讽刺意味：唯"标致"始能诱人、动人，"做人好"始能与人人可结欢喜缘,"举止大方"始能尽人调戏,"语言温柔"始能使闻者心醉犯之而无忤词,"无一处不令人可敬可爱"又无孑遗地力证了"情人眼里出西施"的真理性!

　　无怪乎贾母叱他"成日家偷鸡摸狗,腥的臭的,都拉了你屋里去",殆属那"搬着屁股亲嘴——不知香臭"的东西!

意识流心理描写法

意识流，由 19 世纪美国实用主义哲学创始人、理学家威廉·詹姆斯提出，是指人的意识活动持续流动的性质。即认为人类的思维活动是一股切不开、斩不断的"流水"，具有超时间性和超空间性，不受时间和空间的束缚，不受客观现实制约，它能使感觉中的现在与过去不可分割。这一概念及其内涵思想被文学家借用进入文学领域，遂有"意识流"文学的产生。

小说中的意识流，是指以人物的意识活动为结构中心，将人物的观察、回忆、联想的全部场景与人物的感觉、思想、情绪、愿望等，交织叠合在一起加以展示，它仍是作者对人物的一种特别（有规模、成体系）的心理描写。

有人认为中国古典小说，绝少人物心理描写，全然不知或不会运用"意识流"。此言差矣！以之论《水浒》《三国》或可成立，以之论《红楼》则大谬、特谬矣。

虚美无凭，有例为证！

"慧紫鹃情辞试莽玉"后，惹得宝玉疯病又犯。为进一步烘托宝玉对龄儿痴情,第五十八回写道:"(病未痊愈的)宝玉正要去瞧黛玉,起身挂拐,辞了他们,从沁芳桥一带堤上走来。只见柳垂金线,桃吐丹霞,山石之后,一株大杏树,花已全落,叶稠阴翠,上面已结了豆子大小的许多小杏。宝玉因想道:'能病了几天,竟把杏花辜负了!不觉到绿叶盛开阴子满枝了。'因此自己望杏子不舍。不由想起邢岫烟已择了夫婿一事,虽说男女大事,不可不行,但未免又少了一个好女儿,不过二年,便也要'绿叶成阴子满枝了';再过几日,这杏树子落枝空,再几年,岫烟也不免乌发如银,红颜似缟。因此,不免伤心,只管对杏叹息。正悲叹时,忽有一个雀儿飞来,落于枝上乱啼。宝玉又发了呆性,心下想到:'这雀儿必定是杏花正开时他曾来过,今见无花空有叶,故也乱啼。这声韵必是啼哭之声,可恨公冶长不在眼前,不能问他。但不知明年再发时,这个雀儿可还记得飞到这里来与杏花一会不能?"正是:"春又老。愁似落花难扫。一醉一回才忘了。醒来还满抱。此恨欲凭谁道。柳外数声啼鸟。只恐春风吹不到。断云连碧草。"(宋·李弥逊《谒金门·寄远》)

在此,"宝玉从特殊看到整体,开始觉悟原来好女儿终于要长大成人,配亲出嫁,生男育女,衰老病死,不能置身于人类无可避免的生死循环之外"(宋淇《红楼梦识要》)。这些"悟道"是通过意识流描写来展现的;宝玉触景生情的这段"意识流","已不再是人性自然本质的过程,而是人性在现实中初创与积淀、渐进与异化、外显与潜能所形成的思想意识(郑铁生《红楼梦叙事结构》)"。

第二十六回,黛玉去怡红院寻访宝玉,横遭因和碧痕才拌了嘴而没好气的晴雯声拒、回怼。林黛玉听了,不免茹气回思一番:"虽说是舅母家如同自己家一样,到底是客边。如今父母双亡,无依无靠,现在他家依栖。如今认真淘气,也觉没趣。"一面想,一面又滚下泪珠,悽苦的心唯在怨吟:"青青子衿,悠悠我思。纵我不往,子宁不来?"

值此黛玉"相思树底说相思，思郎恨郎郎不知"之时，接着，第二十八回又写到宝玉的心迹"流动"：宝玉在山坡上听见（黛玉吟唱《葬花吟》），先不过点头感叹，次后听到"侬今葬花人笑痴，他年葬侬知是谁""一朝春尽红颜老，花落人亡两不知"等句，不觉恸倒山坡之上，怀里兜的落花撒了一地。试想林黛玉的花颜月貌，将来亦到无可寻觅之时，宁不心碎肠断！既黛玉终归无可寻觅之时，推之于他人，如宝钗、香菱、袭人等亦可到无可寻觅之时矣。宝钗等终归无可寻觅之时，则自己又安在哉？且自身尚不知何在何往，则斯处、斯园、斯花、斯柳，又不知当属谁姓矣（人生其实是一个不断失掉我们心爱的人和事物的漫长过程。在我们身后所留下的是一连串的悲哀）！因此一而二、二而三，反复推求了去，真不知此时此际欲为何等蠢物，杳无所知，逃大造，出尘网，便可解释这段悲伤。

正是："爱他明月好，憔悴也相关。……湔裙梦断续应难。西风多少恨，吹不散眉弯。"（纳兰性德词）

脂砚斋就此评道："不言炼句炼字辞藻工拙，只想景想情想事想理，反复推求悲伤感慨，乃玉兄一生之天性。"且"一大篇《葬花吟》却如此收拾，真好机思笔仗，令人焉得不叫绝称奇！"。

继之，二十九回仍有：即如此刻，宝玉的心内想的是："别人不知我的心，还有可恕，难道你就不想我的心里眼里只有你！你不能为我烦恼，反来以这话奚落堵我。可见我心里一时一刻白有你，你竟心里没我。"心里这意思，只是口里说不出来。那林黛玉心里想着："你心里自然有我，虽有'金玉相对'之说，你岂是重这邪说不重我的。我便时常提这'金玉'，你只管了然自若无闻的，方见得是待我重我，而毫无此心了。如何我只一提'金玉'的事，你就着急，可知你心里时时有'金玉'，见我一提，你又怕我多心，故意着急，安心哄我。"那宝玉心中又想着："我不管怎么样都好，只要你随意，我便立刻因你死了也情愿。你知也罢，不知也罢，只由我的心，可见你方和我近，不和我远。"那林黛玉心里又想着："你只管你，你好我自好，你何必为我而自失。殊不知你失我自失。可见是你不叫我近你，有意叫我远你了。"

真真一对可怜人儿，"蜜意未曾休，蜜意难酬……端的为谁添病也，更为谁羞?"（纳兰性德词）

——这就是爱情的奇妙、爱情的曲折、爱情的一般逻辑：彼此深爱着对方，又深误着对方，伤怀感月、千思万想、弄巧成拙、不能自已。所以，可以十分肯定地说：感觉不到痛苦的爱情不是真正的爱情，感觉不到幸福的婚姻必是悲哀的婚姻。

有方家称：这段深刻别致的心理描写，委曲婉转，丝丝入扣，极见儿女情长，是中国古代小说心理描写最长最成功的一段。"像这两节中停下来细加剖析的文字，实是表现手法上的一大创新和跨越。充分展示了宝黛之恋的深度，是其他小说中所未见的。能如此写，必须对人物心理活动有深切的体验作为创作基础，然后才可能运用艺术的想象力。"（蔡义江）

当黛玉听宝玉说了一句与自己"最心近"的话，"不觉又喜又惊，又悲又叹。所喜者，果然自己眼力不错，素日认他是个知己，果然是个知己。所惊者，他在人前一片私心称扬于我，其亲热厚密，竟不避嫌疑。所叹者，你既为我之知己，自然我亦可为你之知己矣，既你我为知己，则又何必有金玉之论哉；既有金玉之论，亦该你我有之，则又何必来一宝钗哉！所悲者，父母早逝，虽有铭心刻骨之言，无人为我主张。况近日每觉神思恍惚，病已渐成，医者更云气弱血亏，恐致劳怯之症，你我虽为知己，但恐自不能久待，你纵为我知己，奈我薄命何！想到此间，不禁滚下泪来（第三十二回）"。——大概读者至此，也会"不禁滚下泪来"！

"相思本是无凭语，莫向花笺费泪行。"不害相思，说明你还没有找到爱情；害了相思，又知爱情原本是一种甜蜜的痛苦，它不仅要求相爱，而且要求相互洞察对方的内心世界。看来，"爱情是一本永恒的书，有人只是信手拈

来，浏览过几个片段。有人却流连忘返，为它撒下热泪斑斑。"（苏联·施企巴乔夫[1]《爱情诗》）

真的爱情，总逢坎坷，永不平坦！

当在梨香园听了"良辰美景奈何天，赏心乐事谁家院"两句《牡丹亭》戏文，黛玉不觉点头自叹，心下自思道："原来戏上也有好文章。可惜世人只知看戏，未必能领略这其中的趣味。"想毕，又后悔不该胡想，耽误了听曲子。又侧耳时，只听唱道："则为你如花美眷，似水流年……"不觉心动神摇。又听到"你在幽闺自怜"等句，亦发如醉如痴，站立不住，便一蹲身坐在一块山子石上，细嚼"如花美眷，似水流年"八个字的滋味。忽又想起前日见古人诗中有"水流花谢两无情"之句，再又有词中有"流水落花春去也，天上人间"之句，又兼方才所见《西厢记》中"花落水流红，闲愁万种"之句，都一时想起来，凑聚在一处。仔细忖度，不觉心痛神痴，眼中落泪（第二十三回）。

从中，我们深深感到：黛玉的确"情浓""情敏""情深""情痴"。这固然有着环境铸就的因素，但笔者以为更多的则是她大量观看、阅读诸如《西厢记》《牡丹亭》等优秀戏剧、戏本和历代诗篇典章而潜移默化的结果。这主要在于：传统戏剧是中国的国粹，它"极人物之万途，攒古今之千变。如见千秋之人，发梦中之事。使天下之人无故而喜，无故而悲，无情者可使有情，无声者可使有声"（汤显祖）。其次，优秀阅读更是一个人提高素质、自我化育的最有效、最持久、最根本的方式、方法！它是你展翅高飞、走向成功前的准备、蓄势、沉淀和积累；它使奴隶变巨人，把弱者变强者；它能够穿透愚昧，照亮黑暗，一定意义上既是文明进步的"出发点"，也是文明进步的"目的地"。所以，当你的才华还撑不起你的雄心的时候，就应该静下心来读

---

[1] 施企巴乔夫（1899—?），苏联诗人。生于贫农家庭。1948年获斯大林文学奖，1950年因发表长诗《巴甫里克·莫洛佐夫》，再次获得斯大林文学奖。

书学习；当你的能力还驾驭不了你的目标时，就应该沉下身来从书本中讨教习练。就像"竹子定理"证明的那样：（竹子）用了四年的时间仅仅长了三厘米，从第五年开始，仅仅用了6周就长到了15米（每天长30厘米）。其实在前面四年，竹子将根扎在土壤里，且延伸了数百平方米汲取水分养分，进行"储能蓄势"，尔后"一朝冲天"！

费尔巴哈说"人就是他所吃的东西"。——这不单是指纯物理意义上的"物物因应"，而更着重于对精神塑造、提升而言，即：一个人的精神发育史就是他的读书史。从一个人的惯常读物中就极易看出他的精神品级、目标追求。

除了这种静止的、节奏缓慢的冗长心理描写，另还有一种"异常迅速而又无穷多变地变换着"的心理描写——即托尔斯泰所用的"心灵的辩记法"，或曰在行为、语言动态进行中的"心理描写"。如第四十六回，邢夫人找王熙凤商量为贾赦讨鸳鸯之事，凤姐初以相拒，拒之不成又转为相助，且又"明助暗不助"地设法巧妙抽脱。她想："鸳鸯素习是个极有心胸见识的丫头，虽如此说，保不严他就愿意。我先过去了，太太后过去，若他依了便没话说；倘或不依，太太是多疑的人，只怕就疑我走了风声，使她拿腔作势的。那时，太太又见了应了我的话，恼羞变成怒，拿我出起气来，倒没意思。不如同着一齐过去了，她依也罢，不依也罢，就疑不到我身上了。"第二十四回，贾芸以香料行贿凤姐揽差寻活，凤姐获俘，贾芸询问此事，凤姐欲言又止，心下想到："我如今要告诉他那话，到叫他看着我见不得东西似的。为得了这点子香，就混许他管事了。今儿先别提起这事。"想毕，便把派他监种花木工程的事都隐瞒的一字不提；写薛宝钗去潇湘馆的路上看到宝玉先进去了，她即站住，心想："宝玉和林黛玉从小儿一处长大，他兄妹间多有不避嫌疑之处，嘲笑喜怒无常；况且林黛玉素习猜忌，好弄小性儿的。此刻自己也跟了进去一则宝玉不便，二则黛玉嫌疑。罢了，倒是回来的妙。想毕抽身回来。"（第二

十七回)

——这样的心理描写轻快、生动,不"十分吃力",却表现"给力"。

诸如这些叙写,时空跳脱,思绪迁转;方才自怜,倏又念彼;由人及物,睹物思人。(人物角色)持续流动的意识中有观察、回忆、联想以及激变出的源源不断的感觉、思想、情绪、愿望等,充分体现了"意识流心理描写"诸特点,强化了我们对罗曼·罗兰"人类的生活其实都是心理生活"的认知。也让我们确信:脚不能达到的地方,眼睛可以触及;眼睛不能到的地方,精神可以飞至。

美国华人学者夏志清[1]称赞说:"《红楼梦》不仅是一部最能体现悲剧经验的作品,同时也是一部重要的心理现实主义作品。"(《中国古典小说史论》)

这些精细、畅达且伴随着主人翁思情涌动、心泉流泻的"意识流"叙写可谓出人意表,把心理活动过程揭橥得细密生动,无不令人"哀婉凄楚""摄魂夺魄"。

一部《红楼梦》可以说是当时人心的"大回放"!

---

[1] 夏志清(1921—2013),中国文学评论家、教授。江苏吴县(今苏州)人,毕业于沪江大学英文系。曾在北京大学任助教,后至美国耶鲁大学攻读英文硕士、博士。在纽约州立学院任教时,完成《中国现代小说史》一书,奠定他学者评论家的地位。之后,在美国又用英文出版了使他一举成名的《中国现代小说史》。

五十一 状情法

中唐时,一位叫张打油的人曾作一首《咏雪》诗:"江上一笼统,井上黑窟窿。黄狗身上白,白狗身上肿。"该诗描写雪景,由全貌而及特写,由颜色而及神态。通篇写雪,不着一"雪"字,而"雪情、雪貌、雪势、雪态"跃然神出,被广为传播,千年称绝。这其中,就有写法上的"状情",即不言本体,只唯对受本体影响或与之相关联事体进行极度的描摹、夸张,然使本体愈彰显。

《红楼梦》多场合、多情景、多元体应用了此法。"全书以纪事为主,以言情为宾,而书中纪事不十之三,言情反十之七。"(王梦阮[1]《红楼梦索隐提要》)其"言情之挚,款款深深,世无其匹,是真能得个中三昧者"(洪秋蕃语)。

---

[1] 王梦阮,生平事迹待考,他是索隐派红学代表人物之一。著有《红楼梦索隐》,其中《红楼梦索隐提要》是全书的纲领性部分。在这一部分,将他认为书中所隐之人,所隐之事,一一予以总括提示。然而过去和现在都有人旁征博引,证明那些说法不准确。

如元妃省亲，原是贾府的第一旷典、第一盛事。但雪芹叙此，使"盛"不在事中，恰在事前的铺排和描写，即"盛前"已盛也。

——先写王夫人等日日忙乱，直到十月将尽，幸皆全备："各处监管都交清账目；各处古董文玩，皆已陈设齐备；采办鸟雀的，自仙鹤、孔雀以及鹿、兔、鸡、鹅等类，悉已买全，交于园中各处像景饲养；贾蔷那边也演出二十出杂戏来；小尼姑、道姑也都学会了念几卷经咒……"

接着，写"省亲团"先遣队踩点、勘线："自正月初八日，就有太监出来先看方向：何处更衣，何处燕坐，何处受礼，何处开宴，何处退息。又有巡察地方总理关防太监等，带了许多小太监出来，各处关防，挡围幕；指示贾宅人员何处退、何处跪、何处进膳、何处启事……"

继而，写"迎亲团队"的整装待迎：贾母等有爵者，皆按品服大妆。园内各处，帐舞蟠龙，静悄无人咳嗽。……街头巷口，俱系围幕挡严。正等得不耐烦，忽一太监坐大马而来，贾母忙接入，问其消息。太监道："早多着呢！"——静中显声、动复归寂，乃是一"顿挫"。故脂批曰："静极，故闻之，细极！"

最后，才是"正剧上演"。元妃——养在深宫人不识，千呼万唤始出来！

阿弥陀佛！省亲、迎亲，千转百折，夫岂易易哉?!读者也好似亲历了一场"迎圣接驾"，着实体会了贾府皇族的"不凡气象""富贵风流"。这也是作者提供或遗馈给我们的一段珍贵的历史"影像"。——这样的细节靠想象是想象不出来的。王蒙先生就此调侃道："哪怕你长了比赵本山小沈阳更能忽悠的嘴巴，基层的人很难忽悠出上层人的生活，就如穷人，梦想着发了财吃肉包的时候光吃馅不吃皮，买汽车的时候一次买五辆夏利拴在一起开；相反，国王闻听老百姓因饿死便会可笑地反诘他们为何不吃肉充饥度生。"——"皇宫中的人所想的，和茅屋中的人所想的是不同的。"（费尔巴哈）

惜乎元妃省亲归宁，好似"蜻蜓点水""飞鸿掠影"；如此"大阵仗"却似"春宵一刻""流星一瞬"。且（元春）还"崔莺莺送郎——一片伤心说不出"；事后被诟"拆房子放风筝——只图风流不顾家"，终"落得白茫茫大地真干净"！

第三十三回，贾政闻宝玉勾引琪官、调戏金钏儿之事，气得面如金纸，发狠笞挞逆子，意欲"用绳一发勒死，以绝将来之患"。王夫人连忙抱住哭道："今日越发要他死，岂不是有意绝我。既要勒死他，快拿绳子来先勒死我，再勒死他。我们娘儿们不敢含怨，到底在阴司里得个依靠。"（是夫人语！）说毕，爬在宝玉身上"苦命的儿吓"大哭起来。因哭出"苦命儿"来，忽又想起（长子）贾珠来，便叫着贾珠哭道："若有你活着，便死一百个我也不管了"（妇人"顾此言他"，却总戳揭在人痛处）。——"娃子不哭奶不胀"。王夫人哭着贾珠的名字，别人还可，唯有李纨禁不住也放声哭了（牵念想起自己死去的丈夫）。贾政听了，那泪珠更似滚瓜一般滚了下来。正没开交处，忽听丫鬟来说："老太太来了。"一句话未了，只听窗外颤巍巍的声气说道："先打死我，再打死他，岂不干净了！"——这乃是祭起"不孝"长剑，一剑封喉，直逼贾政命门（旧时讲"孝"，不论是非、对错，只要惹父母生气，就是不孝）。贾政听母亲此话，忙跪下含泪说道："为儿的教训儿子，也为的是光宗耀祖。母亲这话，我做儿的如何禁得起？"贾母听说，便啐了一口，说道："我说一句话，你就禁不起，你那样下死手的板子，难道宝玉就禁得起了？"说着，不觉就滚下泪来。

家长惩子，原系家庭常事。但此处父子、夫妻、母子间或怒、或恨（恨不成才）、或求、或怨、或责、或哀、或自语、或别言，无不句句滴血、声声催泪，但都浸漫、状映着一个崇高伟大的主题——无与伦比的"亲情之爱"！也更加加深了我们对"亲情"的解悟：亲情是某一瞬间冲击于内心的触动，如高山流水般清恬，如江河奔流般汹涌。它拥有一种期望的力量和渴望平安的永恒。它是付出，不讲求回报；是思念的起始，又没有终点。亲情，是人间第一情，是我们每个人最宝贵的心灵财富。

有读者感叹："每每读罢这段气势磅礴的文字，必然要停下来做一番深呼吸，以平息一下胸中澎湃的情感。"

——读者情感竟被作者操纵如斯，盖也平生罕闻！抑或我们多少有些"犯傻"，犹如清女诗人金逸读《红楼梦传奇》诗问："情为一往深如许，魂不胜销死也拼。弹尽泪珠犹道少，细思与我甚相干？"

钗、黛互剖金兰语后，黛玉不觉心有所感，情有所动（第四十五回）。于是作者进一步创设氛围，笔意森寒、浓酽状情写道："这里黛玉喝了两口稀粥，仍歪在床上，不想日未落时天就变了，渐渐沥沥下起雨来。秋霖脉脉，阴晴不定，那天渐渐的黄昏，且阴的沉黑，兼着那雨滴竹梢，更觉凄凉。"——正是在这种"秋窗秋不尽，风雨助凄凉"的时景下，黛玉拟《春江花月夜》之格，写就了那篇脍炙人口的《秋窗风雨夕》。

被称"色中之灵鬼"的贾珍、"色中之饿鬼"的贾琏"欲火攻心，急于消乏"，便一前一后乘马来到尤氏二姊妹处寻衅骚扰（第六十五回）。未入"戏"前，（作者）先从他俩的"骑坐"处状情："（奴才）隆儿才坐下，端起杯来，忽听马棚内闹将起来。原来二马同槽，不能相容，互相蹶踢起来。"及入戏（性骚扰），又从尤三姐处状情道："尤三姐索性卸了装饰，脱了大衣服，松松挽着头发，大红袄子半掩半开，露着葱绿抹胸，一痕雪脯。……两个坠子却似打秋千一般，灯光之下，越显得柳眉笼翠雾，檀口点丹砂（曹公真真是状情高手，想必柳下惠遇此也会高擎白旗，让一世英名霎时扫地了），不独将他二姊压倒，据珍、琏评去，所见过的上下贵贱若干女子，皆未有此绰约风流者。二人已酥麻如醉，不禁去招他一招，她那淫态风情，反将二人禁住。……三姐自己高谈阔论，任意挥霍，村俗流言，撒落一阵，由着性儿拿他弟兄二人嘲笑取乐，竟真是他嫖了男人，并非男人淫了他。"

有评家单就这一段叙写慨然道："痛快文章！写一尤三姐真是生龙活虎，

得未曾有。如单骑入万人阵，左冲右突，四面皆摧。"

满文之奇丽酣恣，大有扪虱谈天下气概，真真"三姐羞煞须眉、巾帼揉碎英雄"。并让人感到：尤三姐"灌夫骂座、冷若冰雪"，兀的是一朵怒放在野渎寒塘"出淤泥而不染、可远观而不可亵玩"的红荷花！并喟叹：女人不是弱者，想制服女人的男人，有多少不被女人制服？她们"以美色为武器，在屈辱中羞辱淫荡男人，在晦暗中为底层妇女挣些儿光明"！

尤其是，"尤三姐失身时，浓妆艳抹，凌辱群凶；择夫后念佛吃斋，敬奉老母。能辨宝玉，能识湘莲，活是红拂文君一流人物"（六十六回回末总评）。她的孝子悌弟、义士忠臣之慨让人不禁"泪流一斗，湿地三尺"（六十五回回末总评）。

蔡义江则称："一段骇人耳目的精彩奇文，从未在别的小说中读到过类似尤三姐这样的奇女子形象。"

此后，情小妹立意"我们只有一条命，要卖给识货的人"（林清玄），"你走你的阳关道，我过我的奈河桥"（金庸《鹿鼎记》），"只有献出生命，才能得到生命。……天空虽不曾留下痕迹，但我已飞过"（泰戈尔），又义挑鸳鸯剑，演出了千古悲壮决绝一幕，像一道闪电，挟着霹雳震撼在泪光剑影中猝然倒下，留下一具躯壳，随情魂扬长而去，凭赚了我们多少泪痕、悲慨！以致红学家蒋和森说：伟大作家为尤三姐建造了一座"贞烈牌坊"、为后世社会竖起了一尊不倒的形象！红学家冯其庸也浓墨重笔评道：这一段别开生面的文章，是《红楼梦》中风雷激荡的文章，它的思想震撼作用，它的反压迫、反侮辱、反奴役的思想火花，照耀着全书。

正是："心迹分明可告天，借君宝剑死君前。任他浊水深千尺，不碍玲珑九品莲。"（清·丁繁培）

然笔者寻然："建贞碑、树形象"的非是作者，实乃为不真懂爱情、不珍爱情缘、不善处情案的冷郎君——柳湘莲仄逼而成，纵然他有相当拒绝的理由和权力,亦仍逃不脱一个"真爱杀手"的罪名!他压根不理会:在这个世界里,总会有一些爱情我们不会接受,但是没有什么爱情我们不能理解;总会有一些爱情我们不能够报以爱情,但没有什么爱情我们不能报以温情;总会有一些爱情我们必须拒绝,但是没有什么爱情可以让我们嘲弄。他全然不懂得:"女人拒绝异性的追求,是先天性的特权,即使拒绝了一个最热烈爱情,也不会被认为残酷。但是,男人拒绝女人的追求,等于损伤她的最高贵的自尊。那结果就不堪设想了。"(奥地利作家茨威格《同情的罪》)——在这种情境中,"求爱的人比被爱的人更加神圣!"

刘勰谓:"情者文之经,辞者理之纬;经正而后纬成,理定而后辞畅,此立文之本源也。"(《文心雕龙·情采篇》)黑格尔也说:"推动小说情节发展的力量,是情感不断蓄积、酝酿、醇化、交错、高潮化的力量,而不是逻辑推理、概念纯洁化的力量。正是前者,而不是后者,正是'情本体'而不是'理本体'产生了艺术作品的意蕴。"

依此旷观《红楼》之言情,矫矫独立矣;《红楼》之言情,亦至亦尽矣。作者用他那委婉动情之笔,"写尽了多情人无限委屈柔肠,写尽了祖母溺爱,写尽了慈母苦心,写尽了能事者之所以为能事者的底蕴,写尽了势力场中的故套,写尽了天下图便宜的苦恼,写尽了天下富贵人对待奇穷亲戚的态度"等(前八十回回目中,带有"情"字的回目就达十九个)。且《红楼梦》无论从述情、状情还是煽情来看,都达到了极高的程度和上佳的效果。其原因无他,乃是作者浸情其间、用情其中,以心写情、倾心写情耳!一如花月痴人[1]笔点:"作是书者,盖生于情,发于情;钟于情,笃于情;深于情,恋于情;纵于情,囿于情;癖于情,痴于情;乐于情,苦于情;失于情,断于情;至极乎情,终不能忘乎情。惟不忘乎情,凡一言一事,一举一动,无有而不用其情。"

---

[1] 花月痴人,真实姓名和生平事迹不详,是《红楼梦》续书之一《红楼幻梦》的作者。花月痴人称《红楼梦》是一部"情书",作者不能忘于情,所以"凡一言一事,一举一动,无在而不用其情"。

五十二 以戏点题法

"戏曲者，普天下人类所最乐睹，最乐闻者也，易入人之脑蒂，易触人之感情。……虽些少之时间，而其思想之千变万化，有不可思议者也。"（三爱《论戏曲》）可以毫不夸张地说，中国戏曲是过去中国老百姓的最爱，是中国最普通老百姓文明育化、文化学习最有效的"课堂"和"启蒙师"（他们对历史人物事件、善恶相报、礼仪孝悌等认知大都来自戏曲），是他们骋怀嬉乐、放松身心的"主战场"。

难能可贵的是，戏曲也在《红楼梦》中发挥着重要的作用。尤其是作者慧心利用戏语戏文来"给力"小说中的人物刻画，利用戏曲中的情节来与小说情节交融和"以戏为谶"的神乎绝技（接意对榫戏的内容、将戏名剧目依序排列组合暗示贾府家族由盛而衰），极大地增强了小说的"雷人"效果。这种以戏点题的笔法"模拟戏剧的全知叙事"，"是对古代小说叙事方式的革命，并与西方现代小说接轨"（马瑞芳语）。

《红楼梦》中，共叙述演戏事十一次，先后提及、涉写的剧目多达四十多种，如《西厢记》《负荆请罪》《琵琶记》《白蛇记》《南柯梦》《荆钗记》《玉簪记》[1] 等。其中或点戏、或演戏、或看戏、或评戏，但都无不"戏中有戏""曲里套曲"。

第五回，警幻仙姑那十二支红楼梦曲子借用戏剧套曲唱出了十二金钗的人生轨迹悲剧收场，也为后面的故事发展埋下伏线。第十八回元春省亲，点戏点了《豪宴》《乞巧》《仙缘》《离魂》，这四处戏所伏四事乃是"通部书之大关节、大关键"。它们依次取自《一捧雪》《长生殿》《邯郸梦》及《牡丹亭》，分别映射贾府盛衰及人物兴亡。譬如《离魂》叙述杜丽娘的夭折，实暗伏黛玉之死。而在省亲之后又安排戏庆，所唱戏目是《丁郎认父》《黄伯央大摆阴魂阵》《孙行者大闹天宫》《姜子牙斩将封神》[2] 等。其中虽有颂赞贾妃省亲尽孝之意，但更多透脱出贾珍一类人志狂意骄、得意忘形、无羁无拘、我行我素的野性俗态。

贾母带人到清虚观打醮，还愿唱戏，分别涉提了《白蛇记》《满床笏》《南柯梦》三出戏（第二十九回），也都大有深意：《白》剧是写刘邦贫贱初

---

[1]《西厢记》，元杂剧，作者王实甫。"西厢"故事，创自唐·元稹传奇小说《会真记》，衍相国之女崔莺莺与书生张珙的爱情悲剧。《负荆请罪》，元·康进之《李逵负荆》杂剧。演二歹徒假冒宋江、鲁智深之名，抢去酒家王林之女，李逵信以为真，回山后大闹忠义堂，后辨明真相，李逵向宋江等负荆请罪。《琵琶记》，南戏剧本。作者高明，该剧系由早期南戏《赵贞女蔡二郎》改编，剧情主要写书生蔡伯喈中举，得官被迫再婚，发妻历尽辛苦，寻夫得团圆。《白蛇记》，明代无名氏弋阳腔剧本，演刘邦斩白蛇起义故事。《南柯梦》，明汤显祖撰，取材传奇小说《南柯太守传》。写淳于棼怀才不遇，醉后倚树入梦与公主金枝成婚，任南柯太守，因功秩左相，赫立当朝，终因骄奢淫逸被放逐。梦醒，看破红尘而坐化。《荆钗记》，南戏剧本，元·柯丹丘作。描写南宋时王十朋和钱玉莲夫妻悲欢离合的故事，其《祭江》《见母》两出，脍炙人口。《玉簪记》明传奇剧本，高濂作。写书生潘必正与陈娇莲为指腹媒，以玉簪为聘，因落第、遇兵乱相离散。后又巧逢，终结连理。

[2]《丁郎认父》，弋阳腔剧目。取材于小说《升仙传》。写明嘉靖间高仲举同妻子于月英被官宦陷害，夫妻分离。其子丁郎长成后外出寻父，此时父已别有妻室，后在真情感化下，父子相认。丁郎继中状元，终报家仇。《黄伯央大摆迷魂阵》，弋阳腔剧目。取材于《七国春秋平话》。剧情写燕国乐毅请师父黄伯央下山，布迷魂阵将孙膑困于阵中。孙膑之师鬼谷子闻讯前来，大破迷魂阵，搭救黄、乐二人，燕国服输。《孙行者大闹天宫》弋阳腔剧目。亦称《闹天宫》。演孙悟空事。《姜子牙斩将封神》，弋阳腔剧目。演《封神演义》中姜子牙故事。

起路遇白蛇挥剑斩之，后打得天下的故事；《满》是演说老令公郭子仪一门富贵，值其六十诞辰，七子八婿齐来贺寿、笏堆满床的故事；《南》则是演淳于棼梦至大槐安国拜驸马、当太守，显赫荣耀，梦醒后一切皆虚幻的故事。这三个神前拈来的剧目，也暗示了贾府初起、中兴、鼎盛、衰没不可逃避的全过程。因而，对前两出戏，贾母便呈欢颜。当听到第三出，便不言语，心里有某种不祥之感。

贾政报升、黛玉生日时（第八十五回），贾府又以"唱戏"庆贺。及一、二出吉庆戏文演后，便有第三出《蕊珠记》里的《冥升》、第四出《吃糠》，第五出达摩带着徒弟过江回去等，其分别隐含了黛玉夭亡、宝钗暗苦、宝玉出家等"未来"的结局。

除这类寓有暗示作用的剧目安排外，作者有时也运用剧目来烘托人物的性格、"醇"引情感发展。

如龄官坚持要演的《相约》《相骂》[1]，不仅这两出戏是她的本脚戏，而且戏中人物也具有似她那种尖刻、凌厉的性格。正像《扬州画舫录》记录当时的女优金官"凭人傲物，班中谓之斗虫。而以之演《相约》《相骂》，如出鬼斧神工"。

薛蟠生日安排《负荆请罪》，是让宝钗伺机取笑宝、黛恋爱"小动作"；凤姐生日演《男祭》，意在配合宝玉郊祭金钏儿而引发黛玉一段"醋性"爱情表白；而宝钗生日时，凤姐点《刘二典衣》[2] 是因她"知道贾母喜欢热闹，更喜谑笑科诨"而"麻姑搔背"、讨好卖乖，以让贾母身心俱爽。

特别是不少处用戏曲呈现宝、黛"痴意""真情"，俱是"彩腔"，罔不入妙。

---

[1]《相约》《相骂》，明传奇《钗钏记》第八、第十三出。作者署月榭主人。
[2]《刘二典衣》，弋阳腔剧目。自明传奇《裴度还带记》（沈采著）第十三出《刘二勒债》改编。演大财主刘二官人悭吝成性，其姐夫裴度因家贫曾将几件首饰抵押在他家，无力取赎，当裴度家人再以几件衣物前来典当时，被他扣住，抵偿利息。

第二十六回，宝玉进潇湘馆，临近窗下，透过纱幔看到尚躺在床上的黛玉一边伸懒腰，一边百无聊赖、情不自禁地吟出《西厢记》崔莺莺思念张生的唱词"每日家情思睡昏昏"，遂"不觉心内痒起来"。进屋后即问："你才说什么？"黛玉道："我没说什么。"宝玉笑道："给你个榧子吃！我都听见了。"

接着，黛玉让紫鹃先给自己倒水洗脸，而紫鹃则认为宝玉是客，应先给客倒茶而后主人。宝玉听后吟出《西厢记》戏词："好丫头，若共你多情小姐同鸳帐，怎舍得叠被铺床？"黛玉登时撂下脸来哭道："如今新兴的，外头听了村话来，也说给我听；看了混账书，也来拿我取笑儿。我成了爷们解闷的。"宝玉心下慌了，忙赶上来，"好妹妹，我一时该死，你别告诉去。我再要敢，嘴上就长个疔，烂了舌头"。

此一段，由同一戏目中两句别有"意蕴""情致"的戏词为由头，先时一个要瞒哄，一个要挑明；继后一个猛追问，一个佯否定；落后彼此心有所会，各展矫情。以一段戏文的纠结，把两个倾心少男少女的心理刻画得入木三分，让人嚼味不尽。

由此看来，文化之"曲"，更能酿出爱情的醇香"美酒"。相反，缺少文化的一对，则只能熬就一锅"包谷粥"了：一对新人，本系"粗糙"，强呈斯文，两人共拟一副对子布置新房。大婚时，来宾惊看门楣两边：但愿人长久，千里共婵娟。横批：归去来兮。——俨然两个升了天的游魂遥遥相顾盼！宾客观后无不折腰喷饭。

假斯文者则极尽"出丑"，甚或闹出别样的笑话。旧时，有一屠牛者去宰猪者家问人，颇通书墨的儿子有意讳"宰猪"二字，便回："家尊出亥（亥对应生肖为猪）去了。"屠牛者回家对子称述此事，子深深领悟。次日逢屠猪者来问，子效前回道："家父往外出丑（丑对应生肖为牛）去了。"问："几时归？"答曰："出尽丑自然回来了。"——真真父子同"出丑"！再有，旧时一"半吊子"穷措大为朋友母亲过寿题一匾额，将"德配孟母"写作"母配孟德"（孟德，曹操字号），遂遭一顿痛扁。

由此看来，至少在文化方面，"真作假时假还真，假充真时领答棍"。

人生如戏，戏如人生。

尤其曹雪芹把戏曲"植入"小说，突破了小说的创作局限，扩大了小说展现的舞台，倍增了小说的"趣"与"味"！

具有"戏剧"意味的是：《红楼梦》搬挪诸多戏剧"入戏""助力"，殊不料几十年后自己也成"戏料"而被搬上舞台。乾隆五十七年（1792），亦即程乙本问世的当年，剧作家仲振奎就写成了戏本《葬花》一折。嗣后，又完成了《红楼梦传奇》剧作并上演。继后有万荣恩于嘉庆五年（1805）编写的《潇湘怨传奇》，吴兰征嘉庆十一年（1806）编写的《绛蘅秋》，朱凤森于嘉靖十八年（1813）编写的《十二钗传奇》等。正应了一首《裁缝》哲理诗：手携刀尺走诸方，线去针来日日忙，量尽前人长与短，自家长短几时量？

"生旦净末丑五行八作演世间百态，喜怒哀乐忧一咏三叹唱千古风流。"最早起源于民间原始歌舞兼融合说唱、滑稽戏，经过汉、唐、宋、金才臻于完善业已走过风雨漫漫路的中国戏曲与希腊悲（喜）剧、印度梵剧并称为世界三大古老戏剧文化。它曾成为民间的"萌宠"、百姓的"至爱"，它对历史文明传承、知识播扬、人心教化的作用厥功至伟、有目共睹。但毫不讳言地讲，它平面化的场景、单调的声腔、缓慢的节奏、陈旧的故事、重复的情节、固化的程式也明显与今日立体、丰彩、多变的时代格格不入而从总体上"式微"，一如赫赫扬扬走过百载的贾府命运一样。中国这样，世界也大抵如此。因而，"少了戏剧我们会没法生活"和"把剧院看作天堂，说那里是解决人的信仰、信念以及有关善良、悲悯、同情、爱心问题的地方"（俄罗斯民谚）的认知，无疑将会变得苍白、无力；矢心倾力想拯救、振兴之，怕只能是一种主观的期许，更多的可能则是我们悲壮地挥泪送它踏上夕阳的归途。

不过——，那依然是一种"秋叶之静美"！

巧言巧做乞讨法

说话、讲话，天赋本能，人人能为。但会"说话"，善"讲话"却非易事。甜言蜜心，恶语伤人；话有三说，巧说为妙。

宋朝才子孙山与朋友去苏州参加乡试，考完以后，孙山考中但却是最后一名，朋友没考中留在省城。孙山回到乡里接受乡亲的祝贺，朋友的父亲来打听儿子的情况，他作诗"解名尽处是孙山，贤郎更在孙山外"来回答，让朋友的父亲既知结果，又少尴尬，实为妙应巧答。还因之铸成了一句千年绝响的"名落孙山"经典成语！而现实中"夯嘴笨舌""说话不着调的"也司空见惯。有一笑话：一人请客，应邀者三分之一没来，便憾言："该来的没来！"其他人听后心中大不悦：难道我们是不该来的？遂遁去一半。主人观此，又惋叹："不该走的咋又走了？"余者更添忿来气：抑或我们该走？接着又离去一半。面对剩下寥寥几人，该斯悸悸语："关键人都不在了，剩下的咱们凑合着吃吧！"结果，大家全无留意，统而告退！

相反,"会说话"便能化解窘境,赢得胜机。如孔子祖孙三人,爷(孔子)、孙(孔伋,即子思)很有成就、建树,中间孔鲤(孔子之子)却显得资质平平。不仅邻人,即便爷孙俩在他面前也常"轻蔑、倨傲"。但孔鲤一次当众"发飙",对儿子孔伋说:"你父不如我父。"转身又对父亲孔子说:"你子不如我子。"二句"妙言",一定"乾坤",令在场所有人从此改变了对他的看法。

尤其是向人求情、讨要之事,最是"难为情",最是"难操作",最是需要讲求技巧和艺术性:既要讲究策略,工于心计,又要不露声色,渐渐入"港"。更要随机应变,摄心化情,以至示弱、哭穷、献媚、激将、奉贡等全挂子手段悉数用上,即"巧言巧做乞讨",方能奏效得手。否则,便会落个"热脸贴个冷屁股"。更有甚者,还会恩断情绝,相互成为陌路人。

《红楼梦》于此"学问"甚大,"能人"甚多,各有奇招,精彩纷呈。

贾蓉来荣府借炕屏,凤姐托言已给了人了(第六回)。贾蓉听后笑着在炕沿上半跪道:"婶子若不借,(父亲)又说我不会说话了(反面激将),又挨一顿好打呢。婶子只当可怜侄儿罢(示卑示弱)。"结果奏凯而去。有趣的是,其父贾珍向王夫人借王熙凤去料理宁国府时亦如出一辙、如法炮制(第十三回):"婶子自然知道,如今孙子媳妇没了,侄儿媳妇偏又病倒,我看里头着实不成个体统。怎么屈尊大妹妹一个月,在这里料理料理,我就放心了。"王夫人婉拒时,贾珍又道:"婶子的意思侄儿猜着了,是怕大妹妹劳苦了(反挑激将)。……从小儿大妹妹顽笑着就有杀伐决断,如今出了阁,又在那府里办事,越发历练老成了。我想了这几日,除了大妹妹再无人了。婶子不看侄儿、侄儿媳妇的分上,只看死了的分上罢!"(以死人挟治活人)说着滚下泪来。

——贾珍先以"怕大妹妹劳苦"反激将,继之以"泪"示弱,则大功告成、立时奏效。

第十五回,水月庵老尼静虚因张财主将女儿金哥儿一身两许,导致李衙内和长安守备公子角力争夺，互不相让。从中渔利的老尼便向凤姐求情道："我想如今长安节度云老爷与府上最契，可以求太太与老爷说声，打发一封书去，求云老爷和那守备说一声，不怕那守备不依。若是肯行，张家连倾家孝顺也都情愿。"……凤姐听说笑道："我也不等银子使，也不做这样的事。"净虚听后言："虽如此说，张家已知我来求府里，如今不管这事，张家不知道没工夫管这事，不希罕他的谢礼，倒象府里连这点子手段也没有的一般。"（用"激将法"）凤姐听了这话，便发了兴头，说道："你是素日知道我的，从来不信什么是阴司地狱报应的，凭是什么事，我说要行就行。你叫他拿三千银子来，我就替他出这口气（公然索贿）。"老尼听说，喜不自禁，忙说："有，有！这个不难。"又说道："既如此，奶奶明日就开恩也罢了。"凤姐道："你瞧瞧我忙的，那一处少了我？既应了你，自然快快的了结（拿人钱财，替人消灾）。"老尼道："这点子事，在别人的跟前就忙的不知怎么样，若是奶奶的跟前，再添上些也不够奶奶一发挥的（给凤姐继续上"左"戴"帽"）。只是俗语说的，'能者多劳'，太太因大小事见奶奶妥贴，越性都推给奶奶了，奶奶也要保重金体才是。"一路话奉承的凤姐越发受用（谁能不受用？老尼洵是老辣！），老尼也心称愿遂。

荣宁两府计筹打造大观园，贾芸为了从中谋差捞钱，便处心积虑设计一套"组合拳"施出（第二十四回）：

第一拳，人身依附，找准靠山。为能先入得大观园，他伺机接近、讨欢宝玉。一次遇宝玉，宝玉称他"比先越发出挑了，倒象我的儿子"。这贾芸虽比宝玉还大四五岁，听后便伶俐乖觉巧言接道："只从我父亲没了，这几年也无人照管教导。如若宝叔不嫌侄儿蠢笨，认作儿子，就是我的造化了。"（屈身俯就、示弱示卑）宝玉听后便称心、高兴，遂答应明儿"我带你园里顽耍去"。

第二拳，围猎目标，打通关节。他首先赊钱从大香铺里买了冰麝，欲从关键人物、关键环节——凤姐身上入手，将她贿赂拿下。一日，伺机见了凤姐，恭恭敬敬抢上来请安道："有个朋友送了我些冰片、麝香。我就和我母亲商量，……若说送人，也没个人配使这些，倒叫他一文不值半文转卖了。因此我就想起婶子来。……只孝顺婶子一个人才合式，方不算糟蹋这东西。"（用谎不商量，且从容淡定、言之凿凿，常人难及。）"虽然权势是一头固执的熊，可是金子可以拉着它的鼻子走"（莎士比亚），自然，凤姐也被牵了"熊鼻子"。——此乃"经济围猎"。想想今日不少官员遭此等"围猎"而陷身，原来早有历史"渊源"。

第三拳，静观火候、蓄势待机。贾芸打出"糖衣炮弹"，射中了凤姐，但他却不马上主动提出"个人要求"。他懂得：那样会显得自己太浅薄、太市侩、太急功近利。而一旦被人这样"定位"，则注定是不能"飞高行远"的。故贾芸将自己所求之事当下按住不提，且候最佳时机。

第四拳，机谋应变，果断出手。次日，贾芸又出现在凤姐每日请安必过往的路上。凤姐见贾芸来，便嗔怪他"找贾琏不成，又拿东西在自己跟前弄鬼"。继之又道："早告诉我一声儿，有什么不成的，多大点子事，耽误到这会子。那园子里还要种花，我只想不出一个人来，你早来不早完了……罢了，你到午错的时候来领银子，后儿就进去种树。"

贾芸喜不自禁，一通组合拳后，大功告成。

故《觚賸漫笔》说：《红楼梦》中人物，伶俐即溜，以贾芸为最。且这一段对话，作者随手写来，最是至理至妙。真真"两个黄鹂鸣翠柳"不足喻其宛转，"数声清磬出云间"不足譬其清脆。

看来，曹雪芹那个时代，"走后门""拉关系""行贿赂"已弥盛肆虐了，作者用他那生花妙笔将之写入《红楼梦》，极尽讽喻、挞伐，于今亦不无警戒也！

另外，第十六回所写贾蓉替贾蔷"夺任"，也颇有当今时代特点。

对贾蔷领任"下姑苏聘请教习，采买女孩子，置办乐器行头等事"，贾琏质疑、不放心。贾蓉听罢则在身旁灯影下悄拉凤姐的衣襟（事前已和凤姐共"谋"），凤姐会意，对贾琏道："你也太操心了，难道大爷比咱们还不会用人？偏你又怕他不在行了。谁都是在行的？孩子们已长的这么大了，没吃过猪肉，也看见过猪跑。大爷派他去，原不过是个坐纛旗儿，难道认真的叫他去讲价钱会经纪去呢！依我说就很好。"（走夫人外交，最见功效）

在凤姐的强荐下，贾蓉替贾蔷谋得了肥缺，自然不忘"投之以桃，报之以李"，便分别悄悄问凤姐、贾琏"要什么东西，吩咐我开个账给蔷兄弟带了去，叫他按账置办了来"。

——此"内线突破、借舟架桥、阴使贿赂、暗箱操作、结伙围标"，岂有不中标、不发财之理？

最接地气、有看点和富有噱头的则是刘姥姥进贾府"打秋风"（告借）。

刘姥姥深谙"事不预则不立""事不谋则不成"的道理，事前先进行了"战略谋划"——寻思出与王家有"连宗"的情由，分析了贾府王夫人有惜老怜贫、斋僧敬道之好，确定了"单刀赴会"（板儿乃一"陪衬""道具"），择定了突入贾府的优选路径（找周瑞家的），之后便闪亮登场。

先看一进荣国府。

一句廉价"我问哥儿一声"，便令小孩儿悦意地领她到了周瑞家的门口。周瑞家的见了便问："今日还是路过，还是特来的？"刘姥姥应答："原是特来瞧瞧嫂子你，二则也请请姑太太的安。若可以领我见一见更好，若不能，便借重嫂子转致意罢了。"——不失礼统、不隐目的、兼提要求、欲擒故纵，何等巧妙、周备又极具运谋的应答！一番衷肠语自然换来周瑞家的承诺："姥姥你放心。大远的诚心诚意来了，岂有个不教你见个真佛去的呢。"及见了当家管事的凤姐，遂断然放下身段、抹开老脸说道："论理今儿初次见姑奶奶，却不该说，只是大远的奔了你老这里来，也少不的说了……今日我带了你侄儿来,也不为别的,只因他老子娘在家里,连吃的都没有。如今天又冷了,越想没个派头儿,只得带了你侄儿奔了你老来。"当听到凤姐言困说难、有推拒之意时,又当即阻言道:"嗳,我也是知道(你们)艰难的。但俗语说的:'瘦死的骆驼比马大',凭他怎样,你老拔根寒毛比我们的腰还粗呢!"一段痛说"革命家史"和一通"亦庄亦谐"的反诘把主家逼到墙角,凤姐最后只好说:"这是二十两银子,暂且给这孩子做件冬衣罢。若不拿着,就真是怪我了。这钱雇车坐罢。改日无事,只管来逛逛,方是亲戚们的意思。"至此,刘妪一进荣府"打秋风"初战告捷,不仅讨来让庄稼人安过一年的生活费用,还埋下了再征荣国府的"伏机"。

刘姥姥骨子里确有一些"丐帮"的"丐"质,但她注定不会犯那些"不知羞够、死乞白赖"的低级错误。故二进荣国府,她改变策略,以攻心为上,以"欲取先与""抛砖引玉"为术,见了(府管家)平儿,忙跳下地来问"姑娘好",又说:"家里都问好。早要来请姑奶奶的安看姑娘来的,因为庄家忙,好容易今年多打了两石粮食,瓜果菜蔬也丰盛。这是头一起摘下来的,并没敢卖呢,留的尖儿孝敬姑奶奶姑娘们尝尝。姑娘们天天山珍海味的也吃腻了,这个吃个野意儿,也算是我们的穷心。"见了贾母,忙上来陪着笑,福了几福,口里说:"请老寿星安。"又道:"我们生来是受苦的人,老太太生来是享福的……(带来)些野意儿,不过吃个新鲜。"最后告别时,更有一番情殷意长、动人心魄的表白:"虽住了两三天,日子却不多,把古往今来没见过的,没吃过的,没听见过的,都经验了。难得老太太和姑奶奶并那些小姐们,连各房里的姑娘们,都这样怜贫惜老照看我。我这一回去后没别的报答,惟有请些高香天天给你们念佛,保佑你们长命百岁的,就算我的心了。"——聪明的刘姥姥!烧香祈福,乃穷人对富人最丰厚的回报,也是富人对穷人最金贵的讨要!刘姥姥如此感奋也毫不奇怪,我们盘点一下她收获的"战利品"就会了然:贾母两个金锞子及贵重衣服,王夫人一百两银子(足以置几亩地、盖几间房），凤姐八两银子以及纱罗、茧绸、绸缎各两匹，鸳鸯、平儿送了衣服和绒线，宝玉送了珍贵宫廷用"成窑盅"，其他还有御田粳米、大观园干果、面点和各种常用药。——刘姥姥二进荣国府又以"大捷"告罄！可谓"正月出门除夕回——满载而归"。

好一个刘姥姥！不凡的刘姥姥！为子孙忍耻认辱，逆境、顺境能屈能伸，得惠施即知有止，受眷顾知恩图报，诚朴中略藏狡黠，无知里不乏智慧。此等姥姥，生活中、戚邻里似曾相识，书章间、舞台上概不陌生，她不唯是板儿的"姥姥"，她也堪称是"天下的姥姥大众的娘"！

五十四

鸡争鹅斗法

鸡鹅相斗，全在嘴上功夫。但斯处所指乃书中人物间的"舌斗"，且这种争斗不为"彼此治气"，端在"耍嘴互掐"。其间充满机智、幽默，借力打力，迅接速应，往尔复焉，如推太极，如对矛戈，非机敏大能者难企及也。笔者曾在莎翁作品中多处见鉴，赏其妙韵。如《无事生非》中一段：

培尼狄克（男）：哎哟，我的傲慢的小姐！您还活着吗？

贝特丽丝（女）：世上有培尼狄克先生这样的人，傲慢是不会死去的；顶有礼貌的人，只要一看见您，也就会傲慢起来。

培尼狄克：那么礼貌也是个反复无常的小人了。可是除了您以外，无论哪个女人都爱我，这一点是毫无疑问的；我希望我的心肠不是那么硬，因为说句老实话，我实在一个也不爱她们。

贝特丽丝：那真是女人们好大的运气，要不然她们准要给一个讨厌的求婚者麻烦死了。我感谢上帝和我自己冷酷的心,我在这一点上倒跟您心情相合;与其叫我听一个男人发誓说他爱我,我宁愿听我的狗向着一只乌鸦叫。

培尼狄克:上帝保佑您小姐永远怀着这样的心情吧!这样某一位先生就可以逃过他命中注定的抓破脸皮的厄运了。

贝特丽丝:像您这样一副尊容,就是抓破了也不会变得比原来更难看的。

培尼狄克:好,您真是一位好鹦鹉教师。

贝特丽丝:像我一样会说话的鸟儿,比起像尊驾一样的畜生来,总要好得多啦。……

《红楼梦》中,类此述写也沙滩撒贝、巡步可见,且谑俏不让其右,智巧堪与比肩。

先看宝、颦斗舌。第八回,正当宝玉和宝钗比通灵、赏冷香之际,未料林黛玉不期而至,见了他们(此乃颦儿"横眉"处,她压根儿一点不想看到他俩单独在一起),便(醋意)笑道:"嗳哟,我来的不巧了!"宝玉等忙起身笑让坐,宝钗因笑道:"这话怎么说?"黛玉笑道:"早知他来,我就不来了。"宝钗道:"这话怎么说?我更不解这意。"黛玉笑道:"要来一群都来,要不来一个也不来,今儿他来了,明儿我再来,如此间错开了来着,岂不天天有人来了?也不至于太冷落,也不至于太热闹了。姐姐如何反不解这意思?"这里,宝颦唇枪舌剑,你来我往,一个问得犀利,一个答得圆巧。尤其颦儿,醋意油然、言辞诡道,却又秀口灵转、因时机变,回答得严丝合缝,令对方无懈可击,无以还牙。连李嬷嬷听了都不由道"真真这林姐儿,说出一句话来,比刀子还尖"。宝钗也忍不住抢白黛玉:"真真这个颦丫头的一张嘴,叫人恨又不是,喜欢又不是。"

——这是宝、颦斗嘴第一仗,似以颦儿胜出。

继看第二仗。黛玉大观园行酒令时,随口说出了《牡丹亭》艳辞"良辰美景奈何天",无意道出了自己私看"不正经书"的秘密(第四十二回)。宝钗抓住把柄(其实自己也看过)"挟持"黛玉:"你跪下,我要审你!"黛玉沉着应道:"你瞧这宝丫头疯了,审问我什么?"——翠儿故作懵懂,不想道出。宝钗进一步道:"好个千金小姐,好个不出闺门的女孩儿,满嘴里说的是什么!你只实说便罢。"——宝钗不上当,自不言出,只待黛玉自招。黛玉再做懵懂状,进而诱问:"我何曾说什么来,你不过要捏我的错儿罢了,你倒说出来我听听。"宝钗道:"你还装憨儿。昨儿行酒令你说的是什么,我竟不知哪里来的。"——宝钗接招还招、推来又送去。"好姐姐,原是我不知道,随口说的。你教给我,我再不说了。"——黛玉似妥协,然又似是而非,再做狡辩。宝钗被厌逼狭处,却是老辣,又绝处翻身"接驳"道:"我也不知道,听你说的怪生的,所以请教你。"终了,黛玉只得说:"好姐姐,你别说与别人,我以后再不说了。"显然,这一次斗嘴以宝钗扬旌。

但纵观两人屡屡"死推硬赖"、"说尽黄河只为水"——都不愿承认自己看了"禁书",真是智趣横生,令人拍案叫绝!

第四十回,贾母提议:"咱们先吃两杯,今日也行一令才有意思。"薛姨妈等(讨巧、讨好)笑说道:"老太太自然有好酒令,我们如何会呢,安心要我们醉了。我们都多吃两杯就有了。"贾母(借力打力)笑道:"姨太太今儿也过谦起来,想是厌我老了。"薛姨妈笑道:"不是谦,只怕行不上来倒是笑话了。"王夫人接话:"便说不上来了,只多吃一杯酒,醉了睡觉去,还有谁笑话咱们不成?"薛姨妈点头表示依令。

再看即兴互掐。贾母念及凤姐终日辛苦,心甚怜之,议定让大家凑份子为凤姐隆重操办生日,大家好生乐一日(第四十三回)。当每人宣示了自己凑的份子后,凤姐儿又笑道:"我还有一句话呢。我想老祖宗自己二十两,又有林妹妹宝兄弟的两分子。姨妈自己二十两,又有宝妹妹的一分子,这倒也公道。只是二位太太(指邢夫人、王夫人)每位十六两,自己又少,又不替人出，这有些不公道。老祖宗吃了亏了！"贾母听了，忙笑道："倒是我的凤姐儿向着我，这说的很是。要不是你，我叫他们又哄了去了。"凤姐笑道："老祖宗只把他姐儿两个交给两位太太，一位占一个，派多派少，每位替出一分就是了。"贾母忙说："这很公道，就是这样。"——此处，凤姐"挟天子以令诸侯"，既讨好了贾母，也显露"揆情夺理""善宰天下"之本领，又断不使二位太太"厌、恼"，的确拿捏的有分寸（此等本领现实中能逮凤姐者，万不及一、鲜之又鲜矣！）。赖大的母亲忙站起来笑说道："这可反了！我替二位太太生气。在那边是儿子媳妇，在这边是内侄女儿，倒不向着婆婆姑娘，倒向着别人。这儿媳妇成了陌路人，内侄女儿竟成了个外侄女儿了。"说得贾母与众人都大笑起来了。

笔者喟叹：《红楼梦》中，真人人善言，个个戏谑。任谁随便一个插科打诨，都会成杰作经典！

接着，是尤氏、凤姐、李纨之间打"嘴仗"。贾母命尤氏总负责筹办凤姐生日，领命后，尤氏便往凤姐房里来商量具体方案。凤姐得宠逞强儿道："你不用问我，你只看老太太的眼色行事就完了。"尤氏笑道："你这阿物儿，也忒行了大运了。我当有什么事叫我们去，原来单为这个。出了钱不算，还要我来操心，你怎么谢我？"凤姐笑道："你别扯臊，我又没叫你来，谢你什么！你怕操心？你这会子就回老太太去，再派一个就是了。"尤氏无奈道："你瞧他兴的这样儿！我劝你收着些儿好。太满了就泼出来了。"

及至凤姐生日宴上，尤氏依命给凤姐敬酒，笑道："一年到头难为你孝顺老太太、太太和我。我今儿没什么疼你的，亲自斟杯酒，乖乖儿的在我手里喝一口。"凤姐儿笑道："你要安心孝敬我，跪下我就喝。"尤氏笑道："说的你不知是谁！我告诉你说，好容易今儿这一遭，过了后儿，知道还得像今儿这样不得了？趁着尽力灌丧两钟罢。"

当大观园众女儿又起诗社、李纨等意欲请凤姐做监社御史时（第四十五回），凤姐儿笑道："你们别哄我，我猜着了，那里是请我作监社御史！……你们的月钱不够花了，想出这个法子来拗了我去，好和我要钱。可是这个主意？"李纨笑道："真真你是个水晶心肝玻璃人。"凤姐儿打趣李纨道："亏你是个大嫂子呢！……你娘儿们，主子奴才共总没十个人，吃的穿的仍旧是官中的。一年通共算起来，也有四五百银子。这会子你就每年拿出一二百两银子来陪他们顽顽，能几年的限？……这会子你怕花钱，调唆他们来闹我，我乐得去吃一个河枯海干，我还通不知道呢！"

李纨笑道："你们听听，我说了一句，他就疯了，说了两车的无赖泥腿市俗专会打细算盘分斤拨两的话出来。这东西亏他托生在诗书大宦名门之家做小姐，……若是生在贫寒小户人家，作个小子，还不知怎么下作贫嘴恶舌的呢！天下人都被你算计了去！昨儿还打平儿呢，亏你伸的出手来！"凤姐儿忙笑道："竟不是为诗为画来找我，这脸子竟是为平儿来报仇的。竟不承望平儿有你这一位仗腰子的人。早知道，便有鬼拉着我的手打他，我也不打了。平姑娘，过来！我当着大奶奶姑娘们替你赔个不是，担待我酒后无德罢。"——这一场唇枪舌剑，可谓"机锋相对""语语相扣"，又不失诙谐幽默。读来浏亮轻松，听之有声，视之若睹，令人神爽，足以怡情遣兴，破闷驱愁。

尤其凤姐最后的"收结"，"既消了李纨的气，又给了平儿好大面子，还在众人前显得待'房里人'不错，有肚量"（蔡义江评语）。

作者真真笔如灿花，随处烂漫也！

不仅少妇们频频"斗嘴"，也间有老妪、夫妇、主仆间的"斗嘴"。

第五十回，忽见薛姨妈雪后来看望贾母，说："昨日晚上，我原想着今日要和我们姨太太借一日园子，摆两桌粗酒，请老太太赏雪的，又见老太太安息的早。我闻得女儿说，老太太心下不大爽，因此今日也没敢惊动。早知如此，我正该请。"贾母笑道："这才是十月里头场雪，往后下雪的日子多呢，再破费不迟。"薛姨妈笑道："果然如此，算我的孝心虔了。"凤姐儿笑道：

"姨妈仔细忘了，如今先称五十两银子来，交给我收着，一下雪，我就预备下酒，姨妈也不用操心，也不得忘了。"贾母笑道："既这么说，姨太太给他五十两银子收着，我和他每人分二十五两，到下雪的日子，我装心里不快，混过去了，姨太太更不用操心，我和凤丫头倒得了实惠。"凤姐将手一拍，笑道："妙极了，这和我的主意一样。"众人都笑了。贾母笑道："呸！没脸的，就顺着竿子爬上来了！你不该说姨太太是客，在咱们家受屈，我们该请姨太太才是，那里有破费姨太太的理！不这样说呢，还有脸先要五十两银子，真不害臊！"凤姐儿笑道："我们老祖宗最是有眼色的，试一试，姨妈若松呢，拿出五十两来，就和我分。这会子估量着不中用了，翻过来拿我作法子，说出这些大方话来。如今我也不和姨妈要银子，竟替姨妈出银子治了酒，请老祖宗吃了。我另外再封五十两银子孝敬老祖宗，算是罚我个包揽闲事。这可好不好？"——祖孙俩借"措资赏雪"话题，一来一往、一承一接、一捧一摔、一纵一收，且智珠在握、洒脱委蛇，满是机言巧语、总见诙谐幽默。最后，以"调侃贾母、讨其欢心"典型的"凤姐式幽默"作结。

忍俊不禁之余，诘问：作者如何想来？凤姐如何做来？

因贾琏与鲍二家的苟且，引起一场风波（第四十四回）。贾母调停，贾琏知趣"就坡下驴"，但又留有"地步"，不失"夫尊"，笑道："老太太的话我不敢不依，只是越发纵了她了。"贾母回道："胡说！我知道她最有理的，再不会冲撞人，她日后得罪了你，我自然也作主，叫你降伏就是了。"——贾母诚谓"老道"，势压情导，又打又拉。祖孙俩一唱一和，十分默契。息事后，凤姐怨怼贾琏道："我怎么像个阎王，又像夜叉？那淫妇咒我死，你也帮着咒我。千日不好，也有一日好。可怜我熬的连个淫妇也不如了，我还有什么脸来过这日子？"贾琏道："你还不足？你细想想，昨儿谁的不是多？今儿当着人还是我跪了一跪，又赔不是，你也争足了光了。这会子还叨叨，难道还叫我替你跪下才罢？"说得凤姐儿无言可对。此处，贾二爷堪称好辩手，不说自己"不是"之性质严重，而转移焦点、趋轻避重地单论"不是"之多寡，竟也奏效！后来者仿之，或可得跳脱窘境之术。

贾母率一干人除夕到宁府祭宗祠（第五十三回），祭毕，尤氏说："已经预备下老太太的晚饭。每年都不肯赏些体面用过晚饭过去，果然我们就不及凤丫头不成？"凤姐儿搀着贾母笑道："老祖宗快走，咱们家去吃饭，别理他。"贾母笑道："你这里供着祖宗，忙的什么似的，那里搁得住我闹。况且每年我不吃，你们也要送去的。不如还送了去，我吃不了留着明儿再吃，岂不多吃些。"说得众人都笑了。

贾母机敏，巧言婉拒，堪称一块"老生姜"！

第五十七回，薛姨妈爱语慰颦儿，故意抛出话头："我想着，你宝兄弟老太太那样疼他，他又生的那样，若要外头说去，断不中意。不如竟把你林妹妹定与他，岂不四角俱全？"紫鹃闻言，赶紧接过话趁意道："姨太太既有这主意，为什么不和太太说去？"薛姨妈哈哈笑道："你这孩子，急什么，想必催着你姑娘出了阁，你也要早些寻一个小女婿去了。"——薛姨妈这样的回答，机锋巧转，不失主动，不仅不用答"紫鹃所问"，还压住了紫鹃的舌头，让她不能进一步再问，只有"红了脸转身而去"。且前后两句话，既卖了人情，又捍卫了私利（为宝钗）。

宝玉，一般认为最是"怜香惜玉""护花爱花"的了，很难想象他跟众女儿也斗嘴。但在五十一回偶露"锋芒"，且以一敌二，以"雅"制"俗"，说得她们无言以对：

王太医给晴雯诊病，开得方子上没有了枳实、麻黄等女儿们"禁不起"的药，其他量上较先也减了些。宝玉喜道："这才是女孩儿们的药，虽然疏散，也不可太过。旧年我病了，却是伤寒，内里饮食停滞，他瞧了，还说我禁不起麻黄、石膏、枳实等狼虎药。我和你们一比，我就如那野坟圆子里长的几十年的一棵老杨树，你们就如秋天芸儿进我的那才开的白海棠。连我禁不起的药，你们如何禁得起？"麝月等笑道："野坟里只有杨树不成？难道就没有松柏？我最嫌的是杨树，那么大笨，树叶子只点子，没一丝风，它也是乱响。你偏比它，也太下流了。"宝玉笑道："松柏不敢比，连孔子都说：'岁寒然后知松柏之后凋也。'可知这两件东西高雅，不怕羞臊的才拿它混比呢。"

接着，晴雯因烦嫌在宝玉房里煎药嗔道："正经给他们茶房里煎去，弄得这屋里药气，如何使得？"宝玉道："药气比一切的花香、果子香都雅。神仙采药烧药，再者高人逸士采药治药，是最妙的一件东西。这屋里，我正想各色都齐了，就只少药香，如今恰好全了。"

还有和妙玉的一番斗嘴也颇精彩。

妙玉拉宝钗和黛玉另处喝茶，宝玉跟了过来，还得到妙玉的赏茶，但被正告："你这遭吃的茶是托他两个福（指钗、黛），独你来了，我（妙玉）是不给你吃的。"宝玉笑道："我深知道的，我也不领你的情，只谢他二人便是了。"妙玉听了，方说："这话明白。"（第四十一回）

借问曹公：俩人是斗嘴、是卖俏？还是通款曲？

正传法

此法来自司马迁《史记》中创造的纪传体——即《史记》的核心部分本纪、世家、列传等，基本上由人物传记构成，它既有很强的故事性、戏剧性，又通过这些故事来塑造人物形象。这也是经过文学实践证明的一种行之有效的人物塑造手法。用正传形式描写人物，又是一种以主要人物为中心的塑造手法，也就是围绕中心任务来展开故事情节，使人物性格在大量的情节进展中表现出来。

《红楼梦》的主要人物乃宝、黛、钗、凤，作者也正是围绕这几个人来展开故事情节的。

宝玉无疑是书中的头号人物、最重要角色，自然作者用笔最多、着墨最重，他也出场最频、登台最久。围绕他展开的故事极多、极细、极趣、极爻杂。他笃定是荣府的中心，贾母、王夫人、各亲眷姊妹都围绕着他、呵护着他、抬爱着他，以他乐而乐，以他悲而悲；他俨然是所有下人的主人，各丫鬟、仆人都竭诚为他服务，谦让着他、恭维着他、贴近着他、争媚于他（时而也戏弄一下他）。仅前八十回中关涉宝玉内容的就有二十一回，而且许多篇章都写出"精彩"，给我们留下"难忘"。如第五回梦游太虚幻境，目睹金钗名册；第九回跟秦钟上私塾，学堂里闹群殴；第十七回为大观园题联展诗才；第二十三回与黛玉共读西厢，互通款曲；第三十三回因不肖挨父打、承笞挞；第六十三回群芳开夜宴庆寿诞；第七十八回撰诔文、祭晴雯等。

在诸钗中，黛玉"登台"最早，从第二回就有："今如海（黛玉父亲）年已五十，只有一个三岁之子，又于去岁亡了，虽有几房姬妾，奈命中无子，亦无可如何之事。只嫡妻贾氏生得一女，乳名黛玉，年方五岁，夫妻爱之如掌上明珠；见他生得聪明俊秀，也欲使他识几个字，不过假充养子，聊解膝下荒凉之叹。"

她的"入局"也最隆重。几乎第三回全写她如何离乡梓、踏征程、进贾府、睹荣府、觐长亲、见宝玉……毋宁是黛玉正传的"前奏""序曲"。第二十三至第二十七回，集中、密集地写了黛玉的"故事"：与宝玉妙词通戏语、艳曲警芳心；因宝玉烫伤、遭魇魔，急探视、频念佛；因春困发幽情、埋香冢、泣残红等，不啻黛玉正传也。

宝钗也是作者倾心打造的一个重要角色，可以说与黛玉"等量齐高""伯仲难分"。但对她（作者）很少有专场描写，多是在穿插中"塑形""雕镂"，就像阅兵队伍经过检阅台时的"正步走""致敬礼"等均是在行进中完成：宝玉奉元春之命以"怡红院"为题赋诗，宝钗叫宝玉将"绿玉"改为"绿蜡"，并讲了"绿蜡"一典的出处，成为宝玉的"一字师"——不经意中突出了宝钗的学问；袭人央求湘云替她做点针线活，宝钗则充分理解湘云在家"多有难言苦衷"而主动接去了活计。湘云要开社做东，宝钗因怕她花费引起婶娘报怨，便资助她办了螃蟹宴——宝钗的慧心周意于此凸现；宝钗以一个"负荆请罪"的玩笑"借扇机带双敲"，搞得宝玉、黛玉二人面红耳赤的。滴翠亭扑蝶时妙言"寻踪"，毋使小红、坠儿"作惊"、避免了事局"尴尬"——又足见她的机智、思敏。如是种种，一个蕙质、恬淡、宽厚、豁达、博学且不失灵活、机思善用、城府甚深、冷热俱藏、年轻老道的薛宝钗便栩栩然立在了我们面前！

至于凤姐，以第六回刘姥姥首进大观园为引子，即开始了凤姐正传。继之，又从毒设相思局、协理宁国府反正两个方面为凤姐"勒石树碑"。以后更是"粉墨登场"不断。她自始至终是舞台的"台柱子"，是大剧中的"风云人物"，是沟通上下左右的"十字结纽"。她犹如一棵大树的主干，书中多少"枝枝叶叶"都因之而生、因之而起、因之而舞、因之而落、因之而折，最后一齐倾倒！

另外，书中还以短小、及时插入、借口旁白的手法为许多小人物作评立传。如《红楼梦》中三大丫鬟平儿、鸳鸯、袭人，书中不厌笔墨、继之以恒地多处对她们的德、才、善、貌尽心做了描写刻画。就像第三十九回借李纨之口赞平儿："我成日家和人说笑，有个唐僧取经，就有个白马来驮他；刘智远打天下，就有个瓜精来送盔甲；有个凤丫头，就有个你（指平儿）。你就是你奶奶的一把总钥匙（最是肯评，最得其要）……凤丫头就是楚霸王，也得这两只膀子好举千斤鼎。她不是这丫头，就得这么周到了！……凤丫头也是有造化的。"——此乃平儿特传；继之赞鸳鸯"老太太屋里，要没那个鸳鸯如何使得。……那孩子心也公道，虽然这样，倒常替人说好话儿，还倒不依势欺人的"。又借惜春口道"老太太昨儿还说呢，他比我们还强呢。"亦是鸳鸯特传；与袭人只用一句"这一个小爷屋里要不是袭人，你们度量到个什么田地"！则袭人之"妥"、袭人之"优秀"、袭人之"不可替代"已和盘托出、不言自彰了！

第七十七回，在晴雯被撵出、宝玉偷暇去看时，便随机楔入一段"晴雯正传"："这晴雯当日系赖大家用银子买的，那时晴雯才得十岁，尚未留头。因常跟赖嬷嬷进来，贾母见他生得伶俐标致，十分喜爱。故此赖嬷嬷就孝敬了贾母使唤，后来所以到了宝玉房里。这晴雯进来时，也不记得家乡父母。只知有个姑舅哥哥，专能庖宰，也沦落在外，故又求了赖家的收买进来吃工食。赖家的见晴雯虽到贾母跟前，千伶百俐，嘴尖性大，却倒还不忘旧，故又将他姑舅哥哥收买进来，……目今晴雯只有这一门亲戚，所以出来就在他家。"

的确，诚如宝钗所评，"这几个都是百个里头挑不出一个来，妙在各人有各人的好处"。如果说，宝、黛、钗、凤是《红楼梦》大厦的大梁骨架，则她们不啻是檩椽！

综上不难看出，《红楼梦》予人物作传，又不同于《史记》《水浒传》等"串珠式"作传法，而是更多应用了"编织式"作传法——纵横经纬，勾连回护；结花具彩、千姿百态。

五十六 狮子戏球法

金圣叹诠释此法:"文章最妙,是先觑定阿堵一处,已却于阿堵一处之四面将笔来,左盘右旋,右盘左旋,再不放脱,却不擒住。分明如狮子滚球相似:本只是一个球,却教狮子放出通身解数,一时满棚人看狮子,眼都看花了,狮子却是并没交涉。人眼自射狮子,狮子眼自射球,盖滚者是狮子,而狮子之所以如此滚,如彼滚,实都为球也。"

这样的"用笔",能深探文章不尽意趣,妙窥作者全部用意。即"观鸳鸯而知金针,读佳作而识其经营"。唯狮子左盘右旋地咬不住,从中做出跌滚扑跳等种种姿势来,才有兴味。否则,狮子一开始即把球咬住,那下面就没"戏"了。"古人书中,所有得意处,不得意处,……无数方法,无数筋节,悉付之于茫然不知。"

《红楼梦》的诸多"得意处"亦如是写来。

如《红楼梦》起始,就娴熟妙然地演绎了狮子戏球法——小说本要写贾府的盛衰,却左盘右旋地从大荒山写起,从冷子兴点出,以后又从林黛玉步入,从宝钗、刘姥姥注目，处处钳之，绝不丢开，更不擒"死"。

第三回，欲看宝黛相会，且不说黛玉如何洒泪别乡梓、踏征程，怎样层层接转、山重水复、百回千迂地入贾府，及会宝玉之前，还得先拜贾母、见舅母、面姊妹、谒舅父，并被凤姐"腻秀"了一把。心中愈想见宝玉，谁知贾母给话："我有一个孽根祸胎，是家里的'混世魔王'，今日因庙里还愿去了，尚未回来，晚间你看见便知了。你只以后不要睬他。"黛玉只得一一都答应着（真真急煞黛玉和阅者）。好不容易听到丫鬟通报："宝玉来了！"黛玉心中正疑惑着：这个宝玉，不知是怎生个惫懒人物、懵懂顽童？正想拨去"云雾""楼台"相会，讵料贾母又命："去见你娘来。"（想此时黛玉心情合该用《泪蛋蛋掉在酒杯杯里》歌词"噢，我的亲亲呀／亲个蛋蛋小亲亲呀／我咋想得这么美／我咋活得这么累"来表达）一时回来，才让黛玉遂了心愿。诚谓：千淘万漉虽辛苦，吹尽狂沙始到金！这让我们想起了《水浒传》，宋江虽为书中的主角，但作者为避免文字成"一直帐，无擒放"便惜墨如金，不肯让他轻易出帐，直到第十七回，才让宋江"出名现籍"、让他"闪亮登场"。为看宝黛二人的姻缘而展开此书，又何异于"宋江出帐"？

黛玉"入世"这样，"出世"亦如此。

第九十回，紫鹃、雪雁言"贾母等已为宝玉别处定亲"的对话被黛玉窃听，颦儿便"如同将身撂在大海里一般。思前想后，竟应了前日梦中之谶，千愁万恨，堆上心来。左右打算，不如早些死了，免得眼见了意外的事情，那时反倒无趣"。之后，便立意自戕，竟至绝粒，几近濒亡。后又偶"逮信"乃子虚乌有，"那都是门客们借着这个事讨老爷的喜欢，往后好拉拢的意思。……宝玉的事，老太太总是要亲上作亲的，凭谁来说亲，横竖不中用"（侍书语）。遂又心病减退、情结复解。

王希廉就此评："黛玉之夭亡，已是意中事。然竟绝粒而死，不但文情径直无味，且转觉钟情尚未至深，死亦死得糊涂。今因听讹言而觅死，又因听密语而复生，委曲缠绵，文愈曲而情愈深。"

第五十九回、第六十回，湘云因两腮作痒，着莺儿往黛玉处取蔷薇硝，归途遇见何婆的小女春燕，由此引出了春燕与何婆的一段纠纷。继后又有蕊官递一包蔷薇硝请春燕捎给芳官，贾环索要，便生发"茉莉粉替去蔷薇硝"事端。落后，还有芳官送玫瑰露给柳五儿，柳家求情芳官又复赠她茯苓霜……这段故事里，作者使用了蔷薇硝、茉莉粉、玫瑰露、茯苓霜四件物品传递于蘅芜苑、怡红院、赵姨娘、柳家之间，把探春兴利除弊所引发的各层次的大大小小的矛盾纠结在一起。这四件物品就如狮子爪下的绣球，在贾府里滚来滚去，所到之处，精彩迭送。正如回前批说："前回叙蔷薇硝戛然便住，至此回结过蔷薇案。接笔转出玫瑰露，引起茯苓霜，又戛然便住。著笔如苍鹰搏兔，青狮戏球，不肯下一死爪，绝世妙文。"

最具典型的是第六十七回，凤姐风闻贾琏在外偷娶了二房，遂把跟从贾二舍当差的兴儿传来追审。

首先，她颇有计谋、且擒且纵地说："论起这事来，我也听见说不与你相干。但只你不早来回我知道，这就是你的不是了。你要实说了，我还饶你，再有一字虚言，你先摸摸你腔子上几个脑袋瓜子！"兴儿一闻此言，早唬软了，不觉跪下，一五一十道了实情。

接着，凤姐又问道："没了别的事了么？"兴儿道："别的事奴才不知道。奴才刚才说的字字是实话，一字虚假，奶奶问出来只管打死奴才，奴才也无怨的。"

凤姐料定"敌情悉知"后，便又戏言讥讽、恩威并施道："你这个猴儿崽子就该打死。这有什么瞒着我的？你想着瞒了我，就在你那糊涂爷跟前讨了好儿了，你新奶奶好疼你。我不看你刚才还有点怕惧儿，不敢撒谎，我把你的腿不给你砸折了呢。"

随后喝声兴儿"起去"。俟兴儿才退到外间门口，凤姐又道："过来，我还有话呢。"兴儿赶忙垂手敬听。凤姐道："你忙什么，新奶奶等着赏你什么呢?"兴儿也不敢抬头。凤姐道："你从今日不许过去。我什么时候叫你，你什么时候到。迟一步儿，你试试！出去罢。"兴儿忙答应几个"是"。

及退出门来，凤姐又叫道："兴儿！"兴儿赶忙答应回来。凤姐道："快出去告诉你二爷去，是不是啊?"兴儿回道："奴才不敢。"凤姐道："你出去提一个字儿，提防你的皮！"兴儿连忙答应着才出去了。——凤姐怒诘兴儿这一段，令人笑，令人恐，令人喜，"将（凤姐）一副凶恶面孔，（兴儿）一副畏惧形状，描画入神，丹青不及"（王希廉语）。活脱一幕狮子戏球、猫嬉老鼠画面！

再则，尤二姐来去匆匆、短暂的"命运盛衰"也是被凤姐这头"母狮子"戏弄、揉搓再三的结果：先是其恶名震恐二姐，再又"甜言蜜语"计赚二姐，继之又阴谋告官羞辱二姐，尔后又着善姐"不善"二姐，接着又挑唆秋桐掣怼二姐，最后莫名其妙（凤姐干系甚大）"医杀"二姐，终致二姐再无生念而吞金自杀。一场"狮子戏球"——不，应准确说是"狮戏猎物"的游戏结束！

余者还有：刘姥姥初进荣国府，见平儿穿着容貌，便当是凤姐。才要称姑奶奶，忽见周瑞家所称，方知不过是个有些体面的丫头；及入潇湘馆，误说："这必定是哪位哥儿的书房?"此后误入怡红院又说："这是哪个小姐的绣房?"作者捉住一个乡下婆，犹如狮爪戏球，推来拉去；似若玩童扑蝶，让"蝶儿"飞忽上下，不肯被擒。活脱出乡下人进城的"憨姿萌态"！袭人知宝玉出家后，几度欲死，但却如"狮子戏绣球"般衔来丢去、翻来倒去，终有"焦虑"，终有"不妥"，终不能死，终得善果（嫁与蒋玉函）。

这些"狮子戏球"新特叙事形式，让小说不仅情节复杂、趣浓，其立意亦更加高瞰、深远。就像《西游记》一样，以"取经"为绣球，本可一个"斛头"擒获而不擒，只时纵时擒，且放且擒，戏来弄去，拨来捣去，直历八十一"戏弄"，方鸣锣收金。

五十七

僧道接度法

儒墨释道，作为中国宗教与哲学的杂糅，表现人生起隆幻灭、世事阴阳消长，自然被雪芹在作品中大量运用。尤其其中塑造的一僧一道（癞头和尚与跛足道人）颇带仙气、神龙出没，怀袖法力，似乎能卜知前后、看透生死。他俩虽其貌不扬，却荣膺重任，穿梭于现实与虚幻之间，倏忽见仙迹，来去无踪影，让小说充满了神秘气场；虽戏份不多，却每每在人陷窘境、事逢绝处关键时刻就会"期然而至、飘然驾临"，指点迷津，点化脱度（一般癞僧度女，跛道度男），成为人物命运"主宰"、故事接驳"舟车"。恰如《西游记》中，每当孙悟空降不住妖怪时，便有观音驾云接济助力，降伏妖魔，让行者得脱，然后继续西行。故金圣叹讥之"《西游记》每到弄不来时，便是南海观音救了"。

《红楼梦》第一回，一僧一道就出现了。他们在青埂峰议论那块"鲜莹明洁"的石头，说要带它到那"昌明隆盛之邦、诗礼簪缨之族、花柳繁华地、温柔富贵乡"去走一遭。想"这一干人入世，其情痴色鬼，贤愚不肖者，悉与前人传述不同矣"，故趁此下世度脱几个，也是功德一场。俟后，便欲度方在怀抱的英莲出家。

黛玉甫入贾府，说三岁时曾有癞头和尚要化她出家，否则身体不会好。

宝钗言"亏了一个秃头和尚，专治无名之病"，开了个海上方，调制成冷香丸（第七回）。还有宝钗金锁上"不弃不离，芳龄永继"八个字亦为和尚所赠。

贾瑞因情迷凤姐不可自拔，乃有跛足道人给贾瑞送来"风月宝鉴"，告之："千万不可照正面，只照背景，要紧，要紧！"（第十二回）

宝玉、凤姐被马道婆、赵姨娘施法致病狂，正闹得天翻地覆、不可开交时，只闻得隐隐的木鱼声响，念了一句："南无解冤孽菩萨。有那人口不利，家宅颠倾，或逢凶险，或中邪祟者，我们善能医治。"众人举目看时，原来是一个癞头和尚与一个跛足道人从天而降一般来到贾府，持诵通灵宝玉，解救凤姐和宝玉的魔魔之灾（第二十五回）。

第一百一五回，宝玉病笃，人事不省，好似"姥姥死儿——没舅（救）了"，贾政叹气连连，看视后见其光景果然不好，便依王夫人所嘱叫贾琏准备后事。这当儿，只见一个人跑进来说："门上来了一个和尚，手里拿着二爷的这块丢的玉，说要一万赏银。"贾政叫人去请，那和尚已进来了，也不施礼，也不答话，便往里就跑。……和尚哈哈大笑，手拿着玉在宝玉耳边叫道："宝玉，宝玉，你的宝玉回来了。"只此一句，宝玉把眼一睁，又"吵架夫妻共枕睡——好了"。

《红楼梦》最后写道：宝玉中乡魁后，出家却尘缘，在毗陵驿光着头、赤着脚，身上披着一领大红猩猩毡的斗篷，向贾政倒身拜了四拜，便来了一僧一道，两人夹住宝玉说道："俗缘已毕，还不快走。"说着，三个人飘然登岸而去——一幅三教归一的画面，暗喻儒、释、道三者源头是通的，在本质上是一致的，即都是帮助人们追求"真善美"目标。的确，它们可说是中国传统文化的三根重要支柱,都具有教化人心、引人向善、调整关系、维护秩序的功能,业已构成了中国文化的整体,不啻是我们民族文化的无价之宝。了解、知晓之,适当运用它们,于我们人生都不无裨益。

总之,僧道忽隐忽现,神龙首尾,登场虽短,意蕴悠长。脂砚斋就此批道:"奇奇怪怪一至于此。通部中假借癞僧、跛道二人点明迷情幻海中有数之人也。非袭《西游》中一味无稽,至不能处便用观世音可比。"如是,客观上起到了"化险为夷、指点迷津、把现实世界与非现实世界有机相联的作用",拓展了作品的深度和维度。同时,也赋予《红楼梦》形而上的意蕴,让我们大致明白:

首先,"人是生而自由的,但却无往不在枷锁之中"(卢梭)。帝王威赫一生,到头来却哀叹"可怜生在帝王家";百姓孱弱无依,不得不听任权势、命运的摆布。人类在生存发展中创造的文明,又反过来成了束缚人的枷锁。尤其当今时代,网络、手机、汽车等奴役我们、束缚我们,让我们离生命的本来状态越来越远。人生就像是被抛上了一列飞速运转的列车,虽然我们并不愿意走在这条路上,但除了老老实实走在这条路上,别无选择;人们的生活空间貌似无限扩大,可以"上天入地",但无不羁拘在一张看不见的大网中(就像包围你的大数据一样)!但转而思之,我们似乎也合该如此。因为人在本质上是社会关系的总和,无论在物质生活或精神生活上,人都不可能存在于"无何有之乡""无人之野"——就像从相互维持平衡的行星到为地心所吸引的一粒尘埃,所有物质无不体现于在服从中得自由。古希腊哲学家毕达哥拉斯说:"不能制约自己的人,不能称之为自由的人。"故人之所受尊重之处乃是他的克制(约束限制),而不是自由。

其次,人是向死而生的。"茫茫众生,谁不有死?堕地之时,死案已立"(明·袁宏道语),"人生惟一有把握不会落空的等待便是等那必然到来的死"(周国平)。这大概是生命的总基调,是对生命更本质、更深刻的认知。向死而生不是一步步走向还在远处尚未到场的死亡，而是在我们"走向"本身中死亡已经在场（就像宝玉一次次中魔，几丧生命；就像大观园中的花季少女，许多不期然地溘然殒命）。死就是生的不可割除的影子，是生命形影不离的旅伴。所以，对生，我们不必喜，即使你处在欢娱中，那也是"像田野上的羔羊，在屠夫的注视下恣意欢娱"；对死，我们无须惧怕，抵达死亡正是抵达了生命的目的地。"死，无君于上，无臣于下，亦无四时之事。从容游佚，以天地为春秋。即使南面称王之乐，亦不能相比也"（庄子语）。

再次，人是偶然来到这个世界的，却要必然地承担这种"偶然"的命运，承担"扮好这一生"的责任。如同先贤所说：善于掌握我的生，也就善于安置我的死。死的价值，有赖于生来肯定；死的意义，有赖于生来赋予；过着健全的一生，方能享受圆满的死亡。

"不为无益之事，何以遣有涯之生！"我们不能改变昨天，也不能将明天提前，只能使每个今天过得尽可能充实、美丽。人生没有彩排，每一天都是直播！只要你自己赋予你的生命一种你希望实现的意义（主要体现在对真善美的追求），则享受生命的过程就是一种意义所在。

另外，借以上"接度"概念，书中多处还有宝玉接度、宝钗接度、黛玉接度等。如：黛玉葬花正自伤感时，忽听山坡上也有悲声，抬头一看，乃是宝玉。第三十二回，袭人闻听宝玉对黛玉诉肺腑之言，联想自己将来境况，不觉怔怔滴下泪来。正裁疑间，忽有宝钗从那边走来，笑道："大毒日头底下，出什么神呢？"第八回，正当宝玉和宝钗比通灵、述温洽之际，林黛玉却不期然走了进来，谑称自己"来的不巧了"。当宝玉和湘云独处时，黛玉同样常常"闪"出。

这些——，总非作者闲笔，无不寄寓深意！

五十八

明贬实褒法

前面曾讲到作者写宝钗、袭人等大抵全用"暗中抨击法",亦即"明褒实贬"。而对宝玉、黛玉则反之,往往"明抑阴扬",多用"明贬实褒法"。

宝玉和黛玉是书中两位主要人物,身上皆有许多不是和毛病。如宝玉,不爱读书,逃学懒学;厌恶仕途,骂做官的人是"国贼";对皇权不敬不尊,元妃省亲他"置若罔闻"、漠然对待,犹如尼采视太阳是自己"胯下金灿灿的睾丸";对尊长不忠不孝,母亲逼死晴雯他笔伐抒恨;"情不情"好色,爱在女儿堆里厮混,爱吃女孩子嘴上的胭脂。

林黛玉的缺点也搭眼可见:体弱多病、抓尖要强;小心眼,爱吃醋;嘴尖舌厉不饶人,性情脆弱爱落泪。但读者对他俩不仅不生"厌""烦",却情护心袒,平添"爱""怜"。何焉?乃曹雪芹明贬实褒、明抑阴扬之效。

如黛玉进贾府,王夫人嘱咐侄女与三个姊妹(指三春姐妹)相处"都有尽让的",但与家里的"孽根祸胎,混世魔王(指宝玉)"相处务要格外小心。这里,用"孽根祸胎""混世魔王"等字眼称宝玉,表面来看"极恶毒、极厌恨",然而我们从中读出的却是"极宠爱、极自豪"的味道。——"口远心迩,欲擒故纵",母之通病矣!

亦谓父之"通病"。第十七、十八回,宝玉大观园所题联清雅别致,工整绮丽,才思敏捷,活用旧典,不仅博得众口一致称赞,连严父也心中得意嘉许。但他外观上则是相反的"表现",不是讥言"畜生,畜生,可谓'管窥蠡测'矣",就是"胡说,岂有此理,偏不用"!甚至一声断喝:"无知的业障!你能知道几个古人,能记得几首熟诗,也敢在老先生前卖弄!"

更是祖母之通病。第二十九回,贾母因宝玉、黛玉两人拌嘴生气,不去看戏,抱怨他们是"两个不懂事的小冤家儿""不是冤家不聚头"。这里"冤家",并非是"死对头"之意,而是一句老人对小辈的"爱昵"语。于年轻人之间而言,则是纯中国式罗曼蒂克的"情语""昵称"。

——这是曹雪芹"在沿用传统的、正统标准价值观念下的字眼来暗寓一层他独自创造的新的含义。他所用的那些词语,是很'难听'的贬词,然而说的却正是那时人们评价宝玉的那个'叛逆者'的语意"(周汝昌《红楼小讲》)。

又借冷子兴之口说他是"酒色之徒""淫魔色鬼",是"最不能守祖父之根基、从师友之规谏的";借家人之口说他"一时有天没日,疯疯傻傻";一篇《西江月》把他说得一无是处,谓他是"天下无能第一,古今不肖无双"。最能宣意表旨、细致描画宝玉的是兴儿的一段评说:"成天家疯疯癫癫的,说话人也不懂,干的事人也不知。外头人人看着好清俊模样儿,心里自然是聪明的,谁知里头更糊涂。见了人,一句话也没有。……每日又不习文,又不学武,又怕见人,只爱在丫头群儿里闹。再者,也没个刚气儿。有一遭见了我们,喜欢时没上没下大家乱玩一阵;不喜欢,各自走了,他也不理人。"这是作者借兴儿之口"讥嘲"宝玉。

但细读深究之，我们却"别有另一番感受"——作者把宝玉厌恶科举之学、厌恶国贼禄蠹、尊重女孩子，对下人一视同仁、平等相待，不摆谱、不矜夸、又不被周围的人所理解的形象活化了出来，诚"只谓尽露其短，实则正炫其长"。正如二知道人《红楼梦说梦》云："宝玉能得乘女子之心者，无他，必务求与女子之利，除女子之害。利女子乎即为，不利女子乎即止。推心置腹，此众女子所以倾心事之也。推其术以抚民，可以入循吏传矣。宝玉一视同仁，不问迎、探、惜之为一脉也，不问薛、史之为亲串也，不问袭人、晴雯之为侍儿也，但是女子，俱当珍重。"宝玉故不爱读书，但他不爱读的是应付科举考试的"四书五经"，不爱写的是僵死的八股文。虽"只爱在丫头群儿里闹"而有"好色"之嫌，但非贾琏类的动物性"性猎"，而是超出一般意义对女性尤其是对年轻女性的生命怜惜、特特关爱——关爱她们每一个人，关心她们每一种生命的不同处境，"就便为这些人死了也是情愿的"。而且，不仅口头上如是说，行动上也积极践行。如"于金钏也，则以香雪丹相送；于莺儿也，则于打络时晓晓诘问；于麝月也，则灯下替其篦头；于紫鹃也，有小镜子之留；于藕官也，有烧纸钱之庇；于佩凤、偕鸾也，则有送秋千之事；于纹、绮、岫烟也，则有同钓鱼之事；于二姐、三姐也，则有佛场身庇之事；而得诸意外之侥幸者，尤在为平儿理妆、为香菱换裙两端"（姚燮《读红楼梦纲领》）。

在宝玉心目中，她们都是应被尊重的对象，都是可以被欣赏的美体。即便有时有些"意淫"冲动和不雅之举（如吃胭脂），也非他生而秉之，悉由家长们惯纵出来的。不是吗？弱冠之年，父母就早早给他配了一个内定的通房（袭人），以致他性腺早熟，少年泛爱（设若是我们又当怎样？怕未必较宝玉优强）。但及年龄稍长，便养成定力，让自己的爱走向了单一（他向黛玉表白"任凭弱水三千，我只取一瓢饮"）。他虽"情不情"，但除对黛玉是真正的爱情外（仍很守礼不逾矩），其他则是仅表现对女子的"欣赏、同情、友情、好感、亲和"而已。一如徐志摩所说："或许可以爱很多个人，但只有一个人会让你笑的最灿烂，哭的最伤心。"

相反，宝玉不啻是一个聪明好学、饱学又多才的孩子。正像清虚观张道士所称"哥儿写的字、作的诗，都好得了不得"。且经史子集、诗词小说无所不读。不但读得多，还读得细，并深有领会。他妙引《论语》名句、借句《庄子》"语砸"对手。大观园题对额，他"笔不停辍，文不加点，倚马成章"，信手即景便写出"绕堤柳借三篙翠，隔岸花分一脉香""宝鼎茶香烟尚绿，幽窗棋罢指犹凉"等清新贴切的词句；辨识"荔藤萝"一段，展露出他生物学知识驳杂、涉猎广泛；奉命所拟《姽婳词》，仿白乐天《长恨歌》歌行体，写的"半叙半咏，流利飘逸"，为贾政等默肯；所撰《芙蓉女儿诔》等，更是声情并茂，文采斑斓，可谓"挫千年诗书典籍在笔端，融学问情感文采于一炉"。岂是一般弟子所能为？他初入大观园写的四组即事诗被传到外边，"因这几首诗，当时有一等势利人，见是荣国府十二三岁的公子作的，抄录出来各处称颂，再有一等轻浮子弟，爱上那风骚妖艳之句，也写在扇头壁上，不时吟哦赏赞"。试问，今天恁般大年龄的孩子谁能匹敌？再则，他书法也不俗，受府外人青睐、屡被求索。

另外，他极关爱那些女奴、小厮，特别对处于弱势地位的女子，能格外给予青睐。即便遭下等身份戏子（龄官）的冷漠、轻视，他也不恼羞成怒、恃主逞威，而是"自我调整、尊重他人"。他完全打破了"贵贱尊卑"的等级观念——你们"男尊女卑"，我偏"女尊男卑"（有名言"男人是泥做的，女人是水做的"为证）。在世俗眼光看来，宝玉无一可取；而在作者看来，宝玉乃是一个有鲜明个性的纯真可爱的人物，是一个朴拙可掬、鲜嫩活突、人见人爱的"国民小鲜肉"。曹雪芹大概承诺宝玉：我颠倒了整个世界，只为摆正你的倒影。周汝昌先生评他是"先人后己，有人无己"。笔者不妨再凑热闹续补两句：毫不利己，专门利人。

的确，宝玉身上确有让我们现代人学习的不少东西！活在这个世界上，就是要像宝兄那样懂得怎样去爱别人，丰富自己的生命。同时也去享受别人的爱给自己带来的无尽的快乐与活力。玫瑰赠人，手留余香；爱心赠人，心有光芒。"上天生下我们，是要把我们当成火炬，不是照亮自己，而是照亮别人。"（莎士比亚）如果人人都有这种行动的热情，许多人际之间的矛盾纠葛就会消解，许多事情就会顺风顺水好办得多，社会的文明程度就会大大提高。

作者表面上写宝玉"卤、愚"，但其"卤、愚"恰是说他没有常人身上惯有的（或说比别人少）"毛病"。如"他没有嫉妒的机能，没有恐惧的机能，没有贪婪的机能，没有虚荣的机能，没有撒谎的机能，没有设计阴谋的机能，没有结党营私的机能，没有逢迎拍马的机能，没有投机倒把的机能，甚至没有诉苦叫疼的机能"（刘再复语）。相反，他用自己的言行向世人坦诚表明："我没有别的方法，我就有爱；没有别的天才，就是爱；没有别的能力，只是爱；没有别的动力，只是爱。"（徐志摩语）

作者写黛玉，亦贬得多，褒得少（尤其与宝钗相比）。如第五回说："不想如今忽然来了一个薛宝钗，年岁虽大不多，然品格端方，容貌丰美，人多谓黛玉所不及。而且宝钗行为豁达，随分从时，不比黛玉孤高自许，目无下尘，故比黛玉大得下人之心。"但读者却有"右黛左钗"的明显倾向。缘何如此？这里，用苏东坡与爱妾王朝云的故事作释解，最是"中的"。一次，苏东坡退朝回家，饭后在庭院中散步，突然指着自己的腹部问身边的三个妻妾："你们有谁知道我这里面有些什么？"其一答"您腹中都是文章"，苏东坡不以为然。另一说"满腹都是见识"，苏东坡也摇摇头。到了王朝云，她微笑道："大学士一肚皮的不合时宜。"苏东坡闻言，捧腹大笑赞道："知我者，唯有朝云也。"同样地，宝、黛共有"毛病"、均爱"不合时宜"，但他们却相互欣赏对方的"错误立场"，彼此充分理解，高度契合——这从宝玉不经意的片言只语中可看出。如宝玉对湘云道："林姑娘从来说过这些混帐话不曾（意宝钗说过）？若她也说过这些混帐话，我早和他生分了。""独有林黛玉自幼不曾劝他去立身扬名等话，所以深敬黛玉。"物以类聚，惺惺相惜。黛玉心仪宝玉，两人你中有我、我中有你，二位一体共筑了一个与封建分庭抗礼、持守真诚善良之心、有着朦胧平等自由追求的新人形象。他们互为知音，互作精神引导，把"爱"从"情"推向"灵"，成为一对绝恋！两人用行动践行了"花朵以芬芳熏香了空气，但它的最终任务，是把自己献给你"（泰戈尔）。

不独宝、黛多用此法。第四十九回薛宝琴来到贾府，颇受贾母宠爱。老祖宗认她作亲孙女，让她与自己同住，雪天又将上好的凫靥裘给她穿。宝钗对表妹天资优秀、招人疼爱自然内心窃喜，但她口头上却嗔怨宝琴道："你也不知是哪里来的这段福气！你倒去罢，仔细我们委屈着你。我就不信我哪些儿不如你。"

还有对一僧一道，表面上说他们神神道道、脏脏兮兮、浑浑噩噩，实则褒他们最清醒、最明达、最富享（甄士隐亦然）。

这正应了两句俗谚："呼孩儿吃糖，不是想他的姐，便是想他的娘——行此意彼。""诸葛亮释孟获——欲擒故纵。"

红学大家周汝昌曾慨叹："古今中外，作者为了写好他自己的作品中的主人公，耗费多少心血——都是选用最得宜最恰切的措辞和手法去刻画他自己心爱的中心人物的。雪芹十年辛苦，呕心沥血，为写贾宝玉而奋斗了一生，然而他在全书中对宝玉全用贬笔，几乎没有几句是说他好的话！他为何不去正面歌颂赞美宝玉，反而处处出以讥贬嘲谤之辞？这个特异现象，在我国文学史上应当引起极大注意，在我们的文艺理论上应当有所研析阐述才是。而不应视而不见，置而不论。"（《红学小讲》）

以上，定位此法并简析浅议，也聊作对周老"司马牛之叹"一个新妇试厨般响应！

五十九 借古法

《红楼梦》作为中国历来小说的"巅峰"之作,迄今无有可比。但实在讲来,它也是"积古攒新""破故出新",是"站在前人的肩膀上"瞭远。这方面,大概也不违黑格尔"太阳下面没有新事物"的名教。许多细心的研读者业已发现或找到足够证据,《红楼梦》中的许多情节、诗词、场景、谋篇布局等都一定程度上借用、搬挪或改用、化用了前人的成果。

如《红楼梦》开首自序后,就开始借用了女娲补天的神话。其"补天顽石高十二丈,方二十四丈,共有三万六千五百零一块"实属借鉴了《西游记》开篇说"花果山仙石有三丈六尺五寸高,二丈四尺开阔"的创意。且顽石可缩成扇坠、变成美玉,又是美猴王"金箍棒"的克隆;甄、贾二宝玉和"真假猴王"也直有似痕。

贾宝玉前身的神瑛侍者能以甘露灌注弱小生命,为之续命延年,正如《西游记》第二十六回观音菩萨声称净瓶中的甘露水能治得仙树灵苗,最后也果然杨枝蘸甘露救活了被推倒的人参果树。

绛珠仙草的神话,殆是吸收了《海内十洲记》的内容:"瀛洲,在东大海中,……上生神芝、仙草。又生玉石,高且千丈。出泉如酒,味甘,名之为玉醴泉,饮之数升辄醉,令人长生。"而由之蕴孕生成的黛玉整个形象的塑造,据说也是基于晚明著名才女冯小青的故事"打造"的,或至少由是提供了塑造林黛玉形象的"雏形"。如冯小青父早下世,母本女塾师,相随就学,遂得精涉诸技,妙解音律,更兼风姿绰约、聪慧灵秀。后因婚姻不幸(做妾),独居孤山别业,由此幽愤凄怨,俱托之于诗词。因孤独愁闷,常常顾影自怜,十八岁患肺痨病,症状是"痰灼肺然,见粒而呕",遂成"鸡肋""瘦影",拒药绝食,绝意红尘,主动赴死。临死前,写绝命诗道:"冷雨幽窗不可听,挑灯闲看《牡丹亭》。人间亦有痴于我,岂独伤心是小青。"又取己图像供榻前,焚香摆设梨酒奠之,抚几而泣,吐血而亡,年仅十八岁。其诗多被焚,止留十二篇(黛玉焚稿断痴情情节不排除由冯小青焚稿故事拢得)。其中诗句"瘦影正临春水照,卿须怜我我怜卿"竟径直引入《红楼梦》八十九回以比黛玉。故著名学者钱锺书先生《管锥编》写道:"明季艳说小青,作传者重叠,乃至演为话本,谱入院本,几成'佳人薄命'之样本,……及夫《红楼梦》大行,黛玉不嗒代兴,青让于黛,双木起("林"字)而二马("冯"字)废矣。"更有宗学大师陈寅恪直言不讳:"清代曹雪芹糅合王实甫'多愁多病身'及'倾国倾城貌',形容张崔两方之词,成为一理想中之林黛玉。"(《柳如是别传》)

贾雨村"正气""邪气"一段宏论恰与《水浒》开篇楔子"洪太尉误走妖魔"相兄弟;写得"美轮美奂"的《警幻仙姑赋》明显借用了曹子建的《洛神赋》体式,且在遣词用句上多有因循,如:一个说"云髻峨峨",一个就说"云髻堆翠";一个说"飘飘兮若流风之回雪",一个就说"纤腰之楚楚兮,回风舞雪";一个说"若将飞而未翔",一个就说"若飞若扬";一个说

"含辞未吐",一个就说"将言而未语",一个说"动无常则,若危若安,进止难期,若往若还",一个就说"待止而欲行",等等。同样,一曲如泣如诉的《葬花吟》也应是受了南北朝著名文学家、诗人庾信《瘗花铭》的影响。故著名红学家蔡义江指出:"《瘗花铭》换一个词就是《葬花吟》。"

"风月宝鉴"的异样功能,借意了《聊斋志异·凤仙》的故事:狐女皮凤仙与郡学生刘赤水缔缘,为促爱郎发奋读书,考取功名,决定不与他相见。临别时,凤仙赠刘赤水一面镜子。如若刘赤水认真学习,镜子里的凤仙就会对他笑;如若刘赤水玩乐丧志,镜子里的凤仙就会满面愁容,甚至会背对着他。

宝钗吟出的诗句"好风凭借力,送我上青天"径借宋代侯蒙《临江仙·咏风筝》:"未遇行藏谁肯信,如今方表名踪。无端良匠画形容。当风轻借力,一举入高空。"所拟《更香》灯谜首联"朝罢谁携两袖烟"和颔联"晓筹不用鸡人报,五夜无烦侍女添"分别翻自杜甫"朝罢香烟携满袖"、王维"绛帻鸡人报晓筹"以及李颀的《送司勋卢员外》中"侍女新添五夜香"。

湘、黛联句吟出的金句"寒塘渡鹤影,冷月葬花魂",前句借辞于杜甫的"蝉声集古寺,鸟影度寒塘"诗句,后句采撷了明代才女叶小鸾审戒问答"勉弃珠环收汉玉,戏捐粉盒葬花魂"中的"语蕾"。

写得令人裂肝泣肠的《芙蓉女儿诔》,"远师楚人之法(宝玉语)",既继承了楚辞的比兴写法(特别是屈原的《离骚》)和美人香草意象,还间用了汉贾谊《吊屈原赋》、唐杜牧《李贺集序》、南唐后主李煜《昭惠周后诔》句式、辞意,而成就了一篇"前序后歌、面貌一新、文采飞扬、构思绝妙"诔文,以抒发自己的爱憎之情。也充分印证了"人们最动人心弦的作品,总是痛苦的产物"。

香港学者余英时还指出:《芙蓉女儿诔》在文字上师法庄子《秋水》和阮籍的《大人先生传》《达庄论》。如诔文开始"太平不易之元,蓉桂竞芳之月,无可奈何之日",正是从《达庄论》起首"伊单阏之辰,执除之岁,万物权与之时,季秋遥夜之月"变化而来。(《曹雪芹的反传统思想》)

世上文章一大偷,偷得妙者是圣手。一般说来,人们对诗、文创作中的这种"偷"法总体上是抱着宽容态度的,因为他们在妙"袭"中都各自创出了自己的心意或诗、文新意。如从前有个少爷,平日吃喝玩乐,游手好闲,把父亲留下的遗产都花光了。临近年关,四壁徒冷,柴米难继。除夕夜,穷困潦倒的少爷写了一副对联贴于门口自嘲:

行节俭事　过淡泊年

村上有位老学究读后,慨叹不已,在对联的联首各加上一字,别有新意成了:早行节俭事,免过淡泊年。又如王勃的《滕王阁序》,有"落霞与孤鹜齐飞,秋水共长天一色"千古绝唱。其实,这类句式前人早有,且不止一例:庾信的《马射赋》"落花与芝盖齐飞,杨柳共春旗一色"、王仲宝《褚若渊碑文》"风仪与秋月齐明,音徽与春云等润"、隋《长寿宫舍利碑》"浮云共岭松张盖,明月与崖桂分从"等,这位少年才子不过是在熟读前朝诗文的基础上略施"技改"而已。更据《大唐新语》载:李义府有诗"镂月成歌扇,裁云作舞衣。自怜回雪影,好取洛川归"。而唐人张怀庆索性生吞活剥之:"生情镂月成歌扇,出意裁云作舞衣。明镜自怜回雪影,时来好取洛川归。"加八个字,既快手便当,也别有翻新。

第七十八回,伶俐小丫头察宝玉心迹、投宝玉所好即兴编造了晴雯为芙蓉花主的情节,也于宋代欧阳修《六一诗话》中有案可稽:石曼卿死后,故人有见之者曰:"恍忽如梦中言:'我今为鬼仙也,所主芙蓉城。'欲呼故人往游,不得,忽然骑一青骡,去如飞。"——可见,也是作者"基古垒新"!

王熙凤等设婚配"调包计"、促成宝钗"桃代李僵"于黛玉的情节,似仿取《聊斋志异》中《姊妹易嫁》。

书中多处有脂批言:至末回有"警幻情榜"。而从脂批中透露出《情榜》

一鳞半爪的"内容"看，概从冯梦龙《情史》的二十四个品类中延扩。

除情节安排外，在人物描写的写作笔法、语气、语态上，作者也同样从传统史传中汲取精华。如写宝、黛第一次见面，黛玉心中正疑惑着，"这个宝玉，不知是怎生个惫赖人物"。脂批道"文字不反（指逆向落笔），不见正文之妙。似此应从《国策》得来"。第九回写闹学堂，"金荣只顾得意乱说，却不防还有别人。谁知早又触怒了一个。你道这一个人是谁？原来此人名叫……"——明眼者一看就似曾相识地想起了《三国》《水浒》。宝玉纳罕黛玉与宝钗的关系怎么就好了，便借用《西厢记》中戏词问黛玉："是几时孟光接了梁鸿案？"（第四十九回）就连书中贾宝玉那句"山川日月之精秀只钟于女儿"之说辞，也最早见于南宋庞元英的《谈薮》："自逊、抗、机、云之死，英灵之气，不钟于世之男子，而钟于妇人。"

中国台湾学者潘重规[1]研究发现：《红楼梦》的"葬花"、香菱学诗、胡山子野创大观园情节以及诸多的炼词构义、作者自述写书情怀等都与早于它的清人史震林所撰《西青散记》有"绝相近似之处"。如《西青散记》中亦有写拾花、写花冢、写感花赋；有童子潜飞学诗事；有玉勾词客造"柳庄"一大段详细"景致"文字；有弄月仙郎、琅玕神女、竹西女子、情痴铭印、梦徘徊曲、醉书仙、桐乳露、蓼红浆等构词。（中国台湾红学论文选《"冷月葬花魂"与〈西青散记〉》）

此外，邓云乡在《红楼风俗谭"大观"意境》中放言：对比曹雪芹笔下的"大观园"与早他四十年出生的能诗、善画、擅文，曾做过两淮盐运使的高凤翰所撰《人境园腹稿记》，"神似之处太多了。……大观园的设计构思，很可能是脱胎于此"。

---

[1] 潘重规（1907—2005），字石禅，江西婺源人。中国台湾著名红学家。中央大学文学院毕业。长期以来，他潜心研究《红楼梦》，著有《红楼梦新解》《红楼梦新辨》《红学六十年》等书，主编过《红楼梦研究专刊》。

还有，小说中主要人物贾宝玉及金陵十二钗正副册的女子和他们的丫鬟，贾母、王夫人诸人丫鬟及宝玉身边的几个小厮，大多数人名都可以在前人诗词中找到出典的。例如，贾宝玉之名见于唐岑参《送张子尉南海》诗中"此乡多宝玉，慎莫厌清贫"句；林黛玉之名所本白居易咏新柳"须教碧玉羞眉黛，莫与红桃见曲尘"。薛宝钗之名取于李义山的《残花》，借香菱之口点明在"唐诗"上，其原诗："残花啼露莫留春，尖发谁非怨别人。若但掩关劳独梦，宝钗何日不生尘。"贾府四位小姐之名犯"春"字，也都取自诗词："展礼肆乐，协比元春"（元春）、"迎春且薄妆"（迎春）、"一枝两枝梅探春"（探春）、"长安豪华惜春残"（惜春）。史湘云之名取自唐张籍《楚妃叹》中"湘云妆起江沉沉"。袭人姓花，取自陆游《村居书喜》中"花气袭人知骤暖，鹊声穿树喜新晴"句，其行止又确有"穿树""喜新晴"之征候。麝月的名字源于《〈玉台新咏〉序》中"金星将婺女争华，麝月与嫦娥竞爽"等等。

最后要说，《红楼梦》在艺术架构、投笔视角、人物塑造、语言风格、场景设造等方面借鉴最多的当属《金瓶梅》。正如脂批（十三回）云："写个个皆到，全无安逸之笔，深得《金瓶》壶奥。"清代著名评家诸联也认为《红楼梦》："书本脱胎于《金瓶梅》，而褒嫚之词，淘汰至尽。中间写情写景，无些黠牙诟慧。非特青出于蓝，直是蝉脱于秽。"研究者归纳其借鉴之痕在以下几个方面：一是一反过去长篇小说传统，把笔触从写帝王将相、英雄传奇、神仙鬼怪转到描写现实生活和平凡人们的日常生活。从宫廷、战场、天界、神境移景至公府家园、郎舍绣户。二是大致本从了"一主多副""群星拱月"的人物情节基本架构（即以宝玉为主，多女子做从；《金》则以西门庆为主，其他群妾为副）。三是着力把妇女作为主要描写对象，通过"反映女人"达到"反映世界""反映人性"。四是以生活细节来刻画人物，即让"事实"说话。五是创造运用大量鲜活生动的生活语言、民俗语言，让"生活气息"弥漫处处，且"能使读者由说话看出人来"（鲁迅语）。可见，曹雪芹在人物语言、某些描写技法上是窃向《金瓶梅》学习的。且"如积薪然，后来者居上矣"。

当然，笔者在此绝无贬谤圣手巨匠之意。虽然曹雪芹在这部不世著作中有"借、挪、化、用"之迹，但我们决不能因此枉称曹公为"偷儿"。且不论他自酿自育的丰沛"土料"，仅就作者能把"来料"十分巧妙、天衣无缝地攒塞、缝合在《红楼梦》这部"霓裳羽衣"大作中这一点，我们仍由衷地承认：这依然是作者非凡的伟大创造；依然折映出他"丽藻若龙雕，洪才类河泻"的超凡本领。歌德曾经说过："一般说来，我们身上有什么真正的好东西呢？无非是一种把外界资源吸收进来、为自己的高尚目的服务的能力和志愿！严格地说，可以看成我们自己所特有的东西是微乎其微的。……我不应把我的作品全归功于自己的智慧，还应归功于我以外向我提供素材的成千成万的事情和人物。他们都把他们的情感和思想、生活方式和工作方式，以及所积累的经验告诉了我。我要做的事，不过是伸手去收割旁人替我播种的庄稼而已。……我的作品中的东西都是我自己的，至于我的根据是书本还是生活，那都是一样，关键在于我是否运用得恰当。"（《歌德谈话录》）

同样，我们也可以说：《红楼梦》的一切，非是任何别人的，而是伟大天才作家曹雪芹的！

六十

大开展法

《红楼梦》是一部绘世、摹人、摄心的皇皇大作。

何以谓"大",又"大"在何处?

清王希廉认为:《红楼梦》一书,翰墨无不精善,技艺巨细无遗,人物色色皆有,事迹事事皆全,可谓包罗万象、囊无孑遗。有"大开展""全信息"的特点。

的确,《红楼梦》不同于不接地气、只唯彪炳帝王将相创世传奇、紧捏着"历史的拐杖"松不开手的历史小说《三国演义》,也不同于讴歌起身市井绿林、被逼成为草莽豪杰、上了梁山便失去英雄豪气本色的《水浒传》,还不同于活泼放任、渲染神魔争斗、屡屡克隆情节的神话怪异小说《西游记》,它着力铺排的是现实生活中各层各类家庭的盛衰荣枯、人们的生存争斗和青年男女的离合悲欢,全方位地探寻人性美的存在状态和幻灭过程。王蒙先生评《红楼梦》的非凡:在于作品的容量,作品的"干货"多、"净重"重、信息量大。它能从总体上逼近人生的一切方面,它一改过去小说单线发展、故事情节若断若续、整体结构松散失衡、聚焦视线窄狭有限的囿套而呈现出更宏大广阔、更复杂多样和更加浑厚一体。

如在布局安排上，虽然人物众多、事件纷杂、结构庞大，但作者依他的机思笔仗、高超技法，使小说布局宾主分明，纲目清晰，缓急相间，疏密映衬，枝干相连，纵横交错，用贾府兴衰、宝黛爱情把这些事件串联起来，沟通起来，藏络伏脉，首尾照应，追踪蹑迹，在在可寻。且做到一丝不乱，一滴不漏。

笔法上，有正笔、有反笔、有衬笔、有借笔、有明笔、有暗笔、有伏笔、有照应笔、有着色笔、有淡描笔，各样笔法，无所不备。

文体上，作者亦颇有"逞才""传扬"之意。小说中包含的文体有序、偈、诗、词、曲、赋、匾额、启奏、颂、戏曲、骈文、书信、试论、邸报（公文）、笑话、酒令、谜语、儿歌、民谣、对联、策论、诔文、八股文等等，我国既有文体几乎囊括无遗。

内容上，作者对当时社会现状做了全景式描绘，向读者展现了自明末后期至康、雍之际的社会文化氛围，展开了一幅宏大、复杂而又跌宕起伏的封建社会生活画卷。书中贵胄荆贱、医卜相士、仙佛鬼怪、尼僧女道、娼妓优伶色色俱全；诗词曲赋、琴棋书画、亭台楼阁、山水廊庙历历夺目；酒令灯谜、繁华筵宴、宫闱仪制、庆吊盛衰事事皆全；栽花种草、游春射骑、蓄禽养鸟、针黹烹调巨细无遗。笔锋所及政治、经济、社会、军事各个领域无所不包。

人物上，以家庭体系论，则有祖母、儿子、儿媳、孙子、孙媳、伯叔、婶嫂、兄弟、姊妹、姨妈、姨娘、表姊、表弟；以社会职业论，则有官僚、军人、吏卒、教士、尼姑、道要、巫士、教师、学生、农夫、商人、田主、佃户、戏子、药师、账房管家、医生、流氓、贼盗、娼妓、歌女与放债者；以贵贱论，则有皇帝后妃、王公大臣、中低官吏、士绅农民、工商平民、丫鬟奴仆乃至市井俗人、三姑六婆、三教九流、地痞无赖等，中国社会各阶层应有尽有，悉作表现。

文化上，揄扬了五千年来中华文明优秀的衣饰文化、饮食文化、礼仪文化、制度文化（君臣、夫妻、男女、长幼等）、宗教文化、习俗文化、娱乐文化、教育文化、医药文化、园林文化等。尤其作者以透视方法、用一个凄绝动人的爱情故事和荣宁二府的三维空间（荣宁二府大家族、王史薛旁枝家族以及皇亲国戚），向我们展示了古代宗法社会的基本结构及其运行特点，披露了历史上延脉到那个时代的腐败文化、贪官文化、关系学、厚黑学以及弄虚作假、营私舞弊、索贿受贿、男盗女娼、私相授受、毁僧谤道、弄权屠杀、奴役蹂躏、压抑剥夺、蛮横霸道等。

同时，你还可以从中历历如绘、栩栩如生地看到"我们中华人如何生活，如何穿衣吃饭，如何言笑逢迎，如何礼数相接，如何思想感发，如何举止行为。他们的喜悦，他们的悲伤，他们的情趣，他们的遭遇，他们的命运，他们的荷担，他们的头脑，他们的心灵……"（周汝昌《红楼梦与中国文化》）。甚至"如今社会上有什么，它那本书里就有什么。例如恶搞（薛蟠谎称宝玉父亲邀约宝玉）、例如夺权（秦显家的与柳嫂）、例如扫黄打非（贾政笞挞宝玉）、例如企业家与文人联谊（宝玉、薛蟠、冯紫英聚会）……《红楼梦》有一种与人生的同质感，他有一种别的书上没有的'人生质感'。如果《红楼梦》是一件纺织品，你一摸，里面既有人的感觉，也有世界的感觉，也有春夏秋冬的感觉，也有悲欢离合的感觉"（王蒙语）。

更让人惊叹的是，三四十年前我们从日本引进、今天才被广泛应用的种植葡萄"套袋技术"竟在《红楼梦》中得以披露：袭人看见葡萄架下老祝妈拿着杆子驱赶马蜂，因"这马蜂最可恶的，一嘟噜（指一串葡萄）上只咬破三两个儿，那破的水滴到好的上头，连这一嘟噜都是要烂的"。袭人便教她："多多做些小冷布口袋儿，一嘟噜套上一个，又透风，又不糟蹋。"（第六十七回）——这不啻为中国申明了一项原创技术专利！

高尔基说："莎士比亚、巴尔扎克、托尔斯泰——在我看来，这是人类为自己建立的三座纪念碑。法国要是没有巴尔扎克，我对法国的了解就会差一些。"同样，曹雪芹也是人类建立起来的一座丰碑，如果没有曹雪芹，世人对中国历史文化、对封建社会的了解同样会差一些。

故说读懂了《红楼梦》，便很大程度上读懂了封建社会。

"一部《红楼梦》在手，五千年文明的伟大祖国就装到心里了。"（马瑞芳语）

《红楼梦》人物众多，且角色各异、性格复杂，但作者统之有术、驭之有方，就如心脏泵压"贯流人体的血脉一样，使之完整有序而又灵动自如"（吕启祥语）。更进一步，还通过人物对话、事件情节对人生命运运度、终极目标做了探求。可以说，曹雪芹为我们打造了一个色彩斑斓的大千世界，为我们构筑了蜘蛛网般的缜密天地大舞台，为我们模拟了一个涵古纳今、通达未来的微观宇宙，借此演义社会、历史乃至宇宙的多变与规律。

此外，在回目章节中，亦不乏"大开展法"之运用。如，书中的秦可卿大丧、元妃省亲、宁国府除夕祭宗祠、宝玉被笞、攒金庆寿、刘姥游园、探春理家、群芳夜宴、奸逸抄检等都是不厌细节、不厌铺排的隆盛"大场面""大手笔"，其"人物之众多、活动之频繁、色彩之鲜明、描写之精确，及其在整个结构中的作用，有如波涛汹涌的大海中飓风卷起的一个又一个浪头排空而来，惊心动魄，非大手笔不能达此，只有沙、托二翁的作品庶几近之"（白盾[1]《悟红论稿》）。

总之，它以纷繁复杂的小说架构，立体地展示了当时社会的各个阶级、

---

[1] 白盾（1922—2009），《商务日报》《江淮文学》编辑，黄山学院文学教授和学报编辑。中国作家协会会员。著作有《红楼梦新评》《红楼梦研究史论》《悟红论稿》《红楼争鸣二百年》《曹雪芹研究》等。

阶层人物，描绘出一幅纵横交错的封建大家族全景图，它是中国历史文化的"百衲箱""展示窗"，是把历史的中国向世界的"诉说"！

巴尔扎克讲："一个民族的永存就表现在这个民族天才人物的作品上。"从这个意义上讲，曹雪芹对我们民族的贡献当是功不可没、彪炳恒世！尼采说："征服我们的人是强大的；升华我们的人是神圣的；让我们有预感的人是深刻的。"立足这一点来看文学作品《红楼梦》作者，曹雪芹堪称是集"强大、神圣、深刻"三者于一的"北斗以南第一人"，令我们不得不再发感叹：大哉，《红楼梦》！不朽也，曹雪芹！

后　记

　　海德格尔说：人是被抛入这个世界的。我写《读写宝鉴：红楼梦笔法六十种》，亦系被"抛入"。

　　喜读《红楼梦》，未曾想要写些什么。一篇《红楼梦》小品文被报业朋友拿去发表，引起关注，我被"逼上梁山""绑上战车"，围绕《红楼梦》动笔的冲动一发不可自遏。经年积少成多、集腋成裘，竟凑成一部书。想来嗜烟、好酒，大概也是如此养成的吧。

　　"知我者《春秋》，罪我者《春秋》。"回首与《红楼梦》相伴，有得有失，甘苦自知。

　　研读《红楼梦》，我有诸多收获，并促我守静、守定，在曾经"热闹""浮躁"的时日不随风起舞，不随波逐流。曾怀疑这种人生模式不合时宜，或有偏差，转而寻思"每个人正是靠自己的孤独的追求加入人类的精神传统的，而只要你的确走在自己的朝圣路上，你其实并不孤独"，让我有所感悟，有所寻获，遂释然。特别是一位老领导曾调侃式鼓励我："现在最不缺的是当领导、做官者，但时下弄这玩艺儿的倒是稀罕、不多。你还是按自己的路子走下去吧。"深受鼓舞，遂认清方向，坚定信心，毅然走了过来。

　　多年沉湎其中，已然错过人生旅途多少美景，冷落了朋友多少悃诚邀约，延宕了多少对亲人的热情速递。特别作为"公家人",非是一心行责,而兼搞"别业",自是愧疚难当。盖亦谓"荒了韶华,失了佳偶,误了商机,塞了仕途"。

写出作品,犹生了孩子,固然是自己"骨血"育成,但其教育、成长、成才、成事已"业不由主"。孩子是箭,家长是弓,社会和国家是射手。箭最终射向哪里,不是弓能说了算。

写就这本书,算完成一项任务。是非褒贬,已与我无涉、无干,我亦做不得主了,那是射手——读者们的事。

"写作从来就不是为了影响世界,而只是为了安顿自己。"今后,会不会被抛入到《红楼梦》的继续研究或其它的写作中,我不得而知。有卢梭"生活的最有意义的人,并不就是年岁活得最大的人,而是对生活最有感受的人"的话常在耳畔回响。且听凭命运,随喜随缘吧!

成书整个过程,得到西安市灞桥区肖小宁、周媛、陈正奇、韩怀仁、王同利、李君利、许卓良、陈亚红、杨红利、杨小琪等诸同道、师友、文侣、睦僚的悉心指点、精到指正、有效帮助、倾力支持,在此深表谢忱,恭致敬意!

特别让人十分感动和感激的是陕西人民出版社编辑部主任、资深编辑、著名散文家孔明先生,过去素不相识,从未谋面,仅以此书结缘,他不舍公心、不囿成见、不弃新人、不乏耐心、不啬高见,热情帮助新手、新作"露头""出炉",令人钦敬、慨然。同时,责任编辑姜一慧、黄莺二女士不辞辛苦,给予拙著敬业的审读,付出甚多;美术编辑赵文君不厌其烦,给予拙著精美的设计,都显见惺惺相惜、同道相知之文心,在此一并表示感谢。

李剑君
2023 年 9 月